2017民生散文选

古　耜/主编

中国言实出版社

图书在版编目（CIP）数据

　　2017 民生散文选 / 古耜主编. — 北京：中国言实
出版社，2018. 3

　　ISBN 978-7-5171-2636-2

　　Ⅰ.①2… Ⅱ.①古… Ⅲ.①散文集—中国—当代
Ⅳ.①I267

　　中国版本图书馆 CIP 数据核字（2017）第 312064 号

出 版 人：王昕朋
总 监 制：朱艳华
责任编辑：肖　彭
文字编辑：张　朕
　　　　　张　强
出版统筹：冯素丽
责任印制：佟贵兆
装帧设计：杰瑞设计

出版发行　中国言实出版社
　　　　　地　　址：北京市朝阳区北苑路 180 号加利大厦 5 号楼 105 室
　　　　　邮　　编：100101
　　　　　编辑部：北京市海淀区北太平庄路甲 1 号
　　　　　邮　　编：100088
　　　　　电　　话：64924853（总编室）　64924716（发行部）
　　　　　网　　址：www.zgyscbs.cn
　　　　　E-mail：zgyscbs@263.net
经　　销　新华书店
印　　刷　廊坊市百花印刷有限公司
版　　次　2018 年 4 月第 1 版　　2018 年 4 月第 1 次印刷
规　　格　710 毫米 × 1000 毫米　1/16　22.5 印张
字　　数　319 千字
定　　价　68.00 元　　ISBN 978-7-5171-2636-2

目录

甘南乡村笔记

陈 涛

2015 年 7 月 27 日，是我离开北京奔赴甘南开始为期两年任职生活的日子。

在庞大喧嚣的城市待久了，日趋固化的生活里的自己被紧紧嵌在了时间的链条中，就这样身不由己地向前滚动，滚动。能有这样一段安静的乡下时光，将自己从固有的轨道中脱离开来，在一个时间尚未变成碎片的地方学习与思考，无论如何都是一件幸事，毕竟适当的跳脱于人生而言弥足珍贵。或许在很久以后，当我回望这段人生的时候，我才能清晰准确地看懂此时此刻的生活，它所给我留下的印记以及深陷其中的最真实的内心。

助学杂感

2015 年 8 月 28 日，我第一次到高庄小学，至今都能记得沿着一条狭窄的上坡小道走进学校时的情景。说是学校，却很难见出学校的模样。农家般的大门，不大的院子，杂草丛生，四间砖瓦房应该有些年月了，墙壁早已斑驳。推开教室的门，看到四五个小孩子，年龄在四岁至六岁之间，他们都穿着脏兮兮的衣服，围坐在老旧的桌椅前做作业、吃零食。看见我时，他们的眼神里有惊奇、害羞，也有漠然。我想对他们笑，又很难笑得出来。

也是在那天，我第一次见到了朱老师。他从办公室里出来，站在我身边，没有握手，没有问候，我们俩站在院子里，我问他一些学校的情况，他缓缓地回答我。8月底的冶力关天气已经转凉，朱老师穿着黑色的皮夹克，上面裂纹密布，如同他黝黑额头与眼角的纹路。等问过他的年龄，我一次次在内心思忖生活到底让他经历了怎样的沧桑。朱老师高中毕业后就做了民办教师，至今已有17年，也可以说他人生的一半岁月都是和孩子们一起度过的。因为是民办教师，所以工资少得可怜。我问过他的工资，他平静地告诉我，从1999年最初参加工作的每月100元，到2003年的200元、2006年的300元、2009年的540元、2010年的1000元，再到2015年的1500元。

后来我又多次去到高庄小学，见到了更多的孩子，也见到了有着31年教龄的张老师与入职不久的小王老师。从他们的嘴里，我了解到更多关于学校与孩子们的故事。

在这所全镇海拔最高的学校里，有30个孩子在学前班与一年级就读。他们都来自高庄村，一个有着183户人家，其中175户人家需要国家低保救助的村子。孩子们由于父母常年外出打工，所以多与自己的爷爷奶奶生活在一起。他们的家基本都在山上，老人年迈，有时无法送他们上学，就只能自己去学校。高原天气多变，时常会遇到雨雪天，小小的孩子，踩着泥泞的山路，等到了学校时浑身上下常常都被泥水裹满。因为贫苦，他们一年换不上一套新衣服，所以他们每次出现在我面前的时候，衣服都是脏脏的。离家近的孩子，中午还可以回家吃一顿热饭，离家远的孩子，就靠自己从家带的馍馍充饥。冶力关的冬天很冷，学校的水管总是会被冻住，一直到来年的5月才能正常使用，这期间每个孩子的书包里都会背一个装满凉水的饮料瓶。他们分不清蔬菜与水果，因为许多他们没有见过，譬如甘蔗、火龙果。所以，在他们的世界里，老师就成了最亲近的人。老师会在雨雪天送他们回家，也会在冬天驮水来学校，老师除了教授知识，还会让他们认识外面的新鲜事物，了解山外的世界。

看过高庄村小学后，我产生了将全镇所有村小学与幼儿园走一遍的想法，所以在接下来的时间里，除去在村里工作外，我先后去了6所村小学与3所村幼儿园。这些学校有些条件好，有些条件差，有些学生多，有些学生少。但他们有着许多共同之处——孩子多是留守儿童，缺乏真正适合孩子阅读的图书，以及玩具等。这些学校加起来有300多个孩子。许多次，我看到他们在村口布满垃圾的河沟中打闹，看到他们推着轮胎奔跑，看到他们沿着高高的山路回家，那时他们的脸上充满了欢笑，但这不知忧伤的欢笑，在我们看来，何尝不是一种深深的悲伤。

乡村教师、贫苦学生、留守儿童，这些字眼组合在一起总会让人唏嘘不已，并产生百般况味。可否为他们做一些事情？譬如去做一场帮助学校、教师与孩子们的助学活动。在3月12日发出助学倡议之前，我的内心充满了太多的不确定。我时常在月夜于山中行走，流水声让暗夜更加寂静，头顶着满天明星，反复思索，分析权衡多种的可能，但更多的还是担心，担心应和者少，担心让孩子们失望，担心活动变了味道，担心一份好心最终落入难堪的结局。它们让我陷入犹豫与纠结。在我的房间里曾有一盆普通的绿植，无人照看的它早已枝干枯萎，我偶尔会浇一点儿水，早已不期望它的复生，但潜意识里或许仍旧幻想奇迹的出现。直到有一天我惊喜地发现，在枯萎的枝头生出了翠绿的一小片嫩芽。我小心翼翼地将那截枯枝剪下插入盆中，从此耐心照看，三个月后的今天，它已有了六片叶子。我想助学活动也像这嫩芽，它是困难与迷惘中的一丝希望，与其设想太多，不如真正开始，如若用心，假以时日，助学活动应该也会如同这嫩芽一样枝繁叶茂。

庆幸的是，截至目前助学活动进展顺利，远远超过了我的预期。在开展助学活动以来的八个多月里，我们收到了来自全国各地师友们的关爱与支持。上百个包裹，上千件玩具、文具、衣物以及上万册图书纷至沓来，连镇上的邮局都笑称变成了我的私人邮局。印象最深刻的是有天收到了96个包裹，邮政的车没有送到邮局，而是扔在了大路边，最后我们从村里找了一辆三轮车拉了回来。

一件事情的开展与进行总会有一些不同的意见甚至是刺耳的声音，有人建议我不要在冶力关进行助学活动，因为在他们看来冶力关镇已是很好的地方，那些更落后的乡镇更需要帮助。我也曾联系过支教团体来为孩子们教授音乐与美术，他们以学校在景区不符合他们的支教要求委婉拒绝了。也有人批评我们在作秀，所做的一切无非是沽名钓誉，为自己的脸上贴金罢了。这些言语的确对我有影响，但是又都觉得不重要，因为我知道什么才是最重要的。

在助学活动中，我对宣传助学的看法悄然间也在改变，对报社与电台的看法也从最初的排斥转向慢慢配合。这并不仅仅是让大家知道我们所做的一切，更想让大家意识到乡村教育的重要。一个成功的助学活动，良好的开始很重要，但是如何去保证它的延续性与示范性更是重要。一方面，要让学校、教师与孩子们获得教学设施的完善与物质上的丰富；另一方面，更是传播一种教育的理念。通过图书馆的创建与完善，从而培养孩子们阅读的习惯；通过玩具的丰富充实，从而注重孩子们体质的锻炼与天性的拓展；通过书法与美术作品的布置，从而提升孩子们关于传统与审美的兴趣及能力。这一切，都是仅仅依靠课本很难达到的。助学，针对的对象也并不仅仅是孩子，还包括任课的教师、教学管理者以及家长们，通过我们的热心，让他们用更多的爱去关爱孩子，让他们尽可能地懂得如何去更好地对待、教育孩子。对一个落后贫困的地区而言，我深深体会到了善的最大的敌人并不是恶，我们可以抵抗、拒绝恶，甚至与恶进行面对面的斗争，但是如若碰到愚昧，则只会感受那种钝刀割肉般的疼痛。消解或者祛除头脑中固有的或者即将涌入的愚昧，才是助学活动所要达到的更深层的意义。

助学活动虽是一场公益活动，可对孩子而言，则是对他们人生的介入，而介入别人的人生是需要对此认真负责的。

在八个月里，我们先后为冶力关镇的七所村小学与幼儿园、石门乡两所小学、羊沙乡两所小学、八角乡两所小学送去了图书、玩具、文具、衣物等物品；为十所村小学、幼儿园创建并完善了图书室；为三所小学布置了几十幅书法作品；为两所小学添置了滑梯；为乡村教师举办活动，送去了慰问物品。我们顺便还为六个村子创建、完善了农家书屋。由于真正适合孩子们的图书增多，他们借阅图书的兴趣也就大了，有的学校还计划开设阅读课，随着书法家与书法作品进校园活动的推广，促使一些学校计划去开设书法兴趣班。并且在这段时间里，有一所小学迁入了崭新的校舍，一所小学扩建并修缮了原先的校舍，包括朱老师在内的 11 位民办教师也有望很快转为公办教师。

突然想起有次去池沟村小学，上楼时见五六个小女孩在地上用两个圆圆的卡牌敲打玩乐，我站在她们身后问，你们会踢毽子吗？她们很害羞，没有回应我。我又问了一次，才有一个小姑娘点点头。我又问她们，你们想踢毽子吗？她们再次害羞不说话。我说，过几天就带毽子来给你们玩。说完转身上楼，身后是她们兴奋难抑的叫声。还想起了儿童节时，我问幼儿园怀抱毛绒玩具的孩子开不开心时，他们大声说出开心时的笑脸。还有，当我将一个小小的足球放进一个小孩子的手中时，他害羞地低着头接过，然后抬头看我，我从他的眼神中看到了快乐的光，它从心底发出，有着可以净化我们灵魂的纯粹与力量。

扶贫之思

一夜之间，羊小平与他家中六口大缸的故事传遍了甘南，这主要源于新华社的一篇报道。文中这样写道："就在一年前，羊小平一家还世代生活在甘肃省甘南藏族自治州临潭县冶力关的山上。冶力关是甘肃有名的自然景区，山下的日子一天比一天富裕，但崎岖的山路将羊小平一家和山下的繁华一分为二。山上不仅住着羊小平一家，但山太大了，出门走一天也难碰见谁。孤单久了，人就消沉，羊小平说山上的人经常一两个月不洗脸。"在羊小平的记忆中，常做的事情就是为家里的六口大缸担满水，因为担水，他的父亲摔进沟里，两个月后就没了；也因为担水，他外出打工时只能请假回家。"几口大缸，像是世代传下的魔咒，将羊小平牢牢地拴在了大山上，也击碎了他的致富梦。"幸运的是甘肃省实行了搬迁扶贫项目，羊小平一家才得以从山上搬到了山下，收拾妥当后，羊小平对记者说："对了，前几天回山上，想把那六口大缸搬下来，但年头太久了都长到地上了，我就全砸了。"他又补充了一句，"我早就想砸了。"搬家后的羊小平砸掉了自己家中的六口大缸，既是一种饱受苦难的宣泄，也象征着与山上贫困生活的告别。

对我们这些下派的"第一书记"而言，扶贫攻坚是四项工作中最为关键的一项。池沟村群山纵横，自然条件恶劣，住在山上的村民缺水少电，交通不便，所以异地搬迁就成了主要的脱贫方式。前年岷县地震波及山上的住户，县财政出资将池沟村尕后山社的全部村民与李子沟社的大部分村民迁到了山脚下。目前整个安置点除去民居建设，还配备了体育健身器材、太阳能路灯、垃圾处理点与污水处理管道等基础设施，令我惊喜的是还超前规划了村级文化活动中心与群众文化广场。现在的搬迁点有百余户，房屋已经初具面貌，上下两层近 200 平方米的主房高大敞亮，偏房、大门、围墙、厕所、院落硬化等附属设施一应俱全。羊小平的新家就在这里。前些天我去他家，两层的小楼有着超出村内绝大多数房屋的气派，屋内装饰一新，真的是与当年的贫困生活彻底告别了。

在村里工作，有顺利完成的小喜悦，也有推进之难的大苦闷，并且后者发生的概率要远远超过前者，尤其是涉及搬迁、修路等和村民的切身利益联系紧密的方面，与村民之间的矛盾与纠纷总是很难避免。我刚到池沟村不久就遇到了一件这样的事情。

由于提前规划出的文化广场地势较高，通向它的是一条有些狭窄并且带有坡度的小路，所以修一条宽敞的硬化路就显得很有必要。此路的北侧是两家住户，只好向南侧的麦场扩展，于是在一个上午，我与村主任、副镇长以及镇上两个驻村干部在进行实地考察后，去麦场的主人家商谈此事。这家主人的房子在胡同里，面积不大，有着类似四合院的风格。院内两边的偏房靠紧了正房，不见了疏朗，多了些局促。一人高的柴草堆在门口，拴在墙边的小白狗冲我们一直狂叫。

主人姓马，60岁左右，面相淳朴。见我们进门，急忙把我们迎到客厅，接着倒茶递烟。我们没有久坐，说明来意后便带他一起到路口。按照我们的设想，若修成一条机动车辆可以通行的道路，大概需要向麦场延伸进3米左右的距离。麦场长度为18米左右，按照19米计算，应该用57平方米的面积进行补偿。我们把想法告诉了主人，在征得他初步同意后用脚量出了位置，并做了标记，随后又一起返回他家商量补偿的事情。目前国家规定的标准为每亩20000元到25000元不等，我们按照25000元的标准给予补偿。镇政府的小骆让坐在对面的小牟计算57平方米折合成的亩数，得出应该补偿2750元。副镇长说那就补2800元吧。坐在对面的主人憨憨地笑了笑，说行吧。于是这事也就这样定了。从主人家出来的时候，我跟身边的小牟说，真没想到会这样顺利。小牟答道，他家有人在镇上上班，所以比较好说话。

随后我们又回到麦场，进行了最后一次讨论，接着沿路向上，停在了一处离麦场十多米远的地方。按照前期的项目规划，这里以后将变成一座由池塘、楼亭构成的花园，副镇长兴致勃勃地向我指出亭子的位置、池塘的形状，如同这理想已变成现实。现在这块地方密密麻麻种满了松树苗，见惯了挺拔繁茂的松树，初见小小的树苗，我有些小惊喜，内心有如被狗尾草的茸毛轻轻扫过。此时，小骆离我最近，我把他往旁边拉了拉说，我有个事向你请教一下。一亩地是666平方米，那一分地就是66平方米，而他家的那块地只有57平方米，还不到66平方米，面积怎么会有一分一呢？你是不是搞错了？听完我的话，他愣住，接着摸着脑袋，跺着脚原地转了一圈，大喊哎呀呀。我连忙拉住他的手让他安静。正在我俩商量如何处理的时候，我看到马大爷两口子匆匆朝麦场走来，马大妈的手里拿着一卷米尺。我对小骆说，这个事情我们先放一下，看看马大爷量过的结果，如果他们对我们量过的面积有意见，你再把算错的事情告诉副镇长，让他酌情处理。此时副镇长他们几个也看到了马大爷两口子在测量，赶紧一起走过去，于是剩下我一个，蹲在那儿拨弄着松树苗。重新测量后，马大爷的老婆说这段距离不应是3米，应该是 3.8 米，而那 19 米依旧是 19 米。估计是这时小骆把算错的事情告诉了副镇长，当这事再从副镇长嘴里说出的时候，就不是算错而是故意如此当作对他们的特殊照顾。由于即使按照 3.8 米计算得到的补偿也不如我们第一次算错给得多，所以还是按照起先说定的为准。当他们回来时，我低声问小骆，这次解决了吧？小骆嘿嘿笑了几声，说没问题了，我也跟着摇头笑了笑。

在村里工作没有上下班的时间概念，大多取决于工作的进度。许多次忙完的时候早已错过了吃饭的时间，我们就一起留在村里吃工作餐，有时会选一处"农家乐"，有时也就吃包方便面。饭前，大家会围坐一起，闲聊做过的事情，交流一下哪些难做哪些好做，哪些需要迅速做好哪些需要逐步完成。每每此时，我就是一个听众的角色，偶尔问到我时才会说几句。那个中午也是如此，上午与麦场的主人达成协议，一条道路就可以接着施工，与村口的人家也商量好了，补助 800 元让他将门口的猪圈拆掉。起初给他 400 元，他同意了，后来又反悔了，跟我们提了新的条件，无奈之下又追加了 400 元才算彻底解决。

在我侧身向驻村干部了解贫困户的情况时，马大爷的老婆又出现了，她站在我们对面，双手交叉，对着副镇长不断说着什么。我抬头看她，脸色黑红，额头布满清晰可见的皱纹，可能刚做完农活，上衣布满了尘土。她犹犹豫豫地说完，表情中似乎有一丝愧疚，同时还有一份坚毅。她的话我很难听懂，后来听旁边的人解释后才明白，原来她儿子听说此事后坚决不同意，说自己要在麦场盖房子。她说她也主不了事，所以过来提前说一下这个事情。她走后，我看到原本表情轻松的副镇长如同霜打的茄子一样，瞬间蔫了。在池沟村，我越发体会到一种交流的煎熬与痛苦，如今的我与许多村民就像影片《巴别塔》中的那些共筑通天之塔的人一样，操着不同的语言，活在自我思维的世界里，而这也无形中锻炼了我的逻辑推理与想象能力，就像几天前揣摩村里一个哑巴的举止那样。那天，我和副镇长在村口遇到了一个 50 多岁的哑巴，副镇长连说带比画，让他把村口的麦秸垛清理掉。我在旁边像观看默片一样看两人打了半天手势，走时我问副镇长说明白了没有，他说可以了。待到吃午饭的时候，哑巴到房间来了，对着我们又一通手势，伴以呜里哇啦的声音，等到好不容易劝走他之后，我问副镇长，是不是因为你让他清理麦秸垛，他找你要补助？副镇长说他刚才一再指着我们的米饭做吃饭的动作，意思是现在没人管他，而他家里的米面都快没有了，所以让我们帮他一下。接着他转头交代一个干部明天带两百元补助给哑巴送去。

马大爷的老婆走后，副镇长立刻拿起电话让她儿子过来。此时已近一点钟，饭菜还未做好，我饿得很，坐在椅子上，眼神迷离，哈着腰。马大爷的儿子40岁左右，短平头，体格健壮，进来后一屁股坐在副镇长旁边。在随后的20分钟里，一帮镇上的干部七嘴八舌地给他做工作，而他则含着牙签或沉默或激动。他们的交流快速且激烈，我瞪大眼睛听懂了20%。中间我听到了副镇长说起对他家的特殊照顾，提到我到这里来任职，也听到大家劝他从大局出发，为全村人提供方便，而他的答复却是我给别人方便了，可谁会给我方便？谈话间，饭菜陆续做好，摆到旁边的圆桌上。我喊大家先吃饭，带头起身到饭桌前坐下，除副镇长外的人也都随我过来吃饭。我们一桌人围着吃饭，旁边副镇长与马大爷的儿子继续舌战。席间喊停过多次，俩人不为所动。村子里的搬迁项目时间紧、任务重，副镇长的压力非常大，经常一两个月才能回一次家。此时，我脑海中闪现的却是《李叔同说佛》中的一句话——缓事应急干敏则有功，急事宜缓办忙则多错。饭到中途，马大爷的儿子走了，结果自然是没有。问副镇长对方有何条件，答复让我大吃一惊，原来马大爷的儿子提了两个条件：一是全家享受低保待遇，二是用自己家别的地块换一块村里的宅基地。这两个条件都是根本无法满足的，第一个是政策上不允许，第二个是客观环境上做不到。副镇长讲完后埋头吃饭，我听完后也继续埋头吃饭，大家也都继续默默地吃饭。

饭后，我与三个驻村干部一起走访贫困户，进行信息采集工作。国家提倡的精准扶贫是针对粗放扶贫而言的，是一种通过针对不同贫困区域环境、不同贫困农户状况，运用科学有效程序对扶贫对象实施精确识别、精确帮扶、精确管理的治贫方式，这一概念比较能够体现出实事求是的精神内涵，其更强的针对性应能产生更好的扶贫效果。因为是精准扶贫，所以对贫困户的信息采集工作相对比较烦琐，包括有家庭成员、土地面积、种植收入、打工收入、子女读书等的七八张表格均须一一填写，我们在第一家的时候用掉差不多 30 分钟，心想这何时才能弄完呢？不过好在后面熟练之后，进度加快了些。

下午四点多，差不多在我们走访到第七户的时候，副镇长与小骆、小牟一起也进来了，他们也要跟这户人家谈一些事情。我站在院子里，小牟也在，我问他修路的事情处理得怎样了，他说谈好了。我问是不是又加钱了，他说是。我问加了多少，到 4000 了吧？他小声说还要多一点儿。再追问多了多少，回答是 5000。我"噢"了一声，然后我俩也就再没说话。

有天我从镇政府出来，站在路边看一帮人打牌，远远看到马大爷的儿子准备过马路，路上车来车往，他快步走，小心地拉着一个五六岁的小女孩，应该是他的女儿。

一而再再而三地遭遇这样的事情之后，我发现我无法再用审视的眼光去对待村民，更不再用批判的态度去对待他们的固执。他们，因为自身的认知与固化的思维，在生活中从来都较少主动，一味被动的时候更多一些。在我看来，在村民的骨子深处，仁义礼智信依然深深存在。我在多次参与修路、环境整治过程中遇到了很多为了集体牺牲个人利益的村民。他们在与政府及干部的交往中，通情达理，懂得退让，知道怎样的方式是最完善的解决之道，并且愉快接受。同时，也有一部分人不管在学识还是智力方面都较低，他不知道所提供给他的方案是否可以最大限度上满足他的利益，所以他所能做的就是拒绝、不合作，或者提出那种根本无法满足的要求。如果解决妥当还好，否则他会不断自我暗示自己的弱势与被亏欠，最终成为无解的难题。所以，当我面对这一切的时候，所能做的唯有耐心，通过不同的方式与途径，与对方建立信任，深度沟通，以期达到完满的解决。

基层之难

时常要上山，时常要在曲曲绕绕的山路上穿行。有时因为下村工作，有时则只是单纯想走一走。许多次我站在高高的山路上，长久地望着远处积雪覆盖的峰顶，看天空大团大团的白云在山腰草场投下阴影，各色的牛羊撒满了山坡，正悠闲地啃食着青草，还有块块的梯田，层层叠叠向山脚而去，野鸡不时于其中飞起又落下。在山腰与山脚还会有或成片或稀疏的白色房屋，那是村民的家。赶上吃饭时分，见缕缕炊烟扶摇直上又慢慢散去，想起"白云深处有人家"。不过这样的情景看得久了，愉悦之感渐渐变得少了起来，反倒是多了些异样的味道。

冶力关是一个名副其实的山区，镇内海拔近 4000 米的白石山是整条秦岭山脉的起点，而邻近的莲花山则又是青藏高原的末端，镇内少有的开阔平坦处早已挤满了幢幢房屋。此地还算好，有些乡镇道路更是狭窄，只有一条仅容两车通过的主干道，村民住在山上或者道路两旁。有时站在高处向下望去，车辆与行人在山缝中隐现，看得久了，"困境"一词便不停在我的脑海中闪过。

在小镇与村子里待久了，表面上看似对这生活已然适应，甚至有些惬意，实则不然。以前，当我看到两个村民因为一件鸡毛蒜皮的事争得面红耳赤时会觉得不可理解，我的态度是超然的，甚至有些不屑。现在，我会静下心来仔细倾听这件事的前因后果，然后判断谁的过错多一些、谁的责任少一点。慢慢的，有一天，我突然意识到，此刻的我已经融入了他们的生活之中。

在我任职的日子里，要进村推广扶贫项目，走访、统计贫困户情况，参与基础设施建设，设计文化墙，与党员进行政治学习，环境卫生整治以及开展助学活动等，工作内容广了，了解深入了，我竟愈发焦灼与痛苦。我发现，工作做得越多，自己所需要做的工作也就越多，这些将会让我变成一个高速旋转的陀螺。但是自己所能做的那么有限，能将事情改变是那么艰难。

小事情如此，遑论大一点的事情。身在基层，仿佛置身于高大金字塔的底端，只能做一块小小的活性炭，在基层这片汪洋大水中尽可能地吸收一些杂质，释放一份洁净，仅此而已。量力而行，尽力而为，是我反复对自己说的话。这八个字如同一束微光，始终提醒着自己，让情绪舒缓，也不让激情被现实中的种种困难与无奈一点点地消磨掉。

有时也会反复体会"基层"一词的含义，不断追问自己，何谓基层？在村里，在镇上，"基层"意味着信息传达的尾端与末梢；"基层"是由太多事情与工作交织缠绕下的生活。

近些年基层工作压力加大，人员随之扩编，冶力关镇干部现在有120人左右，而1985年后出生的年轻人有一半以上。我住在镇政府的办公室里，有许多与干部们交流的机会。在冶力关待久了，与干部们尤其是年轻干部们愈发熟悉，他们时常与我聊天，聊各自的工作、生活、家庭，聊至动情处甚至会潸然泪下。

基层工作难做是不争的事实，正所谓上面千条线，下面一根针，许多工作派发下来，不仅内容多，而且要求短时间内完成。自从精准扶贫工作开展以来，冶力关作为全县的示范点，政策资金支持得多，领导也关注，镇上干部们在本职工作外，还要应对各种视察、考察及检查工作，其压力进一步加大，于是他们经常性地加班，包括周末与节假日。白天在村里忙于工作，吃完晚饭后还要开会。镇上开会的时间很长，往往是通宵，许多次我都已经睡下，听到他们从楼上下来，杂乱的脚步声在深夜格外沉重，拿起表一看，已是凌晨两三点钟。

乡镇干部大多来自本县，也有一些从邻县调入。他们彼此熟识，每每提起动辄就是某人的同学、亲戚或者朋友。虽然都是本地干部，但是分居的多，更有甚者是分居四五处，往往是自己在镇上工作，爱人在一地，父母在一地，孩子在一地。这种情况也从客观上造成了干部对家庭的忽视，有时因为经常不回家，会遭受家人的抱怨，引发各种争吵与矛盾。他们谈起此事也是愧疚不已。在我刚到小镇的时候，看到他们大多黧黑的面孔与成熟的做派，总会以为他们年龄较我稍长，后来才发现他们中绝大部分人要比我年轻，许多还比我年轻不少，他们都已在这种地理环境与生活工作环境中快速地成熟，展示出与年龄不相符的阅历与沧桑。

乡镇干部多出自农家，他们拼命工作以期有朝一日出人头地，这也是再正常不过的事情。只是乡镇工作人员多，升迁概率小，几年过后，曾经的理想慢慢被现实磨平，而日趋繁重的工作让他们愈发焦灼。在精准扶贫过程中，上级单位下发的各种扶贫表格与数据统计数不胜数，需要完成的表格多之又多，但由于上级某部门对精准扶贫的拿捏不准或者个人工作中的细微错误，都有可能让整个工作推倒重来，于是再一次地通宵加班。有时下村工作时，与村民的关系协调处理不好，村民的毫不配合也让他们心力交瘁。有时我会纳闷于他们做事的思维方式以及工作效率，后来我逐渐明白，许多的表面问题背后实则是错综复杂的缠绕，想到这些，也就慢慢理解一些。

3月的一个深夜，小松来找我，他出生在全县最贫困的一个乡，毕业后来冶力关工作也有五六年的时间了。那晚他喝了一些酒，见整幢大楼只有我的窗口亮着灯，于是上来找我说说话。他满脸通红，坐在沙发上不停吸着烟，他向我描述他出生的地方，讲家族的荣耀与哀伤，他还提起他的爷爷。爷爷从小将他这个长孙从父母身边带到县城，并亲自将他带大，爷孙之间的感情自不必说，他在爷爷的关注下上了大学。大学时他留起了长发，引起了爷爷的不满，爷爷令他剪掉，他拒绝了。于是爷孙俩竟然很久不再说话，也没有见面。后来家中来电话告知爷爷病了，病得很严重，他心急如焚，第二天一早找了一辆出租车向家中奔去。那是一个寒冷的清晨，他在路上找到一家刚开门的理发店，剪去留了很久的长发。爷爷的眼睛已经看不清了，得知他回来后，爷爷用手摸了摸他的头，随后便原谅了他。在爷爷最后的日子里，都是小松一个人在陪伴，因为爷爷不允许儿子们来照顾他，他只想和他最爱的孙子待在一起。再后来，爷爷没了，他带着爷爷从医院回老家，那条坑坑洼洼的路，漫长又凄凉，坐在车里，他将爷爷的头抱在怀里，紧紧抱着。与他谈到未来，他的心态很平和，对我说生活要顺其自然，经历过一些，也就看得淡了。

在小镇，我经历的应该是一种真正在农村内部的生活与行走，当我面对农村，慢慢去掉了所有的想象，我真切地觉得我们的文字应该是扎根乡村这片土地生出来的灿烂之花，是怀着痛与爱、怀着敬畏生发出的文字。

（原载《人民文学》2017 年第 4 期）

韩金菊

雷 达

一

还得从 1956 年的除夕夜说起。老师们的孩子都聚到大院子里看放炮。因为是座新组建的学校，老师们来自各方，老师的孩子们也暂不相熟；但孩子与孩子永远是无隔阂的，很快就黏到一起，甚至不问姓名就玩上了。

暗夜里，我突然发现一双明亮的眸子在闪耀，光芒划过了夜空，与我的眼光如电流一般不时地撞击。她，靠在窗台上观看；我，在空场子上奔跑着不断"掼炮"。"掼炮"是一种用纸包着的火药炮，只要狠狠地"掼"到地上，就能发一声脆响，溅起火花，并不需要多大胆子。在这双眸子的注视和鼓励下，我掼得更加起劲，跑得更加欢实，像个大英雄似的。她就是刚来到兰州的金菊。她和母亲跟随继父，来到了这所学校。这学校是一座古建筑群改成的，紧贴着小西湖和黄河。她家被安置在坡下河边的一个独院内。我家来得早，在坡上另一所小院。转年我就 14 岁了，在上初中。

金菊姓韩，来自甘肃南部的岷县。那时的人一提起岷县觉得很遥远，似是一片神秘之地。那里有滚滚的洮河，高高的太子山，还有二郎山"花儿会"，盛产药材当归。那里当时还保留着一些奇风异俗。我见过来自岷县、被称为"神婆"的中年女人，她们专门看风水，看病，预测吉凶。她们穿着像马王堆出土的古老的黑袍子，挽着高髻，足登船形鞋，鞋尖儿翘起个弯弯钩，高鼻深目，表情凛然，结伴从兰州街上飒然而过，像忽然飘来的一团黑云。所过之处会突然静下来，人们目注她们走过，像看怪物。作为孩子的我，吓得不敢出声。

然而，来自岷县的金菊，却双目清澈而流慧，说起话来柔声细气；她身材苗条，皮肤不算白皙，是淡黄的小麦色，却好看，她的眉宇间含有一股英气。她常常挎着篮子，牵着小外甥女，经过我家门前去买菜。那年她 12 岁。1956 年的兰州七里河，像个大工地，宽阔的石子马路上，日夜穿梭着大卡车，街边大喇叭里放着歌，有一种节日气氛。那时在实施第一个五年计划，从七里河往西，正建设着石油、化工、机械、电力等一连串国家级大型工厂。那时已有了敖包相会这支歌，有一天，我望着金菊婀娜的背影，听着广播里的这支歌，有一种无法形容的感动。我还想起陕北民歌里唱的，干妹子好来实在是好，走起来好像水上漂，她的步态，意绪，与歌里的意境是那样贴合。虽然那时我们都还是孩子，但少年和少女之间会有一种潜隐的心灵萌动，我感应到了，她应该也感应到了。

她家是生柴火灶的，我家是生炭火灶的。她常在湖边捡干树枝，不时蹲下，用布裙子包起来，凑成一堆。我常爱在湖边转，就帮她捡，互相笑一笑，并不说话。湖上起了大风，是捡柴的好机会，她会出来，我也出来，像约好似的，我们在湖边忙活一阵子，她的刘海被风吹起来，现出光洁的额头，背景是正在起浪的黄河。可是，有一天我因事到她家，她一见我立刻转身躲了起来。这一躲，让我无法平静了。我下决心写了一封信，当面交给了她。好长时间没有动静，刮风天她也不出来了，我已绝望；没想到她把回信寄到我上学的西中。她字迹娟秀，说了些互相帮助，共同进步的话。这封信我一直装在棉裤口袋深处，晚上睡觉也不脱棉裤；这反常的举动，终被母亲和姐姐发现。她们趁我熟睡，偷看了信，并没有责怪我。可见她们也是喜欢她的。

有一天，在湖边，我吹笛子，吹的是二小放牛郎，她走过来说，你吹得真好听。这是她和我面对面说的第一句话。后来，她对我说起她的身世。她是个遗腹子，快出生时父亲忽然病逝。她说她的生父聪明好学，人才出众，每天晚上都要给她母亲讲一个故事。说到这里，她显得很自豪，无限神往的样子。她说为了生活母亲才改嫁的，继父待她也很好。

1957年夏天，我考上工农速中高中部，要到远郊去上学。母亲的工作也调到城市东头，我们要离开小西湖了。全部家当用两驾大马车就装下了。母亲催我快动身，我迟迟不动，母亲发火了。我找借口拖延着，希望最后能再见她一面，告诉她我要走了。可是那天怎么也等不到她。我只好飞奔到坡下她家院子前，一看，门上挂了一把大锁，她全家人外出了。我快快地离开了。没想到，这一别竟有四年多，互相不通音信。因为听说不久她也走了，没有人知道她们到了城市的什么地方。

后来才知，1958年肃反，她继父被定为历史反革命，开除公职，逐出教育界，遣回原籍改造。当时的遣返，除了本人，一般也动员家属跟着下去。虽有些临时优惠政策，但那将意味着失去城市户口，丢掉每月保命的粮票，以及在兰州上学、就业的资格等等。户口，那就是命啊，失去了会一落千丈，失去了是多么可怕啊。于是，她和母亲开始了与人事和户籍方面的捉迷藏，在这座城市里不停地迁居，总算熬到了政策松动，她们的户口保留了下来。

二

1960年冬，饥馑年月，人心惶惶，北风瑟瑟，满眼荒凉。兰州的偏僻街巷深处，垃圾堆旁，时有饿殍倒卧，多日无人收尸。市面柜台空空如也，只有极少饭馆营业，凭全国粮票可买到一碗汤面，需排队，迅即卖完打烊。盘旋路的饭馆门前，一个姑娘，刚端上一碗面，迎头一双黑皴皴的大手，从碗里捧走了全部东西，女孩受惊，空碗掉在地上碎了；一个男子，好不容易买到面，他饿极了，刚要狼吞虎咽，一双污秽的黑爪子从背后袭击他，迅如闪电，污爪呈半合十状，能连汤带面完整地捧走。男子岂肯甘休，追上来拳打脚踢，可任你打得乱滚，乞丐仍不停地狂吞着掌中的面条，一阵拳脚雨后，离披污秽的长发缝中，露出一对小眼睛，闪着怯弱的凶光，阴气森森。路人已司空见惯，漠然地观看着。

1961 年春天，我重新与金菊取得了联系，相约某个周日在邓家花园门口见面。她走过我眼前时，我认不出了，俨然是个大姑娘，身材高挑，面容姣好，梳着短辫子，穿一身蓝布的斜襟罩衣，既像个村姑又散发着城里女学生的青春气息。她少了以往的腼腆，羞涩，变得开朗了。她告诉我，她在读高一，就在众所周知的一所名校，后年她将面临高考。她家新搬的地方在自由路某号，她说她妈很想见我。择日，我找去了，是在一座三进深的套院里，她家在尽里头。她妈像对待未来女婿一样欢迎我。

她妈说，缸里快没水了，你们去挑吧。其实是让我们单独多待一会儿。那时兰州部分街道还没通自来水，吃的是黄河水，挑来倒进水缸，用明矾使水里的杂质沉淀后食用。那时"水客子"也没绝迹，即专门挑着黄河水，沿街叫卖的一种苦力。我不会用桶打水，差点把水桶滑到河里漂走，金菊夺过扁担钩儿，一甩，就钩住了。她用扁担钩儿打水是一绝。她微笑着说，你真是文绉绉的大学生。我抢着担水，她不争，跟在后面。我转身红着脸说，你笑什么，她不语。我挑得晃晃悠悠，差点歪倒；说实话，肚子饿，身上没劲啊。待挑满了水缸，她妈早切好了两牙青稞面饼摆在桌上，金菊递给我一牙，我们就着开水，默默地吃着。

我这才注意到，她家屋檐下、窗台上、台阶上，摆满了扎成小捆儿的像小树苗样的东西，在晾晒。我问这是什么，她说这是当归。我说这么多啊，哪来的？她说从岷县拉来的；就不再多说什么。她翻晒着药材，不时生嚼半根，看着我笑，说你不懂吧，补血。她倚着砖墙，交叉着腿，嚼够了，就轻轻吐掉。那样子至今我还记得。

这时，她家走进来一个甩着膀子，大摇大摆的人。没进门就先嚷，渴得很啊，赶紧泡茶！是一口岷县话。她母亲像迎接贵宾一样把他迎进了门。原来，这是岷县某单位的大卡车司机，专门跑岷、兰一线，是他们的老乡。他看上去比我略大点儿，红脸膛冒着光，微胖，横肉外鼓，一脸得意。自言老师傅病了，车由他一个人开。不管金菊还是她妈，都尽量陪着笑脸。

虽然给他介绍了我是兰大学生，他连正眼都不看一眼，傲气十足，只不断盯着金菊说话。那年月掌方向盘的人还了得。他眉飞色舞地炫耀，说他帮人弄到过多少羊肉和白面。她母亲用赞赏的表情附和他，无形中冷落了我。屋子里的气氛变得莫名的紧张，是我和他之间微妙的紧张。从他们的话里推知，她妈正在做一种转手的小买卖，即从岷县药农手里购进一些低价当归，转手销给兰州的私人或中药铺，从中赚点差价。于是，这个家伙的卡车能"顺便捎货"，就变得十分重要了。我当时想，这不成了投机倒把了吗。书呆子的执拗，不谙世事的清高，加上这家伙的狂妄，燃起我极大的反感。我隐约听出，暑假期间，金菊还要跟他跑一趟岷县，去"进一次货"，就坐在副驾驶座，因为路远，中途还得住店过夜。一想到这有可能发生些什么，一股说不出的无名火攻上心头。这怎么行？这方便吗？这像话吗？我坐不住了，仓皇告辞。金菊送我到门外大街上，我再也忍不住了，高喊着，发泄着，开汽车的有什么了不起，狂什么，狂什么呀！

那年月，大货司机，掌勺的大师傅，卖副食的，粮站过秤的，公安局的，开饭馆的，都是些最厉害的人。谁能捞到这样的岗位，那就肥了。面对着方向盘，盛饭勺子，粮站的秤，粮票、布票、豆腐票，无论男女老少，谁能不低头呢。艾青诗里曾有这样的句子："饥饿是可怕的，它使年老的失去了仁慈，年幼的学会了憎恨"（《在北方》），真是千古绝唱！其实，失去的何止仁慈，爱心，还有人伦，道德，贞操。大一时我所在的兰州艺术学院，有个学舞蹈的天仙般的女孩，平时挽着高髻，穿着灯笼裤，扭着腰肢，扬着下巴走过人前时，何等傲慢；可她居然和掌大勺的炊事员发生了关系，并且决定嫁给他。这件事轰动了学院，许多男生想不通，直捶脑袋。没办法，肚子饿是硬道理。据说饥荒过后，这女孩后悔死了，想离却离不成。

在这饥饿的年代，社会上的沉渣也泛了起来，听说贩毒的，卖淫的，贪污盗窃的，投机倒把的，拐卖人口的，开地下黑工厂的，层出不穷。我的内心深处，对金菊母女甚至都产生了某种怀疑。当然，事后证明，是我想错了。我没有想一想，在这饿死人的年头，她们娘儿俩没有任何经济来源，要活下去，不这样贩点当归，赚点小钱，又能怎样呢。

暑假到了，金菊真要跟这家伙去岷县了，我得知了时间，再也坐不住了，用"目不交睫"来形容我的熬煎，一点也不过分。我吃不下，睡不着，常常走神。家人读不懂我，我也不想对他们说什么。可怜不到 20 岁的我，经受着如此无法告人的折磨。此时，我独自作出决定，也到岷县去，跟住他们。长途汽车并不每天有，我只得坐火车先到陇西，然后坐汽车下到岷县，这对从未出过远门的我，充满了冒险。我已无法安顿我那颗无比煎熬的心了。

到岷县时，天下大暴雨，一片昏暗，只记得过了一座木吊桥进入县城。雨如注，愁煞人，我只得就近住到一家茅草小店。所幸店中住了避雨的脚户哥儿，他们见我人地两生，邀我盘腿坐在土坑上，边啃干馍，边喝罐罐茶，边听他们唱了大半夜的"花儿"；听得我如醉如痴，暂时忘了痛苦。这情景我后来写进了我的散文处女作《洮河纪事》。

天亮，雨过天晴，我找到她舅舅的家，某某巷 5 号，我豁出去了，准备与金菊和那个司机面对面。她舅以前在兰州我们见过。他大惊，说这么远的你怎么来了。我谎称学校组织搞社会调查。他说，太不巧了，金菊坐汽车刚走，回兰州了，不然你跟上车可以省些路费。他哪里知道，我就是跟踪而来的。

且不说我在归途上如何辛苦。我追到兰州的当天黄昏，疲惫不堪，仍跑到她家。她也刚到达不久。她示意有话到外面说。我带着醋意说，怎么样，一路上好吧；跟着那家伙发大财了吧？她听着，忍着，一直不语。不得已，我挑明了说，我都不知道你们晚上怎么睡觉啊。她听着听着，猛地掀起花格衬衣，腰间赫然现出了一条用牛皮带和麻绳紧紧编织的奇怪的"裤带"。她说，刀子都割不开，只有我能解开。我惊极，呆立无语。她徐徐地说，这你放心了吧。说完，低泣，用袖子抹泪。我浑身颤抖，想上去拥抱她，被她一把搡开，差点栽倒。那是一个有月亮的晚上，惨淡的月光洒下来，照着她还没来得及洗去的风尘，蓬头垢面的，我也灰头土脸的，我们就这样对视着，默默无语。她当时并不知道，我跟了她一路。

三

1963年夏天，她高考。她是著名中学的高材生。考后，她约我到她学生宿舍帮她搬东西，算是告别母校。那天她特别兴奋，因为她考得好，话也多了。她还讲起，每晚上女生宿舍都会说"黄话"。我问啥叫"黄话"，她笑着说，就是女生们对男生一个个品头论足。忽然，在雨后泥泞的巷子里，她一滑，我去拉，两人都摔倒了，书撒了一地。她埋怨起我来，说是我把她拉倒的。过去她从来不这样。我吻干了她脸上的泪。我已发现，她的情绪是不稳定的。我们共同感到，有个巨大的阴影在头顶盘旋，它是什么，不明确，但肯定存在。所以才有了她的忽啼忽笑。

那个暑假，她母亲去给她姐带孩子了，白天家里就她一个。这给我们留出了空间。我们在靠窗的方桌上喝水聊天。每天她给我泡杯劣质花茶，我已学会了抽烟，也是劣质的。聊着聊着，我会站起来绕到对面她的身后，轻抚她的头发，耳朵，她立刻弹跳起来，把我推回到对面的椅子上，这样一而再再而三地。最终，是两个年轻的身体紧紧缠绕在一起。有时我们吻得喘不过气来。但最后一道关，是万万不敢突破的，不管怎样难以克制，甚至两人头上都出汗了。那个年代，未婚先孕，"不正当"男女关系，一旦发现了是要出人命的，听说过卧轨的，喝敌敌畏的，私自处理大出血而亡的，极恐怖。何况我们尚处在懵懵懂懂阶段。我们每天继续着那样的功课，有个阴影一直跟着我们。有时候会想起，她的远在乡下劳动改造的继父，但又觉得那远得很，根本不会影响什么。

却无任何消息。整个夏天极其沉闷。有一天我一进她家，见她呜咽着说，你怎么才来？我说，你昨天不是不让我再来了吗。她抱着头，疼痛地喊叫着说，我头疼得快炸了，活不成了，你赶紧给我买几片止痛片去。她从没这么失态过，平时是矜持的。止痛片？我都没注意是啥样子，嘴里念叨着"止痛片"，赶快冲到大街上。那年那月那天，要是有人注意的话，定会看到，一个小伙子穿行奔跑在南关什子，喘着气，四处找药店。等我捏着药片回来，一推门，见她泪流满面。她说，你怎么去了这么长时间？我说这边我不熟，半天找不着药店。她吃了两片药后说，你回去吧，我要一个人歇歇。

发放录取通知的时间到了，结果也出来了，任何学校都没有她的名字。后来有人传出考分，她排在靠前的位置，那绝对可以进一、二等高校的，但没有她，比她成绩差很多的都考上了。这对她的打击实在是致命的。这个心强的女子，今后该怎么活。我不敢去看她。几天后我们见面，我不停地说，不要紧，不要紧，抓紧复习，明年再考。她说，明年也考不上。一语未终，我俩眼圈都红了。

四

天无绝人之路。原以为她要长期在家闲待下去，不料当年冬天，她就考取了西郊一所大工厂的学徒工，成为一名青工；原以为她会因出身问题吃过苦头，从此远离政治，然而事情完全出乎我的意料，她在另一条线路上迈进。她具体怎么优秀，我不了解，在我看来，她是柔弱的、内向的、淡泊的人。好几个周日我去她家，都没等到人，只能偶见一面。当时的她，每天提着李玉和式的那种月牙形铝饭盒，穿着深蓝粗布工作服，把辫子盘在头顶压进工帽里，走起路来一阵风，匆匆登上西去的通勤火车，快半夜才能回到城里的家。后来干脆住在厂子里。只听说她特别能吃苦，任劳任怨，能承受高强度劳动，善良且乐于助人，得到上下一致的好评。1963年到1965年间，她焕发出惊人的能量。柔弱的她，内蕴着不屈服命运的顽强。

那时"困难时期"尚未过去，"苏修"背信弃义，国家内忧外患，低迷，饥饿，混乱，于是迫切需要一种精神来振奋。1963年3月5日，毛主席为雷锋题了词，全国掀起了学雷锋热潮。金菊作为"出身不好"却表现突出的"典型"得到了肯定。简直难以相信，短短几年间，她不但入了团，而且当上了大车间的团总支书记，"文革"前，成了车间领导成员。她正在进一步争取入党。过去我看不出她有多少政治细胞，现在却成了单位里的政治新星，可见时势和政治的力量多么大，在重新塑造着人。

现在回忆，那时事情多，见面少。我搞"四清"就搞了快一年，她更忙。只记得，有次她难得地约我在五泉山东龙口见面。我们一起吃了些零食，天近黄昏。她忽来了兴致，指着路边一片假山和园林说，我藏起来，你找我，咱们赌输赢。我说好啊。可我怎么也找不见她，渐失去兴趣，看见路边有弹三弦唱道情的，就去围观，看得入神，忘了再找她。过了好久，她拍着我的后背说，你走不走，不走我走了。我就跟她一起下山。她一路沉默。我说你藏哪了，那么难找的。她低头不语，竟流泪了。到三爱堂门口，我要送她回家，遭拒，我们郁郁地各回各家。

果然，我们中间发生了一次很大的误会。她听信人言，说我母亲完全不认可她这个学徒工，说她身体多么差，这门婚事怎么可能呢。她说，你是孝子，你是大学生，我是学徒工，你什么都听你妈的，我配不上你，咱们分手吧。她约我在下西园火车站见面。那是大雪后的一个下午。她从东面来，我从西面来，寒风料峭，白光刺眼，在铁道边的斜坡下，我们站定了。她像背书一样冷冷地说了以上的话。我说，我从来没有这样想过，我把你看得比我自己还高。她仍摇头，含泪登上郊线的班车。

1965年夏，我大学毕业，分配到北京工作，离兰那天，她因为加班，没来送我，事后写了一封长信，还另寄了30块钱，说怕我初到北京，人地生疏，吃不好。当年的30块钱不是小数，那是她的血汗钱，我赶紧寄还了。

那时，她常给我写信，每封信都是教训加鼓励，总是说，阶级斗争复杂，你一定要站稳立场，一定要坚定地站在毛主席革命路线一边。例如这封信：

来信收悉。对你独游时的狼狈相感到既可怜又可笑，我似乎看到了一个小资产阶级知识分子，和今天轰轰烈烈的大革命形势太不相调了，难道你不觉得这种感情已远远落后于时代了吗，达学，你应该是坚决抛弃非无产阶级思想，争当时代的先锋的时候了……现在我的政治嗅觉比以前大大提高了，无产阶级的观点，立场也基本形成了。我觉得我们以前的日子都白白度过了，太没意思了，假若我的思想以前就像现在一样觉悟，我绝对不会得脑子病，那几年自己心胸太狭，想不开事。现在脑子灵是还灵，就是不能久用，而且健忘，尤其天热了，下午经常头昏脑胀的，对工作有一定的不利。还好，今年以来，体子强了，还不至于躺在床上，但总归不如脑子健康的人……

这封信所表达的观点、情感、思想，很能代表上个世纪60年代前期一个积极向上的青年的精神面貌。像她这样温和淡然的人，也在频频谈论无产阶级的立场是否成形，政治嗅觉是否提高，是否坚决抛弃了非无产阶级思想，她把一些政治术语运用得很熟。不过，到了1966年下半年，就再也不见她的来信了。

1966年夏天，"文革"狂潮来了，我母亲在学校里被打，打得重，精神也不正常了，多日不食，僵卧在床。她听说了，虽对我母亲有意见，还是在我家门口徘徊再三，走进去看望。我家是学校家属院最破的一间半。她来后收拾屋子，准备做饭。这时学校打人最凶的造反派头子何某某突然闯了进来，带着一帮人。质问她是什么人，好大的胆子，敢给牛鬼蛇神做饭，不说清楚是什么关系，你今天休想走。

那是个闷热的傍晚，忽然下起阵雨，何某某把她推搡到院子里淋雨。不料她大声说，我是某某工厂某某车间的革委会副主任，说着亮出了红袖标。一个女造反队员尖叫道，噢，那我知道你，我叔叔常说你。问你叔叫什么，一说，金菊说那是我师傅呀。女造反队员遂亲热地把她从雨地拉进屋。何某某仍用阴沉的怀疑的目光看着她，但不再吱声了。

　　这一幕，远在北京的我，很久才听说，心中无限感动。在那个年头，这需要多大的勇气啊。那时，全民族陷入狂热，没有人不被政治绑架，除了斗争，还是斗争；要么跟着走，要么推着走；要么触礁沉没，要么失去航向。任何地方都是好几派林立，每一派都说自己一派最革命，对方是反革命，就是神仙也拉不住，辨不清。我人在北京，也能感知，金菊正被两种力量苦苦夹击着，一个是政治斗争的暴风骤雨，一个是疾病的苦苦纠缠。这个曾经的学雷锋模范、五好职工、团总支书记，被混乱的政治潮流裹挟，无所适从。听说她很快就作为保皇派的骨干被打下去了，险些被斗。

　　1966年冬天，全国大串连，我们刚毕业参加工作的65级同学中，有人搞起"返校闹革命"，成立了"莽昆仑65兵团"，回来的人都住在大教室里，白天写大字报，吃饭就在学校灶上白吃。我也从北京请了假回来，想借此机会回家探望老母，同时见见她，却怎么也联系不上她。有人说，她两次晕倒在车间，被人救起。

　　有一天，兰大操场举行批斗省委原第一书记汪锋大会，搭了高台。汪是著名老革命，我也是头一次见，方头方脸的，穿一件旧绿军大衣，被几个红卫兵架定在台子上坐喷气式。观者如堵，举起的拳头如森林，口号声震荡着天空。忽然在人群中，我发现了金菊，她也发现了我，她的面色在一瞬间惨白如纸，不知是什么原因。我们挤出人群，退到离操场很远的地方。她说她早不上班了，请了长病假。她问我住哪，我说我只能住到学校。那个造反头子何某某，有天我差点在我家撞上他。我出门后回望，确实看见一个戴黑边眼镜的大汉，向我追来。我一拐弯，又不见了。运动开始时，我曾写信要家里清理"四旧"，这信被何某搜出，他不仅给我北京的单位写材料，还扬言要抓我。

　　我们缓缓走到大街上。斗争大会结束了，马路两侧人挤人，水泄不通。红三司的车队开过来了，前面是一支军乐队开路，吹奏的是"造反有理"，节奏强劲而有力，后面是十几辆卡车，车头架着重机枪，每辆车上站满了男女红三司战士，一律着军装。"黑帮分子"分列车两旁，挂着打红叉的牌子，被揪着头发，仰着面，供路人观看。这比北京造反派的声势还要大。人们奔走相告，说一会儿"革联"的车队还要来呢，他们更厉害啊。人们齐说，不走了，等着看热闹。

我和她的身旁是无尽的人流。我们一会儿被挤散，一会儿又找到一起。到了前面一个十字路口。她说她必须得回家了，而且说，你也早点回北京吧，我们再联系吧。然后转过身来，向我摆了摆手。我忽然发现，她的背"驼"了，人显得轻飘飘的，浅色的棉袄淡得快消融到人群里，人衰弱得好像一阵风来就能吹走。在这喧嚣声中，我感到万分凄凉，不祥之感悄然爬上了心头。我们就这样告别了，在1967年1月混乱的兰州街头，背景是沉默的皋兰山。我也认为我们还会不止一次地见面。然而，没有想到，这不是告别，而是诀别，永远的诀别！

五

回到北京后，大约是1967年3月，接她一信，她直接提出，请我考虑结婚问题。她说"那些游戏早没意思了，早该结束了，要么结婚，要么分手"。这有点一反常态。她的内心是很骄傲的。她从一个先锋模范，风口浪尖人物，再到倏忽万变下的一败涂地，由造反派到保皇派，疾病与罪名交加，只能躲到一旁自己舔伤口。我是她寄托希望的亲人。她把我在北京的环境也理想化了。

当时，结婚于我根本不可能。我所在单位，是一座破旧的小楼，据说曾是日本某特务机关驻地，另一说法是，曾是梅兰芳的公馆。仅有的几个"文革"前结了婚的人，每人一间极小屋子，磕磕绊绊，夹道里生着煤球炉子，烟气狼呛。这单位不可能为我腾出一间小屋，或者说，这单位根本就没有房。我即使提出来，也是痴心妄想。其他几个大学生，都比我大，都还没条件结婚。

更重要的是，我是一个秘密的受审查对象。罪名是因为言论。现在看来都是非常正确的话，应该表扬才对。比如，"姚文元批判海瑞罢官是以势压人，破坏双百方针"，"既然对万事万物都可以一分为二，那为什么不能对……"如此等等。但在当时，按军宣队长的话是："可以判你无期徒刑，可惜是'单证'，没法判，只能先挂起来。"事情的起因，是兰州的一个我并不熟悉的"朋友"的揭发，因外调所致。单位里的人也奇怪，为什么晚上开会总不通知我。在他们眼里，我是最单纯的大学生，能有什么问题呢。我采取了沉默，不解释。

后来还发生过这样的情形：我的一个侄子，年龄比我大，偶然到北京参加一项工程，找到我原先单位。其时我已经下放到"五七"干校，只有留守的专案组在。一个女专案人员，我曾经的同事，尽情地戏耍了我的侄子。她先是说，他呀，他不在这里，我劝你不要找他了，你找不到他的，他也不一定能回到这里。又说，即使你找去了也不见得能见到他本人。我的侄子是个八级钳工，老实而木讷，嗫嚅着问她，他有什么问题吗，那女人仰天尖笑，说，那就得问问他本人喽。多少年后，我的侄子回忆当时奚落他的那个"北京女人"，还心有余悸。试想，如此寒冰般的处境，谈何结婚。

1969 年深秋，林彪一号命令下来，我们被下放到河北怀来黑土洼。我打前站，押运行李，迎着秋风站立在行李车上，心头一片惘然。国庆假日没处去，干校学员就一齐到就近的官厅水库玩，看秋风萧瑟，洪波涌起，各想心事。有人捎来了北京的一堆信，其中也有我一封，一看是姐姐从陕西寄来的。那时我最怕姐姐的信，几乎都是坏消息。更怕她打长途电话，那一定是母亲又有什么事。这封信亦然。就在要收起信时，发现信的边角上补写了一行极小的字："听某某说，金菊已于 1968 年因心脏病死了"。这一语几乎轰倒了我。这行字我看了又看，先是麻木得没一点反应，继而泪水从眼角渗出，眼前是秋风中疯狂摇晃的小树。这个消息既真又不确，后来才知，她人早在 1967 年 5 月就去世了。我竟完全不知，联系她多次也无回音。她已埋骨地下近三年了。

六

1980 年，我作为新中国成立以来文艺报第一个只身进新疆的记者，在新疆盘桓数日，结识了一批朋友，并以本报记者名义写了报道《天山寄语》。归途上，我特意在兰州下车。我已整整 13 年未到过兰州了。原想拜望金菊的母亲，向她老人家表达我的悲痛和悔恨，不巧她去了岷县；于是找到金兰姐和老石姐夫。金兰姐哽咽着讲述了金菊去世的情景。说主要还是心脏病，看不出迹象，发病突然，而医院混乱，也没有认真抢救。我的泪水一直在眼眶打转。我要求到她坟上看看。他们告诉了我详细的路线和走法。

第二天，过了黄河铁桥，我一站站打听，沿着去宁夏的公路，进入了大沙沟。看见路的左边出现坟冢时，我的心顿时收紧了。我内心的声音是：金菊妹，我快要看见你了。公墓区有个叫王爷的守墓人，蹲在小屋前，我递上了烟，问他 1967 年去世的人埋在何处，他指了指方向，冷淡地不再说什么。我一个人转上山坡，进入坟区，好凄凉啊，有的坟被挖，棺木板乱扔着，硕大的黄鼠在丘墓间奔跳，益增恐怖与寂寞，我的心狂跳起来。原先还有个上坟的年轻人，转眼不见了，茫茫墓区只我一人。但我不怕，给自己鼓劲。我按老石姐夫指示的方位寻找着，找了很久，转过三个山头，仍不见金菊的碑。也许是心发怯，人太慌了。我一排排数着，还是没有，渐失去信心，呆呆地站在坡上。

突然，像幽灵一样，南面坡上先是冒出一个人头，再一看，王爷佝偻着腰上来了。他手里拿着一本"录鬼簿"，在我面前一翻，一下子翻到金菊的名字。天哪，年龄是 22 岁！我闭上眼睛，阵阵晕眩。我肯定地向王爷点了点头。老人丈量着，绕了一圈又一圈，又走回到我的脚前，最后肯定地指着我脚下的一座坟。我低头一看，岷县人韩金菊之墓，落款没有长辈，都是些外男谁谁谁。以下字迹就湮没了。奇怪，我怎么硬是看不见呢。我的腿一软，蹲了下来，几乎失去了知觉。没有地方去买纸钱，向她叩了三个头，我轻抚着坟上的白石头，头脑乱得像一团麻。金菊的坟夹在中间，可以免却雨水的冲刷，头顶是一座叫墩墩山的山峰，脚下是一条小河，河边是一条公路，不时有卷着尘埃的汽车掠过。坟头上的青草在微风中摇摆，是不是她在向我招手？在她旁边，是个北京老太太，右边是个柴姓的老太太，她们会互相照应的吧。

我慢慢走下山坡，不断回望着她，想永远把这场景记住，我多么希望从那里站起一个人，颀长的身子，秀丽的面容，微笑着向我走来。过去我不信有鬼，此刻我希望有鬼。过去我怕坟场，现在竟有些依恋坟场。

2006年，我在兰大兼职带博士生期间，又去六公里墓区几次。因金菊的墓碑已风化残破，且有一大半陷埋地下，我缴过一笔钱，拟好碑文，请刻碑的师傅代刻代立。他当时说，你放心去北京吧，我负责给你刻好埋好。他是李师傅，仍在露天下，围着木架子，不紧不慢地刻着一块碑。说起去年事，他起先记不起了，忽然连拍脑袋说，想起来了，"挚友"、"挚友"。他深深叹息道，太年轻了，太可惜了，我在碑的顶部还特意刻了两只凤凰呢。他讨好地、憨厚地笑着对我说。

我遂与好友王作人、李师傅，沿山边前行去看。上午，坟场空寂无人，远处山下的公路上，去白银的汽车依然扬尘飞过，那是人的世界；而山的这边，静极，坟冢累累，碑石层层，一片森然，蔓草间有小动物窜动，看那一块块碑，男男女女，老老少少，有的短命，有的长寿，甘肃人，河北人，山西人，陕西人，内蒙古人，哪儿的都有，又是另一个世界。它们紧紧相邻，相隔并不远。

我们又找不到她的墓了，慌慌地来回走着。最后还是李师傅，猛回头，一指，坟就在脚边，不觉悚然，怎么总是看不见呢。新碑显得比较高大，贴着旧的小碑亭亭而立。碑上刻着：岷县人（1945—1967）；韩金菊长眠于此；挚友雷达立。不知现在这碑尚完好否。当时没有拍照意识，连个相片也没留下。

七

韩金菊的故事藏在心中多年，堵在心口，不写出来难受，但真的一写，几次伤心得写不下去。我还担心老伴是否会不高兴，便对她委婉地说了。没想到，她平静地说，你能不忘 50 年前美好的感情，珍藏于心，这是好的；但人的生活总会变化，又会有新的感情，这也很正常，既不要死抱住以前不放，又不要把以前丢得一干二净。再说了，你写出来，让今天的年轻人看看，你们那一辈人，曾经怎样生活过，恋爱过，思考过，度过了怎样的青年时代，也有价值啊。

她的话让我惊讶，让我敬佩，里面包含着多么崭新的观念。

她叹了口气说，金菊要活到现在，该有 70 岁了吧？我说不，应该 72 岁了。

（2017 年 4 月 4 日清明节改定于北京华威北里

原载《作家》2017 年第 6 期）

何处是乡愁

梁　衡

　　乡愁，这个词有几分凄美。原先我不懂，故乡或儿时的事很多，可喜可乐的也不少，为什么不说乡喜乡乐，而说乡愁呢？最近回了一趟阔别60年的故乡，才解开这个人生之谜。

　　故乡在霍山脚下。一个古老美丽的小山村，水多，树多。村中两庙、一阁、一塔，有很深的文化积淀。我家院子里长着两棵大树，一棵是核桃，一棵是香椿，直翻到窑顶上遮住了半个院子。核桃，不用说了，收获时，挂满一树翠绿滚圆的小球。大人站到窑顶上用木杆子打，孩子们就在树下冒着"枪林弹雨"去拾，虽然头上砸出几个包也喜滋滋的，此中乐趣无法为外人道。香椿炒鸡蛋是一道最普通的家常菜，但我吃的那道不普通。老香椿树的根不知何时，从地下钻到我家的窑洞里，又从炕边的砖缝里伸出几枝嫩芽。我们就这样无心去栽花，终日伴香眠。每当我有小病，或有什么不快要发一下小脾气时，母亲安慰的办法是，到外面鸡窝里收一颗还发热的鸡蛋，回来在炕沿边掐几根香椿芽，咫尺之近，就在锅台上翻手做一个香椿炒鸡蛋。那种清香，那种童话式、魔术般的乐趣，永生难忘。当然炕头上的记忆还有很多，如在油灯下，枕着母亲的膝盖，看纺车的转动，听远处深巷里的犬吠和小河流水的叮咚。这次回村，我站在老炕前叙说往事，直惊得随行的人张大嘴合不拢。而村里的侄孙辈也如听古。因为那两棵大树早已被砍掉，河已不在。只有旧窑在，寂寞忆香椿。

出了院子，大门外还有两棵树，一棵是槐树，另一棵也是槐树。大的那棵特别大，五六个人也搂不住，在孩子们眼中就是一座绿山，一座树塔。长记小树下总是拴着一头牛或一匹马。主干以上枝叶重重叠叠，浓得化不开。上面有鸟窝、蛇洞，还寄生有其他的小树、枯藤，像一座古旧的王宫。而爬小槐树，则是我们每天必修的功课。隐身于树顶的浓荫中，做着空中迷藏。槐树枝极有韧性，遇热可以变形。秋天大人们会在树下生一堆火，砍下适用的枝条，在火堆里煨烤，制作扁担、镰把、担钩、木杈等农具，而孩子们则兴奋地挤在火堆旁，求做一副精巧的弹弓架或一个小镰把。有树必有动物。现在，野生动物事业，就归国家林业局来管。村里的野物当然也不离古树。各种鸟就不用说了，松鼠、黄鼠狼、獾子、狐狸的造访是家常便饭。夏天的一个中午，正日长人欲眠，突然老槐树上掉下一条蛇，足有五尺多长，直挺挺地躺在树荫中。一群鸡，虽以食虫为天职，但还从未见过这么大的虫子，一时惊得没有了主意，就分列于蛇的两旁，圆瞪鸡眼，死死地盯着它。双方相持了足有半个时辰。这时有人吃完饭在河边洗碗，就随手将半碗水泼向蛇身。那蛇一惊，嗖地一下窜入草丛，蛇鸡对阵才算收场。现在，就是到动物园里，也看不到这样的好戏。

还有一天的晚上，我一个叔叔串门回来，见树下卧着一个黑影，便上去踢了一脚，说："这狗，怎么卧在当道上！"不想那"狗"嗖地翻身逃去。星光下分明是一条狼。大约是来河边喝水，顺便在树下小憩片刻。第二天听了这故事，很令人神往，我们决心去找这只狼。长期在农村，早得了关于狼知识的秘传：铜头、铁身、麻秆腿。腿是它的最弱项。傍晚时分，四五个孩子结伴向村外走去。随身带上镰刀、斧头、绳子，这都是平时帮大人打柴的家什。大家七嘴八舌，说见了狼，我先用镰刀搂腿，你用斧砍，他用绳捆。正说得热闹，碰见一个大人，问去干什么？答，去找狼。大人厉声训斥道："天快黑了，你们还不都喂了狼？给我回去！"我们永远怀念那次未遂的捕狼壮举。

出大门外几十步即一条小河。流水潺潺，不舍昼夜。河边最热闹的场景是洗衣。在没有自来水和洗衣机之前，这是北方农村一道最美丽的风景。是家务劳动，也是社交活动，还是一种行为艺术。女人和孩子们是主角，欢声笑语，热闹非凡。许多著名的文艺作品都喜欢借用洗衣这个题材。如藏族舞蹈《洗衣歌》，歌剧《小二黑结婚》等。我们山西还有一首原汁原味的民歌就叫《亲圪蛋下河洗衣裳》。印象最深的是河边的洗衣石，有黑、红、青各色，大如案板，溜光圆润。这是多少女子柔嫩白净的双手，蘸着清清的河水，经多少代的打磨而成的呀。河边总是笑声、歌声、捶衣声，声声入耳。偶尔有一两个来担水的男子，便成了女人们围攻的目标。现在想来，那洗衣阵中肯定有小二黑、小青、亲圪蛋等。洗好的衣服就晒在岸边的草地上，五颜六色，天然图画。

我们常在河边的青草窝里放羊，高兴时就推开羊羔，钻到羊肚子下吸几口鲜奶，很是享受。那时也不懂什么过滤、消毒。清明前后，暖风吹软了柳枝，可退下一截完整树皮管，做成柳笛，呜哇，呜哇地乱吹。大人不洗衣时我们就在这洗衣石上玩泥，或坐上去感受它的光润。那时洗衣用皂角，村里一棵硕大的皂角树，一季收获，够全村人用上一年。皂角在洗衣石上捶碎后，它的种子会随河水漂落到岸边的泥土里，春天就长出新的皂角苗。小村庄，大自然，草木之命生生不息，孩子们的心里阳光满地。大家比赛，看谁发现了一株最大的皂角苗，然后连泥捧起种到自家的院子里。可惜，这情景永不会再有了，前几年开煤矿破坏了地下水，村里的三条河全部干涸，连河床都已荡平，树也没了踪影。洗衣歌、柳笛声都已成了历史的回声。

忆童年，最忆是黄土。我的老乡，前辈诗人牛汉，就曾以敬畏的心情写过一篇散文《绵绵土》。村里人土炕上生，土窑里长，土堆里爬。家家院里有一个神龛供着土地爷。我能认字就记住了这副对联"土能生万物，地可载山川"。黄土是我的褓褓，我的摇篮。农村孩子穿开裆裤时，就会撒尿和泥。这几年城里因为环保，不许放鞭炮，遇有喜事就踩气球，都市式的浪费。且看当年我们怎样制造声响。一群孩子，将胶泥揉匀，捏成窝头状，窝要深，皮要薄。口朝下，猛地往石上一摔，泥点飞溅，声震四野，名"摔响窝"。以声响大小定输赢，以炸洞的大小要补偿。输者就补对方一块泥，就像战败国割让土地，直到把手中的泥土输光，俯首称臣。这大概源于古老的战争，是对土地的争夺。孩子们虽个个溅成了泥花脸，仍乐此不疲。这场景现在也没有了，村子成了空壳村，新盖的小学都没有了学生。空空新教室，来回燕穿梭。村庄没有了孩子，就没有了笑声，也没有人再会去让泥巴炸出声了。

农家的孩子没有城里人吃的点心，但他们有自己的土饼干。不是"洋"与"土"的土，是黄土地的"土"。在半山处取净土一筐，砸碎，细筛，炒热。将发好的面拌入茴香、芝麻，切成条节状，与土混在一起，上火慢炒至熟，名"炒节子"。然后再筛去细土，挂于篮中，随时食用。这在城里人看来，未免有点脏，怎么能吃土呢？但我们就是吃这种零食长大的。一种淡淡的土味裹着清纯的麦香，香脆可口。天人合一，五行对五脏，土配脾，可健脾养胃，村里世代相传的育儿秘方。

从春到夏，蝉儿叫了，山坡上的杏子熟了，嫩绿的麦苗已长成金色的麦穗，该打场了。场，就是一块被碾得瓷实平整，圆形的土地。是粮食从地里收到家里的最后一道程序，再往下就该磨成面，吃到嘴里了。割倒的麦子被车拉人挑，铺到场上，像一层厚厚的棉被，用牲口拉着碌碡，一圈一圈地碾压。孩子们终于盼到一年最高兴的游戏季，跟在碌碡后面，一圈一圈地翻跟斗。我们贪婪地亲吻着土地，享受着燥热空气中新麦的甜香。一次我不小心，一个跟斗翻在场边的铁耙子上，耙齿刺破小腿，鲜血直流。大人说："不碍，不碍。"顺手抓起一把黄土按在伤口上，就算是止血了。至今还有一块疤痕，留作了永久的纪念。也许就是这次与土地最亲密的接触，土分子进入了我的血液，一生不管走到哪里，总忘不了北方的黄土。现在机器收割，场是彻底没有了，牲口也几乎不见了，碌碡被可怜地遗弃在路旁或沟渠里。有点"九里山前古战场，牧童拾得旧刀枪"的凄凉。

没有了，没有了。凡值得凭吊的美好记忆都没有了。只能到梦中去吃一次香椿炒鸡蛋，去摔一回泥巴、翻一回跟斗了。我问自己，既知消失何必来寻呢？这就是矛盾，矛盾于心成乡愁。去了旧事，添了新愁。历史总在前进，失去的不一定是坏事。但上天偏教这物的逝去与情的割舍，同时作用在一个人身上，搅动你心底深处自以为已经忘掉了的秘密。于是岁月的双手，就当着你的面将最美丽的东西撕裂。这就有了几分悲剧的凄美。但它还不是大悲、大恸，还不至于呼天抢地，只是一种温馨的淡淡的哀伤。是在古老悠长的雨巷里"逢着一个丁香一样的结着愁怨的姑娘"。乡愁是留不住的回声，捕捉不到的美丽。

那天回到县里，主人问此行的感想。我随手写了四句小诗：

何处是乡愁，云在霍山头。儿时常入梦，杏黄麦子熟。

（原载《人民日报》2017 年 3 月 29 日）

送走三只猫

南　帆

一

一只肥猫长长地打了一个呵欠，懒洋洋地从我的记忆之中踱了出来，鼓出的肚皮隐隐地一颤一颤。

这只猫叫作阿灰，一身又滑又亮的灰皮毛。想不起它怎么来到我们家。20世纪的60年代，我们家居住在小巷的一幢破旧的瓦房里，大小老少衣裳简陋，面有菜色，只有少许的荤腥短暂地漂过清苦的日子。奇怪的是，阿灰居然在这种日子的皱折里悄悄地长成了一只大肥猫。

阿灰是外婆的宠儿。外婆时常悄悄地挤出几文菜金，买回一些小鱼小虾喂养阿灰。父亲偶尔会流露出不满的神色：饭桌上的人还吃不到鱼虾，怎么又来了一只猫争食。外婆装聋作哑。阿灰分得清亲疏的脸色，它从来不会撒娇地蹭父亲的裤脚。

这是一只懒猫，大部分时间闭目养神，或者干脆盘成一团打起了呼噜。那时我还是一个顽劣少年，不时想方设法捉弄阿灰。我的手臂插进阿灰毛茸茸的怀里，用力搅散它的睡眠。鸡或者鸟的鲜艳羽毛之下隐藏了一个灼热的身体，人们的手掌可能因为意外的温度和嶙峋的骨架而恐惧地缩回；而猫的身体温度适中，光滑而柔软的皮毛常常形成某种诱惑。阿灰并没有对我的骚扰表示多大的反感，它愿意配合游戏。阿灰抱住我的胳膊装模作样地啃一口，有时还用后腿奋力蹬几下。敷衍过之后，它一仰身滚到另一边继续打呼噜，仿佛不胜劳累。

午间的闷热消散之后，阿灰多半要从厨房出来溜达一圈，从事一些轻松的娱乐——譬如戏弄壁虎。它悠闲地坐在地板上，慢条斯理地拍打一只刚刚捕获的壁虎。壁虎弃掉了尾巴试图潜逃，阿灰对于这种诡计洞若观火。它的一个爪子按住活蹦乱跳的尾巴，另一个爪子及时地把逃出了几步的壁虎一次又一次地拨回来，有条不紊的操作让人想到炉灶前的大厨。奇怪的是，阿灰对于老鼠似乎缺乏应有的仇恨，它生平仅仅擒获一只老鼠。不知那只稚气未脱的小老鼠如何落到它的爪下。大约半小时左右的时间，阿灰兴高采烈地享受自己的战利品：它用前爪将老鼠一次又一次地高高地抛起，远远看去如同一个尽职地垫球的沙滩排球运动员。事后阿灰并未吃掉老鼠。它明星一般骄傲地扬长而去，那一只分崩离析的死老鼠扔给外婆收拾。

这一幢破旧瓦房的地板底下有一条大阴沟，众多老鼠穿梭往返。许多时候，老鼠在朽烂的地板破口探头探脑，然后鬼鬼祟祟地钻出地面收罗一些食品。可是，阿灰仿佛耗尽了攻击老鼠的兴致。它眯着眼坐在一缕阳光里，任由老鼠行色匆匆地窜来窜去，安详的神情如同一个窥破了世情的智者。某次一只大老鼠竟然在不远的地方停下来，目光炯炯地和它对视。这个挑衅仅仅让阿灰微微地动了动胡须，它甚至懒得站起来。阿灰似乎不屑于再与地板底下那些神情诡异的家伙交手，它的漠然终于让那只勇敢的老鼠无趣地怏怏而去。猫是清洁的动物，阿灰肯定对于老鼠的龌龊深感厌恶。魑魅魍魉，不可与之论英雄，赢了这种对手仍然算不上多大的功绩。阿灰大约就是在这个时候仰起头来，开始想念明亮的天空和自由自在的呼吸。某一天下午，它攀上一小段柱子，跃过一个横梁之间的空隙，转过屋檐来到了瓦顶之上。

瓦顶是猫的江湖。它们在那儿谈玄论道，分配阳光、势力范围和异性伴侣。我无法猜度阿灰瓦顶上的浪漫生活，估计多少有些卿卿我我的轶事。阿灰是一只雄壮的公猫，凛凛一躯，堂堂仪表；这一带的雌猫显然乐于迎来送往。某些时候瓦顶上突然传来悠长的嚎叫，这是它们共同高吟的情诗。公猫之间某些局部的小型战事不可避免。瓦顶上鼓点般的脚步踩得瓦片一阵的脆响，那是擂台比武的胜者正在将手下败将逐出领地。这些故事情节起伏，引人入胜，可是，一个难堪的结局出其不意地出现了：阿灰不知该怎么回家。返回屋檐跃过横梁之间的空隙之后，阿灰愣住了——它不敢头朝下地沿着柱子滑下来。情场或者战场的凯旋无法兑换为食物。饥肠辘辘的阿灰坐在瓦顶的边缘哀哀地叫着，长一声短一声。

我找来一架木梯子靠到了屋檐的边缘。阿灰观察了许久，颤巍巍地伸出一条前腿试了几番又缩回去。它显然对于一堆摞起来的方格子极不信任。我不耐烦地攀上梯子试图把它拎下来，阿灰竟然一侧身躲开了。父亲愤愤地表示无须理它，这种笨猫丢了也罢。天渐渐地暗下来了，外婆心急如焚。房前屋后转了几圈，她想出一个笨拙的办法：外婆用晒衣服的长长木杈挑起一个菜篮伸到屋檐上，嘴里阿灰阿灰地叫着。这时，奇怪的事情发生了：犹豫了一会儿，阿灰竟然慢悠悠地跨入了菜篮。它一屁股坐下来的时候，接近十斤的体重压得菜篮一晃，外婆一个趔趄几乎扶持不住木杈。

阿灰善于归纳，它很快形成了习惯。酒足饭饱，鼓腹而游，瓦顶上云游一番归来，阿灰就会坐到屋檐旁边千呼万唤，催促外婆备好菜篮。它堂而皇之地坐入菜篮左右顾盼，惬意得如同坐上了轿子的县太爷。外婆不断地咒骂着，恶狠狠地发誓这是最后一回，然而，阿灰的召唤总是让她一次又一次食言。

我记得阿灰失踪过一回。外婆端上它的饭盆走家串户，一边用筷子叮叮当当地敲打着，一边阿灰阿灰地呼唤着。这种老乞婆的形象让我们感到了脸红。可是，外婆前所未有地强硬，根本不睬我们的劝阻。几天以后，阿灰不知从什么地方溜回来了，浑身污迹，整整消瘦了一圈。它将脑袋埋在饭盆里狼吞虎咽了一阵，神情慢慢镇定了下来。外婆坐在厨房的小椅子上，一下一下地抚摸阿灰背上的皮毛，嘴里喃喃地劝它不要出门，不要到布满了陷阱的危险世界四处乱蹿。它眯起眼睛静静地听着，慢慢地打起了呼噜。

阿灰大约活了十来年，外婆送走了它。多年之后，外婆也到另一个世界去了。他们在那边仍然相依为命吗？

二

为什么猫没有纳入十二生肖之列？这是一个令人不解的问题。

据说当年天庭打算选拔 12 种动物作为生肖的代表，群兽踊跃响应。猫和鼠是一对好友，它们相约共同参选。由于猫嗜睡，老鼠答应参赛的日子担任它的叫醒闹钟。当然，接下来的故事情节肯定会如此演变：那一天早晨老鼠悄悄地独自赴会并且拔得头筹，猫被太阳晒醒的时候十二生肖的名单已经公布。猫并非动物界威风凛凛的大杀器，它常常无声地伏在枝叶斑驳的树干上，如同一个高人冷冷地打量这个世界。猫的长相形同狐狸，它对于自己的智商具有足够的信心。然而，猥琐的老鼠居然出面算计它，奇耻大辱不可忍受。从此，捕杀老鼠成了猫世代相传的天命。

我不太相信这种传说。如果允许放纵想象，我宁愿把十二生肖的龙指认为疑点。"飞龙在天"，龙的伟岸形象活跃在神话之中，龙的鳞甲闪烁的是耀眼的阳光，这种高高在上的神物又有什么必要与鼠、猴、猪、羊之类的俗物为伍，格格不入地厮混在十二生肖之中？龙几乎不可能与芸芸众生玩到一起。相对地说，猫更像它们之中的一员。猫不仅切齿地仇视老鼠，长期与狗争执不休，同时还自称担任过虎的师傅。如此复杂的交集表明，猫才是与十二生肖共进退的整体。我愿意公布的一个猜测是，会不会当时天庭的点名发生了某种错误，以至于把龙的名字安放到了猫的座位之上？

倒霉的猫从此不断遭受冷落，它远不如十二生肖之中的诸位荣耀。例如，文学勤勉地为十二生肖造册登记，对于猫往往视而不见。猴机灵，猪憨厚，牛勤劳，蛇阴险，马与狗忠诚，兔与羊可爱，雄鸡一唱天下白，威震天下的老虎就不必说了，甚至老鼠也时常有当主角的时候，例如"米老鼠"，或者"老鼠嫁女"，还有"小老鼠，上灯台，偷吃油，下不来……"至于"硕鼠硕鼠，无食我黍"的诗句差不多是向老鼠告饶了。然而，猫几乎没有机会露面。猫的文学性格模糊一团。我一时记得起来的大约就是风行于百老汇的音乐剧《猫》，还有日本出产的那一个头重脚轻的《机器猫》。当然，动画片《猫和老鼠》也算得上名著，但是，影片之中的汤姆不过是杰瑞股掌之中的玩物。

我们景仰的鲁迅先生是一个坚定的仇猫主义者。春暖花开的季节，猫开始忘情地交配。这时，先生就会手擎长竹竿从屋里杀出来，打得那一对苦命的情侣落花流水。如果不是从《朝花夕拾》的《狗、猫、鼠》之中读到这一幕，大部分人恐怕想象不到先生的强烈义愤。先生在文章之中申辩说，他不是由于性压抑或者嫉妒而痛下杀手——他仅仅是因为恋爱的猫发出了令人生厌的凄厉嚎叫。被窝里的那些事，有必要叫嚷得全世界寝食不安吗？先生手擎长竹竿向不知羞耻宣战。当然，鲁迅对于他的仇猫精神还有进一步的论证：这些可恶的家伙向主人扮出了一副媚态，转过身又残忍吞噬了他的童年宠物隐鼠。

这些解释真的不那么合理。媚态的猫的确不像英勇的战士，但是，那只隐鼠不正是由于妖媚而赢得了鲁迅的宠爱吗？童年的鲁迅从盘在屋梁上一条蛇的嘴里救出了身受重伤的隐鼠，可是，他从未对蛇——真正的凶手——表示足够的仇恨；况且，不久之后鲁迅即已得知，他的隐鼠并没有成为猫的点心，而死在他家一个健硕的女仆长妈妈的脚板底下。这只隐鼠试图沿着长妈妈的腿往上爬，终于遭到了致命的惩罚。尽管如此，鲁迅仍然变本加厉地与猫为敌，甚至练就了飞石投掷等多种袭击的绝技。当然，伟人多半有权利拥有一些异常的癖好，庸众没有胆量计较他们的任性。得不到先生的宠爱，只能证明猫的福分不够。鲁迅之后，慈祥的冰心奶奶倒是一个有名的爱猫人士。但是，她的文章似乎没有办法为猫增添多少文学史的声望。

为什么猫只能寂寞地徘徊在文学之外？我想到了猫的独立性格。一只猫无声地悠然穿行于各个房间，东张西望，旁若无人，它并未流露出向主人邀宠的愿望——这一点与狗远为不同。一条狗见到了久别的主人常常会欢喜得失态：疯狂地打转，不顾一切地扑上来舔主人的脸，或者因为泣不成声的激动而在主人的裤腿上沾满它黏糊糊的涎水，如此等等。猫的表情冷淡得多，甚至仅仅无动于衷地瞟一眼。君子之交淡如水，猫似乎更乐意遵循这条谚语。所以，狗的故事往往赚足了人们的大把眼泪，很快晋级为热门的文学形象；相反，猫仅仅冷淡地嗅了嗅文学的门槛，转身踽踽离去。猫时常离开人们的视野，回到自己的世界。回眸一望的时候，猫的瞳孔闪过拒人千里的冷光。它不肯充当投机分子，哪怕文学关上了大门。

三

另一只猫的造访，大约是 45 年以后。这时我已经搬到了一幢公寓的九楼。我始终想不明白，老鼠从什么地方潜入家里的贮藏间？窗门紧闭，所有的下水道出口俱已蒙上不锈钢的盖子，不知道那些黝黑的游击队发现了哪一条秘密通道。

最初是被贮藏间里断断续续的可疑响声惊动了。贮藏间堆放了一些过季的衣物、鞋子和几个箱子。夜深人静的时候可以听到窸窸窣窣的噬咬。老鼠来访？我将信将疑了一阵。当年我在乡下生活的时候，老鼠曾经在一只长筒雨靴里生了一窝粉红的鼠崽子。我清晰地记得当时毛骨悚然的感觉。几天之后，贮藏间箱子缝隙闪过的一根小拇指粗细的老鼠尾巴证实了入侵者的存在。根据尾巴的长度揣测，这只老鼠接近一尺。遇到一尺长的狮子，我可以毫不犹豫地拎起来远远地扔出去，但是，我没有勇气翻检贮藏间，徒手对付一尺长的老鼠。

太太也察觉到贮藏间的异常，我不敢向她描述那一根老鼠尾巴，担心她可能干脆收拾起行李搬走。我设计了许多骚扰老鼠的方法，期望它们不堪忍受因而自愿离去。最为常用的一招是，将一部手机放在贮藏间，反复地打通电话。我的想象之中，各种稀奇古怪的刺耳铃声可能让那些来自阴沟的不速之客久久地失眠。然而，事实证明，老鼠对于苹果公司的高科技产品安之若素。除了向这一批入侵者的天敌求援，别无他法。

咪咪是外甥女从马路上拣回的一只流浪猫，已经喂养了几个月。那一天下午，外甥女用一个塑料笼子将咪咪作为维和部队运送至公寓的九楼。打开塑料笼子，咪咪慌乱地窜出来，一溜烟地藏到了一个柜子底下，很长一段时间之后才蹑手蹑脚地露面。当时我没有想到，这种羞怯是咪咪的伪装。事实上，这是一个极其活跃的顽皮家伙。

咪咪抵达的两天之后，贮藏间就安静下来了。尽管咪咪的叫声仍然稚嫩，但是，猫的气息可以让老鼠浑身颤抖。那只一尺长的老鼠知趣地撤退了。于是，我们的公寓成为咪咪的表演舞台。这一只猫对于许多事物充满了好奇，例如屋角的一盆蝴蝶兰。它攀上狭小的花盆，亢奋地在花丛之中不停地来回穿插，直至那些蝴蝶般的粉红色花朵纷纷坠落，香消玉殒；片刻之后，花盆里仅仅剩下几根光秃秃的枝丫可怜地摇晃。完成了蝴蝶兰的摧残之后，咪咪看上了一排的落地窗帘。它后退五米左右，然后一阵助跑，飞身跃起抱住窗帘，跟随摆动的窗帘荡秋千。这是它每日不辍的游戏。数日之后，咪咪的利爪已经将窗帘的下半段撕成一丝一丝。

好奇的咪咪无疑具有科学家的质素。它对于厕所里的各种器具深感兴趣，譬如，马桶为什么可以冲水？人们用过马桶之后按下了冲水的开关，咪咪就会闻声而至。它跳上马桶左右察看，聆听水箱里叮叮咚咚的进水声音，满脸困惑的神情。它很快发现浴缸底部有一根塑料管插入下水道。下水道通往什么世界？阿里巴巴发现的山洞还是陶渊明的桃花源？咪咪企图将塑料管从下水道里拽出来。对于一只瘦弱的小猫来说，这是一个艰巨的工程。塑料管仅仅露出一小截又噗的一声落下去，咪咪不得不重新开始。这种西绪福斯式的苦役，咪咪往往不懈地坚持一个小时左右，直至精疲力竭。书房里一会儿就能听到厕所传来噗的一声，以至于我不得不在电脑屏幕上写下一个新的标题：一只猫为什么具有如此锲而不舍的精神？

咪咪终于从厕所拐到书房，很快把目标锁定书桌上的另一个高科技产品——电脑。它跳上桌子，围绕电脑打转，喵呜喵呜地叫。那时我正在电脑上写作《马江半小时》一书，悲愤的叹息不时织入沉重的词句。19世纪末期，大清王朝与法国曾经在福州闽江下游的马江打了一战。仅仅半个小时左右，福建水师灰飞烟灭，790多个官兵陈尸江面。这是一个久久不能愈合的历史创口。如此沉重的半小时令人扼腕地改变了这一片地域的命运。从左宗棠、沈葆桢、严复的船政学堂到第一架水上飞机，现代社会的雏形曾经在这一片地域缓缓地积攒自己的能量。然而，半小时的炮声无情地震碎了脆弱的梦想，所谓的现代社会如同一只惊飞的水鸟再也没有回返。我的书房窗外是一片建筑工地，勾机伸出长长的铁臂粉碎残存的水泥构件，嘎达达的嘹亮声波如同冲刷记忆的阵阵涌浪；近十台的打桩机愤怒地锤击大地，嘭嘭的巨大音响持续地震荡我的耳鼓。令人意外的是，一只猫也想把它的脑袋伸进了历史。咪咪苦恼地坐在电脑屏幕旁边，似乎因为弄不明白大清王朝李鸿章、张佩纶或者何如璋这些人的所作所为而焦虑。这一场战役正在发生关键的转折，咪咪转过身一屁股坐到了键盘上。于是，屏幕上一连串R或者Q鱼贯而至，幽默地取代了故事的不幸结局。

大约一个月之后，完成了使命的咪咪送还外甥女。然而，不久之后就听到了噩耗：它居然从外甥女家窗户的防盗网钻出，在不足一寸宽的窗框上行走。那天是不是下了点小雨？总之，咪咪脚下一滑，径直从二十二楼跌下。老话说猫有九条命。可是，二十二楼太高了，咪咪一下子将九条命统统用完。外甥女赶到楼下的时候，它已经气绝而亡。

过了一段时间，网络上开始流传一句话："好奇害死猫。"我立即想到了咪咪，心中不由一颤。

四

咪咪离去不久，狡猾的老鼠似乎有卷土重来之势。贮藏间再度出现可疑的响声。太太二话不说，立即到花鸟市场买来一只黑猫装在麻袋里带回。我回到家里，黑猫已经巡视过公寓的各个角落。它身材颀长，目若点漆，一条长长的尾巴拖在身后。我坐到了沙发上。黑猫落落大方地和我对视了一阵，然后缓慢地、坚决地爬到我的大腿上坐了下来。

俗气一点显得亲切——我们将这只黑猫取名为"旺财"。

旺财神情开朗，意态从容。家里来了客人，它从不因为对方陌生而回避。旺财歪着脑袋打量一小会儿，继而镇静地缓步靠近，然后不慌不忙地爬到客人身上，举手投足之间纹丝不乱。"这只猫大方得很。"我有点喜欢。

太太似乎不那么信任。她隐约地觉得，这只猫主意大得很。旺财的镇静似乎藏了一些冰冷。我们从门外进来，旺财仅仅是礼节性地弓了弓身子，甚至视而不见。或许它觉得没有必要自作多情。旺财是一个手脚敏捷的黑衣捕快，它的职责是捉拿老鼠而不包括讨好主人。对于一个自食其力的雇员来说，感恩戴德的礼仪显得有些多余。

太太的预感很快得到了证实。那天晚上她企图为旺财洗澡。旺财惧怕脸盆里的水，挣扎着往后退；太太将它抱起来轻轻地放入脸盆，没想到它突然湿漉漉地跳起来，恶狠狠地在太太的巴掌上咬了一口，尖利的小牙齿啮穿了太太手上的橡胶手套。太太尖叫一声急忙扔开了它，连夜奔赴医院打狂犬疫苗。事后，太太多次心有余悸地回忆那个吓人的瞬间：旺财小小脑袋上所有的毛都狰狞地乍了起来，龇牙咧嘴如同凶神恶煞。人与猫的四目对视让她感到了彻骨的寒意。

一个深藏不露的旺财突如其来地现身。

没有人敢于蔑视老虎的凶猛，即使它懒洋洋地踱步或者蜷缩在树荫里打瞌睡。猫如同老虎的一个没有完成的投影。上帝不仅缩小了它的身体尺寸，同时也缩小了它的脾气。猫必须温顺柔媚而没有资格称王称霸。这种想象常常让人忘记，每一只猫的内心无不藏匿了一个威风凛凛的虎之梦。必要时候，猫的尖利牙齿拥有相似的杀伤力。

过了两天，我们下班回到家中的时候，旺财不见了。寻找了许久发现，它钻出了阳台的栅栏跳到了下一层邻居的阳台上。旺财无法原路返回。它静静地趴在下一层邻居阳台的边缘，神色之间似乎并没有多少焦虑。我们下楼把它带了回来，旺财表情坦然，看不出重返家园的庆幸。

几天之后的傍晚，旺财再度失踪。询问了左邻右舍，没有任何消息。匆匆吃过晚饭，我们带上了手电筒下楼到居住的社区寻找。社区停泊的汽车底下趴了几只取暖的流浪猫，都不是旺财。女儿心中焦急，回家之后立即画了许多张"寻猫启事"张贴在社区的走道和电梯出口。"寻猫启事"的正中央笔直地坐着一只漆黑的卡通猫，目光锐利，精神抖擞，旁边两行说明文字：

我家旺财，出门旅行。因为不熟悉地形，可能误入歧途。哪一位好心的邻居如若发现，恳请通风报信，谢谢谢谢。

接着是电话号码和门牌号码。

次日出门看了看，这些"寻猫启事"都不见了。见到我们诧异的神情，一位邻居笑得有些暧昧。问了半天终于明白过来：因为这些"寻猫启事"画得有趣，被人揭走收藏起来了。

我们又在四处找了一天，仍然杳无音信。太太自我安慰说，算了，猫的脑容量贮存不了太多的记忆，旺财很快就会忘了我们。它擅长四处为家，随遇而安的性格不会产生相思之苦。我们的心情终于放松下来了。不久之后，我们又一次搬家离开那个社区。如果没有什么意外，旺财大约还活着，只是不知在哪一户人家。这只猫胆大心细，估计能照顾好自己。

丢失旺财之后，至今再也没有养猫。倒是一条狗跟了我们几年。太太曾经在聊天之中表示，养过了狗之后，恐怕就不愿意再养猫。狗的信义以及不计一切地依恋主人都是猫所无法比拟的。享用过大餐，小菜就会显得索然无味。我赞同太太对于狗的评语，同时对她的结论有些犹豫。许多时候，狗的生死相依可能演变为一副沉重的枷锁，甚至让人没有足够的勇气负担。未来的某一天，聚的所有深情都有可能如数地兑换为散的悲伤。相形之下，猫不像狗那样夸张地挥霍自己的情义，猫的节制和恬淡不至于勒得人们喘不过气来。既然"天长地久"只是一句傻话，不如绕开缠人的内心纠结。与其相濡以沫，不如相忘于江湖，放得下牵挂是另一种透彻的境界。这么说，猫或许比狗明智。

（原载《人民文学》2017 年第 7 期）

你若爱上，便是家园

蒋述卓

一

一个人究竟有几个故乡？他究竟要经历人生多少行程才可以找到他心中的家园？这种疑问我在心中问了多年，直至现在。

小时候我待过的故乡当然是故乡，但如今那故乡对我已变得陌生，因为我17岁离开老家——广西灌阳县黄关镇白沙屯（当时属桂林地区专署管辖），后来就很少在老家待过，只是在清明扫墓时节，会隔三岔五地回去半天。老家的亲戚很少，老家的土话我已很难说得像，老家视我为外乡人，我视老家为父母的魂在地。

17岁之后我到了著名的山水胜地桂林市，在那里求学工作待到30岁。这13年足以让我将桂林市视为又一个故乡。但自从1985年我到上海读博士，1988年又从上海博士毕业分到广州工作，1991年家人也从桂林迁至广州之后，桂林这一故乡也便逐渐变得模糊起来。虽然家里人在一起还说桂林话，但桂林的印象就如阳朔的《印象·刘三姐》一样，只有远景而无特写了。

广州于是便成为我的第二故乡，一个真正的第二故乡了。

二

或许，你已注意到，我在说故乡时没有提到我待过三年的上海。的确如此，上海只是我求学的地方，是我匆匆而过的驿站，虽然那里有我亲爱的母校华东师大，有温情脉脉、碧波荡漾的丽娃河，有我对我的导师王元化及师母张可先生的甜蜜回忆，但我仍然是上海的过客。

而广州，则不是。

1988 年我读完博士选择广州而未选择留在上海，自然有多种因素，但现在细细想来，对广州的情愫其实源于 1983 年的一次广州之行。那时，我们广西师大中文系文艺学专业的四位硕士研究生随导师林焕平先生（广东台山人）到广州开中国文艺理论学会的年会。三月，正是红棉怒放、榕叶新滋的季节。一天晚上，我们跟随导师一起从流花宾馆去小北路社科联的宿舍拜访导师的一位旧友。我们乘公共汽车在小北路站下车，顺着榕树成荫的街道行走。没有雨，似有若无的薄雾，空气似乎是甜的，榕树上垂下粗如缆绳似的气根，一切都似乎行走在梦境里。那一刻，广州的印象定格在我的脑海里。随后的几日，我们结伴去了越秀山、白云山、海珠广场、黄花岗等地，我当时便想，能到这般美丽的城市来过日子一定是很美好的。

于是，1988 年 7 月博士一毕业，我便义无反顾地来到了我当年想要来的城市。之所以说是"义无反顾"，那是有故事的，因为我的校友，华东师大历史系的一位博士，曾到广州找工作，想进华南师大，下车便被广州火车站的乱象吓怕了，回去逢人便说广州是不宜居住。那时南下广州是需要点勇气的。我至今还记得，当年华东师大南下广州、深圳、海口工作的毕业生还在华东师大中山北路校园内照了一张集体照。尽管大家心里充满着奔赴改革开放最前沿的热情与激情，但内心里对未来都是没有什么谱的。若干年后，也有人离开广州，或出国，或返回原来的省份。

但我留下来了。一留，则留了快 30 年了，而且退休也将在此。这待了快 30 年并将继续待下去的地方，远超过我在广西待过的时间，这第二故乡难道还不是我的家园吗？

三

15 年前，我的确这样无数次地问过自己：你真的喜欢广州吗？

也是 15 年前，我还在报纸上发表过文章，题目叫《广州不能只是物质安顿之所》，文章里含有对广州的批判，但心底里还是希望广州能成为广州人包括我在内的新移民的精神安顿之所，亦即家园所在。那其实是爱之深恨之切的表现而已。但说实在话，那时的我对广州还真的是怀有一种居之少味爱之无奈的感觉。

念及广州的好，也就是这近十年来培养起来的感情。因为住久了，对广州产生了依恋；因为住久了，习惯了广州，到了外地就有了参照物，老觉得还是我们广州好，不仅仅是吃得好，还有服务好，一切让你感到舒适、自在。连出差坐飞机也选择坐南方航空的飞机。不为别的，只为它的服务好，让你觉得舒坦。

对老广州，我是没有太多太深印象的，不像地道的广州人，说起老广州来如数家珍，津津乐道。我最多就是走马观花式地逛过西关，看过趟栊门，去过陈家祠、十香园，溜达过上下九的骑楼而已。对广州话，我至今也还是听得七八成，人家说得快了我就只有蒙查查了。但这丝毫不影响我在广州的生活，因为现在的广州与 30 年前比，大多数市民都能说一口不够标准的普通话，沟通绝无问题。

而广州的生活却逐渐变成我的生活。

这不是说我已经像一个广州人一样地生活了，而是在外地朋友和外国客人面前，我会努力去像一个广州人一样向他们介绍广州的生活了。渐渐地，我也便习惯于广州的一切，包括日常生活了。

我去日本，那里的日本朋友会带我去吃最出名的怀石料理。而他们来广州，我会带他们去泮溪酒家、南园酒家。有一次，我将我的好友、日本美学学会会长岩城见一先生带到荔湾湖的唐苑酒家吃饭，当他在细雨中看到有服务员戴着斗笠划着小艇给湖里亭子间的包厢送酒菜时，他惊讶得眼都直了。那时，我自然会跟他讲起艇仔粥，讲起粤菜的特点来，那时我就是广州人。在北京是顺峰酒家的广东菜出名，可是贵得要命，而北京的朋友来广州我却会带他们去天河路的炳胜酒家，看着外面排队等位的人群，品着炳胜店里地道但又不昂贵的粤菜，他们会由衷感叹：还是在广州的粤菜好味！

在广州，吃饭就是吃个新鲜，吃个特色，也图个情调。正如现在走在花城广场地下的花城汇饮食一条街，哪一家店又不在讲特色与情调呢？

记得在广州亚运会之前，广州市曾热烈地讨论过广州精神问题，也就是想给广州一个既理性又感性化的定义以宣传广州。当时就有学者提出可以用"生猛广州"四字来概括。的确，"生猛"不仅代表广州敢干敢闯的特征，又何尝不代表广州的日常生活呢？当时我也曾提出过用这样的短句去概括："广州——享受生活之都"。自然，民间的提法与官方所想总是有差距的，最后官方端出八个字"千年羊城，南国明珠"，够高大上的，也印在公共汽车上和工地的围墙上了，却抹去了广州丰富而饱满的色彩，少了许多想象的空间与艺术的张力了。

四

说起广州城，有人说广州靠珠江，有水则灵，爱的是广州的水。我却独爱它的桥。

过去的广州，从江之北到江之南要过珠江（广州人讲是"过海"），主要靠水上交通，有小艇，有汽船（后来叫水上巴士，带点洋气），唯一的桥是珠江桥，走车也走人。改革开放以后，呼啦啦一下建起了多座桥，如琶洲桥、华南干线桥、猎德大桥、广州大桥、海印桥等等，桥便成为方便广州市民出行的最爱了。

晨昏时节，广州的桥最妩媚秀气，也最有活力。那时上下班的人与车辆挤满桥面，若碰上好天气，匆忙赶路的行人会停下来观看珠江两岸的景色，连开车的人也会摇下车窗利用片刻的拥堵时间来欣赏。我就特别喜欢在琶洲桥上欣赏珠江上的日落之景。当那如圆轮般的落日照射在珠江上，珠水泛起层层金色的涟漪，仿佛翻卷着的绸缎，"小蛮腰"（即广州电视塔"广州塔"）又仿佛羞涩待嫁的女郎披上了金色的婚纱。不远的猎德桥像一弯新月依恋着珠江的颜面不愿升起，再远处的海印桥则似一张金色的竖琴，在为这秀美大江的流淌纵情演奏。这时，珠江两岸的大厦与街道在霞光中也变得闪烁起来，就像那飘浮着的海市蜃楼。如果要再度评羊城新八景的话，"琶洲暮色"大约是可以入围的。

说起广州的桥还得算上市里的高架桥和人行天桥。高架桥最早是用来解决市内交通拥堵的，如人民路高架，因为离市民的住房靠得太近，时常被人诟病。后来又建起了内环路高架，但不管怎样，高架桥的使用对解决交通拥堵是作出过贡献的。大都市尤其是特大型城市还真得依赖高架桥，像日本的东京，中国的上海。在广州，你还不得不佩服那些高架桥的设计者，在高楼林立之间见缝插针，有时桥围着一幢楼房绕上半圈才逶迤而去。作为城市里的驾驶者，我享用了高架桥的便利，车辆稀少时还可以以一种审美愉悦的心情去欣赏这些弯来绕去的桥的绰约风姿。其实，广州最早的高架桥是架设于珠江白鹅潭畔通向白天鹅宾馆的引桥，如果置身江上或站在江的对岸观看，只见长桥卧波，清晰地勾画出了江岸的景观线，并与沙面古色古香的建筑群融为一体，是很有审美效果的城市景观哩。

如今的高架桥都建有围栏，围栏上的挂槽里春夏种各种太阳花，秋冬种三角梅，花开起来将桥装扮得十分养眼，"花城"之名也便从桥上扮起了。最近市里还提倡住户在阳台或天台养花，想来将来与高架桥之花也能相互衬映。

因为南方雨水多的关系，广州不怎么建地下通道。人行天桥也便成为广州的又一城市景观。初期的人行天桥确有丑陋的一面，光秃秃横空一道，破坏了城市景观。但经过这近 20 年的逐步改造与升级，人行天桥则变得既实用又漂亮起来，有的为方便老人与拿行李的，还建起了电梯或电动扶梯。有北方朋友来广州，走过这种天桥之后说这仿佛到了香港，这让我颇感得意。

五

判断一个城市是否具有现代感，总是要看它是否有生气与活力的。

置身珠江新城高德置地的春夏秋冬广场之间，看着上下班时川流不息的人群，你会从他们匆忙而急促的脚步中感觉到活力与创造力。到了中午时分，从各大厦写字楼吐出来的青年男女，开始寻找自己中意的美食。在这里，空气里飘散的都是年轻的气息，一切都那么有朝气，正如这里的大厦，一股脑儿地憋着劲往空中飙。只要你打开百度地图在这里一搜索，一连串的大厦名字就跳入你的眼帘——保利威座大厦、星辰大厦、广弘天琪大厦、富力盈信大厦、合景国际金融广场、全球通大厦、广晟国际大厦、越秀金融大厦、广粤天地、广州发展中心大厦等等，足有几十座之多。抬眼望，俗称的"东塔"与"西塔"，又与"广州塔"遥相凝望，仿佛是壮汉与细妹的歌场相逢。也正是在这块地区，又建起几大公共建筑：广州大剧院、广东博物馆与广州图书馆。入夜之后，灯光一开，广州大剧院如一块绿玉镶嵌在花城广场旁边，倒影入池，摇曳生姿，广州图书馆的白色外墙又如一部正待你去打开的百科全书，静穆地等在那里等你去翻阅。这里是广州的CBD，集中了若干财团与商业实体，也吸引着美国、澳大利亚、比利时等总领事馆的进驻。

正是在这寸土寸金的地方，市政府竟然慷慨地留出了空白，建起了一个占地几百亩的"花城广场"，乔木、草坪、水池安排妥帖，节假日还有文艺活动在此举行，一年还有一次灯光秀。这使我想起美国芝加哥市中心的千禧公园，那里有能反射人影于球体上的玻璃雕塑，也有不时亮出市民笑脸的喷水墙，那也是当地市民与外地游客最喜欢的活动空间。想想30多年前，当年的广州市市长黎子流只是用"亮化工程"来提升广州，说要把广州建成国际大都市还被人嘲笑是建"国际大排档"，而今的广州则真正跻身于国际大都市之列了，甚至还被经济界视为国际一线城市了。

广州的国际化与现代化就是靠一步一步走出来、一件一件干出来的。

比如公共汽车的无人售票，就是从广州最早开始的。刚开始人们不适应，觉得观念超前了，但坚持数年之后，它成功了，而且被推广到全国。它不仅培养起了市民守规遵序的文明习惯，也达到了减人增效的经济效果。

又比如垃圾分类，这也是从广州最早开始的。这又是一种观念超前的做法，但广州坚持下来了，效果也逐渐显现。虽然尚未达到令人十分满意的程度，但它的坚持与市民的参与配合，让这个城市树立起了绿色环保的理念，配得上国际大都市的名号了。

如今，市内与城郊的各种湿地公园以及湖泊重造（如白云湖）又正在悄然兴起，一座山水城市、海绵城市的构想正在落到实处。诗意栖居，正在广州人的手中从蓝图变为现实。

也正是在这座城市的暮色中，许多人纷纷涌向了星海音乐厅、广州大剧院、流花剧场、黄花岗剧场，分别在那里欣赏歌剧、交响乐、话剧、舞剧或者地方戏。在举办过亚运会开幕式的海心沙，还有《珠江船说》。登上船，你能一边观赏珠江夜景，一边欣赏到演述粤剧人的故事和粤剧。正是在这几年内，我在广州相继看过歌剧《卡门》、舞剧《大河之舞》、林怀民云门舞集表演的《流浪者之歌》、赖声川和孟京辉的话剧等等。只要你有足够的银子与足够的时间，你尽可以足不出城心满意足地欣赏到国际上著名的表演机构与艺术大师的演艺节目。可惜我不是发烧友，否则也会去办一张会员卡，享受一下优惠。

广州，终于从一个物质之都向精神之都、文化之都转化了！

这让我15年前的担忧与疑惑逐渐化去。我走入广州的30年日子，广州也走入了我的生活。

我现在终于会对我外地的朋友和客人真诚地说：我爱广州！

你若爱上，便是家园。相信与我同样是从外省移入广州的朋友与我有共鸣，那你就点赞吧。

（原载《广州文艺》2017年第9期）

又见红高粱

刘庆邦

莫言自谦，愿意把自己写的诗说成是打油诗。可他有些诗的内容并不谦虚。比如他在一首诗里写道："左手书法右手诗，莫言之才世无匹。狂语皆因文壮胆，天下因我知高密。"听听，莫言的口气是不是很牛。然而谁不想承认都不行，随着莫言在小说里标出了"高密东北乡"的文学地标，随着他获得诺贝尔文学奖后名声大振，高密的知名度的确随之大幅度提高。或者说，高密已和莫言的名字绑在一起，人们一提高密，首先想到的就是莫言，莫言几乎成了高密的代名词。

红高粱也是。高粱只是一种普通的粮食，而且是一种比较粗糙的粗粮，尽管它带一个"红"字，也"红"不到哪里去。可是呢，自从莫言以红高粱为题写了系列小说，自从张艺谋把《红高粱》拍成了电影，并获得了柏林电影艺术节金熊奖，不得了，红高粱一下子红光闪闪，大放异彩，不仅"红"遍了全中国，还"红"遍了全世界。

其实我的豫东南老家也种高粱，只不过我们那里一般不把高粱叫高粱，叫秫秫。玉米不叫玉米，叫玉蜀黍，或棒子。也有人把秫秫说成高粱，这样说我们也听得懂，不会把高粱理解成树木。我个人比较喜欢高粱这个名字，因为高粱的确是高，它比大豆、谷子、芝麻、玉米等任何庄稼都高出许多，叫高粱名副其实。我还喜欢在高粱面前冠以"红"字，这样它就以其独具的特色与其他粮食区别开了。是呀，别的成熟的粮食大都是黄色，也有绿色、麻色、白色、黑色等，只有高粱成熟后呈现的是红色。

记得小时候，我们生产队每年都种高粱，有时整块地里种的都是高粱，一种就是几十亩，甚至上百亩。我很喜欢钻进高粱地里去玩，高粱地带给我许多乐趣，给我留下了不少难忘的记忆。有一种高粱不结穗子，我们叫它"哑巴秆"。它的秆子比较甜，我和小伙伴们就把它挑出来折断，当甘蔗吃。还有一种高粱，仰脸看着它鼓泡了，里面孕育的却不是高粱穗子，是一种黑黑的叫"乌墨"的东西。我们把"乌墨"剥出来吃，吃得我们的手和嘴都染上了黑色。我们在高粱棵子里钻着钻着，面前会陡地出现一座坟包，吓得我们毛骨悚然。我们遇到意外的惊喜，那必是在高粱棵子的稀疏之处摘到了一个或几个野生的小甜瓜。在初中毕业人生最苦闷的阶段，我曾一个人躺进森林一样幽深的高粱地里，一支接一支地唱歌，直唱得眼泪顺着眼角流下，沉沉睡去。我多次参与收高粱。我们收高粱的办法，是待高粱接近成熟时，先逐棵把高粱的叶子打去。这个活儿不算重，但大刀片子一样的高粱叶子的边缘有许多锋利的小刺，那些小刺会把我的手臂拉出一道道血口子。据说这样做是便于高粱地通风，是让高粱全身的养分都集中在高粱穗子上，再把高粱的颗粒充实一下，也是便于高粱晒米。这时高粱秆子成了光秆，火红的高粱穗子被高高举起，重点得到充分显示。若大面积望去，集中连片的高粱穗子如天边的红云，壮丽极了！当高粱红得不能再红，我们用一种钎刀把高粱穗子钎下来，然后用镢头铲子连根把高粱秆子刨出，高粱才算收完了。

更让我难忘的是，我还在高粱地里抓过鱼。有一年我们那里发大水，河水漫过河堤，河里的鱼就跑到高粱地里去了，挺大的鱼像狐狸一样在高粱棵子里乱窜。我把父亲带我在高粱地里抓鱼的事写成了一篇短篇小说，题目就叫《发大水》。

是的，我们那里差不多每年夏秋之交都要下大雨，发大水。大水一来，那些诸如红薯、豆子、谷子等拖秧子的或矮秆的农作物就泡汤了。只有高粱在大水中屹然挺立，如浇不灭的火把。雨下得越大，"火把"似乎燃得越旺。

朋友们知道了吧，我们那里为什么热衷于大面积种高粱呢？高粱因其站得高，立得稳，大水不能淹没它，就有了鹤立鸡群般独特优势。

可惜我们那里现在不怎么种高粱了，几十年都不种了。不仅高粱很少种，其他种类繁多的杂粮也不怎么种了。不种高粱的原因很清楚，一是水系通过治理，不再发大水，高粱的优势尽失；二是高粱产量低，价钱也低；三是高粱粗拉拉的，不好吃。那么肥沃的地里种什么呢？玉米，清一色的玉米。东地西地，南地北地，千家万户，种的都是玉米。玉米也是粗粮，也不好吃，大家干吗都种玉米呢？人们种玉米并不是为了吃，每年夏季所收的小麦都吃不完，谁还去吃玉米呢！说白了，人们一哄而上种玉米，受的是经济利益的驱使，玉米产量高，收购价也高，谁不想多挣钱呢！我每年秋天都回老家，看到田里种的都是玉米，一棵高粱都没有，品种和色彩一点儿都不丰富，未免有些失望。高粱呢？我的高粱呢？高粱真的从此退出历史舞台了吗？

不成想，在电影银幕上看到了红高粱。在劲风的吹拂下，一望无际的红高粱连天波涌，如同赤色的海潮。同时伴以高亢的唢呐声，所有的高粱都随之起舞，似乎进入一种前所未有的狂欢状态。这样的画面和音乐深深触动了我，并震撼了我，使我得到了灵魂放飞般的艺术享受。

不用说，这样的红高粱是莫言的小说里写的，是电影的场景里规定的，是属于高密的，也可以说是属于莫言个人的。据说莫言写高粱也是一种回忆状态，他的家乡后来也不怎么种高粱了。但为了在电影里重现红高粱，高密东北乡必须把高粱种起来。高粱种子播下了，出苗了，由于天气干旱，高粱苗子却迟迟不能长高，可把拍电影的人急坏了。好在老天爷终于降下甘霖，遍地的高粱才生长起来，才最终以火红的面貌呈现在电影里。高密东北乡的红高粱从此被以电影的形式固定下来，可以设想，不管过多少年，我们只要再看《红高粱》这部电影，都能看到莫言家乡的红高粱。

那么，电影拍摄的任务完成之后，以巩俐、姜文为主要角色的电影演员"刀枪"入库之后，高密是不是不再种高粱了呢？不是的，从那以后，三十几年来，高密年年都种高粱，而且每年都不少种。加上后来又有电视剧版《红高粱》在高密的拍摄，高粱的种植面积再次扩大，遂使高粱成为当地的一大景观，每年都会吸引不少中国乃至世界的游客前去参观。

我去高密去得有些晚了，直到今年秋天，我才有机会经潍坊，过青州，之后到高密走了一趟。作为与莫言相识多年的文友，我去高密当然是冲着莫言的故乡去的，同时有一个不可否认的念头是，我也很想看看久违的红高粱。莫言家平安庄的老房子已无人居住，大门口一侧挂的是"莫言旧居"的牌子。门外的一个书摊上，卖有莫言的许多著作。我在书摊上买了一本莫言大哥管谟贤写的《大哥说莫言》一书。此书使我了解到，莫言的家乡和我的老家有许多相似的地方。高密东北乡也是平原，也是地势低洼，涝灾频繁，所以才广种具有抗涝能力的高粱。还有一个更为相似的情况是，我们那里在新中国成立前土匪横行，十分猖獗。而高密东北乡处在三县交界处，地广人稀，芦苇丛生，野草遍地，又有两三米深的高粱地构成的青纱帐作掩护，旧社会也是土匪出没活动的天然场所。就是因为此地太不平安，人们出于一种美好的愿望，才把村庄叫成平安庄。莫言的大哥说："莫言小学五年级辍学在家当了十年农民，种高粱，锄高粱，打高粱叶子（作青贮饲料），砍高粱，卡高粱穗，吃高粱饼子，拉高粱屎，满脑袋高粱花子，做了十年高粱梦，终于成了大器。"

总算又看到红高粱了，时隔几十年之后，我终于又看到了大面积的红高粱。一走进红高粱影视基地，我就仿佛一下子扑进红高粱的海洋里，前后左右，四面八方，拥过来的全是高粱。如同回到了青少年时代，欣喜油然而生。我赶紧来到高粱地边和高粱丛中，对着眼前的高粱照了一张又一张。我不仅照了远景画面，还把手机贴近高粱穗子，照了一些特写镜头。在特写镜头里，硕大的高粱穗子颗粒饱满，每一粒高粱米都像一只瞪大了的红色的鸽子眼。我看着"鸽子眼"，"鸽子眼"也看着我，似乎在对我说："我是不是很好看？"我说："那当然！"我走进为剧中的土匪搭建的屋子，透过一个桥门洞往外一看，门外密密麻麻，站立的全是高粱。登上居高临下的观景台呢，"百里高粱地，风吹赤浪天"，景象更是壮观。

在高密东北乡，不但有红高粱影视基地，连新建成的美食城也是以"红高粱"命名。

这样说来，红高粱就不仅是粮食和物质意义上的红高粱，还成为一种品牌，一种文化，升华为文化和精神意义上的红高粱。世界上不管什么物质，一旦被文化，一旦被赋予精神的意义，它的价值就会大大提高。比如玉。在外国人眼里，玉不过是一种石头。可在国人心目中，由于它的文化和精神意义不断积累，其价值竟超过了黄金。再比如紫砂壶。起初紫砂壶不过是一种茶具，但由于它后来成为一种审美对象，艺术品位不断提升，文化价值也超过了实用价值。我看红高粱的发展趋势也是如此，它的主要用途不是用来吃的，也不是用来酿酒的，而是用来观赏的，用来想象的。随着红高粱的文化价值不断增加，若干年后，谁知道红高粱会红火成什么样呢！

作为"红高粱之父"的莫言，也会为之窃喜吧！

（原载《光明日报》2017 年 10 月 13 日）

霜降过后

李育善

霜降过后，秦岭山上的树叶都在急切地魔幻般变化着色彩，生怕错过这一年在山里最后登场的机会，真是秋的万花筒走火入魔一般。随便用手机拍一张发上微信，赢得的"赞"能把机子撑破的。"霜叶红于二月花"，是一幅幅真实的画面，不但是颜色的丰富多彩，给人收获的厚重让人也踏踏实实的。播种时我在包扶的柞水县凤凰镇皂河村住了几日，如今到了收获的季节，我要去看看贫困户到底收成咋样？口袋鼓起来了没有？于是，放下手头的工作，到村里住了几天，走村串户，跑各个合作社，见到的一张张粗糙的笑脸，还有那一阵阵爽朗的笑声，我心里好个瓷实呀。

一

天变冷了，我想起包扶的老匡家的俩儿子。一早就跑到商店给娃买棉袄。电话问了娃的身高，可商店没开门，跑到九点多，在一家童装店反反复复挑选才买到。司机小陈笑着说："您从来没给女儿买过吧。"我说："这还是真的。"这一折腾。到上午 11:30 才到村上修桥的地方。危桥拆了，正在修建，车子都到文书老四商店河对面了，只好调头，返回从东沟口下到河里走。这是修桥改的临时便道。车子在河道里颠簸过一个湾，郑支书在指挥挖掘机给车装石头，打过招呼，他去忙了。我们已经处得像一家人了，像平凹先生说的，见面不用握手，也不用说客套话。到工地上，我见两边的底座已砌好石练。老郑说："水泥柱子、打现浇的水泥钢筋都买好了。"我说："一定把好质量关。"他笑着说："你看那个高个子就是技术监理，天天都在黑着脸训人。这一点领导放心，我不能拿我的人头当尿壶。"前行走了不到 200 米，也就是村委会门口那座桥，是副支书老卢负责。他是我的同年，看上去比我显老。我拍着他的肩膀说："同年呀，修桥是大事，一点都不能马虎。"他笑着说："同龄领导放一百二十四个心，绝对没麻达。"他又皱了皱眉头说："前几天这雨下得河里涨水了，河中间的柱子没法施工啊，急瞎了，想上冻前做好哩。"盛夏季节我也来住过几天，河里干枯，一点水也没有，现在却成了小河淌水哗啦啦了。走到村委会驻地，已经是 12：30，我们匆忙做饭吃。

饭后，郑支书陪着先到我包扶的老匡家。叫老匡其实比我小好多。他家门大开，还是那五间石板房。门口墙上挂满了苞谷串串，黄成一片金色。他从房后面出来，笑笑的，又是忙着发烟，又是拿凳子，还要去倒水，我一把拉他坐下。问了问今年的收入情况，他苦笑着说："唉，种的重楼连一苗都没出。"我急切地问："咋回事儿？种子的问题吧。"他无奈地说："说不来，反正没见苗子。电话打过去人家还不好好接，说给补几斤种子哩。"我详细一问才知道，他是从外地订购的种子，一斤 600 多元，买了 20 斤，花了一万二。现在门口一大片地里全是荒草。我气愤地说："不行，告他们。"支书说："咋告呀，没跟对方签合同。当初我劝他，又不听。"老匡低下了头，我心里也憋屈。他前几年在矿上打工，落下个矽肺病，也干不了重体力活。我调整了自己的情绪，给他鼓劲儿说："没事儿，从头再来。"我给他送了两个娃过冬的棉袄，他手在衣服上蛮蹭，说："哎，哎，这咋好意思哩。"我塞到他怀里。娃在镇上上学，妻子陪着。妻子在一家酒店打工，一月收入一两千元。我说："开春想法把房子盖了，再种些丹参、荆芥，种苗我来解决。"他抬头感激地拉着我的手说："领导，这，这，咋谢你哩。"

离开老匡家，我心里沉沉的，支书却说："他还是我本家妹夫哩，好人，脾气瞎，在外打工只买了电视和摩托，也没置办啥家当。跟人一说话就嚷。春上，给镇派出所修房，让他去看场子，一月给3000元，还嫌麻烦。是个大钱挣不来、小钱看不上的主儿，提不起。"我说："看来扶志才是最重要的。"

二

太阳都爬到山顶了，我们来到小陈的香菇厂。他正在往冷库装鲜香菇，见我来了忙把手在衣襟上擦了擦，来握手。看那一筐筐鲜香菇胖乎乎、圆嘟嘟的很可爱，我心里也热乎起来。大棚外场地上坐着十个妇女在剪香菇把，他们有说有笑，很开心的样子。我问一位中年妇女，她笑着说："一天能剪30多筐，坐着干活也不累，还给管饭吃哩，一天给七八十元哩。"小陈说："这些全都是贫困户，从春上到现在少说在这里也干过上百天了。"我暗暗一算，光劳务一个人就能挣近万元哩，我见香菇把把堆了一地，问咋不也卖了呢，小陈笑着说："剪下的把把还要把接菌料袋的一头剪了，再烘干，一斤卖2元钱，划不来，就让干活的背回去上地去，这可是最好的有机肥啊。"小陈说："今年价钱不好，一斤鲜的卖3元，挣一块钱，估计能产15万斤。"他一边干活，一边说着。又拉我进棚里看，他说："这段时间是休眠期，过了再给菌袋注水，加盖一层塑料薄膜，还能再出一茬子哩。"他已有好几年的经验。技术上顶呱呱了。鲜香菇大多销往西安，冷库存3吨多，周转剩下的就烘干卖干的。他让我给县扶贫局说话，听说政府有扶持资金，明年他想发展40多个贫困户入股哩，合同都准备好了，只要扶持他，保证40多户一年内脱贫。我立马给扶贫局长打了电话。说好明天到县上对接。小陈高兴地拉着我的手说："谢谢，我替那些贫困户再谢谢你啦。"我也很兴奋，兴奋的是明年又多了几十户摘掉贫困的帽子。

三

夜幕降临了，山顶也有了雾气弥漫，我们来到和泰养鸡合作社负责人老吴家。淡绿色铁丝网围成的好几台地里有好几排鸡舍，各种颜色的公鸡母鸡挤成了一疙瘩一疙瘩。夏季来时，鸡苗还在种的青菜地里出没，现在连草根也被鸡吃没了，个个长得都有五六斤重的样子。

院子里轮椅上坐着一位老人，支书说是老吴他妈，问老吴呢，老人指了指鸡舍。鸡群像有组织跑操一样，一会儿一溜溜跑向东，一会儿一溜溜跑向西，个个看着精神抖擞的样子。鸡群里有一种楼花鸡，个儿矮。支书说这种鸡长得慢，鸡和鸡蛋都卖得贵。不一会儿，老吴从鸡舍出来，鸡们包围着这个"鸡司令"。他走出鸡舍，一群鸡也跟着出来，被他吆回去了。出来把手在裤子上擦擦，跑上前给我们掏烟。老吴母亲见我们来到院子，只微笑着点头，又专心地看那些鸡去了。老吴龇着牙笑着说："今年养了2万多只，已卖了3000多只了，一斤12元，比去年便宜了，一只鸡6斤左右，净挣二三十元。只是从南京拉回来的2500只鹅死的只剩二三百只了。赔了5万多块哩。"看他说到赔5万元依然笑笑的，我有点纳闷，他瞅着我笑着说，等忙过这一阵子叫娃到南京去，当时签有合同。问到带动贫困户情况，他仄瘦的脸上挂满了笑。说："领导放心，现在有11户入股了。我再赔都不让他们赔的。"我要看合同及相关资料，他一边给上坡干活的儿子打电话，一边在屋里翻找。不一会儿，他抱了一摞摞出来。我让司机小陈把11户花名册拍了照。老吴拿着合同让我看。老吴说："有一户委托养了3000只鸡，只拿1000元，等鸡出售后扣除成本，净收入中每只鸡给提10元，其余给人家。"他抽了一大口烟，又说："这样的话，贫困户也不用操心了，干些其他事情也能多挣几个，还把屋里照看了，一举两得么。"

鸡群一堆一堆的，"咯咯咯"叫着，有的进了鸡舍。夜幕也拉下来了。老吴硬拉着不让走，叫吃了饭再走，我们还有事情就告辞了。

晚上，在支书看修桥材料的帐篷里吃饭，他和妻子在路边搭起的帐篷里吃住。他笑着说："让领导受委屈了，不过也是另一番感受么。"我也高兴得点头称是。听着哗哗哗的小河淌水，加上偶尔几声狗叫，抿着支书自家酿的苞谷酒，别有一番滋味在心头。

四

第二天一早在鸡叫声中醒来，晨雾漫到小学操场上，满眼都是雾，脸上都潮潮的。"白云深处有人家"，在这里才是真实的存在。早饭后，雾也散开了，太阳也照到半山腰了。没有让村干部陪，我们自由去看看。先到养牛合作社，养牛场正好在通村公路下边的地里。那里几个男人正在间下用锨拌着石子、沙子和水泥。在打牛圈的另一半地平。他们见来人了，向牛圈里喊了一声，一个长头发的小伙子走出来，他就是合作社的头儿殷书富，见我笑着说："领导你来了。"赶忙在身上抹了一下手，掏烟给发。我问了发展情况。他笑着说："买了 20 头牛，这几天，白天在山沟放，晚上赶回圈里。"我反问道："上次来你不是说养 100 头哩么？"他一摇头说："甭提了，让人家给骗了，交定金时说好一头 200 斤左右的牛 5000 元，拉牛时要 6000 元，只好少买些了。"他说今年入股有 6 户贫困户。其中李玉莲一户入了 3 万，殷世同入了 1 万，还有大股东郑传华入了 5 万元。问到咋样分红时，他说，除过成本，像苞谷、麦皮、豆秆等都有票据，加上人工费等，按入股情况分红。他还告诉我，一个月牛能长一尺左右，圈养的话一天长 3 斤左右，一月就是百十斤，放养成本低，可长得慢。圈养出栏需 8 到 12 个月，放养得 13 到 16 个月。他现在是放养、圈养结合。出栏时，公牛一般在 1400—1600 斤，母牛在 1100 斤左右，市面价一斤 15 元，一头牛净挣 4000 元左右。他拉着我的手进到牛圈里，指着给我说，这些是西门塔尔牛，那两头是梨木赞牛，梨木赞出肉率高，正常比西门塔尔牛多出 50 斤左右。现在以母牛为主。他还很注意卫生，一天打扫一次，三天消毒一次。他说："妻子得癌症不在了，拉下一屁股债，打工也还得差不多了。养牛不怕卖不出去，厂家每斤

13 元收哩。"说着一甩长发，接着说道："已经和 23 户贫困户说好了，春节一过就到东北去，明年再发展四五十头。"我拍拍他的肩膀说："好好干，我也会支持你的。"

太阳已经照遍了整个皂河村的山山水水了。我又来到林下经济合作社。这个社领头的是任扶春，他曾经是原东垣村支书，合并村后任副主任。他上县里去了，妻子和儿子在厂子里。儿子看着很精干，20 来岁。他告诉我，现在鸡存栏 2 万多只，已经出售了上万只了，公鸡一斤 8 元，母鸡一斤 6 元，还养了上千只乌鸡，从河南引进的。乌鸡的冠都是黑的，浑身一抹黑又亮。乌鸡蛋一斤 25 元，比土鸡蛋贵一半多哩。合作社还无代价管理核桃树，核桃肥都是免费送上门让家家户户施肥。他走过去从地上捡起一颗鸡蛋，过来笑着说："领导看，这就是乌鸡蛋，比土鸡蛋小点。"我也没看出有啥区别，确实小点。他满有信心说："明年要扩大到 600 亩，再种点药材啥的。现在有 20 来户贫困户入股了，加上劳务 30 多了，明年争取带动四五十户。"看着小伙子明亮的眼睛，我心里十分踏实。

五

来到我包扶的黄邦成家，门口堆了不少板栗的毛刺壳，边上放个火盆正在烧着板栗毛刺壳，没有焰，只有烟。小张敲门没人应，推开门没人，到公路边找到邦成的母亲，她手里拉着一个两岁左右的女孩。问老人家邦成呢，她笑着说："到街上去了。"邦成在石场干活就能挣 3 万元，又兼护林员，一年下来也拿好几千元。我笑着说有钱了，赶紧给娶个媳妇。老人笑着摇头说："没得跟的。"看着七十好几老人比上次见脸上更光堂，说明过得不错呀。她要给倒水，我不让，在院子站了一会儿，她就回到屋里去了。不大一会儿出来，走到我面前，从她那红格子呢子外衣口袋掏出一把板栗给我吃，我不要，她硬塞到我手里，又给同行的小陈、小张一人手里塞了一把。我要给那小女孩板栗，她笑着说都给过了。她看我用牙咬开板栗皮剥着吃，笑得眼睛眯成一条线了，和额头上的皱纹平行一并摆了。我说今年板栗收成不错么，这么多毛刺壳。老人说："我爱烤火，都是邻里送的。"老人隔壁老潘也是我的包扶户，门开着，一问才知道是在江苏打工的二儿子回来了，他说他爸和他哥到河南去了，他从无锡电子厂刚回来。去了半年，一月3000块，也挣了一万八，给家里了5000元。他说年前不去了，把家里收拾收拾。阳光下邦成母亲和老潘二儿子的脸上都亮堂堂的，看着人心里也滋润。

六

快到中午12点了才赶到东沟殷主任家。她家院子外靠山跟建了不少鸡舍，用绿铁丝网网着。一群公鸡"喔喔喔"接二连三叫着，鸡冠在阳光下红得发亮，身上的毛也是油光可鉴。一群母鸡在"咯蛋咯蛋"叫着。他们把房后面山坡跟上也围起来，让鸡们自由上山找虫子吃。

我们沿着通组土路朝沟里走。这路已经列入明年打水泥路计划。路两边散居户，家家门口都挂着一串串苞谷。一位老人坐在路边石头上晒暖，问他话，他说耳朵听不见，说他八十有二了，腰疼干不成啥了，靠娃们了。老人脸上那淡定从容让我觉得他过得幸福的。两个中年妇女，一个在对面地里，一个在路边隔着小溪说话，说到那棵柿子树上的葫芦包蜂窝，路边那位妇女说："把人都害咋了。"说了一大堆话，那方言有些没听懂。问我们是旅游的吧，我说是扶贫的。她笑着说："那好么，多给些钱哦。"我只笑了笑。

回到殷主任院子，坐在一堆豆秆边上晒太阳。我随手剥了黄豆角，豆子咋是棕红色的，问正在做饭的殷主任，她说那是黑豆。我又剥了另一株，真是黑豆。我把剥出的棕红色豆子放在小桌上晒，有一炷香功夫豆子慢慢变黑了。殷主任的老汉老刘从平房顶上晒苞谷下来，抓了一只公鸡到小溪边，说杀了给我们尝，我咋样拦也拦不住。

坐在院子看那山上，仿佛是无数个秋色图案组成的一场盛大的画展，让人咋也看不够。头顶上没有一丝云朵，是深远的蓝天。这里真是神仙福地。

住在这里不长寿不由人，难怪 90 岁老人随处可见。

殷主任的合作社也带动了东沟十几户贫困户，说到这些，她脸上总是荡漾着自豪和得意。

下午 5 点左右，我们在殷主任带领下又来到七组养羊合作社。陈延涛家养了近 200 只，大多是布尔山羊，母羊有 60 多只，有位 50 来岁盆盆脸的妇女，见我们来笑呵呵的，她就是延涛的母亲。场子已有几只母羊也是上午刚产下羊羔。小羊羔一个个"咩咩"地叫，走路稳稳实实。那女的说她在县城打工，养羊人手不够了，就回来了。她一副见过世面的样子。一只羊羔去吃那只母羊的奶，母羊用蹄子踢了一下，吓得羊羔跑开。她笑着说："那只不是它生的，不给吃。"另一只羊羔去吃，它很温顺。山腰一群羊在"咩咩"叫，看上去就像一堆雪，或像一片云呢。她告诉我们，一只羊出栏时有七八十斤，能挣一二百元。儿子出去联系贫困户了，明年要多发展些户。

天已经黑了，看到满天繁星闪烁，仿佛一家一户脱贫的希望之光，我的心里一下子也有无数星光闪耀……

（原载《美文》2017 年第 2 期）

彼岸风景此岸念

葛水平

一

四月，桃花在温润的地气推助下开了花，春天最有风韵的那个部分由桃花的绿意释放出来，我是无比陶醉。

我看这样的景致时是在傍晚，在一座寺庙厢房的脚地上站着，透过一扇老窗的花格，天地间一片花红柳绿。那个安静，那个衰落，那些个桃花孤独得烂漫。任何时代都需要殉道者，殉道本身就具有意义。那么谁是一个时代的殉道者？破败下去的旧时的戏台么？还是就应该是历史。

中国的乡村，除了那些藏在沟里的山庄窝铺，"村"或"庄"，几乎都修有戏台。因为"娱神"的缘故，民间一直把"神"看得很高贵，爱着，敬着，怕着，哄着。神不过是无数人的一个不言语，却惯得喜怒无常。神住在村庄的寺庙里，戏台大多建于寺庙神祠之内，多座南面北，对正殿而建，戏台下一般有高低不等的基座，以方便神平视瞻赏。神啊，离谁家都很远，离谁家都很近，与富贵有着深刻的血缘关系，神的精神世界永远是人性化的。

二

旧去了，走在灰秃秃的现在，辨不清蛛网密布的老庙内是否还有戏台在演戏，我站在现代文明的中央，四围尽是塌落的旧砖瓦，风物已是比不得昨日，上下八方，那一声老腔亮着，突然的在一个什么地方响起，如同放逐的囚徒，——咿呀！丝丝寒凉悄无声息带着那一声唱，余音袅袅拖拽得很长，很长。

在没有自然的人烟再没有共生的观众，尽管有许多记忆不死，载沉载浮连老窗的花格都糟烂了，可那规格还在。一阵风刮过，花蕊的香袭来，花瓣如发情的蜜蜂婀娜而飞。神还在吗？神在。神在，似乎有或者无都不是很重要了，人只需要自己的存在。

翠鸟在远处鸣叫，如一个女子的洞房花烛时。

我害怕一丝声息都会惊吓那些雕梁画柱上糟烂的木纹和色彩。戏台上，青砖地面，几代艺人走过的脚印重重叠叠，大大小小，生命存活于瞬间真实，有多少眼睛望着台上的扮相笑容烂漫过？

与天空，与风，与雨雪，与台下的日子，有一种深邃的味道。

三

我还记得去年秋天去乡下看迎神赛戏。人当下意念有时完全受偶然性左右，一个念头生出便管不住自己的心了。

乡下飘着粮食成熟的味道。我总是在乡下才会认清自己，在乡下，我的反省与幻想绝佳，舞台上生动的时光加深了我对生活的热爱和对亲人的眷恋。

秋日的上午，迎神赛戏（也叫迎神赛社）开始了。这一民间自发形成的迎神祭祀活动，是农耕文明的产物。它可以追溯到商周时期，是农人在春季向神灵祈求丰收而举行的祭祀活动。宋人刘克庄《喜雨二首柬张使君又和》

中的"林深隐隐闻箫鼓，知是田家赛社还"即指此俗。古时，赛社风盛行，漳河两岸有宋代碑记赛庙"创起舞楼"，说明当时已盛行以歌舞杂剧迎神、酬神。

乡下的好，明清建筑高门大院是一个好，日头高过屋脊，叽吵打逗呼儿唤女，也是一个好。有迎神赛社必然是过会，街道两旁搭满了棚子演出中，我看到了如下场面：

关公手举大刀追杀华雄，从戏台上踩着锣鼓点一鼓作气追到台下，两人在观看的人群中穿梭，那时节，一个胸前挂着鼓，一个臂弯上挂着锣的乐队跟着他们，有一下没有一下地敲打着，他们绕村子边打边跑。村外沿途庄稼熟了，鸡们狗们家畜们，老者站在村边的路沿上，下巴磕一翘一翘的，嘴张着笑不出声来，笑在肚子里乱串。一群大小娃娃跟在后头，走进村街，关公和华雄沿途随意抓取摊贩的瓜果梨桃，边吃边打，觉得秋风并不都是千姿百态，亦有刀光剑影。打一阵子，摊主笑逐颜开地再一次扔给他们吃食，舍得，是福报，是大吉大利。

一群娃娃横晃着膀子钻到他们前面，两张挂了油彩的脸齐齐对着娃娃们，吓唬他们，说是要杀人啦！娃娃们呼呼四散，敞亮的空地上，把历史演得玩儿似的轻松。

敲锣的敲鼓的，不时吼一声，此时打斗到了戏台下。演出快要结束时，跑得满头冒汗的关公和华雄重新登上戏台，关公大刀挥舞，斩下华雄首级。

《斩华雄》，是赛社最有特色的队戏演出。场面宏大，参演人数众多，整个迎神赛社的过程，就像一个走街串巷，流动的表演群体。演员与观众融为一体，演出气氛高潮迭起。表演者和观看者相互追逐，村子有多大，戏台就有多大。

通看《三国志》（包括裴注），提及"华雄"这个名字的只有一处，出现在《三国志·吴书·孙破虏讨逆传第一》里，确切地说是在孙坚（破虏将军）的传里，只一句话："坚复相收兵，合战於阳人，大破卓军，枭其都督华雄等。"说的是（梁东一战后）孙坚重整旗鼓，在阳人大败董卓军队，杀了董卓的都督华雄等人。显然，华雄是因为被孙坚的军队打败而被杀的，虽然具体是谁下的手不得而知，但绝对不可能是并不在孙坚军中的关羽，甚至极有可能真正的华雄终其一生也与关羽毫无瓜葛。

四

历史给戏剧最重要的一点是戏说。

民间奔田地，奔日月，奔前程的普通人，能知道多少历史中的事情是真的，若能知道了真相，那一定是彻底改变了农人命运的朝野之人。

农民的肩上担了生活的苦重，一年中苦度光阴，看戏看热闹，热闹中那些非想、闭眼、睁眼、醒着、梦着，黄尘覆盖的村口大道上，一出戏明晃晃亮过来，历史中的真真假假对后来人有啥意思呢。

就算关羽是立下了军令状。就算曹操觉得他是英雄，就算关羽道："酒且斟下，某去便来。"关羽瞬间拿了华雄的首级回营，此时酒尚未冷。这些对于民间来说有戏剧效果么！

谁见过这样的演出。无论过去还是现在，走至村口的人都要愣愣站站，步子里显出几分怀念，盼一场戏开始，不光是人，鸡啊狗啊的，都盼。

神秘与古朴的迎神赛社历经千年，赛社活动附带了各种传统礼仪、表演，显示了它特有的文化神韵。它承载着古老的文化信息，为生长于斯的民众带来了无限乐趣，成为他们保持文化命脉、张扬地方个性的重要表征，呈现着真实的民众狂欢和世俗娱乐。

赛社是为了迎神。民间迎神赛社大体分为三类：一是"官赛"，就是由官府筹资组织的赛社；二是"乡赛"，由周边几个村子联合或轮流组织的"赛社"；三是"村赛"。这三种类型的赛社在 20 世纪 30 年代前，年年见热闹。

乡村的戏台经历了完整的嬗变过程，它是热闹的中心，于平淡平常之中系着撕心裂胆，揪肠挂肚的乡情。要说乡村的味道，戏台是最为浓烈最为饱满的。天涯海角走远了，回乡看戏去，啥时候念着了，心吊在腔子里都会咣咣响。

五

戏台的演变史就是一部戏曲的演变史，从中可以解读出戏曲变化的时代特征。农人举着神的牌位，修着供神的庙宇，发展起了属于自己的戏曲演唱，并建造出了形式各异的古老戏台。看看戏台的模样就知道农人有多么爱戴自己的生活。

《三字经》里说："匏土革，木石金，丝与竹，乃八音"。即以金（钟、镈类）、石（磬）、丝（琴、瑟）、竹（箫、管）、匏（笙、竽）、土（埙）、革（鼓）、木（柷）八种材料，制成不同种类的乐器。

当我听不懂那些音乐时，我只看到那些手在抚摸乐器，乐器发出声响，是八种乐器的响声，一股活力，四处洒落，纷纷扬扬地落在农人身上，无比温暖。

《孟子·离娄》云："师旷之聪，不以六律不能正五音。"说是即使有大音乐家师旷那样好的审音能力，如果不用六律，也不能校正五音。

所谓五音，又称五声。最古的音阶，仅用五音，即宫、商、角、徵、羽五个音阶；所谓六律，是指定乐器的标准，即指古代音律。后也泛指音乐。这就牵涉到了古代音律的开创之初。民间的舞台上"五音和六律"，只有这两样东西，它们便带出了精神与念想，以及生活中依赖宗教所规定的坏毛病。神什么也主宰不了，连普通人的未来也无法主宰。反倒是人，面对家常的日子，他们愿意接受舞台去生动历史，去活泛历史。

民间有"无庙不成村"之说。有庙又必有戏台，又有"无（戏）台不成庙"之说。从小生活在村镇的那一代人，回忆起在大庙院里看大戏的情景，仍然记忆犹新。台下人头攒动，是一张张凝神上望的脸。戏台上，生旦净末丑，正演绎着一场场沧桑岁月的人生大戏，让人们感受着人生的喜怒哀乐，生死荣枯。历史上可真有这样的事啊,那些千真万确的不同寻常,留得住生,留不住死,看戏的人开始为生欢呼雀跃,开始为死悲从中来。一段哭腔唱得人心入骨疼,唱得好呀,戏到此时不是演了,是唱,是说演员的唱功,五音六律揪扯得人心颤栗。

六

古代戏台有着多种称谓。

宋代时的称呼是舞亭、舞楼;金代则谓之舞庭;元代又出现了乐亭、舞厅、舞榭等,名谓甚多。同时反映出不同历史时期人们对戏曲表演形式、戏台功能和建筑形制的理解。舞楼及至戏台,作为戏曲的重要载体,是千百年来民间舞台艺术的主要活动场所,更是传播和见证华夏文化演绎发展的平台。戏曲在祭祀文化中由娱神到娱人的演变过程,我们可以看到舞台大社会中活着的历史不可告人的秘密。

就一般棚布戏台而言的,把这种戏台的艺术技巧推向高峰、发挥到极致的,那就是装檐台。这种装檐台,规制宏伟,奇巧华丽,在古称潞安府的长治城曾兴盛一时。

装檐台,是由简陋的棚布戏台发展而来的,它大约出现在 19 世纪中期。当时,随着洋货印染色布涌入中国市场,为装檐台美化提供了装饰材料。进入民国后,装檐台的搭造更加成熟。

搭建装檐台的艺人叫棚匠,装檐台的艺术技巧是靠棚匠们一辈辈相传下来的。搭设一座装檐台,往往要花费半个月时间。在节庆和庙会出场的装檐台,早在半个月前就要动手了。

装檐台按规制来区分,有平台和楼台两种。平台像一座雕梁画栋、飞檐彩拱的宫殿,占地面积 100 多平方米,高约 13 米,面阔和台深不少于 12 米。立体骨架用 16 根台柱。台座高 2 米,台板至檐头约 8 米。台顶造型取重檐庑殿式。重檐以双重挑角表示。坡面以红蓝白三色条布纵横交错为棋盘格，屋脊装彩绘兽头，插三枝大型鸡毛掸。每个挑角下悬吊一串红绸缩结的彩球。檐下通过艺术手法表现出来的宫殿特有的各种木构部件，横披、抹额、梁枋、垂柱、花牙、斗拱等，层次分明，形态逼真。加之以丹书琉璃牌匾烘托的阑额，小圆镜渲染的斗拱，太阳和月亮打在上面，不经意间晃得观戏人眼睛很兴奋。

装檐台的台面呈七间大开间。四根明柱挂着大幅楹联，两侧山墙有红绿彩带扎成的格子花墙，中间月形窗口悬挂着朱红纱灯。台内悬挂着铣金字的纱罩红缎面作为中堂。前台装有黑绒绳边绣球花的掩尘，后台装有走水棚。楼台似琼楼玉宇，高约有 19 米，二层立面呈牌楼式，下面有黄式彩带结成的栏杆。其他构搭装饰与平台相同。装檐台的结构牢固严实，下雨不漏水，刮风吹不散。装檐台搭设代价较高，所以，旧时只有在商家联合举办的庙会才可看到。

七

所有的感觉中视觉定然是使人最快乐的，这让我想到每一块参与建筑的砖木石，几百年之后依然无言地向你叙述着这些建筑的奇绝和透视的温暖。从人心深处到大千世界，一路看过去，古戏台曾经是村庄生命的活水流动。古戏台已经放不下一台戏了，剧团越来越讲究排场，被遗弃的古戏台早已破败无着，台下的生活依然日新月异。

戏在舞台上演绎历史，演绎帝王将相，只有在舞台上帝王将相才可以低下它高贵的头，在民间，舞台轻而易举消解、软化了帝王将相对手无寸铁的百姓生硬的伤害。我们娱乐历史，娱乐帝王将相，我们让历史中的帝王将相堕落、羞耻！哈，多好的舞台，被灯光照亮的那一瞬间，我确实感觉到了"人民"才是伟大的终结者。

我们常用"黄钟大吕"来形容音乐或言辞里的庄严、高妙及和谐，这"黄钟大吕"即我国古代音韵十二律的代称。十二律又分为阴阳两类，凡属奇数的六种律称"阳律",简称为"律";属偶数的六种律称"阴律",简称为"吕"。故十二律可分为"六律"和"六吕"。"黄钟"为六律中的第一律;"大吕"为六吕中的第四吕。律、吕之音高低,是由不同长度的竹管决定的,竹管不同长度的制作,又是依十二律制中第一律黄钟的长度计算出来的。

《汉书·律历志》载:"以子谷柜黍中者,一黍之广,度之九十分,黄钟之长也。"黑色黍子的中等颗粒,横排90粒,其长度为9寸。9寸长的竹管(孔径3分)吹出来的声音就是黄钟之音。即相当于现今简谱的"1"(dao),黄钟的低音调相当于现今的C调。这样依黄钟9寸的长度,按照古人的"三分损益法",可计算出六律和六吕的分别长度。

八

现在的粮食都转变了原有的基因,传统向着社会的反方向撤退,传统消逝着,永远在消逝,但也永远存在着,消逝就是那传统的本身。

黑色黍子的中等颗粒使我感觉到了智慧的力量,在我的故乡黑色黍子越来越少,时光的轮子似乎还是过去的速度,我们遗失了什么?世界被欲望照亮,欲望同时也照亮了我,多少事物都被毁灭了,当我看到舞台上的演出时,我突然明白了,美好的事物都是从黑暗中升起来。

我极端喜欢看野台子的戏,排除了神的干扰,既可以进入荒凉而凄苦的民间,又可以找到民间跳跃的欢喜。一个小村,村外是广袤的田野,暮色下的村庄就像春天成长的庄稼。搭一个台子唱戏,是旧时戏台的一种形制。演出前,选一方宽敞的空地,即可搭建,演出后则拆卸掉,不留一点痕迹,非常灵活机动。一场热闹,平地而起,又骤然而歇。这是一种流动的舞台,随性的艺术。正如一首山西民歌所唱:

"姐儿哪门前一棵槐,槐树底下搭戏台,前晌唱的梁山伯,后晌又唱祝英台。门槛高,金莲小,三跷两跷闪坏奴的腰,活活跌一跤……"

一台戏就是一个季节的驿站。我反复回忆那些夜晚,晚饭时分地里的壮汉收起农具匆匆往家里赶。他们从大地的深处缓过身子，那样的不约而同，盛热的空气里有虫子擦着草尖飞翔，暮色斑驳迷幻，一轮明月升到孩子们仰望的高度，远山肃穆，它凝聚着山外的声色犬马。不等饭毕，大人和孩子们齐齐聚在了村口，一条土路拽着所有人的心。所有人的心澄明如镜，有一种洗礼后的神秘感。一行人前前后后挨着，小孩挽着大人的臂膀，一勾弯月在山尖上，黄土小路有微风的暖痕，迫切的脚步声代替了心跳。

九

远远的看到了那一方戏台，一个腰肢纤细，头戴花冠，袭一件镶边水红绣花长裙，在戏台当中走台的女子吸引了山里人的眼眸。星光与夜鸟的鸣唱在彼此胸腔汹涌。那时间，我们觉得大地上的声音开始乱了，人影晃动，苍蝇拍翅、蚂蚱蹬腿，都显得激动异常。村口的老槐树黑黑地站在夜幕里，横杈上落着一层来看戏的乌鸦。

戏就要开始了。孩子在台前乱跑大叫，不时掀起幕布看台子上有人搬布景，都是穿好戏装的龙套生，没见有主演搬布景。

刚才的那个穿水红长裙的女子在侧幕旁吊嗓子，咿咿呀呀，兰花指翘着不时指出去收回来，在自己包好的头上撮撮鬓花，开戏前的几分钟里她就那么精心地装饰着自己。

台子下的山里人要孩子们讲讲看到了台子上什么，有调皮一些的娃娃就扭捏着模仿幕布后的表演。妇女用尖利的噪音呵斥自己的娃娃，咳嗽声和互相打趣声弥漫着台下的人群。

突然的炸起一阵锣鼓家伙响，台子下的热闹和混乱被震得鸦雀无声。大幕徐徐拉开，演员踩着台步上场。台上的台下的距离一点也不遥远。台上的唱念做打，算不得炉火纯青，却也生动活泼。瞬息万变的浪漫爱情，还来不及留恋追怀，陡生变故。无论是家国情怀还是儿女情长，都能让台子下的观众洒一把悲痛的泪水。

历史被放在演员和观众之间，真假都不重要了，观众早已熟悉了演员的表演，多了什么少了什么，演员胆敢偷懒作假，台下的嘘声起了，口哨声起了，鼓倒掌是高级待遇，石头蛋子飞上台，给你起一个外号，立马叫响，看你敢不敢日哄观众。

十

戏班子，沿用了类似于古老的吉普赛人的生活方式，四处不停地游走，定期地从一个地方迁到另一个地方。他们带着本事走乡串村，当一个村庄在空地上搭起戏台子时，村庄里的普通农妇走起路来如同踩在棉花上一般，来人待客扭来扭去，腰肢如柳叶般，优美地在村子里走动。"唱戏了，来我村看戏来啊！"

夜戏结束了，心中沉睡的梦已经醒来，瞌睡虫被赶到了九霄云外。山里人挤到戏台后看演员卸妆，凡士林和油彩味儿扑面而来，看不清的影子下大家对照台上和台下辨认演员核对角色。

走吧，杀戏了。脚踩着地时，心往上飞。将来谁家能出一个唱戏把式就好了。谁家有那福分呢？挨着家户数过去找不着苗头。笼罩在无奈的气氛之下，大家转移了话题，议论演员的扮相，走着走着没话了，话断在了半路上。大片的荒野中只有脚步声响起，一些瞌睡虫上来的娃娃被大人肩在背上，快要睡过去了，大人打着屁股不让睡，怕小孩子魂灵不全睡着了丢魂在路上。大人把孩子们丢在路上，叫他们照着路走，不好好走路会撞着鬼。

裤脚甩着路两边的草叶，头皮发麻，鬼跟着呢，千万别朝后看。

一条小路直达村庄，月亮钻进云层，山野像巨大幕布，把一切罩在其中。远望村庄有灯光亮着，路在七弯八拐中，像村庄扯开生长的身子，又像时光的投影。村庄最老的老人在村口上站着，黑树桩一样，如果不是树上挂着的灯笼，夜色中他已不是人形。他多么想听听看戏回来的人说说都唱了啥戏，没有人支应他，他孤单的影子加深了夜的浓度。

有人吼他："快回睡！"

夜收尽了人声和呼吸。

他嘟囔了一句：

"老了，活生生叫看不动戏了。"

十一

谁在忍受时光的驱赶？道路的驱赶？戏还活着，明天照样不敢耽搁了看戏去。时光开始的一天正在看不见的地方形成一台戏，信不信已经不由我们，只要在人间，有路的地方就可能通往戏台。

真喜欢过去的岁月，是那样的具象、有力！精神上独自出游，那么谁会与荣华富贵结怨呢？

台上事千般景致，万种风情，成就一方百姓难以泯灭的情怀。晚霞在我的肩膀上渐渐黯淡，收尽老屋的人声和呼吸，我走进春天，青草散发出弥久的清香，花瓣一地，今晚留宿何处？我身后的村庄变得幽深，时光的一半是恩赐，一半是降服，突然明白，备受现代文明熏染的我，竟还有自觉的"痛苦"，这一个词两个字可能已经伤及了我的骨头。动我心颜，撩我潸然。

（原载《青岛文学》2017 年第 1 期）

湘潭看莲

王巨才

湘潭产莲，冠于湖湘。

当年诵读毛主席"芙蓉国里尽朝晖"，以为那只是浪漫主义的畅想，并非实指。这次去湘潭，才知道湖南自战国时起就培植莲花，有2000多年历史。南朝江淹的"著缥菱兮出波，揽湘莲兮映渚"，五代谭用之的"秋风万里芙蓉国，暮雨千家薛荔村"，都印证了湘莲在南北朝以迄唐宋就相当有名，已成为文人学士倾心吟咏的对象。"芙蓉国"之称，非自当代。

湘莲品种多，以湘潭"寸三莲"品质最好。平常所说的湘莲，多指这种莲子。其特点是粒大饱满，洁白圆润，三粒排列一起长可一寸，故名。又因质地细腻，有健胃、安神、润肺、清心等显著功效，营养价值高，例为贡品。清道光年间，宣宗皇帝"圣德恭俭，悉罢四方土贡，湘莲贡亦罢"（《湘潭志》）。宣宗在位时清朝统治已现颓势，他虽无力回天，但能看到这种"四方土贡"对官风民风的危害而禁止，也算一桩革除积弊之举。新中国成立后，湘潭被定为国家湘莲出口基地。1987年全国首届食品博览会，湘潭"寸三莲"获头奖，被专家誉为"中国第一莲子"。1995年，湘潭被命名为"中国湘莲之乡"。时移势易，"湘莲甲天下，潭莲冠湖湘"的地位从未动摇。

今年夏天的天气颇为异常，北方南方皆持续高温。我们是7月下旬去湘潭的，出发前北海公园第二十一届荷花展刚刚开始举办。北海赏荷是北京人的老传统，大清早四面八方的游众便蜂拥而至，多数是胸前挂着老年卡的银发一族，也有趁孩子假期从外地来京游览的。北海以荷花繁育经验丰富见称，今年除粉、白两色外，又增加了黄、绿、橙等新品种。从岸边放眼，但见从琼岛到公园南门100多亩湖面上，菡萏竞发，暗香浮动，画舫轻驶，琴音低回，比往年又多了几许诗意。只是由于人挤嘈杂，也为避开大晌午的天气蒸烤，多数人只是跑前窜后地找一理想位置，照几张相便匆匆离去。这与古人"当轩对尊酒，四面芙蓉开"（王维）的观荷，"牵花怜共蒂，折藕爱连丝"（王勃）的羡荷，"细嗅深看暗断肠，从今无意爱红芳"（皮日休）的恋荷，"向日但疑酥滴水，含风浑讶雪生香"（皮日休）的闻荷，"从今有雨君须记，来听萧萧打叶声"（韩愈）的听荷，以及"墨海灵光散紫气，大千世界一莲花"（齐白石）的品荷，意趣不同，但也是各得其乐，难分轩轾。

到湘潭，入住高新区宾馆，一进客房便觉满目喜意。房间的整洁自不待言，最招人的，是果盘里那三只绿莹莹水灵灵、籽实鼓鼓、乳钉凸显的莲蓬，在这炎热的天气，用这种刚采摘的当地时鲜待客，既朴实，又真诚亲切，且让人一下子想到朱自清笔下莲叶田田、清风习习的月夜，身心顿觉凉爽下来。在县委宣传部白云部长指点下，掰开蓬松的莲室，取出碧绿的莲子，剥去莲壳莲衣，便是象牙色的子肉了。说真的，倘非亲自品尝，真不敢相信世上会有如此鲜美的果实。一粒入口，轻轻一咬，那脆生生甜丝丝爽嫩清香的滋味立马扩散开来，让人澈心澈肺，通身舒畅，仔细咂摸回味，不舍得下咽。这种奇妙的感觉，是平生从未体验过的，以致馋欲难禁，顾不得体面，将三只莲蓬一股脑儿剥食殆尽。过后自己也觉好笑：年老如我尚且若此，则稼轩笔下那个"溪头卧剥莲蓬"的"无赖"小儿，就不只是贪玩，也是馋嘴了。白部长说，这样新鲜的莲子也就吃个时令，过早过迟都不行，你们来得正是时候。

第二天早餐后，趁天凉，抓紧时间赶往花石镇。那里是寸三莲主产区，又是全国最大的湘莲交易市场。从县城到花石镇数十公里车程中，凭窗眺望，但见公路两旁从路边到遥远的山根下，视野所及，全是高高低低迤逦无尽的莲田。晨风吹拂中，起起伏伏相拥相接的莲叶犹如波光潋滟的湖水，而隐约可见的莲朵则像黎明时分跌落湖中的星斗。这无远弗届的景象，自然是久困都市的人无法想见的，车厢里不时响起惊喜的赞叹，但无论司机还是白部长，都没有停下车来让大家下去观赏的意思。这或许正如我儿时面对满山金黄的糜谷和开遍川塬的洋芋花常常无动于衷，而在古元、力群、修军的眼里和版画作品中却是那样色彩浓烈、明艳动人一样。美感，常缘于陌生与距离。

花石镇出面接待的是位年轻的女副镇长，农大毕业，活泼干练，按白部长的称呼，我们也叫她小谭。因时近中午，阳光正烈，此行中又有几位颇怕晒怕热的女同胞，小谭便领我们沿万亩莲田观光大道取取景、拍拍照，又到附近花石溪上的汉代古桥和旁边的十八罗汉山匆匆浏览一过，便回到政府会议室。

小谭的父母都是莲农，见我们说到这一路几乎没看见下地干活的老乡，解释说，乡村六月无闲人，这会儿都在家里忙着呢。据她讲，作务莲田是一项费时费力、十分辛苦的活计。从整地、选藕、移栽到施肥、除草、防治病虫害直至疏叶增蓬、分时采摘，一年四季连轴转，每个环节都不能耽搁。像现在这样的大热天，莲农都是黎明四点左右下地，蹚着泥水，忍着蚊虫叮咬和莲秆倒刺的划伤一直忙到九点收工，回到家里，全家老少立刻围在一起，剥莲蓬，取莲子，去莲壳，捅莲心，然后还要拿到太阳底下摊开晾晒。下午四五点钟，太阳偏西，忙罢室内活计的男女劳力又得下地作业，到晚上八点以后才擦黑回家。像这样紧张劳碌的一个夏天下来，莲农无论男女几乎都要脱掉一层皮。说句实话，他们的劳动，可不像诗歌里舞台上绘画中表现的那样惬意、浪漫。可能意识到我们也都是一帮舞文弄墨的人，小谭不着痕迹地找补一句：当然，那也是对劳动的赞美，源于生活，高于生活，老百姓当然爱看。

这显然是一位有良好文化修养的年轻人。但除过她说的那些唯美作品，不还有李绅的"谁知盘中餐，粒粒皆辛苦"，有张籍的"白练束腰袖半卷，不插玉钗妆梳浅""试牵绿茎下寻藕，断处丝多刺伤手"和白居易的"我来一长叹，知是东溪莲。下有青污泥，馨香无复全。上有红尘扑，颜色不得鲜。物性犹如此，人事亦宜然"，还有那么多深入生活关注现实、有道德有温度有筋骨的优秀作品吗？唯美或写实，歌颂或讽喻，只要使人受到教育和启迪，激励和愉悦，不都能受到欢迎吗——小谭几句并不经意的话，引发我如许与座谈主题并不相干的思绪，连自己也莫名其妙。

我不是为她补正。她说得全对。我只是为在这偏远的基层，尚有人关注和谈论文艺而如遇知音，兴奋不已。

关于莲农的生活，小谭讲，还可以。特别是通过推广莲稻轮作和莲田养鱼，单位面积收益增加，加上这几年国家扶贫攻坚力度加大，各项补贴和惠农政策落实到位，多数家庭生活显著改善，家电应有尽有，摩托、小车也不算稀奇。但莲业生产的效益主要体现在加工流通环节。湘潭是全国最大的湘莲集散中心，从事湘莲加工的企业160多家，从业人数十多万，莲产品年销售收入十多亿。这对全县经济和群众生活水平提高都有举足轻重的拉动作用。别处不敢说，单花石镇100多家湘莲经营户，年收入都在百万元以上。

有人问，那么多企业和加工量，莲田面积只有五六万亩，原材料缺口从哪补？小谭笑笑，说这就要讲到我们湖南人勇闯天下的传统了。由于湘莲品质好，价值高，不止湖南，周围的湖北、江西等省也都大面积引种。此外每年都有大批湘潭莲农携带莲种、资金、技术北上洞庭、洪湖、鄱阳湖承包水田种植湘莲，到深秋又把自产和收购的莲子源源不断运回湘潭，这既是一批技术能手，也是一支庞大的运销队伍。小谭强调，现在的问题不在原材料，而在于如何通过深加工使它进一步增值。湘莲通身是宝，除食用外，莲子、莲心、莲茎、莲叶、莲藕、莲壳都可以加工成医药、食品、饲料精细产品，市场前景十分广阔。好在这两年已有不少实力雄厚的大型企业和科研单位陆续前来考察投资，作为当地的支柱产业，莲业生产正在迈上新的起点，面临一个大提升大发展的局面，说来真让人高兴、振奋。

小谭的介绍在热烈的掌声中结束。这不只是一席莲业生产及"三农"信息的演讲。大家用这样的方式表达对她的称赞，也庆幸从这场"接地气"的采访中得到了鼓舞与启示。

在我的心目中，生活在湘潭是有福的。这地方遍地莲花，名人辈出，存正脉，播清风，元气沛然，催人奋发，足堪自豪，也令世人仰视、追慕。

（原载《人民日报》2017 年 9 月 16 日）

长城长　碣石苍

彭　程

　　刚从浙皖交界处的青黛山水间归来，旬日之隔，又来到历史上先后属于燕国和幽州的冀北山地。云雾缭绕、苍翠欲滴的南方的秀美，被一种深沉雄健的气势所替代，仿佛头顶上干爽而明亮的阳光。忽然想到了清代著名诗人黄仲则的一句诗"为嫌诗少幽燕气，故作冰天跃马行"，觉得理解又加深了一层。生活于江南水乡常州的诗人，期望向北地粗犷荒蛮的大自然汲取力量，为原本缠绵清丽的诗风注入一种刚劲的气息。

　　生发出这些感受时，我正站在一个名为板厂峪长城文化小镇的地方，属于秦皇岛海滨区北部山区，距离市中心约 30 公里。

　　第二届河北省旅游产业发展大会，不久前在秦皇岛举办。受到大会的促动，当地与旅游相关的基础设施建设进展迅速。我们从市里驱车来到此处，走的是"环长城旅游公路"。公路全长近 180 公里，在不到一年时间内建造完成，速度效率令人惊叹，生动地印证了经济社会发展的蓬勃活力。这个小镇，也是在原来板厂峪村的基础上，依托当地丰富的旅游资源进行整体规划打造的，包括长城登攀、民俗体验、非遗展示等项目，吸引了不少游客。

　　站在村口开阔处，把目光向远方递送出去。这里是燕山山脉的东端南缘，山势险峻，层层山峦远近环抱，天空高远晴朗，浮云缭绕。村北险峻绵延的山脊上，古长城依了山势起伏曲折，相距不远就有一座烽燧，兀立于一处处陡峭的峰巅之上，一直伸延到视野之外。是十月下旬，满山浓密蓊郁的绿色中，点缀了片片簇簇的红叶，便有了生动的层次感，仿佛一块色彩斑斓的调色板。

村口处，矗立着一块"板厂峪明长城砖窑遗址"大理石石碑。明代长城东起山海关老龙头，穿越此地的崇山峻岭，向西蜿蜒而去。450 年前的明代隆庆年间，抗倭英雄戚继光被明廷任命为蓟镇总兵官。从山海关到北京昌平绵延 200 公里的长城，都在他的防守范围之内。在他的主持下，对这一带原来的石筑长城进行了加砖修复，并增修砖制敌楼 50 座，共约 15 公里长。这是秦皇岛境内明长城保存最为完好的区域，城墙、敌楼、墙台、关城、烽火台连绵逶迤，首尾相顾，气势雄浑。

砖窑就是当时烧制墙砖的场所，集中分布在板厂峪西沟和板厂峪东沟两片面积达 200 多亩的玉米地下。窑顶距地面 25 厘米，顶部由胶土、碎砖等分层筑成，透过被局部揭开的窑顶，可看到由厚重的青砖筑成的窑壁，一种浓重的岁月沧桑之感扑面而来。

自砖窑遗址前行不远，就是板厂峪村的长城文物展馆，一处占地约 200 平方米的院落。院子的四个角落，摆放着记载戚继光率兵修筑长城、守护长城的纪念碑文和当年作战用过的石炮、石弹等兵器。展馆分三个部分，第一部分是板厂峪长城建筑材料，有火药匙、铁锄、长城砖等等；第二部分有青花碗、温酒壶、火盆、石臼、小刀、剪刀、穿心灯等，是戍守长城的生活用具；第三部分则是火铳、爪勾、铁炮等，属于长城防御武器。静静地观看着，不觉中时间有些久了，恍惚间眼前仿佛浮现出了当年的场景。

值得一提的是，当年戚继光平定倭寇后，从浙东沿海挥师北上修筑长城，率部多为义乌籍兵士，约 1 万多名。"帐下共推擒虎将，江南只数义乌兵"，曾随戚家军赴闽抗倭的明代著名文学家徐渭，这样描写当时的义乌兵。筑城完工后，这些义乌兵又安营扎寨，成了长城的守护兵。他们将南方的细腻精致，注入了单调粗粝的戍边生活中。譬如这一带长城敌楼入口处的条石上，就雕刻着莲花如意云、双狮绣球等图案，纯熟精细，典型的江南风格，和其他地方的长城大为不同。我不禁想到，在那些漫长枯寂的时光中，当来自蒙古高原的寒风从城墙垛口间呼啸着掠过，当清冷的月光洒在冰凉沉重的盔甲上，这些南方士兵抚摸着砖石上熟悉的图案，一定会遥想山温水软的江南故乡吧？

已是向晚时分，暮色正从四面八方围拢过来。峭壁上的城垛的影子，也在渐次变淡，终于淹没进一片昏茫混沌中。忽然有了一种类似穿越的感觉：如果我就是一名明代兵士，驻守在前方的某一座烽燧里，在这样的夜色中，会有怎样的心情？

古代诗词中，咏叹长城的有很多，一概是凄凉悲伤的调子。读大学之初，到居庸关长城秋游，为其雄浑苍凉之美震撼，在其后颇长一段时间内醉心于搜集有关长城的古诗，至今犹有记忆。仅以唐诗为例，列举若干含有"长城"二字的句子："塞门风稍急，长城水正寒"（卢照邻）；"黯黯长城外，日没更烟尘"（高适）；"万里长城坏，荒营野草秋"（刘禹锡）；"独向长城北，黄云暗塞天"（张籍）；"撩乱边愁听不尽，高高秋月照长城"（王昌龄）；"髑髅皆是长城卒，日暮沙场飞作灰"（常建）；"朔风吹雪透刀瘢，饮马长城窟更寒"（卢汝弼）；"分明似说长城苦，水咽云寒一夜风"（张祜）…… 可谓俯拾皆是。征夫泪，思妇怨，杀声盈耳，死伤枕藉。一片情感的愁云惨雾，曾经笼罩了漫长的岁月。

好在这一切如今都已不复存在。兵气销尽，四海承平，铸剑为犁，马放南山。义乌兵士的后代，在此已经繁衍了20多代了。板厂峪村300多户人家，1000多人，七成是他们的后裔，依托林业和旅游业，日子过得十分滋润。

战争和苦难已经进入史书，成为记忆和传说。长城御敌的实用功能早已丧失殆尽，而成为审美观照的目标，历史认知的参照。承平日久，难免让人觉得天经地义，其实这样的状态却曾经是多少代的人们梦寐以求而不能如愿的。是哪一位西方人说过的，"和平不过是战争的间隙"，未免残酷，却是不争的事实。所幸的是，我们这几代人诞生和成长于和平的时代，得以充分享受生活的安详和美好。

第二天的行程，也仿佛是这种感悟的一个补充，一种延伸。

早餐后从住处宾馆出发，不久途经昌黎县城。昌黎枕山依海，地名寄寓了"黎庶昌盛"之意。这里据称是唐代大诗人韩愈的祖籍地，韩愈字昌黎，因此县城里一条主要街道就被命名为"韩愈大道"。沿着这条道路行驶，自车窗外望，城北绵延不断的山脉便是碣石山，一座被写入了《山海经》和《尚书·禹贡》的古山。山并不是特别高，但不乏巍峨峻峭的气势。和南方的山地被绿色彻底遮蔽不见一丝罅隙不同，甚至和板厂峪长城一带山上草木丰茂蒙络也不同，碣石山上裸露着大片的青白色岩石，形状奇特，或瘦骨嶙峋，或平展如砥，或陡峭如斧砍刀劈，或横斜如展翅欲飞。隔着老远，分明就有一种鲜明的质感传递过来，似乎触摸到了一个人的坚硬的骨节。

这座山为人知闻，远在长城建造之前。公元207年，曹操北征乌桓经过此地，写下了名篇《观沧海》，抒发了一代豪杰的壮怀。诗中状物十分生动："东临碣石，以观沧海。水何澹澹，山岛竦峙。树木丛生，百草丰茂。"20世纪50年代，毛泽东主席在其词作《浪淘沙·北戴河》中，写道"往事越千年，魏武挥鞭，东临碣石有遗篇"，说的正是此事。汉魏以后，碣石逐渐演变成为诗词中的一个意象，象征遥遥的北方荒寒之地，像唐诗名篇《春江花月夜》中的句子："斜月沉沉藏海雾，碣石潇湘无限路"。

上午的目的地是葡萄小镇。昌黎位于北纬39度范围，是葡萄种植的黄金地带，具备出产优质葡萄的阳光（Sun）、沙砾（Sand）、海洋（Sea）"3S"要素，葡萄品种就有100多个。这里种植葡萄的历史，最早记载于明代弘治年间《永平府志》里。20世纪30年代，来自荷兰的传教士在此酿制葡萄酒，揭开了昌黎葡萄酒的序幕。中国的第一瓶干红葡萄酒北戴河赤霞珠，也是20世纪80年代初在这里问世的。这个葡萄小镇，是当地依据产业布局规划扶持发展的一片区域，计划投资60亿元，辐射到近20个村庄、4万村民，包括多个生态修复、特色旅游、休闲度假项目，建成后将有力地带动当地的发展。

车子拐入一条通往葡萄小镇的路，沿途经过好几座颇为现代化的酒庄，在山脚下的一个小村子旁停下。两边山坡夹出一片舒缓的谷地，扇面一样铺展开来。进村的路两旁都是葡萄园，藤蔓交织缠绕，在头顶上方搭起了一道凉棚。时节已经是仲秋末端，葡萄枝叶也不复完全是青翠鲜润，而有了一些干枯萎黄。走进一户农家院落，这家有一株百年的老葡萄树，裸露着的根系虬曲纠结，占据了一大块地面，粗壮的藤蔓向四面八方攀爬伸展，枝叶间，一串串紫色葡萄累累垂垂。

这样一幅图景足堪描画。中国画中，葡萄是最常被描绘的几种果物之一，徐青藤、齐白石等都擅画此物，他们笔下果粒晶莹剔透，枝叶飘逸洒脱。"葡萄美酒夜光杯，欲饮琵琶马上催"，"满筐圆实骊珠滑，入口甘香冰玉寒"……葡萄是鲜美甜蜜之物，在中国传统文化的语境中，其饱满的籽粒也寓意着多子多福，象征了丰收富裕，吉祥美好。西方也是如此，圣经神话中，葡萄是洪水过后诺亚种下的第一株植物；各种宗教仪式上，葡萄酒都起着献祭的作用。

葡萄架下，同行者们品尝着甘甜的葡萄，笑语晏晏。我问一位接待我们的当地人，五峰山在哪个方向。他似乎对我问这样的问题有一点意外，但很快侧身指着前方连绵的峰峦中的一处，介绍说那就是五峰山。虽然知道就在这一片区域内，但这样近，却也出乎我的意料。

是昨天晚上，在宾馆里，我从一份资料中看到了这座山名，唤起了埋藏已久的一份记忆，与一位影响了中国的走向的伟大人物有关。他就是李大钊，中国共产党的主要创始人之一。他的故乡是与昌黎相邻的乐亭县。碣石山中的五峰山，他前后登上过八次，或是为了避暑，或是为了躲避缉捕，并写下了许多革命著作，以及散文《五峰游记》等。还是30多年前，我从一本中国现代散文选集中读到了这篇作品，从此也记住了这座山名。

昨晚，打开电脑里找出这篇散文重读。"昨日山中落雨，云气把全山包围。树里风声雨声，有波涛澎湃的样子。水自山间流下，却成了瀑布。雨后大有秋意。"作品写于1917年的夏天。想到文字描绘的地方就在不远处，心中不由得浮起一种别样的亲近感。又查询到了一篇更早的、写于 1913 年的《游碣石山杂记》，有这样的记述："予家渤海之滨，北望辄见碣石，高峰隐岈云际，盖相越八十里许。予性乐山，遇重丘峻岭，每流连弗忍去。"作者寄情山水的诗性情怀，跃然而出。1917 年在北京时，他仍然恋念于碣石山中的美好岁月："连日出步街衢，浊尘腾飞之中，顿见点点新绿，绚缀枯寂若死之北京，因忆碣石山中，梨花春雨，正好结少年伴侣，披榛攀石，拨雾荡云，以舒积郁，以涤俗烦，以接自然，以领美趣。"

多么出色的描写，准确而灵动，与许多名篇相比毫不逊色。读着这样的文字，让我在敬仰作者的伟岸人格的同时，也更多地感受到一种亲切感。不少革命家同时也堪称是文学家，对于大自然有着深刻的感情。多年前我就朦胧地意识到，信仰革命与崇拜大自然二者之间的关系，是一个值得探讨的命题。我又想到了青年时代读过、至今难忘的一册《狱中书简》，作者是国际共运史上著名的女革命家和理论家、德国共产党的创始人之一罗莎·卢森堡。被囚禁于斗室内，失去自由，她并没有陷入苦闷沮丧。在给友人的许多封信中，她兴致勃勃地描述从狭小的窗口望见的大自然的光影形色。女贞、枫树、黄醋栗树、白杨的花絮、阳光和影子、蝴蝶和燕子、树叶上的水滴，木管风琴声、树木的飒飒声、杜鹃的啼叫声、小鸟的合唱声……大自然的勃勃生机让她迷醉，精神饱满健旺。她写道："不论我到哪儿，只要我活着，天空、云彩和生命的美就会与我同在。"

此刻，望着不远处静默矗立的五峰山，这个沉睡多年的想法又苏醒了，而且似乎忽然间获得了一个合理的解释：他们既然对于大自然的美有着强烈的感知，自然也就会以美的诸多要素，如完善、和谐、均衡等等，来衡量和要求现实的社会和人生。不管他们是否明确地意识到这点，但相互间却是具有内在逻辑的贯通性。社会生活中那些残酷、丑恶、纷乱的方面，从本质上讲，也都是和美的基本原则相悖逆的。他们义无反顾地投身于他们所选择的事业，是因为他们坚信这条道路的尽头，是人类的彻底解放，是美在一切领域的充分发展和绽放。

置身于真实的山水自然之间，这种原本容易玄奥浮泛的感悟，却似乎具备了一种坚实可感的质地，仿佛周边伸手即可触及的形状各异的山石。

此时，在200公里外的首都北京，举世瞩目的一次盛会——党的十九大——正在召开。"不忘初心，牢记使命"，党的最高领导人在大会上的庄严宣示，让人鲜明地意识到一条牢固的时光的纽带。这个党的创始人之一李大钊，当年正是在眼前的山中，投身于民族解放的伟大行动。20世纪20年代初播撒下的梦想，经由一代代信仰者艰苦卓绝的奋斗，很多已经变为现实。在今天，更是有充足的理由相信，那一颗种子所孕育出的花朵，会绽放得更为灿烂。

舒婷的诗句说得好："一切的现在都孕育着未来，未来的一切都生长于它的昨天。"

两天的行程中，行经的地方，见闻的事物，就时间的维度而言，恰好形成了某种对立又互补的关系——历史和现实，战争与和平，毁坏和建设，贫穷和富足，苦难和幸福，等等。它们的组合，分明正是生活的整体性的一个隐喻。想到我们置身其中的正是后一种，内心深处不由得会升起一种深长的满足。

"萧瑟秋风今又是，换了人间。"也是在那首《浪淘沙·北戴河》中，毛泽东主席这样吟咏。

一路走来，目不暇接，诸种感受丰富纷纭，但好像都不如这一句诗词更能够概括。此刻，在正午时分的阳光照射下，眼前连绵的碣石山群峰上的白云，散发出玉石般润泽的光亮，和青白色的山石相互映衬。近处，秋风从绿野间吹拂而来，身旁的葡萄树叶发出急促的窸窣之声，而葡萄的甘甜气息，也一下子变得愈发浓郁了。

（原载《光明日报》2017年11月17日）

还有哪里比湘西更美

彭学明

湘西的美是山做的，山做的湘西是山做的美。一座座大山小山，就那么绵延不绝、莽莽苍苍地连在一起，形影相随，唇齿相依，成为山脉和峰峦，成为沟壑和峡谷，峰头出尽，出尽风头，组成一条条刚直而妩媚的风景线。山脉错落起伏，山就有了线条和韵致。峰峦嵯峨挺拔，山就有了雄浑和伟岸。而沟壑和峡谷的蜿蜒陡峭，山就有了舒朗和逶迤，有了奇崛和险峻。远看，每一条山脉都是一首长长的唐诗在飘飞起伏。近看，每一座山峰都是一粒短短的宋词在开合隐没。左看右看，都是一支支壁立千仞的画笔在为湘西款款落墨、依依写生。

山是湘西永远的房东，花鸟树草，雨雪风霜，各种动植物都是山的常客、贵宾和精灵。树是一个情种，会催开一山野花。山是一个花篮，会装满一山野花。而鸟和蜂蝶等所有的动物们是一个花匠，会认出一山野花。白的梨花、栀子花，红的桃花、杜鹃花，粉的梅花、木槿花，黄的金桂、龙船花，紫的翠蝶、碗碗花，蓝的虎耳、熏衣花，还有多种颜色的龙虾花、山荷花、喇叭花、山茶花及农家田舍最为浩荡、惹眼的油菜花，都不会在湘西错过花期，耽误花事，都不会因为某个季节和时辰而丢失一片花海、迷失一句花语。其实，那一朵一朵的山，就是一朵朵的花，开在湘西的田边地头，开遍湘西的每一个角落，是山花野花的各种时装表演秀。

不信，你到湘西来看看，八面山的辽阔，白云山的高远，高望界的广袤，吕洞山的神奇，蚩尤山的雄浑，坐龙峡的幽深，腊尔山的空旷，天桥山的原始，当然还有德夯的深邃、红石林的斑斓，都会让你明白山的意义、触摸山的众美。

湘西的美是水绣的。水绣的湘西是水绣的美。一根根水线，穿过一根根山针，以江河的胸怀在山谷里静卧、以溪流的舞步在山涧里奔跑、以瀑布的英勇在山崖上蹦极、以湖泊的安详在山洼里养身。绣出沅江、酉水一样的绫罗，绣出峒河、沱江一样的绸缎，绣出猛洞河、万溶江一样的水袖，绣出长潭河、龙潭河一样的水弦，当然也绣出小溪、古苗河一样的裙边，绣出栖凤湖、紫霞湖一样的蜡染。

偌大的湘西，不知有多少条这样的绫罗绸缎、水袖水弦和蜡染裙边。一条水就是一支笔，笔锋走过，不是绿了芭蕉，就是绿了牡丹，不是绿了青山，就是绿了蓝天。一滴水就是一滴墨，墨水滴过，一切洇染。当一把船篙撑开一面春水时，撑开的就是一河碧绿、一湖天蓝，就是一幅幅被美打翻的明媚水景、世外桃源。夹岸的山是被美打翻的。夹岸的树是被美打翻的。夹岸的草是被美打翻的。夹岸的人，也是被美打翻的，任何的形容词都形容不出打翻的美是怎样的美入了地、美翻了天。湘西的水啦，怎能如此清澈透亮？清澈透亮得大地和天空的五脏六腑都看得见；怎能如此鲜嫩？鲜嫩得如同婴儿的肌肤脆生鲜灵；又怎能如此甘甜？甘甜得舌尖心间都是糖分。

湘西的美是人创的。人创的湘西是人创的美。好山好水养育的湘西人，个个天生丽质、才貌双全，女人如花，男人似玉，男人女人，男神女神。女人会织布绣花，男人会蜡染凿花。女人织布绣花时，是云一梭霞一梭的织，花一针草一针的绣；男人蜡染凿花时，是蓝一缸青一缸的染，刀一笔光一笔的凿；一种叫西兰卡普的土家织锦就有了，一种叫务图的苗族蜡染就有了，一种叫踏虎的凿花就有了。披一身织锦和蜡染制作的绣衣，整个湘西就花枝招展、摇曳生姿，就是少数民族的表情在飞扬、奔走，迎风歌舞。

开出一片田园，田园就是锦绣。种出一片庄稼，庄稼就是画展。而一些木板、瓦片和石头装订成册时，就是一栋栋民居、一个个家园。吊脚楼是土家族的，建在青山绿水的吊脚楼，仿若一本翻开的古书，任世人去读，或若一架打开的钢琴，任世人去弹。一个个土家人就像一个个钢琴师，弹鸟语花香，弹日月星辰，弹炊烟里的鸡犬相闻、池塘蛙声。苗家的黄泥屋、石头屋或者小木屋，则更像一幅幅美妙的版画，质朴而艳丽的色彩，与山与水，交相辉映。那是苗家的一个个画师精心描绘的，蓝天上色一层，白云上色一层，阳光上色一层，彩虹上色一层，整个苗家，苗画风情。凤凰、乾州、德夯、浦市、茶峒、坪朗、里耶、丹青、中寨、芙蓉镇、惹巴拉、洗车河、老司岩、黄石桥、排拔寨，都是湘西撩人心魄的建筑风景。

更为骄傲自豪的是，祖先为我们留下了一片万年不朽的秦简、一座千年不朽的老司城。一片里耶出土的秦简，带出的不仅是湘西几千年的文明，更是华夏几千年的文明，仅一个九九乘法表，就把中华文明的历史推远了1000多年。秦简出自里耶，却改写世界。秦简来自湘西，却充满了神奇。一片秦朝的竹简，为什么会出现在楚国？一个楚国的世界，为什么会为秦国埋单？遥远神秘的湘西，又如何保全了一个华夏文明的胎记？秦简正让历史告诉未来，历史不管多么艰难曲折，终会找到真相，真相不管多么简单直接，都得经历艰难曲折。老司城留给世界最为古老但却最为先进的地下排水系统、防火系统和疏散系统，老司城留给世界最为古老但却最为简单的立交桥，都是我们湘西最骄傲自豪的资本。老司城成为世界文化遗产，天经地义。当然，当古老的文明还在熠熠生辉时，新生的文明，我们也在创造，一座矮寨大桥，就足以让世界记住我们。那么深的峡谷，那么高的山，那么险的涧，居然连一个桥墩没有，居然就让一座桥横飞过去了，而且创造了那么多世界桥梁史第一！这是我们湘西的高度！这是我们湘西的底气！

湘西人生来会唱歌。他们的肺活量是世界上最清新的空气沁润的。他们的金嗓子是世界上最清亮的泉水清洗的。他们的歌词歌曲是世界上最清爽的山风擦亮的。所以，他们的歌声天然的婉转、悠扬，高亢、嘹亮。有如天籁，亦如仙音。梯玛神歌和苗族古歌，能让我们一次一次地流着热泪感受到民族的骨血是那样深远、祖先的体温是那样温暖。薅草锣鼓、喊秋调子，能够让我们一次一次地怀着喜悦懂得劳动是快乐的、创造是欢愉的。而酉水船歌、沅水号子，则让我们在激情澎湃和热血沸腾中自豪一个民族的百折不挠和坚强坚韧。最软人心肠的，当然是那些甜蜜的山歌、情歌。一首首山歌、情歌，都是从俊男靓女的心尖尖上飞出的，是一壶壶迷魂汤和黏黏药，黏着情缕缕，扯着糖丝丝，巴心巴骨的暖，巴心巴骨的甜。湘西的山歌你不能听啊，一听你就抬不动脚了。湘西的情歌你不能唱啊，一唱你就有情人了。

湘西人生来会跳舞。世界上最美的山塑就了他们的舞姿。世界上最美的河摇曳了他们的舞步。世界上最美的生活灌注了他们的舞魂。一棵草是一种身影。一朵花是一种表情。一线光是一种眼神。而一抹朴素或绚烂的颜色，则是一种说不完道不尽的风韵。身披满身稻草的茅古斯舞是土家族祖先劳动场景的复活与描摹，头顶一把花伞的接龙舞是苗族祖先接龙祈雨的再现与重温。土家调年摆手，摆来风调雨顺。苗疆击鼓踏花，踏来五谷丰登。土家苗家共同拥有的傩舞，则是砸烂骨头还连着筋的文化遗存和生命聆听。一树乱颤的花枝，搅动一池春水；一场湘西的舞蹈，舞动世界身影。

湘西人血性、英勇、忠义。大山哺育的湘西人，有大山一样刚硬的筋骨和风骨，不怕苦，不怕死，咽得血，吞得铁，侠肝义胆，忠勇双全，其家国情怀和民族情感，就像血与脉、泥与土，血在脉中，泥在土里，不可分离。嘉靖年间，彭荩臣、彭翼南率几万土家子弟远征东南沿海浴血奋战，英勇抗倭，赶走了日本倭寇，岌岌可危的华夏江山得以稳定平安，大明王朝把"东南抗倭战功第一"的功勋授予土家子弟。抗日战争期间，顾家齐率八千苗家子弟在淞沪会战中与数倍于自己的日军战斗，一寸山河一寸血，成功阻击了日军的大举进攻，掩护了民众和大部队的安全撤离。在红军扩红和解放战争中，湘西数十万人跟随贺龙闹红、长征、流血、牺牲，成为默默无闻的革命功臣。抗美援朝时，一万多土家苗家子弟跨过鸭绿江，与敌作战，威震敌胆，成了魏巍笔下最可爱的人。

湘西人浪漫、率真、多情。一年四季，湘西都有那么多浪漫的爱情节日，苗家四月八、挑葱会、赶秋，土家六月六、社巴节、糊仓，还有苗家更为频繁的边边场、土家更为频繁的歌圩，都是一场场爱情的盛宴，一场场爱情的专场。湘西的少男少女们，总会不怕山高路远，不舍白天黑夜，从苗家到土家，从土家到苗家的，为爱转场。即便是六月六、社巴节这样的不是专为爱情的节日，湘西的男女也会专为爱情而去，也会从节日的脚步里觅到爱情的踪影。一个湘西人，就是一颗爱情种，播下去就会发芽，发下去就会开花，开下去就会是一个又一个爱情的家。走进湘西，湘西的空气中都弥漫着爱情的气息和糖分。湘西到处都是爱情的阵地和堡垒，到处都是爱情的地雷和引信。踏上去，你就是爱情的俘虏或战士，你就会为了爱情奋不顾身。

湘西人纯朴、好客、热情。这是湘西人的本性。纯朴来源于内心的善良。好客来源于做人的大气。热情来源于处世的真诚。重情重义的湘西人，宁亏自己一辈子，也不亏客人一阵子。进了湘西，拦门酒是要敬的，拦门歌是要唱的，拦门鼓是要打的。一碗酒，一首歌；一段鼓，一生情。湘西所有的食材都是原生态的、无污染的，你放心吃。湘西有的是美食美味，你尽管品。你吃得越多品得越多，湘西人越高兴。腊肉你是要吃的，香肠你是要吃的，稻花鱼你是要吃的，铁板烧你是要吃的，枞菌炖鲜肉你是要吃的，胡葱炒腊肉你是要吃的，泥鳅钻豆腐你是要吃的，苞谷、生姜、萝卜、豇豆、糯米等各种酸菜，你是要吃的，鸭脚板、山竹笋、阳雀菌、水芹菜等各种野菜，你是要吃的。这些都是湘西人用生活的智慧烹调出来的人间美味极品，你不吃实在是可惜，实在是少了一种滋味、一种生活、一种人生。

有这样世界上最美丽的风景、最深厚的文化、最厚重的历史和最销魂的味道，你一定会想，湘西人真幸福啊！的确，湘西人幸福。幸福的湘西人，不用像大城市里的人那样每天呼吸雾霾、尾气，湘西的空气是甜丝丝的、凉爽爽的、满含负氧离子的，健脾，清肺，养胃，益身。湘西不用像大城市那样，每天马不停蹄地追赶时间、身心疲惫地跟时光赛跑，时间和时光一到湘西就停了、慢了，湘西的美景和美人，湘西的民风和民情，把时间和时光迷住了。湘西，不会像大城市那样把时间和时光折磨得又苦又累，湘西有的是地方和地点让时间和时光休息，有的是时间和时光任湘西人消遣和享受。时间悠闲，生活悠闲。时光富裕，生活富裕。品点小茶，喝点小酒，钓点小鱼，哼点小曲，散点小步，聊点小天，优哉乐哉，自由自在，人生常态。湘西永远不会像大城市那样连邻居都不认识，一个湘西的人都是熟人，一个湘西的人都很温馨，早餐吃个粉条，一个粉馆的人都是隔壁邻居、同事朋友，上一碗的人把下一碗人的单买了，再下一碗的人又把下下一碗人的单买了，吃到最后，谁把你的单买了，你都不知道。那个人情，那个人性，真的叫纯！

所以，你不来湘西走一遭，你就白活了。

所以，你在湘西没有一个朋友，你就枉为此生。

所以，你才觉得看遍世界风景，总觉我的湘西最美；阅尽人间风情，总觉我的湘西最醇；品遍世上人情，总觉我的湘西最真。湘西，是一个来了就不想走的仙境。

（2017 年 8 月 18 日于北京完稿

原载《湖南日报》2017 年 9 月 20 日）

流动，近四十年最主要的中国经验

王十月

先说一个小故事。

故事发生在我写这篇文稿的前一天。一位 30 年没有联系过的初中同学加了我的微信，他说当年他也是文学的狂热爱好者，每次语文老师将我的作文当范文读时，他都暗暗地不服，认为老师没眼光。他甚至偷偷藏了我的一个作文本。后来，他和我一样，初中没有毕业就离开家乡，长江中游，江汉平原南岸一个算不上富也算不上穷的小村。和我一样，到广东，在东莞的工厂打工，做过各种辛苦的工作。但是，他对我说，在当下的中国，生于 1970 年之后的这一代人是最幸运的。我们不像父辈那样，纵有天大本事，也只能面朝黄土背朝天地过一辈子。出生在城里的，进工厂，经历下岗，或者在一个厂里工作到老也很难升职。我们这代人面临着更多选择，更加自由，有更多机会。当然，他最后没有忘记告诉我，说他现在做生意做得还可以。

他特别强调了一句，说比我想象的可能会更成功一些。

我告诉他，我对他生意做多大并没有想象。他说，他在一个行业的细分领域，做到了全球老大，一年营业额有 7 个亿。他前年将工厂从东莞搬到湖北，建占地几百亩的工厂，有上万员工。公司正在 IPO。我对他说，作为一名苦尽甘来的成功者，你当然可以说我们遇上了最好的时代，那些没有成功的人，遇上了这么好的时代都没有成功，是因为他们笨。但在我看来，少数他这样的成功人士背后，是无数人在血汗工厂里打工，付出全部努力、青春，最后一无所有。我的富豪同学说，这是经济学的规律。只有大量人的付出无所得，才会造就少数人的成功，才会推动经济发展。

对于经济学我是外行，也许，我的富豪同学是对的。作为作家，我观察的立场和角度，显然和他不一样。他关注的是时代带给了我们这代人机遇，造就了许多如他这样的成功者，而我关注的是这时代车轮滚滚背后，那失败的大多数。我想起了我的同事、诗人郑小琼的一首诗。许多年前，我还在深圳当自由撰稿人，年轻的郑小琼还在东莞一间五金厂打工。一次偶然的聚会，我读到了她的一首诗《黄麻岭》，当时泪奔，号啕大哭，把聚会的朋友们吓坏了。后来，我在散文《寻亲记》中，引用了她的这首诗，以表达敬意，同时，也是向千千万万的打工者们致敬。

现在，我想再读一读她的这首诗：

我把自己的肉体与灵魂安顿在这个小镇上／它的荔枝林，它的街道，它的流水线一个小小的卡座／它的雨水淋湿的思念，一趟趟，一次次／我在它的上面安置我的理想，爱情，美梦，青春／我的情人，声音，气味，生命／在异乡，在它的黯淡的街灯下／我奔波，我淋着雨水和汗水，喘着气／——我把生活摆在塑料产品，螺丝，钉子／在一张小小的工卡上……我的生活全部／啊，我把自己交给它，一个小小的村庄／风吹走我的一切／我剩下的苍老，回家有人衣锦荣归，有人只余下苍老回家。有人生活得鲜花著锦烈火烹油，有人两手空空一无所有。

接着讲故事。我的这位同学和我的争论没有结果。我们观察社会的角度不同，结论自然不一样。富豪同学告诉我，当年的初中同学建了一个微信群。群里的同学们时常聊起我。他把我拉进了群。30 年前的同学，大多数我已记不起名字，没有一丝印象。同学们热情欢迎了我这个所谓的大作家。我惊奇地发现，当年湖北石首调关镇一所普通乡村中学，一个班 50 个同学，现在群里聚集了 47 人。这 47 人中，身家过亿的富豪居然有十多位。很有意思的是，当年这批同学，初中毕业就出门打工的，大多成了富豪，而当年学习成绩好，上高中大学的，现在或者当普通教师，或者在政府某个部门混个小处长。我突然理解了富豪同学所说的，我们这代人是幸运的。1987 年，我们初中毕业，那些早早离开农村到广东打工的，在经历磨难之后，抓住改革开放之初的机遇，实现了他们的财富梦。

似乎可以换个角度来看中国的这 30 年。

说完富豪同学，我再说另一个人的故事。这个人是我的叔叔。我曾经在散文《四十年来丹青梦》中写过他。下面是其中关于叔叔的一段：

当作家，是许多年以后的事，我少时的梦想，本是想当画家的。

这梦想，大抵源于我幺叔的影响。我幺叔是乡间少有的才子，写一笔漂亮的赵体字，会许多种乐器：月琴、口琴、琵琶、二胡、手风琴、脚风琴、笛子、吉他……幺叔讲过，他童年时，一次放学路上，听见有人吹口琴，那是他第一次听人吹口琴，听得入了迷，跟着那人走了很远，天黑了，他迷了路。后来，我以此为原型，写成了短篇小说《口琴，獐子和语文书》，那小说，是幺叔的故事与我的故事的结合体。

幺叔还会写鹊体字，用一块橡皮，蘸了广告色，几笔就画出一只喜鹊、蝴蝶，再添几枝梅花、竹枝、兰草，组合成字。过春节时，别人门前贴墨笔字春联，幺叔家门前贴神奇的鹊体字。我在南方的工业区和一些旅游景点见过写鹊体字的，给人写一条姓名收费 30 元，全是一些弯弯绕，一只鹊也没有，比起我幺叔写的相差远矣。

幺叔还会作画，常画迎客松和桂林山水。天知道，他怎么会那么多！

我父亲说，这些都是他瞟学的。

所谓瞟学，瞟一眼就会了。我父亲说这话时，很是骄傲。父亲从未因我而骄傲，却常为我幺叔骄傲。

我的整个童年和少年时期，幺叔是绝对的偶像，我无限崇拜他，喜欢听他坐在月光下用二胡拉《天涯歌女》，"小妹妹唱歌郎奏琴，郎呀咱们俩是一条心……"

幺叔本有极好的前程，他学习成绩好极了，从来都是老师们的宠儿，但"文革"开始了，幺叔扎根农村，一扎就是一辈子。

我曾偷偷翻看过幺叔的毕业留言册，上面写满了同学们真挚豪迈的祝福，"翠竹根连根，学友心连心，我们齐努力，扎根新农村。"幺叔回家后进了大队小学当民办教师，教了一辈子书，大队变村，后来，村里的孩子越来越少，村小撤了，幺叔下岗，拿了3000元补贴。幺叔老了，不再吹拉弹唱，不再画画，只在春节写春联时，才拿一下毛笔，也不再写鹊体字。再后来，年近六十的幺叔出门打工，在佛山、东莞漂泊。年纪大了，不好找工，在陶瓷厂当搬运工，那是我当年干了几天就逃之夭夭的苦力活……

读到这里，我们不妨假设，如果我叔叔和我一样，遇上了农民可以自由流动的时代，他会成为怎样的人？

我甚至想到了我的父亲。我父亲只上过半年学，可他不是文盲，他能读书看报，会打算盘，年轻时当过大队的财会大队长。我父亲在本村农民中有很高的威望。有些人家里遇上纠纷，会请他去主持公道。他有很强的统筹管理能力，乡亲们家有人办喜事，往往会请他当"都管"。但是，他一辈子的命运只能在乡间老去。

我想说，一个时代的文学，要关注这个时代最主要的问题。那么，对于中国来说，这几十年来最主要的问题是什么？或者说，中国最大的改变是什么？是人口不再受出生地域的限制，可以自由流动。当然，改革开放之初，大量人口自由流动，几千万人涌入广东，广东无法承接这么多的劳动力，许多人找不到工作，招一个工人，往往有上百人抢。那些在早期开始开工厂做经营的，他们的第一桶金，充满了原罪。过多的劳动力涌入，给广东的治安带来了尖锐的问题，于是，收容遣送，成为反人性但又行之有效的手段。直到那个叫孙志刚的青年大学生被收容遣送致死后，收容遣送条例才废止。收容，成为我们那一代打工者无法回避的命题，也是无法忘却的噩梦。而这背后，是复杂的中国问题、中国经验。这就是中国，我的富豪同学的命运，我的叔叔和父亲的命运，无数打工者带着苍老回家的命运。这是中国制造背后复杂而纠结的关系。这是我们这个时代最大的改变。

2008 年，我的中篇小说《国家订单》在《人民文学》刊发，卷首语曾这样写道：30 年来，无数的中国人在这样的清晨离开了他们的村庄，怀着对外面的广大世界的梦想开始漂泊与劳作。他们是"中国奇迹"的创造者，他们使中国成为世界工厂，使"中国制造"遍布世界的各个角落。与此同时，他们也在创造着自身的生活和命运，他们梦想着奇迹，而前所未有的机会与自由在这个时代正向着人们敞开。王十月和小说里的那些打工者是一样的人，和小说里的"小老板"也是一样的人。他知道他们为什么走出来，也知道他们是怎样复杂地酸甜苦辣地走向今天。

流动。

这是中国前所未有的景象，数亿农民离开了土地，离开了固守的地域，在大地上流动。而这流动带来的一系列复杂的改变，这背后的酸甜苦辣，这背后的国家意志与个人梦想，造就了中国神话。这是近 40 年来，中国最主要的真实。如果中国作家无视这个巨大的真实，回避它，不去书写，这代作家是不称职的。正如，如果唐诗没有杜甫用他沉郁的诗歌将个人离乱与家国动荡记录在案，那一代诗人是失职的一样。所幸，有许多人在书写中国这一段经验，这样的书写被称之为"打工文学"。打工文学这个叫法自然不科学，我们可以不去管它叫什么文学，我想介绍的是这样一种文学的存在。虽然，它被认为是低级的，是边缘的，是登不了大雅之堂的。但我想，这样的中国经验，是我们这代作家必须面对和回答的：

我们这个时代，究竟发生了什么。

（原载《文艺报》2017 年 6 月 14 日）

空间意识

朱以撒

路过这个曾经住过的小区，不由得走了进去，看看。十多年过去，小区显得苍老和破旧了。当初的建筑材料就不是合格的，风来雨往，整个墙体的颜色黯淡得不行，每家每户的防盗网早已腐蚀，看起来铁骨铮铮，摸一把满是手锈。管理越发不行，什么人、什么车辆都可以自由出入。没有改变的是终日洗刷刷的麻将馆，许多人乐意把时光掷于此，老人多的小区大抵如此。

这是我第一次用自己的钱购买的一个单元。买了之后才知道，周围的十几座楼房都是拆迁户——他们过着不重规矩重随意的日子。市井生活是最为基本的、俗气的、土气的，也就全然从自己的生活感受出发。譬如管理费、水电费，觉得没必要交，也就常年不交。总是有人踢踏着拖鞋在小区里闲逛，大呼小叫，对骂，总是会在秋日为小区的神明唱几台戏，有老人会出来组织，号召力越过了小区物业。在这个最底层的小区生活，它的丰富、复杂超出我的经验，像是身在一台戏里，信手就可以拈来一些情节。我印象很深的是租在楼下杂物间有一位鞋匠，这个小空间仅容一张单人床，再放一些工具。有门无窗，更无空调，夏日关门睡觉，他和一个孩子，如在蒸笼里——人的生存弹性很大，可他的太太忍受不了，忽一日不见了，他只得靠自己的手艺拉扯这个孩子。除了补鞋他还兼营配锁、开锁、修自行车等营生。他的爱好就是买彩票，期期都买绝不落下。有一次我坐在他捡来的一张歪歪斜斜的大班椅上，看到一张报纸的边角写满了许多数字，知道他在计算，寻找中奖的路径。我断言他哪一天搬走了，一定是中了大奖。再一个印象深刻的是 2000 年元旦的前一个晚上，我们外出用餐，本意是想庆祝新千年的到来。谁知给盗贼可乘之机，他们破门而入，翻箱倒柜一地狼藉。由此触动了再搬家的念头——当居住的区域在安全、卫生、人群诸方面都不理想时，一个人肯定会寻觅新的立足之地，就像孟母断杼择邻，一定要找到合适的空间不可。

这次回来没有见到鞋匠，杂物间紧锁，邻居说他也搬走了。但愿他彩票中奖，住上了宽敞明亮的新房子，找到一个漂亮的老婆。

后来，我想绕后门出来，把以前熟记的密码输入，门已经打不开了。

晨光新村住的都是大学教师，当时公家分房，我还是个小助教，分数根本达不到，只能流口水。虽然面积不大，但文气浓浓，是这一带最有文化的小区。哪怕是一个走路颠颠倒倒目光茫然的老者，也没有人敢轻视他，也许就是一个有名的化学家或者文学家。这个小区的房子都不装电梯，再老的人也要倚仗双足上下。当时的楼层选择是按个人的地位、职称来打分的，数学在此时使人心服口服，即便多一分，也能提前选择，这使爱说三道四的文人安静下来。那时地位相近，职称相近，经济也就半斤八两。后来，有的教师的专业与社会联系密切，这些人渐渐富了起来，专业改变了经济状况。有的教师的专长只能在课堂上讲，连学生都不想听，枯索之至，更不用说与社会交接，让人来请。后来，一些教师见不到了，他们在高档小区买了大房子，电梯当然是少不了。搬家那天，除了把书和衣物带走，其余不动。很快就租给了别人，每月有一笔固定的收入。有的人还隔成好几套来租，这样收入就更可观了。那些无能力购买新房的教师不安了——明摆着晨光新村的住家成分就杂乱了起来，什么人都可以来租，谁知是不是贩毒分子盗窃团伙。搬走的教师才不管这些——我的破房子要租给谁干你何事，出了事公安自然会来管。有一位系副主任的遗孀对我抱怨楼上租户改造，老是漏水下来。她希望我找校党委书记说说，让他管管这事。我说书记都在出国考察，哪会管你这事。后来她去世了，漏水还在继续。有的教师对我说这样住挺好，离学校近，尤其近图书馆，到长安山登高也很好啊。我就说是啊是啊很好。但是看到他们吭哧地爬上五楼六楼，而且老了，根本不会到图书馆去看书研究，我实在弄不清他的本意究竟如何。

和自己买房子住的人不同，不少人是租房住——在一个城市买一套房，那一辈子都得耗在这上面，租房同样可以安身。但是租房的不稳定也是明显的，房租年年涨，可能就不想再租，考虑再搬一次。有时住得习惯了，主人又不想租了，想卖了了事，于是租客恋恋不舍，主人毫无顾念。这种租客多了，在城市里寻寻觅觅的心情也就起伏不平——所谓的漂泊就是这样，一会儿城东，一会儿城西，不会有太多的安定。一个人家里的物品只会多起来，常常是进来的多，扔出去的少。开始搬家只是三两个箱子，后来就要请搬家公司了。租房使人有更多的选择，天下那么多样式的房子供选择，时日久了，租客的心理也十分坦然，并不觉得自己无房有何不妥。想想当年的隐者，以乾坤为巨宝，斜遮几片云以为被，乔木之下，空穴之中是吾乡，足以自适。现在没有人想当隐士了，都想到前台来表演，当个显士，有京城情结的人那么多，纷纷往那儿跑，奔走衣食角逐名场。想想白居易这个人的名字也真逗，顾况就拿这个开玩笑，认为京城是不易居的。许多人只能当租客，哪怕租个冬日像冰窖的地下室安身，也不愿回去。再有才华再大理想，许多人都从租房始。

我常去的一家私人书店关门了，坚持不下来自各方面的原因，一是房租高，二是没人买书——很多人进来坐着看书，享受空调，把要买的书拍下来，从网上去买。这样，书店白白付出，只有傻瓜才会继续开张。对于房主来说，也是个斯文人，但他的原则很现实，谁付钱就租给谁，尽管书店是传播文明的，但脂粉公司出得起租金，就让它来主持这一空间。不同行当的租客都在寻找合适的地段和合适的人群，卖奢侈品的不会和卖文房四宝的毗邻，就像卖鱼丸扁肉的与卖服装的也会自觉拉开一段距离。城市这么大，相应的人群、生意都是扎堆的，有自己选择的自由，这样就形成了某些专门的区域，吃喝的，玩乐的，水产的，建材的，名声渐起。生意如果兴盛，根本不在意租金的一涨再涨，甚至就长租不走了。可是这种景象很少——没有一个人说现在生意好做，生意好做的日子过去了。这样就使生意人抱怨的声音越来越多——也许下个月来，就是另一张门脸了。门脸的变化是城市的表情，人们在做些什么事，或者改行做什么，经常可以从门脸之变觉察到。我倾向于门脸的固定，如果是长久的固定就更好了，成了百年老店，使后来人言说时，有一种对旧日的探寻的神情。

搬一次家，感受一次新的空间，没有一个空间是相同的，如同每次搬家的心情。经营不善的人，把豪宅盘给债主，搬到一般的小区，空间缩水了很多，各方面配套也是等而下之。心里想着过去的风光，别墅大得很，开了好多次派对，今日沦落至此，常来的那些人也不见影踪。如果一个人从小空间搬入大空间，心情肯定是舒适且得意的，很有一些成就感，说起来是自己的努力形成的。看到有的女士手上、颈上被金银珠玉套满，不知是真是伪，总会生出许多疑窦。可是一套有品位的房子，站在阳台上可以看到江上的粼粼波光，还有岸边蓊郁的林木。如果下得楼来，坐在简易的木构亭中，任江风徐徐拂过，听得到花瓣打开的声响。那么这套房子的厚重感，要远远超出其他，而且没有人会怀疑它为伪作。房子的问题难以含糊，它不同于珠宝，珠宝是很容易糊弄人的，在这方面，大多数人是瞎子。于是总有人自觉地报出自己的小区，邀请大家来玩——其实大家都不会去的，只是从她说的小区，去联想房子的规格。现在我们见面除了问"吃了吗？"还问"你住在哪里？"有人就答道："还在老地方。"问的人就知道是 30 年的老小区，就不再问了，便劝他去买新房子，"存那么多钱干啥呢？"——往往以这句话来结束此次交谈，也给对方一个不着边际的鼓励。

房价越来越高，20 世纪 50 年代，写一部长篇小说的稿费就可以买一个四合院，如今恍如神话。那么有没有比房价飞升更快的收入途径？否则就像夸父追赶太阳，永远追不上，只好死于途中。每一个买房子的人都有一个故事在里边，说起来都是吃力的表情。有个持币观望房市的文人对我说过一阵要降价，政府不会坐看不管。他秉承的老式消费观使他泰然自若，等待降到他的心理底线。可是房价没有降，只是停住，永远不会降到他的标准上。那些以贷款形式买到房子的人后来都住进去了，每月咬着牙供房，可是回家看到采光充足四壁雪白，觉得这一主张正确之至——在一个崭新的时代生活，还像旧日文人那般持守旧日光景，谁也不会因为你是知名教授，送你一套房子。文人笔下的稿费比起房价有如蜗牛与火箭，写文只能是一种个人爱好，就像新派文人爱喝咖啡，老派文人爱品茶，遣兴而已，稿费权且买些小菜，与买房无干。我父亲那一辈的人是不会谈买房的事的，他们住在低矮的土房子里，墙面都起皮了，房顶长着狗尾巴草，到秋后就枯黄，显得家境清寒。他们谈的都是教学，后来就谈革命，上街游行，写大标语，贴大标语，安心在土房子里住着，觉得这就是故乡，以后老死这里。

买房成为必须之后，大家庭一分为四、五，像一头蒜，每个蒜瓣都闹独立，不再紧紧地拥抱于一个小空间里。房地产的崛起，万千楼宇正与这种独立的想法如符契相合。一个宽敞的单元，大都是三口人住，一个大家庭也就如撒豆成兵一般，分散各处自立门户，日子自在起来。大家庭都有一个九斤老太，看这不惯，那不惯，嘴上没完没了。以前没有买房一说，四代人挤在一起，看似其乐融融，其实都在极力地忍耐，都快憋出病来。有的忍不住了大吵，四邻都知道了。也不奇怪，只是自己这一家的耐性更大一些，还没开吵。现在好了，搬了新房，情绪松弛任意，黑白颠倒也无人管教，便觉得树大开权是正常的，何况是人。如此，房子的需求量如日之升，连同其他方面的经营。早先老房子，一个房间一盏灯，遥遥垂下的灯泡好像一个静止的鸭梨，开关在门边，也是遥遥垂下的一根线，开与关都在拉扯中。而今一个房间有多少盏灯？不必再拉扯，而是以指按之，甚至遥控。每一家人对灯的形态、色调要求都不相同，于是无数灯具乱花般迷眼。人们在无数灯具中穿行，寻找各自的光明。

装饰是对新房的尊重——一个人拿到了新房的钥匙，不是马上搬家，而是抓紧装修。大多数人认为装修之累难以言说，也有人当作艺术品来琢磨，饶有兴味地对比、分析所有的材料，展示装修的个性之美。材料何其多也，色调何其杂也，价钱何其悬殊也，上当不止一次，争吵更是常事，渐渐就有些辨识能力了。装修是一个人审美趣味的体现，可以很素淡，也可以很艳丽；可以很优雅，也可以很世俗，总是要合自家气道。我向来倾心素淡简约，譬如背景墙刷白即可，我写一幅字裱好挂起来，就有了几分文气。不过楼上的邻居不认可，他花了十万元买了两片巨大的背景石，雇一帮人吭哧着抬到十八楼，镶在墙面上，据说晚间灯光下，如波如澜，浮光跃金。毛坯房是中性的，却在每一家对空间不同的理解中，成了个性。有的人家书房特别大，还放了一个大书案用来把笔挥毫；有的则在对空间的修改中添置了一个精致的麻将间，或者品茶室。生活是如此世俗，日子是各自过的，犯不着与别人相同。那些不同之处，正是他们对俗常日子最真实的展示。这也使精装房受到冷遇——它们如同一个模子里浇出来的，无法顾及人丰富而微妙的感觉。就像古人说的，大羹玄酒，有典则而无滋味。于是，乐意买一个毛坯房，并为这个空间的个性化而费心力。

有人买了二手房。我是不喜欢二手房的——原先住过的那一家人，或者转手了好几家的人，他们都是干什么的，他们遗留在这个空间里的信息、气味是否适宜于我？原主人在此居住了那么久，他们的健康情况如何，是否有什么家族病史？尽管搬走了，也打扫得干干净净，但是，有些感觉是扫不走的，早已钻入丝丝缝缝里。人生草草，有些事也草草，但在这个问题上我一直纠缠着，不像其他人那样无所谓，对空间的感觉迟钝之至，反而觉得原主人把装修都完成了，又住了这么久，自己拎包即可入住，何乐不为。一个对空间没有感觉的人，只是算计房子的物理空间，尺寸大小，却没有顾及它早已是一个情感空间，充满着曾经的嗜好、习惯，已经不是毛坯房那般单纯。当然，二手房也还有一些不足——装修的样式、手法、色调，使人觉得相悖，或者隐匿起来，一时看不清楚。待到搬来住下，才看到这里渗水那里发霉，听到吊顶上老鼠奔跑有如鼓点骤响，夜半头顶有人踢踏着拖鞋的声响，这才发现，楼上的单元被隔成四套出租，卫生间改造之后，都在自己的卧室或餐厅的上方。更不走运的是住下一段时日,和邻居都混熟了,才从她们说漏了的嘴里得知,这是一套凶宅。不须多说,接下来的时日都在讨说法,这些精力的额外付出,当初做梦都不曾有过。

太多的人在议论房子,有很正经严肃的论坛,把房子上升到国民经济的层面来论述,都是经济学家的做派和口气。也有很随意的调侃,民间色彩,草莽章法,道听途说,藻绘沸腾,似乎不关心房子的行情就没有尽到一个公民的义务——不妨说,每一个人胸中都潜伏着一个楼市,里边有自己心仪的空间,随着价格的提升,波澜起伏。

如今我住在一个独立的空间,坐在书房可以看到山坡上摇曳多姿的芦苇。它们在雨天时被濡湿了,就有几分滞重。到了秋风归雁时,它们就浑身轻盈起来,雪白蓬松,还有一些毛茸茸的温柔。暮色到来时,归巢的鸟鸣使静寂的黄昏多了几分生动。这座不太高的山我登顶过,有一堆巨大的石头上发现了"紫岩"两个大字,觉得最近的创作可以在落款处写下:"丙申之冬,以撒书于紫岩山下",如此会更诗意一些。想想在一个城市里搬了好多次家,除了居住空间扩大外,也是想和密集的人群有一定的距离,离市声市气远一些,离山野草木近一些。如我这般有志于学无志于仕的人来说,萌生这样的念头是一种必然。

(原载《福建文学》2017 年 2 期)

乳源手记

塞　壬

　　文宣部打来电话，问我要不要参加今年的学生夏令营。我说今年就不去了吧。电话那头忽然说到，塞壬，前几天梅君打来电话专门问候你，说是很想念，你还是去一下吧。梅君啊，一年了，她现在怎么样了？如果我再去，能够为她做什么呢？再做一次表演，然后离开？闭上眼睛，尽量不去想梅君的脸。不去了。我在电话里回复道。忽然间，一阵心虚，环顾四壁，一种很不好的感觉萦于胸口，久久不散，仿佛一个旧的伤疤又被揭开，等着你仓皇掩盖。太多的事，不愿面对，囫囵扔在内心的角落里，积着，不提。

　　去年七月下旬，我应邀参加了市中学的学生夏令营，跟 40 名中学生一起去乳源瑶家贫困山区体验生活。同学们事先被安排入住进不同的贫困家庭。三天，一起劳动，一起吃睡。我被安排去往一名叫梅君的贫困女孩的家里，跟两名女同学一起，外加一名电视台的记者。两名女同学刚刚上高中，对此次的贫困体验表现得异常兴奋，两个 15 岁的少女，满脸的胶原蛋白，莹晃晃的青春。一路上，两只小燕子叽喳个不停，她们对山区贫困的程度很是好奇，不停地问我，塞老师，他们还在点煤油灯吗？他们住茅屋吗？出行靠牛车？问着这些问题，两眼亮晶晶的，仿佛无知是一件很可爱的事情。吵死人了，这些孩子，他们全都来自生活优越的城市家庭，是妈妈的宝贝疙瘩，零食是从头吃到尾，一会儿唱歌，一会儿哄然大笑，俨然是一次青春的结伴出游。我只好戴着耳机，闭目。由于活动不是第一届了，两名少女应该在心理上有所准备。她们跟我一样被安排入住梅君的家，要住两个晚上。

我记得第一次见到梅君的样子，她早早地候在路口等候我们。14 岁，她长着一张处女的圆脸，很黑的眸子，唇上有细密的绒毛，眼里透着一丝警惕，尽管皮肤微黑，还有那略带倔强的唇角，但她依然是一个漂亮的孩子，她穿了一件暗旧的，洗不白的 T 恤，牛仔裤卷起到小腿肚，脚下是一双沾着泥印的鲜红的塑料拖鞋，五个脚指头怒伸在外，油腻的脏头发用打了结的绿色皮筋扎着。资料上说，她品学兼优。父亲是个孝子，因为要守护年迈的双亲和岳父岳母，常年在家务农，没有机会外出打工，所以至今没有盖新房子，一家四口依然住在一间阴暗窄小的土坯房里。

我对这样的土坯房是有印象的，在我的家乡，30 多年前，就有这种房子。然而时光已过去了 30 多年，在广东的山区，依然有人还住这样的房子。梅君的家就是这样一间土坯房，连厨房四间，矮窄的木门，很破旧了，上面拴了一个生锈的搭锁，一进屋，光线很暗，然而却有一股阴凉。我首先就看到了半面墙的奖状，这是梅君和她的姐姐一起获得的，它们密密麻麻地贴在掉了石灰粉的土墙上，地是潮湿的黑土泥地，整间屋子透着霉味，一张污秽、破朽的木桌上摆着一台 14 寸的老式彩色电视机，它有鼓突的屏，正播着一出古装剧。两盘发黑的剩菜搁在桌上，一个缺口的脏碗上摆着一双竹筷。桌子下面堆着各种杂物，草帽、水壶、镰刀、成扎的蒜头还有猫没有舔干净的破搪瓷碗，蔬菜也码在桌脚，几个丑陋的西红柿或土豆滚到墙角落，墙上是乱牵的电线，黑色的开关掉了盖子，是那种很古老的拉线式，而拉线孤单地垂在墙面上，房间的门楣上贴着大红的喜庆对联，很破旧了，被撕了角，在这阴暗的屋子里，这红对联显出一种异样的犯冲效果。破败、摇摇欲坠、肮脏、杂乱，这就是我们要在这里生活三天的房子。

梅君的父亲在地里，姐姐刚刚高中毕业。暑假，她去县城打工去了，迎接我们的是梅君和她的母亲。跟我一起的两名少女，一位叫李心仪，另一位叫何可。后来我在报纸上看到她俩关于此次体验的心得，写得很煽情，满满的爱心，收获了感动，得到了成长，看到山区的贫困才自觉自身当下的生活来之不易，要感恩，惜福，诸如此类。滴水不漏，无懈可击。而我，是一个字都写不出来。主办方邀请我参加，无非是希望我盛赞一下这个活动的非凡意义。我居然一字未着。平心而论，我并非从未写过诛心之文。连一个凳子都让人犹豫着要不要坐下去的屋子，食物，从那破了边、没擦干净黑迹的碗碟盛出来，那黑暗的厨房，砧板放在潮湿的地上，墙上的黑烟尘，扔在一边的红色塑料袋、破藤萝、农具堆在一起的角落，用红砖码的柴火灶，被烟熏得发黑……面对从这样的厨房做出的食物简直是难以下箸的。难道我去写什么我们苦中有乐，抑或泛滥悲悯，抒个苦情，然后说此行对青少年成长的意义重大？而更可怕的是梅君的卧室，也就是昨晚三个女孩子睡的那间房，一个很小的窗子，阴暗，潮湿，发臭。为什么会发臭呢。我下面就会讲到。而我，只能睡在客厅的长木凳上。

对于一个从未接触如此环境的城市女孩来说，要说她们毫无负担地度过了那两个晚上显然是很违心的。然而，这两位少女，真正了不起的不是滴水不漏地、很完美地完成了此次的体验之旅，她们的了不起在于，相当老练地掩盖了负面情绪，用一种所谓克服困难的毅力和教养掩盖了真正的冷酷。她们的表演没有丝毫破绽，全都能吃苦，在酷暑的烈日下，即使赤脚下田收割水稻，甚至连眉头都没有皱一下。她们善解人意、礼貌、妥帖，让那贫困的一家子感动不已，最终与梅君告别，她们还紧紧拥抱。第三天上午结束了之后，返程上车前，她们把梅君的母亲硬要赠送的花生、黄豆全扔了，仿佛它们很脏似的。

第一天到达的时候已是晚上了，梅君的床睡不下三个人，她们只能打横睡，硬板床上就是一张竹垫，一个小塑料风扇。因为房子没有洗手间，厕所和洗澡的地方就设计在卧室里。房间的一角划了一块不足一平方米的地方，用水泥糊了地，墙角往外面开了个洞，洗澡用塑料桶装热水，人站在那不足一平方米的地方用手浇桶里的水洗澡，冲完后，水就能过那个孔流到外面，而旁边放了一个黑色的塑料桶，它就是马桶了，因为没有盖子导致整个房间发臭。睡在这样的房间，谁能保证不皱一下眉头呢？我看了她俩一眼，她俩没有跟我对视，低头急忙往外走，幸好，她们都没有捂鼻子。谁都知道，有些话是不能说出口的。我们三个人也在那里洗了澡，那热水有一股烟熏的气息，这是盛夏，两个少女本来可以用井里的冷水洗，但是，她们还是坚持使用了这烟熏味的热水。

三个人打横睡，如果不缩着身子，双脚就会伸出床沿。何可后来说，晚上睡觉的时候，梅君有意识地朝里缩紧身子，把塑料小风扇往她们俩的方向移。我在外面客厅，长木凳很窄，不能翻身，劣质蚊香辣眼睛。

一大早，我们就去河里洗衣服，河水清冽，我们都把鞋脱了，光着脚站在青石板上。因为摄像机跟着我们，引来了邻居们的好奇，梅君的同学玲子也住在附近，她的母亲把我们引进了她的家，玲子一整天都跟着我们，我发现，因为她的陪伴，梅君看上去显得舒展了一些，不像先前那样小心翼翼，不敢多说一句话。玲子家是红砖房，条件明显比梅君家好，但玲子的卧室跟梅君的一模一样，也是在角落里洗澡，并放了一个无盖的马桶。我们的两个少女对玲子家的水井很好奇，心仪用手摇把子，清冽的井水流出来，那种冰爽，她们俩都兴奋地洗了把脸。旁边一家带小孩的妇女也加入了我们，她的家应该是相对比较富裕的，两层楼，装了空调和自来水，瓷砖地板，有干净漂亮的洗手间。

这里的民风很是淳朴，人也非常善良，好客。我多年没有见过串门这种景观了，玲子的母亲很热情，拿出炒花生招待我们，她还拿出了腌的生豆角让我们吃，有点酸臭味，两个少女稍稍迟疑了一下，然后很自然地拿起一根长长的豆角吃起来，这是硬着头皮也得吃下去的。

正逢街上赶集，我们一帮人去了集市。也许，心仪和何可从未见过这样的集市，嘈杂的人群，整个集市透着农业的味道，卖菜的将蔬菜码在马路上，他们是用竹挑子挑来卖的，鱼摊，卖的都是死鱼，猪肉案前挤满了人，有卖猪仔的，活鸡的，还有人拎着从山里打来的野兔、野鸡也蹲在那里叫卖，卖熟铁农具的摆着长长的摊案，几个长列支架挂着廉价的男女服装，俗艳的粉红连衣裙，女人胸罩还有各种头饰假花，吆喝成一片。小型的电器商店销售着大量的伪劣产品，小食摊的油烟挥之不去，我看见来来往往的妇女们把婴儿背在背上，用一种很特别的背褡，上面是绣了瑶族特有的纹饰。剃头匠也来摆摊，几个老农夫在那里刮胡子，心仪和何可两个在人群里钻来钻去，她们对什么都好奇，因为没有吃早餐，两个女孩在一家肠粉店门口的小桌子跟前坐定，等待着她们的早餐。梅君和母亲要买蔬菜种子，一会儿我们就把种子播种到地里。玲子不知从哪里钻出来，她手里捧着一捧野果，紫红色，我认得，是稔子，伸手拈了一个进嘴，微涩，清甜。我抬眼问玲子，梅君在学校会因为贫穷而被歧视吗？她的回答令我吃惊，不会啊，梅君的父亲是名人，我们这里有名的孝子，她家贫穷是因为他阿爸要在家孝敬老人，不能外出打工啊。正要多问，玲子捧着稔子向心仪和何可走去，看到野果子，两个城里少女发出夸张的惊呼。之后，我看见她们几个女孩聚在蔬菜种子的摊前，学着辨认那些种子。整个上午，空气很是欢快，我看见梅君也露出了笑容。而我总想着为梅君家买点什么，最好是实用的，最后，我买了一个烧水的电壶和一台电风扇，（梅君家的水壶搁在红砖灶上烧，周身漆黑）看到帆布鞋，倒是想给梅君买一双，仔细一看，质量实在差，只好作罢。我后来才知道，学校给贫困家庭都封了一千块钱的红包。

　　我们要把蔬菜种子种到梅君家的地里。一群人浩浩荡荡往地里走去，梅君的父亲早早地在地里等候我们，在那里，我们认识了烟叶这种作物，认识了萝卜种子。可以挖红薯了，心仪和何可拿着小锄，梅君和玲子在教她们怎么挖红薯，梅君的父亲一直没有说话，他在离我们有点远的地方松地。我们如此阵仗地来参观人家的贫穷，你叫人家说什么好呢？从头至尾，我都无法开口跟他们聊点什么，我甚至觉得有点羞耻。心仪和何可两人都挖到红薯了，两个少女发出好听的笑声。然而，梅君是没有笑的。可能她发现我总是看着她，她显得有点不安，她扭过脸去，我能够感受得到少女内心的倔强。她有敏感的自尊。我看着她，梅君真的接受我们的造访吗？她不是一个快乐的孩子。她心里非常清楚，那两个城市的姐姐，两天后就会离开，之后，她们将永不相见，也不再联系，她们，不可能会成为她的朋友。她们发出的阵阵欢笑，我听着，觉得刺耳。本来就是一场秀，年年上演。整个过程会非常完美，去年的眼泪今年又会再流一次，电视、报纸，分享晚会哭得一塌糊涂。只是，梅君她沉默地配合着这些表演，她在想什么呢。

午餐是梅君的母亲和左邻右舍的妇人们一起做的。那间昏暗的厨房实在太小，三个人在里面就不能转身，她们在外面把两个废弃的油桶当炉子，生火煮饭，一个漆黑的圆肚铁罐吊在火中间，心仪和何可好奇，问里面炖着什么，妇人回答说是鸡，她们正上前看个究竟，妇人用一个铁钩钩开了盖子，一瞬间异香扑鼻。另一个油桶上架着一个巨大的生铁锅，上面放着一个蒸气腾腾的木桶，这东西我知道，叫做饭甑，里面是米饭。也叫木桶饭。我们是贵客啊，哪里是来吃苦的，他们倾囊相待，杀鸡宰鸭，唯恐怠慢了我们。但是，这些，对于城市来的两个少女来说，应该不是一种贫苦的体验，她们的表情充满了一种猎奇的乐趣，动不动就惊叫，两个人争着去火塘烤带苞衣的老玉米，把它们埋进滚烫的灰堆里，因为灰堆是木柴未燃尽的火堆，余热足以烤熟玉米。她们用铁钎子把洗干净的鲫鱼穿在上面，蹲在火塘边烤鱼。开饭了，前来帮忙的邻舍全都各自回家了，只剩下我们和梅君一家人，忽然间空气一下子安静下来，梅君的父亲开口说话，感谢大家的关心，因为家里太穷了，什么也没有，希望不要嫌弃这顿饭。很朴实的几句话，他笨拙地说着，然后看了梅君一眼，说道，君，招呼客人吃饭啊。

我们都非常清楚，即使桌子、饭菜、碗筷再不干净，这顿饭是无法用一种浅尝辄止的态度去对待的。这不是演戏，而是起码的教养，梅君的母亲给我们夹菜，一直堆满碗头，饭碗是那种蓝边的粗瓷碗，很大，我们三个人把各自碗里的饭菜全部吃光。

下午我们就去田里收割水稻。阳光很毒，梅君家今年夏天大概能收三千斤谷子，这是他们家一年中最大的收入来源，可是，我们几个能帮上什么呢？倒是梅君和玲子，两人手中的沙镰舞得飞快，嚓嚓嚓，很快就收割了一大抱稻禾。我在郊区长大，自幼也没有拿过镰刀，镰刀居然是锯齿的，我头一次知道，然而割稻却锋利无比。梅君去教心仪和何可如何握刀割稻，稻穗把她们的脸蹭得通红，手上几处都被稻叶割出了血口子，她们割了一会儿，说是手臂和脖颈瘙痒难耐，梅君的母亲说，这是稻叶蹭的，不要挠，小心破皮发炎。于是，二位城市女孩放下镰刀，坐在岸边用草帽煽风，啊，总算没有给人家添乱。李心仪拿出手机给大家拍照，说是用来发微信朋友圈。她们还摆拍了割稻，各种握镰姿势，最后四个女孩抱着稻穗合影，城市女孩子手指比着 V，笑得很是灿烂。眨眼工夫，梅君的父亲收割的稻子已堆成个小山。

李心仪和何可把我拉到一边，告诉我说，今晚不住梅君家了，房间太臭，又热，呆会儿有车来接我们回县城的酒店，问我要不要一起走？我说，我今晚留下，你们走吧。何可告诉我，上了一次旱厕，简直不可描述，终生难忘。她用恐怖来形容她见到的梅君家的旱厕，李心仪说，已经知晓了这里贫穷的程度。比原先想象中的要好很多，末了，她用一种自豪的语气跟我说，塞老师，这里最苦最难的事情我是能够面对的，难不倒我，一咬牙就过了，没多难。两个女孩子未满十六岁吧，我瞬间觉得她们的内心世界别有洞天，绝非清澈见底。

原来只是一场演习，只是考验自己能否过关。如此而已，显然，她们完成了任务。没什么可说的，这是游戏最初的设定，我，跟她们并无区别。谁会为此付诸情感呢？

我留下来，为了什么呢？真可笑。是的，在我心里，梅君那张脸，那张垂下眼睑，满是幽怨而倔强的脸，让我有一种无法面对的心虚之感。我们的此次之行，从某种意义上来讲，难道不是一次冒犯？以一种堂皇的理由，只为完成自身的一个测试，围观一个家庭的贫困与窘迫，然后冷血地拥抱，道别，再离开。从此形同陌路，仿佛从来就没有踏进过这片天地。

我看着她们就那样道别，万般不舍，互道珍重。彼此眼中闪烁着泪花。

晚上，我与梅君睡一张床上。我们齐头平躺着，她一句话也不说。我不知道该从何说起。末了，她开口问我，塞老师，你为什么不跟她们回县城呢？我犹豫了一下，说道，按规定是要在你家睡两晚啊，我得站好最后一班岗。这个回答至少是不带私人感情的，虽然，我完全不是因为这个理由留下的。我听见她笑了，那笑声有点古怪，她的身体还颤动了两下，我竭力想要从那样的笑声中去想象她的表情，但眼前漆黑一片，我看不见她的脸，随后，又听见她说道，三年了，塞老师，你是唯一一个在我家住两晚的人。

我弹坐起来。三年？她是说，我们这个活动选中她们家已有三次？我把梅君拉起来，她这才道出原委。我这才知道，所谓孝子，梅君的父亲因此获贫困之名在这里已经家喻户晓，还上过报纸。梅君告诉我，春节县里有领导来慰问贫困家庭，外面的团体要来帮扶这里的贫困户，还有那些支教、做义工的个人来到乳源，县里的相关部门，无一例外地，都会安排进她的家。在那样一份名单里，梅君家排在首位。

坐实了贫困，成为标签，接待四方以爱心为名的造访者，已经三年了。

"我们一家其实并不愿意接受这样的援助。我的姐姐之所以在县城没有回来，就是不愿意面对你们的爱心。塞老师，你知道吗？我们这里有很多家庭居然为了争这个贫困户大打出手，因为成为这样的贫困户可以得到援助，比如领导的慰问，相关部门的救济，还有你们这些外面社团的资助。塞老师，我从来没有觉得我家穷，至少，我们从来没有饿过肚子，我们家不穷。我的父亲是一个真正的孝子，孝子怎么会穷呢？"

"起先，我和姐姐看到你们来很是激动，因为都是中学生，同龄人，我和姐姐渴望交朋友，能够跟你们交朋友，而不是因为我们贫穷，你们来怜悯我。但是，没有人能真正看得起我们。"

外面的月亮从小窗照进来，我拉起梅君问，外面可有好的去处，我们去外面凉快吧。梅君听此说，忙坐起来，荷塘那里可以走走。

我不太想陷进那样的氛围里，有点不自在，或者说，是羞愧。我读懂少女梅君的孤独。我分明感到正是这种孤独与卑微，让她身上有一种罕见的气质，她在这么小的年纪看尽世间的沧桑，她安静地睁着眼睛看着，不笑不怒，心境明了，她居然连嘲讽都没有。

荷塘寂寂，轻风送来莲花的清香，她舒了口气。说道，姐姐会考上一所不错的大学，我姐姐是我的榜样，她很漂亮。说完，很自豪地看着我。看着这样的梅君，我忽然很是欣慰，这个孩子非常清楚自己的方向，在所有的人都认为她们贫穷的时候，她跟她的姐姐对此不屑一顾，她们懂得什么才叫真正的贫穷。她还告诉我，她跟姐姐会采桑养蚕，插秧，割稻，打谷，翻地，栽种，能挑 100 斤。

那个晚上，我们说了好多话，星星看着我们，我们最后还手拉着手。只是，我说不出一句鼓励或者安慰的话，因为那是优越者的口吻，因为，梅君她不需要。我听见了她的笑声，那是从她心底里流出来的，是我让她快乐了吗？看着她，我突如其来的伤感。

我回东莞后不久，收到了梅君寄来的一幅画，水粉画，那幅画画的就是我跟她在荷塘边散步的情景。墨绿的荷塘，星星点点的白莲，两人手拉着手，一脸醉态，风飞扬着我们的头发，我们斜着脸，看着远处的天边。一张长条的便签，抬头，她叫我姐姐，而不是塞老师了。忽然眼角潮润。我给她寄了一双回力鞋，几本书，还有一部旧手机。我跟梅君通了几封信，后来，大概是她学习紧张，通信就断了。

今年，又一次的夏令营来了。换了一拨新的同学。我知道，所有的故事将重演一遍。文宣部打来电话的时候还说了这么一句，塞老师，这次你可要帮我们好好地写一篇文章哦。大概是上一年，我一字未着，他们失望了。想着这场可耻的秀，我还是回绝了，决定不去。然而，一个人坐在那里，把梅君的那幅画翻出来看，想着那个月夜，还有她的笑声。梅君她只期待我一个人，她只想见我一个人，她觉得我是她的朋友。对，我是她的朋友。想到此，我立即打电话给文宣部说，此次乳源之行，我去。

（原载《四川文学》2017 年第 5 期）

不完全是尾气

杨文丰

笛卡尔说"人是植根于肉体机器中的心智"。在这个科学时代，人的肉体和心智，不是正日益被圈入非肉体的机器吗？

——手记

北京、杭州、广州、深圳的首要污染来源是机动车尾气。

——环保部

一、爬出毒蛇

《诗经》的河之洲没有尾气，琵琶错杂弹的唐代浔阳江头也没有，元明清之前布鲁诺被烧死在罗马鲜花广场之前仍没有……到了1886年，德国工程师卡尔·本茨创造出了处女汽车，这地球村，才从此有了尾气！

才只是百余年哪，这从蛇洞似的汽车尾气管窜出的一窝窝响尾蛇，发出冷冷地笑，携带莫测的毒，触目惊世！还有许多尾气蛇，陆续从飞机、轮船等"身体"的尾气管爬出……

世卫组织的研究表明，2012年全球死亡人数约700万，而每8名死者中，就有1名死于空气污染。尾气蛇，够得上是空气污染的主凶。

尾气蛇发扬一不怕苦二不怕死的"革命精神"，齐心协力，攻城略地，前赴后继，猖狂地扩张势力范围，颜值并不像金环蛇银环蛇那样黑白分明。我的意思是说，有的尾气蛇色如白雾，犹同铅白色液体窜入秋溪，并不容易辨识。

纵然波澜壮阔，尾气蛇也怕被踩尾巴，一样脱不开地心引力，身份不高，与大地总是若即若离，若堆若积，贴地0.3—2米所在是其集结最浓处。

尾气蛇除了不停地搞鬼，还捣鼓什么哲学？窃以为，其除捣鼓集结哲学，污染哲学，还会捣鼓给人颜色看的哲学，给你看"光化学烟雾"。

说起光化学烟雾，还是气象学现象，并无三月的梨花白，也不带四月的樱花红，是尾气蛇成分中的氮氧化合物和碳氢化合物进入空气社会，经由阳光照射，产生化学反应而形成的化学烟雾，100多年来，本色（蓝色）从不改变，弥漫秉性依旧。其生成与臭氧有关，与尾气浓度有关，与太阳辐射、气象和地理条件等也有关。生成于阳光喧哗的白天，消失于鸦雀乱飞的傍黑，最大峰值期，必然与交通峰期同步。

1952年12月4日，伦敦交通继续堵塞，全城陷入死风状态，发生了迄今为止世上最为严重的光化学烟雾，陷入灰暗的伦敦城，交通已几乎瘫痪。烟雾弥漫至第4天，双层巴士只能借助雾灯缓缓行驶，警察需高举燃烧的火炬，才有可能与路人互相辨识，4000多人死于呼吸系统疾患，8000多人死于非命。

在平常日月，你抬望眼，咦，你或许发现，城市上空居然是艾青诗里的鸽哨长啸拉升的蓝，梦幻似的蓝，你以为这是响晴天，其实，这是还不算太浓的光化学烟雾正欺世，正上演魔幻现实主义。对的，这尾气蛇奉行的，基本还是现实主义。

然而，这尾气蛇，是否就没有一丁点儿美学呢？

在我看来，倘若有，也只能是罪孽深重的"美学"，不，应是教"天堂"都失色的"丑学"。

以下，是经济学家汪丁丁《杭州及西湖必将毁灭在汽车尾气之中》博文的文字：

记得刚到杭州时，是 2001 年吧，西湖周围没有多少汽车，入夜后仍可荡舟赏月……最近几年，每次来杭州，都感觉交通状况较之上一年明显恶化。此次更感觉街头简直污染到不能忍受的程度，以往阴天的空气也断不至难闻至此。司机说，2007 年开始平均每日新增汽车不少于 400 辆！这座城市，怎可承受这样的污染？

今天感觉极差，西湖已经被尾气笼罩，成为"不适宜旅游"区域……几年前，朋友还声称天堂杭州是全世界最适宜居住之地……

啊，你如此伟大的龌龊的尾气蛇，还敢奢望拥有白玉兰味、水仙花味和香水味（即使游荡在巴黎）吗？你气味怪异，还热、粘、稠、脏，你恶毒山河大地。谁敢奢望分娩你的尾气管，是深山汩汩洁净的泉眼。

你冷暖在地球近地面，在拉拢"乌合之众"悬浮颗粒物，弥漫凝重，亲密接触并吸附金属粉尘，制造致癌物，衍生病原微生物。你长尾善舞，在舞悲歌和死亡……

让人难于想象的，是你释放的二氧化硫，还是飘摇"酸雨"的主凶。

无论白人黑人还是黄种人，不论你的身体是否丰腴，尾气蛇都触你、缠你、吻你，尤喜钻你身体的空子。

谁让你的口嘴鼻耳，七孔八窍，总要"进口式"开放呢，忘了《西游记》里的铁扇公主，因为开放樱桃小口，被孙猴子一朝钻入的后果了吧？

说得精准些，尾气蛇从你的鼻子深入肺部后，滞留呼吸道，会引发呼吸系统疾病，酿生恶性肿瘤。一氧化碳由呼吸道进入血液循环，输氧功能立马被削弱，中枢神经系统随即受害，感觉、反应、理解、记忆力等必出现"故障"。专家说，尾气蛇的有些物质，潜藏在你体内即便过去了十年，还可能诱发癌症。

意大利科学家近日坚称，长期暴露在尾气中的男人，精子的活力会将重度受损，丧失与卵子结合的能力。

尾气蛇播撒的铅微粒，植根你的肝肾脾胆脑，会转入骨骼沉积。

当你的食品缺钙，当你受到感染、外伤，抑或饮酒、服用酸碱类药物破坏了体内的酸碱平衡，那些铅，会像毒蛇冬眠醒来，吹响集结号，猛烈攻击你，让你头晕、头痛、失眠、记忆力减退、乏力、食欲不振、上腹胀满、恶心、腹泻、便秘、贫血，罹患重症铅中毒，罹患黄疸……

说来晦气，尾气蛇，你在我的想象里，总像花圈的碎片，你在呐喊，在人身上创造破碎如孔雀羽翎的"孔雀肺"——象征现代人身体和命运的图符的"孔雀肺"。

> 我时刻惦着我的孔雀肺。
>
> 我替它打开血腥的笼子……
>
> ——张枣：《卡夫卡致菲丽丝》

如此的尾气蛇，黑暗得已百分之百超过了资本，可谓"来到世间，从头到脚，每个毛孔都在滴着血和肮脏的东西"。

二、难离难舍

我曾一回回自问，这个世界，真有可能某一天彻底断绝尾气排放吗？结论总是：难也！

难在何处？难在经济躯体与汽车，早已"如胶似漆"。绑在汽车身上的资本逐利伦理，就像蛇的眼睛，能自行脱落吗？汽车，依然在地球上一天天增多……

对尾气排放的控制，许多国家的机构和民众，似乎还在睁一只眼闭一只眼。这地球村的尾气排量，似乎比恋爱还自由。

更重要的，是这尾气侵染的空间，任何时候都不是哪一个人的，你我开车的幸福，远要大于个人的被污染，人是有私心的动物，还会有多少人介怀尾气的排量呢？

为了减排，即便你不再开车，可你还能让普罗大众从此不开车、永远删除尾气吗？

若彻底断绝尾气，就等于删除民众业已扩大的生活半径，删除汽车给生活带来的便捷和舒适……距离，就将复辟为问题。

这一切，能像手指点击几下删除键那么简单吗？

今天，人类社会，已然被裹挟上技术主义的大车，民众骨血里已高度依赖汽车，甚至早奉汽车为"神"。人类，是陷入想刹车却难于刹车，也刹不住车的窘境了！

甚至，很多有车一族，还自认自己已迟到了呢。

就说说我自己吧，我不开车污染空气的半世英名，几年来也被辱没了。我也在制造尾气！

仔细想来，在童年，我就喜欢汽车了。

记得是六七岁时，我见到《羊城晚报》刊载的汽车图片，就非常喜欢，马上央求邻家大哥哥，从广州带给我一辆红色玩具车。

我在十多年前参观过慕尼黑宝马博物馆，当时就惊异地发现，该博物馆竟然就是四根合拢雄起的"尾气管"——从天上俯视这博物馆，就活像宝马商标。

那年仲夏，是个阳光朗笑的晌午，也是在德国，我低着头就朝一栋大楼走去，猛抬头竟见楼顶上耸立的巨大商标，居然就是大奔。瞧，我是在走近奔驰总部哪！惊喜之余，我不觉急退几步，为什么？为的是与楼顶上那个崇尚之物来个合影。有的亲友看过这合影，不禁朗声感慨，说我回国后那么快就购了奔驰"梅赛德斯"，明目张胆地大排尾气，原来，那个留影已有暗示。

不妨想象，当年那辆处女汽车"突突"地开上欧洲大地，必定惊异声一片，当时，大抵是谁也不可能想到在今天，普罗大众与尾气蛇，会如此容易发生关系。今天的人类，居然能够如此容易地拥有汽车呢？真太幸福了！

我这样说，是德文"梅赛德斯"，乃"幸福"的意思。俗人我就窃想：我这可是在开幸福之车哪！从血管流出的是血，这车排出的尾气还能不是"幸福之气"？与如此的尾气彻底"88"，行得通吗？

随着自己驾车技术与时俱进，我越发觉得自己已成"另类人"——"汽车人"，真是颇具哲学意味！

尾气的事业，已被我做得相当潇洒。想起学开车那阵子，我排放的尾气怎么看也像打摆子，像断断续续的排尿，焉有今天顺溜？焉有如此的规律？我今天排放尾气的事业，真够得上和谐，臻入了高远的境界，我也彻头彻尾是"人车合一"了，成了拖着尾气的人！

必须郑重声明的，这"人车合一"，可是汽车人操控汽车最随心所欲的大境界啊，不是那么容易臻及的；"每一个操控动作都自在流畅，加速减速、前进后退，左转右转，绝无神经绷紧，绝无驾驶的违愿感，车辆任何时候都顺手服帖，都给予最完美的回应。"进入如此的状态，你或许也会开开小差，偶尔想王维为何就能看到山色有无中，而你的显意识潜意识，却已百分之百地与汽车融合；你爱车，爱得相思枫叶丹，才下眉头是车，却上心头也是车。

既如此，谁还会相信你能轻易舍弃汽车，与车"从此刘郎是路人"，就不排尾气了呢？

何况你已习惯汽车带给你的力、美和爽了！

我多次阅读余光中先生的散文《咦呵，西部》，每一次，都感觉也是"汽车人"的我，在听余先生吆喝："咦呵西部。咦呵咦呵咦——呵——我们在车里吆喝起来，是啊，这就是西部了……芝加哥在背后，矮下去，摩天楼群在背后……咦呵西部。滚滚的车轮追赶滚滚的日轮……咦呵西部……"这吆喝传达的驾车之感，不就是你我习惯的炫力、炫美、炫爽吗？

由于不可抗拒的召唤，
我们没有别的选择。

——舒婷：《也许》

在网上，我睇过环保艺术家王三杰的装置艺术品，这个占北京国际雕塑公园 670 多平方面积，叫《并非儿戏》的作品，是八辆汽车，齐将尾气通过输气管注入梅花形气垫床，童孩们一齐在被尾气鼓胀起的气垫床上，笑闹蹦跳。我想，这不是在警示世人吗？——我们的尾气有力量，尾气的力量还不是小的，正在代替、取代苍茫空气，大可以鸠占鹊巢行使"职权"，除给人带来欢乐，还规范人、制约人，然而，被其圈定行动范围的人，又有哪一个不在享受大快乐呢——能轻易舍弃尾气吗？

一个国家，一个社会，假如不能舍弃"病气"，甚至"病气"还甚嚣尘上，你能说奉行的经济发展模式，是完美的吗？

三、毒入雾霾

地球村还未出现尾气和其他化学毒物以前，人类生活的空气社会，雾和霾也常有，但当时的雾和霾，还是造物主的原初本意，是原野的纯净女儿，是纯粹无毒的自然物。

那时的雾，还是宝哥哥眼中"水做的骨肉"，你以手抓之，拧之，还会有故乡井水洁净的清凉，"是无数微小的沉沉浮浮的水滴或者冰晶，在近地空气层中开会，开湿湿漉漉、白白茫茫、沉默沉默的会"（杨文丰:《雾霾批判书》）。水滴或冰晶，这些被气象学家称为雾滴的东西，在出现时，空气里必定水汽充沛，相对湿度不是达 100%，也接近饱和，空气中必然是有足够的可被水汽包裹的凝结核（微小颗粒物），否则，纵然海上明月再多，水滴或冰晶仍无法凝结，腾不起云，也驾不起雾。

值得提示的是，霾到来时，无论怎样遮天蔽日，空气的相对湿度也才80% 左右，比起雾时低。我要强调的，是这 $PM_{2.5}$，可是霾的主要成分，空气中这些悬浮的微小颗粒物，直径尽管不到头发丝二十分之一粗（小于或等于 2.5 微米），多数由扬沙、沙尘暴、浮尘和其他东西构成，然却正是这些东西，很是使空气混浊，降低能见度，遮天蔽日。

在那牧歌式久远的农业社会，空气里也是有 $PM_{2.5}$ 的，但那时的 $PM_{2.5}$，却是"泥做的骨肉"，不带病毒，夜半来也好，天明去也罢，即便每天朝你顷压过来，弥满你家的水井水缸，你用鼻子狠劲儿猛吸，融化在血液中落实在行动上，都不危及生命。

但是，今天时代不同了，连唐时千里黄云白日曛那种纯净、物理的传统风景，也没有了……

尾气蛇长驱直入，空气已成为黑色问题。雾和霾体内的微小颗粒物（凝结核），身份已遭篡改，已被奸淫，嵌入了化学毒物；雾和霾的成分，陡然多了由尾气成分二氧化氮生成的硝酸盐粒子和由氨转化而来的铵盐粒子——沦落成了病雾或病霾。

2005 年春，国家环保部发布的数据表明：北京、广州、深圳和杭州的空气污染，罪魁祸首主要就是汽车尾气！

"有时我们早晨起床看见天灰蒙蒙的，到午后散去，天变晴朗了，应当说这就是雾，当然其中的凝结核很多可能还是来自污染物。如果到了午后天空仍然是灰蒙蒙的，那就是霾……早晨灰蒙蒙的，相对湿度也很高，到中午前后，天空短暂变清或者干脆不变，还是灰蒙蒙的，那就是雾和霾的混合物。雾散了霾还在。"（束炯：《解读雾霾密码》）

气象学表明，当相对湿度在 80% 至 90% 时，雾和霾已"团结合作"，弥漫人间。这时沆瀣一气的雾与霾，就是人们常说的"雾霾"。

雾霾，使全社会陷入了谈空气色变的泥潭，其间，尾气立下的汗马功劳，谁能忽视呢？

然而，被如此"病气"所污染、侵害和奸淫者，就仅只有雾和霾吗？还有其他隐蔽的操盘手吗？

人类，还能回归空气纯净、简单、田园牧歌式的社会吗？

问苍茫空气，你的品质，谁主沉浮？

四、开出窘厄

在今天，汽车已被人供奉成了物质和精神合一的"宗教"，拖曳尾气的怪异宗教。在尾气上伺机"做手脚"的事业，正甚嚣尘上。

尾气处理的净度，将决定汽车尾气排放检测能否过关，车子是否会被判为"墨斗鱼"（黄标车）而被淘汰。

所以，并不偶然，下面的情况就发生了：

昨天上午，肖先生的奥迪年检排放没通过，他走到监测站门口，遇到手持"尾气检测"牌的黄牛，黄牛口气很大："150元，包过检测，不过不要钱。"黄牛告诉肖先生，已有不少车辆在他的帮助下，顺利过检。

肖先生将信将疑，让黄牛坐上他的奥迪，黄牛引导他将车驶入一家小型汽修店。

肖先生告诉记者，包过的秘密不过是花上150元租个三元催化器来临时减减排，这样就可以顺利通过年检。

此类"真传"，无疑自欺欺人，可网上举不胜举。

这让我突然醒悟，原来，全人类都被推进尾气弥漫的考场了，这个大考场，就是我们天天生活其中的"地球车"。看吧，那些扎入地球的油井和气井，不就是"地球车"伟大的排气管吗？

我国仍属贫油国，每年都得进口3亿多吨石油。油田和油路大多掌握在美国和中东产油国。

假如《西游记》师徒今天赴西天取经是驾车，该如何安排座次？我以为最适合做司机的非沙僧莫属，其实诚，不至于疯踩油门猛排尾气，八戒呢，宜陪师父坐在后排。断断不可以驾车的是谁？我不说你也知道是悟空，这泼猴猴性一发，别说会发疯大飙车，那尾气也会大闹天宫……这泼猴只能坐副驾，猴眼圆睁，耳听八方，倘遇路妖，还方便开车门，一个筋斗跳将出去，抡圆金箍棒……

我何以会有如此的想象，是因为在污染的尘世，尾气已越来越成为战争的"导火气"了。

有无最终的解决法子？

法子只能是彻底淘汰现行的机动车，实现尾气零排放！以全面普及的电动汽车，无人驾驶"苹果化汽车"（Icar）取代机动车！

只是如此，就能彻底解决问题吗？结论是否定的。

我首先要说明的，是这个尘世，技术主义已甚嚣尘上，人类长期以来被套入了形形色色的技术圈套（利益圈套）。这能怪罪我们吗？这些技术圈套，还是人类自造，看上去都很温柔、美妙，都体现"人定胜天"，从本质看，却严重悖于人的自然属性，激化机器与人的情感矛盾，与人体功能发生冲突，至少会异化或弱化人的自然属性，丧失人的生命本能，违反自然的本原伦理，会深刻异化人的思想及灵魂，人在不知不觉中，已被绑架！

诱惑力正如日东升的电动汽车、"苹果化汽车"，是这样的技术圈套吗？

人类，自供技术主义的香火。

任何旧矛盾的解决都意味着新矛盾的产生，因而，我敢断言，纵然全面普及电动车和"苹果化汽车"，许多新的诸如心理问题、耗能问题和环境问题，必然随之而生。

审视我们人类自己，今天已全然生活在自然环境、社会环境和人工环境"三界"之中。而人工制品苹果化汽车，更是驱使人，要将身心全然交给机器，犹同新娘身心都托付给另一个人，人的自主性，几近丧失！而且，人与自然（即便是被异化的自然）的关系还在日益疏离，疏离的程度，就似囚笼中踩脚踏车的白鼠，总也无法停止踩踏，总也停止不了奔跑，只能越跑越快。

难道想象不出吗？那路上都是高效苹果化汽车时的景象——这些无人汽车，全由网上母公司控制。"整辆汽车就是一台电脑，外加四个轮子。电脑也是机器，通过 4G 或者更高维数的网络，随时随地与世界进行联系、互动。"

如此一来，是否将消耗更多的电能呢？出现更严重更可怕的交通流量呢？

甚至将出现更多人类还无法预料的问题。

我觉得有必要将这些陷人类于窘境的诸多问题，定义为一个新词——"新尾气"。

遭受"新尾气"异化的人类，或许会自鸣得意，以为自己真坐上了"自动车"也未可知。

而"新尾气"会不会比旧尾气，还要危及自然生态和社会人生，同样未可知。

严酷的事实是，汽车的自动化，必将成为新的世界潮流，浩浩荡荡，势不可挡！谷歌的无人驾驶汽车，那车身上 360 度无死角传感器，浑身上下已在眨巴着眼睛，雄视着这个世界。

有什么法子，进入新尾气时代，人类，要走出心理疾患，突破身体伦理限制的"城堡"，肯定比今天在深圳东莞"遭遇水稻田"，远要困难。

是的，人类要摆脱汽车依赖症，已绝对没有脱一件爬满虱子的衣裳那般容易了。就像上阶绿的苔痕，"新尾气"在加速绿你的身心，疏离你人的本原，欲全方位打造你，要把你铸造成形象怪异的"汽车奴"——"甲壳虫"！

在说这"甲壳虫"之前，我先说说"技术宠物狗"。

我不认同"技术是双刃剑"之说。在我看来，所谓的剑，不但没有生命体温，还缺乏驯良，纵然身体雪白，也拒人千里之外。你以手抚之，一不小心，还很可能淌血，想想，真还不如说技术是宠物狗更为恰当，合适！

在我看来，称"技术"为"宠物狗"，既保留技术受人宠爱的权利，也并未回避技术蕴含的资本剥削机制和资本的逐利伦理，何况这些东西，早被裹入让百姓消受、满足欲望的糖衣了，依然广有市场。当然，技术，即便是宠物狗，仍可能"咬人"，也排粪便，少不了污染环境，甚至也异化主人……这些自然是负能量，颇难控制，但有希望将之降得最低。最重要的问题在于，还是相较于剑，对宠物狗，人类可驯之，亦易驯之，绳之，牵之，甚至圈之，其不至于太让你失望，能给你快乐，会依恋你，忠实你，一般情况下，不至于扑咬你这主子，要咬也是咬其他，如咬空气。

只是，即便"技术"是"宠物狗"，是否就能襄助屁股上拖一条"新尾气"尾巴的人类，逃脱"甲壳虫"的命运呢？

我基本认为，在这个世界，今天发生的事情，历史，似乎都作过半神半仙的谕示。德国设计天才费尔南德，早在 1937 年，已将保时捷设计成甲壳虫模样，何况，人，被异化成甲虫后，生活习性是如何改变的，是如何变异、扭曲，自我是如何丧失的，通过不朽小说《变形记》，作家卡夫卡也作过淋漓尽致的预言。

回看我们栖居的地球生物圈，但凡生命体都会自觉与周边环境隔离，有人说是自卫，我却更认同是本能。细胞可以说是天地间最简单最基本的生命体了，不也外裹一层细胞膜吗？由此想，本是能较自由地蹦跳的人，最高级的动物——自由人，却总想外包钢铁外壳（汽车钢壳还未有与生命体连），这不是"自投罗网"，不是心甘情愿，要成为卡夫卡小说《变形记》中的甲虫吗？其间会蕴含什么更深刻的意味吗？

一位哲人说过："人们只有退至无可再退，历史才会念起它的魔咒。"

历史老人，最终是否会念出这样的魔咒呢——人类啊，被新能源汽车异化的人类，挣脱"甲壳虫"的命运，唯有相信你们自己……

还能有什么灵丹妙药吗？

我想：办法总要比困难多。拯救人类脱离窘厄的"良药"，唯有从新文明中产生。

宇宙浩渺，尘世迷茫，人类啊，如此的新文明，你何以追寻？……

（原载《天涯》杂志 2017 年第 2 期）

冬　季

冯秋子

2002 年 10 月 8 日傍晚，我从内蒙古回到北京。

人回来了，心还留在那儿。

内蒙古已经上冻，回去那天夜里，车停在院子里，水箱就冻住了。早晨地上结了冰。气温继续下降。

离开内蒙古的前一天，先下雨后下雪，然后是冰。

我父亲呼吸困难，拖到不能再拖，他才同意转院。一大早护送他去呼和浩特住院，从背部先后抽出五斤多积水。我利用"十一"长假，赶回来看望病重的父亲，看望不顾病痛一直照顾父亲的母亲。现在随父亲转院到了呼市。医生说父亲的一个关键手术不用做了、不能做了。父亲问我们几个儿女：结果是什么，跟我说一下。大哥说出医生讲的全部话里的一小部分。父亲问：还有什么？又说出一小部分。没有啦？大哥说没啦。父亲说：没啦，出院。哥哥和我，一股气驾车开回我们旗。

晚上，向父亲报告晚间时事播报的新闻，美国"倒萨"事态，西方各国、各方面的反应，南美洲政变，亚运会，国际象棋大赛人与机器对垒等等。父亲临睡时问我：还有什么要和他讲。我说了三点。首先是关于饮食问题，父亲一直比较讲究。咱们继续，再接再厉，食物控制好了，糖尿病的指标还是能控制住，好迹象还是能表现出来，这是咱们能做的，不要放弃努力。再一个是跟母亲说话，要有耐心，母亲耳朵背，听不见、听不清的时候，不要着急，不要大声喊叫，看把母亲吓着。还有，最重要的是要有信心、精神状态好。现在，医生把治疗、恢复的主动权交到咱们手上了，我看，咱们天生的强健体魄，健康的内脏功能和循环系统，到了发挥作用的时候了。是不是，爸爸？我讲了一个小故事，在抗美援朝战争时期，志愿军伤病员，别管受伤程度深还是浅，总是恢复得又快又好；那些被俘的美军伤兵，即使比负伤的志愿军战士伤情轻得多，他们都是使用当时能有的相同的药，伙食也相同，但是恢复的效果截然不同。美军伤兵不少人，原本只有一处小伤口，医药处置很及时，竟会出现伤口感染、溃烂，因为他紧张、恐惧呀，无法消除焦虑，没有安全感，生活不习惯，语言有障碍，总之，猛虎落入猎人之手，身陷敌方，那种惶恐和不安没有一时不搅扰他、挫伤他，他们的情绪处在悲观、绝望之中。反过来，志愿军伤病员负伤严重，竟愈合得出奇地好。为什么呢，因为处在心宽的地方，是自己的同志主持下的战地医院，使用的是从祖国调运来的设备、药材，听和说的是自己的语言，一句话，他是在自己的地方。那种感觉完全不同，情绪平稳，心理正常，思维活跃，精神状态积极，主观能动性调动和发挥出来了，这些积极因素，帮助身体分泌出良性的元素，客观上起到帮助治疗和恢复的作用。

这一类简单明了的道理，跟父亲说，在以前是不可以想象的。在他面前，什么都不用摆，他就是一个讲道理的大王，他讲的道理，过去曾经覆盖了小到一个家族、一个单位、一所学校、一家工厂、一个村庄，大到一个区、一个人民公社、一个旗的大会现场，听他讲话，人们聚精会神，没有一个逃离会场。我们跟他在一起，差着距离呢。但是现在不同，当我就要离开家、离开父亲和母亲时，他会对我说：你还有什么话要跟我讲。哈哈，我真应该骄傲，父亲和我，和我们兄妹们之间，有了这种形式的交流。父亲把我们当作成年人看待。说实话，我们还是有一个接受过程、习惯过程的。

我们和父亲有一种厚实的情感，但谁也不直接表达它，触碰它，好像在这个家里，都没习惯表达情感，但情感没有一天感觉不到。唉。心里又幸福，又有掠过骨质的酸楚滋味。我能怎么做呢，瞬间遮掩起莫名的滋味那一类东西，嘿嘿嘿地笑出声来。好，两个问题——或者三个问题，我对父亲讲。你知道，这些个问题，也是经过了挑选说出来的，又得有，又得是轻重的分寸恰当，还得轻松一些，有点玩笑式的。总之，绕过感情，不触碰到感情的丝线，如果不小心挨着了，赶紧跳出，离开那块地带。

他笑呵呵地说，好，谢谢你。我想，可以采纳，照办。你放心，好好工作，照顾好自己。你那边的事情，我都放心。好的，走吧。他哈哈地笑着，让你轻松地走掉了。

离开他们，我的眼泪怎么流，是我的事情。

我是觉得父亲老了。对儿女有了一些不舍。

想当初，我去北京上大学，第一个寒假快到了，写信给父亲，顺便告诉他，学生处帮助订了回内蒙古的火车票。他写来一信，说了这样的意思：离开家才半年不必着急回来。建议留在学校多读几本书，或者跟同学结伴到别处看看。出了门，对门外的世界应该多作了解。总想回家，没有出息。要有准备，多锻炼自己。

那时候，不像现在，我还是很怕他的。回到家，我等着他和我谈，担心挨说。他好像忘记了在信里表达的意思，多次和我谈论学校，学习，生活，和同学们的相处，老师的教学情况等等。谈完话以后，一如既往地，他对我放下心来。这之后，他一概放开，从不干涉我的学习、生活，包括后来我的恋爱。他只是注意了解对方是一个怎么样的人，他认为把握了对方的"人"以后，就不再说什么，由他们两个人自己去相处吧。他对我母亲讲。要我母亲不用过多问询这件事。孩子愿意讲的时候，自然会对你讲，不需要讲，就说明她能自己去处理。

他很喜欢那个从我口中听来的青年。若干年以后，当他听到我母亲说：×Y（他的小名）脾气挺大的。母亲是看他对我说话时表现有点急躁，对父亲有感而发。当母亲的，不愿意看到女婿对女儿耍脾气是自然的。当时家里只有我父母和我三个人。父亲接起母亲的话，说：男人没脾气还像个男人了？父亲竟替他说话。那个话题没再继续。父亲喜欢他。再者，父亲不觉得那么一个细节，跟他的"人"相比，有什么重要。一般情况下，他认可的人和事情，在心里给出的宽敞、能有的包涵，比一般人宽大而且长远。父亲病危、去世前，我回内蒙古照料父亲。他因为正在和我冷战，对婚姻有了不同的想法，为了好不容易确立的意志不被动摇，就没来看望我父亲，没打电话致以问候，没和我父亲道别。父亲没有一句抱怨，尽管他那时还是他的女婿。父亲临终前对我说了这样的话：沟通不够，好好谈一谈，相互多理解对方……在那之前几天的一个下午，父亲竟然做了一个梦，梦见他打电话了，跟他说，要开车回来看他，问询父亲的病情怎么样啦。父亲说，我让他跟你妈妈讲，我听不清。母亲告诉我，是你爸爸做梦梦见的。那时，父亲时常处于昏迷状态。我母亲说，你爸爸想 ×Y 了。

高声说话，父亲能够听见。我尽量说得轻松一点，不让他感觉到异常。我自己嗓子疼，也不让他感觉到这些。这个家，谁也不说动摇感情的话。

整个上午，草地里全是白色，草上是霜。开垦的土地，也全是白，和慢慢露出来的发黄的绿色，在视野里慢吞吞地转化。午后，太阳清照一片戈壁草地，一会儿一块浮云挡住太阳，那一大片地方一下就变得黑暗无比，阴冷没有商量。

傍晚，西边的太阳映照出赤烈的红色，天渐黑，红色柔和下来。太阳红红的，非常亲，非常近，也非常快地消失。多次见识，但是还会有悲伤掠过。人孤立无援，永远地生活在空洞的、凛冽无言的深处。

黑夜，许多狗在叫。父亲的盲表也不失闲，凌晨时分报出公鸡叫鸣。

母亲照顾不动父亲，我上次回家时，我们一起把父亲和她一块搬到我哥哥的院子去住。哥哥全家照顾我父母亲。

我父母住进了我哥哥家的新房。后墙，通火炉的烟道，天冷以前住进一窝麻雀，大鸟小鸟早晚叫唤。这些鸟们有了两个通道，一个朝向一米以外的天空，一个朝向我父母的新家。于是，一家人不知道该怎么生火炉，怎么解决走烟问题，怎么重开烟道，开在哪里。我哥哥想出一个不是办法的办法，生灶火，烧热做饭的大铁锅，炙烤房子，为父母取暖。

　　我踩板凳上去看鸟，小鸟全部挤卧在草木垫里看我。它们的屎尿拉到墙洞边缘。我看见了母亲放进去的那块叠衲了好几层的布。其实她知道鸟不会使用她的布，把她的布当作褥子或者床单，只会在上面拉一些屎撒一些尿，她还是往进乱放东西。她怕鸟受冻，想不出给鸟取暖的更好办法，跟我哥哥一样，被鸟难住了。

　　母亲担心小鸟掉下来，让人移走了放在墙根底下的水桶，她在地上铺了一块大棉垫。

　　母亲搬离自己的院子，院里住的几窝麻雀就搬迁走了。

　　她养的牧羊犬半个多月不吃东西，只喝一点点水。我哥哥院子里有一只比我母亲院里的牧羊犬更壮、更大的牧羊犬，他们想把我母亲院里的牧羊犬接过去。我哥哥去了一次，孩子们又去了一次，均无功而返。母亲院里的牧羊犬，死活抠着院子的地，身体向后坐下，不愿意跟他们走。我哥哥回来讲，院里没人了，它想守院子。母亲回去给它续水、喂食，它吃了两小口食物。自此，牧羊犬再没有进食，备下的食粮和饮用水，没再动过。一星期后，牧羊犬倒下了。

　　我们一起去埋葬那条淘气的狗。它的历史结束了。它只活了一岁半。它把我母亲的用具撕毁，比如扫院子的大扫把，还有压在纸箱子底下的羊皮裹腿……把黄太平果树的皮扯下来，把柴草房里的耗子一只一只捉拿出来，整整齐齐摆放到果树下。夜晚，母亲常忘记锁院门就去睡，它一直在母亲的门外叫，实在叫不出效果，就起身趴在家门旁的玻璃窗户上，对着屋子叫。直到母亲起来，出去锁上大门，它才回到自己的柴草窝棚躺下。

　　这个冬天，不那么好过。

（原载《红岩》2017年第4期）

枇杷　石榴　莲子

钱红莉

枇杷黄时

近日，下班回来，一到小区，便看见那些老人带着孩子们在打枇杷。小区里种了许多枇杷树，自数九寒冬开细细密密的花，到春天结出毛茸茸的小果子，历经了三季缱绻，到了初夏，就真的一颗颗地黄了起来。小孩子们蹲在地上捡拾，穿着开裆裤，小屁股肥嘟嘟的，嘴角不停地往外流口水，话也讲不清，小脸上兴奋异常，手上抓了许多小枇杷——人生中第一次面对这样大面积的收获吧，喜悦自见。

晚霞的余晖里，望着这一幕，不禁想起胡兰成的专用术语——天地都是这样的贞亲。

去另一小区接孩子。孩子偷偷告诉我，他们小伙伴藏了一点半青半黄的枇杷在信箱里，老师说，等过几天，就熟了……我抬头望树，一嘟噜一嘟噜的小果子挂在巨大的叶丛中，晚风微微地吹，它们在枝头轻轻地晃动……那一刻，才觉出，人世还真是美的，尽管我们一颗早早晚晚的心极其疲惫。小果子坠在枝头像一个个火把，把平庸的生活瞬间点燃，让你低头走路时，诗意丛生。

有一年，也是这样的初夏，我去排版间，偶然瞥见同事桌肚里静静放着一篮枇杷。这个篮子是竹篾做的篮子，上方有盖，贴了一幅画，画上略略点了几颗枇杷，它们来自三潭。对的，三潭的枇杷，颇有名，在徽州腹地。我一边坐在同事边上，一边感念着，这该是什么样深厚的友情，才值得老远赠一篮枇杷来呀？那些年，我比较"高冷"，一直不喜结交众友，总是把自己缩在一个坚固的壳子里。近年，才慢慢好转，并在朋友们的感染下，渐渐学会与人共处。人至中年，方才活开，真是太晚了。

去年冬天，平生第一次吃到来自云南的冬枇杷。朋友寄来整整一箱，千山万水的长途跋涉，一点也没碰破，是东航带过来的。打开箱子，清气扑鼻，那种枇杷黄特别令人不知所措，爱惜也不是，珍藏也不是，我的心怦怦乱跳，后来还是绕不过谗，洗了五六只，剥来吃。是怎样的甜呢？把我箍住了。甜过之后，又觉，吃这么好的果品，简直罪过……如此隆重的礼物，我无以为报啊。朋友心细如发，在枇杷盒里还装了五六片枇杷叶子，她是特为给我熬水喝的。可是，那个冬天，全家都没有咳嗽。那些叶子渐渐风干，碧绿碧绿的，宛如不死的精魂，被包在柔软的纸里珍藏起来。近日，打扫卫生，又在北阳台的储物架上翻出它们来，揭开纸看看，还是那么新鲜，闻之，袅袅香气。什么叫睹物思人？这就是了——这云南的朋友，我们未曾见过面，但，一见这些枇杷叶子，自会想起她的笔笔柔肠，字字情深，真是无以为寄啊。

那一箱枇杷，吃了整个冬天，细水长流，舍不得，一天吃几颗，吃到后来，它们的表皮都起了皱纹……看着它们一直摆在北窗台边透风，心里很踏实，仿佛一直吃不完的样子，犹如美好的日子总也过不到头。也曾，下了很大的决心，分了一盒给同事的妈妈——因为她这个妈妈平素对我太好了，简直比我妈妈对我还要好。

坐在小凳上，一点点地剥皮，汁液淋漓，淌了一手，果肉呈现出来，略微用点力气，掰开，把里面的果核悉数掏出，丢掉，剩下的整个果肉一起丢进嘴里，咀嚼，汁液飞溅整个口腔，然后，就是，甜，甜，甜，子弹一样击中你，果肉化作了一摊水，滑进了胃囊……吃完了五六颗，仿佛若有所失，有一点惆怅，幻想去到枇杷园子，毫无节制地吃，一直吃到醉，就势睡在枇杷树下……

福建某地的枇杷也颇有名，每年春上，空运过来，价格高昂，个头，大是大，颜色上，也黄澄澄的，但，食起来，寡味，甜也不是，涩也不是。后来得知，它们用了大量的膨大剂，一律催熟的。

这样的时代，人心不古，活生生把好东西糟蹋了。

昨天，在单位，我们主编托着几个大枇杷，送过来，我慌忙摆手：不吃不吃，太酸了。他手上的枇杷，黄里泛点儿青，纵然尚未到十成熟，可是，也实在好看，简直可以把它们画下来，供与书房，观赏。

说起画，又想起一件事。

有时无聊，在微信上东游西逛。那日，正好看见一个画家朋友贴出的一幅白菜图不错，嘴欠了一句，开起玩笑来，让他给我画一幅葫芦图，葫芦上呢，最好蹲只蚂蚱。画家果然画来了——可是，葫芦上蹲的并非绿蚂蚱，而是一只巨大的七星瓢虫，与我所要的画风抵触。这不是又欠别人一份人情而无以偿还了？所以，人有时候，不能嘴欠，要管得住自己的一根食指，无事时不要在手机屏幕上戳来戳去的。如今，散步几乎不带手机了，夜里不及九点，便关机，就是为了防止自己嘴欠乱说话。

说起枇杷，还真的没有哪一款果品，像它这么适宜入画的。杏小，也是黄的，可是一落笔，竟有冶艳之气了，不足观；苹果呢，犹如一个大姑娘，憨厚倒是憨厚，挑起担子来更不输于男人，但总归是少了些清逸之气，苹果姑娘天生就是过日子的人，并非用来写诗作画的；梨有寡气，白嫩是白嫩，汁液肆意起来，有一些收不住自己的放达，略有点儿浪荡，到头来一片空洞……那么，佛手呢？老远看，都是黄灿灿的宝光，向来入画的。可是，我总归喜欢不上，好比自恃清高之人，整日价长袍马褂的，脖上，手腕上，坠一串串佛珠，绕了三道，远望之，似乎吐气如兰，实则，内中如洗，徒具皮囊耳，空留一派作态作势的虚假，到底一个俗胚子——我就是不喜欢它，所以打击它。不要再列举了，也只有这枇杷天生有着绵延的艺术气质，注定可珍可贵的。

虚谷的枇杷，一时无两。最喜欢老和尚的设色，是超然物外的黄，气息流动的黄，绝了人间烟火的黄，没有杂质，那么纯粹无邪。十几年前，看到他笔下的枇杷，至今难忘，像一个人，端端正正的，自风里来，自明月里来，自荒野墟烟里来，虚怀若谷的，跟人世亲，但，也一直是拒人的。就是这份拒人的高冷，每每见之，总是心碎，好得令人心碎。心碎的另一层的意思，也是梦圆吧——在得到与失去之间，有一个极度空旷的幽暗地带，犹如宋元人笔下的那一批批苍烟老画，仿佛都有来处，可是临了，你又想不起来，那只能是在梦里见过的一幅幅山水长卷。这就是幽暗地带，沉浮于得到与失去之间。近一年来，我做副刊配画，都没有离开宋元山水，那是一个小编辑对于岁月与山河的致敬——我所栖身的这份报纸，大抵命不久矣，若不好好做几期，日后，怕也是没有机会了。每回编副刊，依稀耳畔的都是埃尔加的《爱的礼赞》——我要把世间所有美好的文字一齐送给无限的虚空。

这么说，实在有点凄清，也让人疲倦难抑，可是，当我回家，在黄昏的余晖里，看见老小两代人共打枇杷，小果子落了一地……不远处站着一棵孤独的桑葚，果子也熟了，乌紫乌紫的，也有红的，青的，一起杂糅在一棵小桑树上，那么好看，天然的着色，画上去的一样，没有人去关注它们。人家也不因落寞而集体闹情绪，还是那么自在地坠在树上，这就是镇定自若。

我们人类很少有这样的修为，老是心随境转，动不动乱了分寸，所以，才要打坐，以求达到虚心静气之境，总归是气息不稳，凌乱，飘忽……怎么样，才能令一颗心静下来呢？这真是一门功课。什么叫超然物外？就是把一颗心凌驾于一切之上，高高地飞……

实则，齐白石的枇杷也好，黄果，黑杆，黑叶，满眼蔬笋气，生活的根须扎得深，愈到晚年，下笔愈润，一小幅枇杷小品，下方蹲只蚂蚱，调皮灵动，一点不唐突，和气而浑然，何止枇杷呢，他笔下的麻雀也都是好的。壮年，他画《借山图册》，多么豪气。齐白石一生节俭，甚至小气，可是，人家运起笔墨来，何等阔气。前阵，做出版的朋友寄来四本书，其中有两本是一个当代所谓的画家撰稿的，这个人写：齐白石是一个乡下人，我也不知道乡下人究竟什么样子的……气得人真想约一架——何来如此浅薄之徒？

算了。

小枇杷年年黄，青草年年绿，一切都未曾改变过，天地自然，亘古不变，唯有这人，一年年地老下去，白发横生，气息一年不如一年了，一颗想飞的心，也不知可飞得起来了？

五月榴花照眼明

孩子爷爷在我们房前屋后栽了四棵石榴树。去年，被人拔掉两棵，剩下两棵。我家阳台外面兼有一个十几平方米的露台，种了蜡梅、柑橘、龟背竹、气死天……以及一棵石榴树。算起来，我们家一共有五棵石榴树，至今，只剩下三棵了。每年春来，都是石榴树先萌芽，细细密密的叶子，于寒风里瑟瑟的，像极了耳语，绛红、浅青色系，犹如被冻紫的唇，怜俜可爱。

小区里绿化树最常见的，除了香樟、红叶李、榉树、鸡爪槭，其次就是石榴树了，每到五月，当蔷薇凋谢，便是石榴花盛开之时，火一般热烈，没有哪种果木像石榴树这样毫无保留地把花事搞得这么纷繁热烈，除了南方的凤凰木、火焰木。

某日，去露台晾衣裳，不经意一瞥，石榴树已然冒出花苞，红团团的，紧紧裹在一块儿，像攥着的小拳头，仔细研究，那花苞形状酷似一种水果——莲雾，五个瓣深深闭合，就是莲雾么。太好看了，金钟一样倒挂，隐在叶丛中……五月的风微微地吹，温润而潮湿，万物都在生长，错过一夜，就是错过了一生，拼了命地不管不顾着，每日披拂着热烈的阳光，即便置身暗夜，也不曾有过一刻的阴影。

前几年，孩子经常流鼻血。听一位老人传一个方子：白石榴花炖白毛老鸭。访遍 H 城所有中药房，都未找到白石榴花，白毛鸭子倒常见……这道药膳，因为白石榴花的缺失，最终不了了之。孩子一年年长大，慢慢地，流鼻血的毛病不治而愈。每想起那年夏天，遍访白石榴花而不得的苦恼，仍旧心有余悸。

过日子，最怕这些琐屑性烦恼。倘若天天有花赏，就是最好的了。

到底等来了五月，姹紫嫣红开遍了杜鹃，姚黄魏紫看尽了牡丹，终于迎来石榴花季。她的花季长，可一直开到盛夏，蝉鸣声声，日子被拉得悠长。黄昏，下班回来，小区有一段缓坡，车子忽然没了电，下来推行。走在缓坡两侧石榴树的阴影里，繁盛茂密的花，火把一样隐在绿叶丛中，为之心动。

午后，乍醒，总是迷糊状态，一些难以言明的惆怅拂之难去，意兴阑珊上班去，依然经过石榴林，榴花正艳，仿佛着了火似的让人一激灵，整个精神为之一振，恍如清风明月相与，顿时，觉出，跟榴花在一起，一定要热爱生活啊，认真勤勉地活，才对得起这初绿转为浓翠的五月。

石榴开花，也奇怪，往往是，一个枝头共坠三朵，小姐妹一样拥在一起——真正地，只有中间那朵才结石榴，另两朵是来串门谈心的，怕她寂寞吧，暂时地陪一陪，然后，开够了一个月的样子，另两朵随风离枝——到底姐妹一场，让人唏嘘，忽然想起《诗经》里的"燕燕如飞"篇，任何时候读起来，都是有情有义——这世间，还有什么比相互陪伴，更情深义厚的呢？那颗小石榴，经过漫长的花期以后，一点点地见风长，起先，是雪青的皮，慢慢地，历经长夏酷热，再历经秋风秋潲的捶打，渐渐变红，坠下来，坠下来，沉甸甸地，把树枝都拽弯了。有些石榴树正好在南窗下，主人心疼，找来几根木棍，几截绳子，把树枝扶正，棍子插进地里，相互绑好，即便再大的风，也吹不折了。仿佛是野树，也不见人照管，怎么一年年里可以结成那么多的石榴？自然的法力无边，一定有它的堂奥。风雨四季里，花木植物们，爱这么长，就怎么长，你管得着么？

有一年，出差云南，在昆明机场偶遇蒙自石榴——真是天外有天呵，一个石榴简直有婴儿头颅那么大，白皮，微微的红，托一只在手，铅一般沉，好家伙。不得不佩服云南那广袤而神奇的土地，简直是生命的沃土啊，石榴都长得比内地大。皖地有怀远石榴，两个品种，白皮，红皮，小得很。气候导致的，永远长不大。

　　不比云南，什么物种都可以到达神奇的境地，是仙境了。那年，昆明机场出售的蒙自石榴，38元一斤。我颇下了一番决心，买了两只。我与孩子都爱石榴，轻薄的皮不费力地撕开一道口子，顺着裂痕一掰，粒粒晶莹的宝珠绽出，悉数倾入碗中。一只石榴可剥出满满一蓝边碗的籽实。坐在小凳上，拿勺子挖着吃，几十粒籽实在口腔里，被上颚与舌头挤压着，无处躲藏，瞬间汁水迸裂四溅，甜，真甜，在舌上流连婉转。孩子年幼，不晓得立即吞咽下去，黏稠的汁液淌了一身，把月白色围兜也染红了，是浅红，一团团地，像豁了边的明月，照在胸前……

　　吃石榴，是细活，急不得，吃着吃着，一颗心静下来。吃石榴，如同修行，一点一滴地，是珍惜，也是恋慕。每次吃，将一大碗全部吃完才罢休，胃里被甜满满当当地霸占着，有俗世的满足与踏实。

　　吃石榴，是特别温馨的日常，没有哪一种水果可以给人带来这种丰腴的满足感，简直是禅修。

　　一直热爱石榴，几乎每年都邮购，偏爱云南的。有一年冬天，实在馋得很，又去下单。哪曾想，一箱子全部坏了，商家诚信，又另寄一箱，算是求得了一个圆满。我把石榴一个个码进冰箱，雪藏之，一直吃到春节。

　　汪曾祺先生也写过云南石榴，还写过云南的水萝卜，说那些联大的女学生，没事时，就上街上买水萝卜吃，一小串一小串的，挂在一起，放在嘴里嚼，咔嚓有声。他没写女生怎么吃石榴。吃石榴是个细活，在街头也不便剥了就吃。吃石榴，要坐下来，慢慢剥来吃——汪曾祺先生在西南联大那会儿，肯定也恋爱，大约尚未处到跟姑娘一起吃石榴的份上便分手了的。不然，他肯定要好好写写怎么吃石榴的。

　　朋友发来石榴林图片。第一次看见那么壮观的石榴林，那么大个的树，我们这里的跟她们那儿的比，差得太远啦。我把这些石榴树看了又看，仿佛身临其境，浓荫匝地，遮天蔽日，就是这样的五月，假若我去了石榴林，该是何等的心悸？碗口粗的果木，被风霜捶打了几十年，仿佛一个个暇龄延寿之人，令人起敬。

原来，石榴花可食，真是孤陋寡闻了。那些红花坠在枝头，远望之，有森森细细的美。美是无言的，但，又分明有言——并非说出的话语，而是流淌出的音乐，西方的古典音乐，是大提琴。大提琴是幽咽的，幽咽得无比热烈，总是催人泪落，是贝多芬的第二大提琴曲，一声声，柔肠百结，拉得平常的日子都起了意，一点点地往纵深处流淌——这满目的榴花啊，逼瞎了人的双眼。

韩愈诗云：

五月榴花照眼明，枝间时见子初成。
可怜此地无车马，颠倒苍苔落绛英。

古人喜欢将石榴花摘下，捣汁染衣，于是有了耀眼的石榴裙——"红裙妒杀石榴花"，这样的裙子收尽春光，染红了唐宋诗词。

石榴来自西域，发祥于连绵的高山。希伯来语中，石榴的本意，就是"从高山上来的"，玛瑙红色的石榴汁也曾出没于《圣经》。石榴花，是西班牙的国花，堪比我国牡丹的位尊。

面对这一树树的火红丽艳，总叫人想起郑板桥——当他得悉袁枚去世，"顿首痛哭不已"，写一首《赠袁枚》，其中有两句：

心有高朋身自富，君有奇才我不贫。

文人之间，惺惺相惜相知，何等难得。

这两句，借我赠给石榴花君，也是值当的。纵然你如此的美丽不可方物，你美你的，我也有我的——君有奇才我不贫。

莲子房房嫩

参加喜宴，最喜欢一道冷盘——红枣莲子，富士山一样堆得高高的，莲子的白衬着冬枣的赭红，纯洁又喜气，非常悦目，服务员远远地端过来，托盘里犹如放了一幅宋元小品，喜悦地抖动着跳跃着，隔了几百年的光阴，仿佛都可闻见果物的香气。我夹一颗红枣，再夹一粒莲子，抿在嘴里，甜润，甘糯，而后舌上有一丝丝苦意回荡，是莲芯留下的余味。就是这一点苦意，才凸显了莲子的高格，而不是一味的傻糯傻甜。讲究点的酒店，还要淋上蜂蜜，甜至发齁……孩子们的味蕾一律是嗜甜的，他们雀跃着不断地要着，一桌人，热热闹闹的，也符合了婚礼的主题——佳期如梦，花好月圆，每个人脸上漾着喜悦，仿佛结婚的正是自己。

家里一年四季备有莲子。喜欢买那种不脱芯子的，肥肥美美品种的大莲子。大多时候做甜羹用。比如冬天，暖气足，人无比燥热，晚餐罢，一人一碗银耳莲子羹喝下去，夜里都睡得平顺踏实。小孩咳嗽，估计肺热，炖百合莲子给他喝，两样都润肺，加点黄冰糖，喝下去，火气消了大半。

最好还是煮粥。要粳米，加一把糯米，跟莲子同下，或者放点赤小豆，大火滚开，慢慢炖，至水乳交融，既不稠也不稀，盛起，凉一会儿，再喝，滋味无限，无须佐菜，可以喝上两碗。喝粥，易饱，更易消化，养胃。

有时，适逢心血来潮，恰好也有充裕时间，就做八宝粥，黑米、小米、粳米、糯米，再放莲子、红豆、芸豆、蜜枣。先泡上半小时，一齐倒入高压锅焖煮，不出半小时，便香气四溢了。年岁见长，胃口有了变化，吃来吃去，还是粥最亲，最可依靠。很少出去赴宴了，对于海味山珍提不起一丝贪恋之情，偏爱喝粥，出一身细汗。这就是日子吧，平凡，简素，心安……尤其寒夜，一餐粥吃下来，手足温热，捧一本书半倚于沙发间，神仙莫过如此。这是茹素的节奏了。人至中年，连身体都在删繁就简，晚餐油荤果腹，夜里必定睡不踏实，翻来覆去的。全仰仗这一碗粥了。

孩子吃莲子总是把苦芯挑出来，说是，好苦，妈妈。他的人生刚刚抽芽冒叶，一切都是平坦的，甜的，所以小孩子都不爱食苦物。总是劝，良药苦口，越是苦的东西，越对身体有益。他不依，算了。挑出来，自己吃。

每每盛夏，菜市里会有售卖莲蓬的，拉一山轮车来，十元三只。主妇们驻足不前，认真细致挑来挑去，无非，既不能太嫩，又不可太老，要那种不老也不嫩的，吃起来脆生生的甜。要挑半天呢，沉甸甸地拎回家。坐在风扇边，慢慢剥了吃，孩子还是孜孜不倦地把苦芯挑出。我舍不得扔，攒在一起，晾干，泡茶喝。莲子芯的口感无比奇妙，泡在滚开的水里，瞬间活过来，绿得朗润，明前茶一样好闻，喝一口，味苦，而后，于舌上一点点地释放微甜——苦尽甘来这个成语，想必古人喝莲子芯时发明的？没有哪一种食物拥有如此悠长的回甘。哪一天，假若忍不住馋，贪吃一顿重辣火锅，事后，泡一杯莲子芯，火气便也压下去了。

莲子芯真是一种神物。观音永远坐在莲花上，这种植物遍身清洁无尘，注定要被佛教选为圣物存在的。

有一年夏天，家属下班回来，自两只大口袋里神秘地掏出许多青莲子。他同事出差武汉，没顾上汉正街著名的鸭脖子，却独爱这一粒粒饱满肥硕的青莲，拿到办公室，大家分食之。鄂地湖泊纵横，莲藕品种好。我能想象得到，每当入夏，武汉遍街莲蓬的盛景。家属知我爱食此物，自己不舍得吃，偷偷放在口袋带回。张九龄有诗：不堪盈手赠，还寝梦佳期。翻成白话无非如此：不能捧着满手的月光送给你，只有梦里相见了。家属带回的那两口袋青莲，可不就是满手的月光吗？一直留在记忆里。

去年冬天，去超市干货区买莲子，装了半袋，拿到秤上约重，一递一接中，售货员碰着了我的手，他立马说：你的手这么凉，少吃这个东西……那一刻，好感动，忽有暖意，这个人世依然美好温善——竟然有卖东西的人规劝买东西的人，不要买他家的东西。

或许，内湿重的人才要手足冰凉吧。但我的肝火一贯重得很，中医建议多食莲子，想是没错的。再说，也实在喜爱这一款果物，身体经年依赖它，不吃，又怎么得了啊。

汉乐府里有：

莲子房房嫩，菖蒲叶叶齐。

每读到这样的诗句，自会想起童年，说的是端午了。只有到了端阳，菖蒲才会迎来一生中最繁盛的华年，把它自河畔割回，插于门楣，与艾蒿一起充作辟邪之物。这个时节，莲子已然成熟，可以下河了，大风滔滔，小孩子偷偷钻入荷塘深处，小心脏跳得砰砰响，摘一个莲蓬，摘一朵荷花，再摘一支荷叶顶在头上蔽日，莲蓬、荷花被紧紧护在胸前，忐忑涉水岸边，方知两条小腿被荷叶梗上芒刺戳得渗了血……坐在高高的圩埂上，吹着无边无际的大风，顶着荷叶，低首剥莲……这样的童年即景，放着宝光，永世活在光阴的琥珀里，不褪色，不被虫蛀，更不被伤害，得自在，得永生。

（原载《星火》2017 年第 5 期）

回乡记

许　锋

一

　　火车开过来了，停在夏官营。火车只停两分钟，等我们上车，找到座位，放下行李，向车窗外的亲人使劲挥手时，火车已徐徐开动并渐行渐远。我看见站台上送行的亲人追着火车跑，我的父亲和母亲潸然泪下，我的眼泪也扑簌簌地在风里乱飘。

　　那是 1975 年的一次迁徙。那时候的火车是绿皮的，时速 60 公里，车轮与钢轨的磨合与撞击声清脆而响亮。我第一次坐火车，与亲人离别的悲伤很快被兴奋与好奇所代替，车厢里的乘客南来北往，嘈嘈切切地说着各自故乡的方言。

　　夏官营是榆中的一个乡，夏官营车站是榆中的火车站。车站很小，"级别"很低，快一点的车都不停。祖祖辈辈栖息于此的乡亲有的一辈子都没坐过火车。那时坐火车便意味着出远门，要去很远很远的地方，甚至是天南地北，海角天涯。一次别离，再见可能是几年后十几年后几十年后的事情。1985 年，我跟随父母返回故乡时已经从一个幼童长成少年。我们从东北上车，在北京中转，到夏官营下车，用了三天三夜再加三天三夜。不同的是十年前出行一路坐的是硬座，返回故乡时好不容易买到了硬卧。

145

夏官营车站位于陇海线上，前后两头牵着很多车站，朝西迎风而立，前头的大站是兰州，后头的大站是西安。我在兰州工作时也曾坐着火车回榆中，早上从兰州站上车，到夏官营站下车，换"招手停"到县城时已是中午。即便如此，每逢学生寒暑假和春节前后，火车票也是一票难求，眼见车厢门口站着人，厕所里挤着人，座位下面塞着人，行李架上睡着人，其情形犹如"叠罗汉"，人满为患。有时候人要从车窗进出，像一件包裹被人揉进去再被人推出来。

交通制约了故乡的发展。

我便盼望故乡通高铁。望眼欲穿之际故乡真的通了高铁，今年7月9日宝兰高铁开通，高铁途经故乡，站名叫榆中站，站址不在夏官营，在县城边上。母亲尝了鲜，她坐高铁去西安看望她的姑姑，从家里出发，十分钟到达高铁站，上了火车，一人一个座儿，不拥挤，不嘈杂，不颠簸，三个小时后到达西安，宛如平常一段歌，像平时随便走个亲戚那么简单。

今年暑期我回到兰州，专门去兰州西站乘坐高铁。高铁如卧倒的海豚蓄势待发。上了车我仍有些忐忑，似乎还在怀疑它是不是真的会驶向故乡。我想起40年间一次次往来于故乡的经历和路径。高铁徐徐启动，眨眼间时速已是250公里，可谓风驰电掣，故乡的山扑面而来，故乡的水扑面而来，故乡的田扑面而来，山花烂漫，树木葱茏……我拿着表掐算时间，五分钟、十分钟、十八分钟，火车如约而至，故乡到了。那天下着小雨，有些微微的冷，我出了车厢，走出站台，望着远处逶迤的群山，风扑面而来，雨扑面而来，我贪婪地嗅着来自故乡大地的气息，心潮起伏。

高铁的开通为故乡注入了一股鲜活的动力。故乡醒了。

二

那个村子叫许家窑，是我出生的地方。村子依山却不傍水。

村子以前没有井，只有一个洼，如一口炒菜的大锅。锅里的水是老天下的雨，老天下雨就有水，老天旱，锅就干了。

就算有水也是刚好漫过锅底儿。

锅没有盖子。天就是盖子。遇上沙尘天，大风吹起整个村庄动物的粪便，细菌在风中孤魂野鬼似地游荡，落入锅里，锅里的水就脏了。一眼看去，那水是浑浊不堪的，还漂浮着什么东西。到了跟前，你低下头就能清晰地看见水里浮游的生物。你用一个水瓢划桨似的摆动，微生物时而聚合时而分散，水会一时"清澈"起来，但水的本质不会发生丝毫的变化。二十年前，我曾蹲在"锅沿"边看锅里的水，我无法想象锅里的水被舀到真正的锅里然后进入人们的食道之后的结局。

不是乡亲不知道它脏，是没有选择。就那么一片"水泊"，你若讲卫生就等着渴死。

不是那里没有地下水。但打一口井需要很多钱，这钱没人掏得起。要是有一口真正的井，建个泵房，修个水塔，铺设通向各家各户的管道，乡亲们都能喝上自来水。

村子有路，但都是土路。阳光晴好时，乡亲走过，"噗嗤噗嗤"，脚下和身后冒起一缕一缕青烟，尘埃在阳光里萦绕盘旋，不停地往人的鼻孔里钻，呛得要命。下雨天路更难走，呱唧，一脚是泥，呱唧，又一脚还是泥，"土人""泥腿子"便是乡亲形象的写照。

村子没有电灯，更没有路灯，天一擦黑，整个村子就仿佛进入了原始社会，阒静僻陋，烟火稀疏。

村子离县城 12 公里。出了村子有一条路通往国道，原来也是土路，坑坑洼洼，后来铺了沙子，硬化了路面，却很窄，一辆车可以通行，两辆车会车时要靠边再靠边，小心再小心，两边是沟，搞不好会翻车。这点距离对于城里人算什么呢？一脚油门，几分钟的工夫，可对于乡亲便是一道鸿沟，是城与乡的一道坎儿，是贫与富的一道屏障。

我曾经很多次回到故乡，望着光秃秃的山，看着乡亲们的生活，不由得感慨，外面的世界变化这么快，日新月异，故乡怎么老是一潭死水，不变呢？

这一次回乡，我欣喜地看到铺路工人正在修理地基，准备铺路。有一段，冒着热气的沥青已经堆在路上。这是村口通往国道的路。

乡亲们早已不喝雨水，家家户户都通了水管子。我拧开水龙头，清澈冰凉的自来水哗啦啦地流淌。我在乡亲们的树上摘了一个苹果，用自来水洗净吃，和我在城里的厨房洗涤蔬菜水果一样方便、干净。

我也看见，一幢幢红砖瓦房拔地而起；很多乡亲的院子里停着卡车、小汽车、农用车。

一个晚辈说，到 10 月份，咱们村更会大变样。

故乡会变成什么样呢？

前几天，新当选的村民委员会主任许立东在微信里告诉我，在县政府的支持和乡亲们的努力下，"村村通" 4.5 米宽和 "户户通" 2.5 米宽的水泥硬化路面已经修通，各家门口都安装了路灯，还建起了图书阅览室和群众文化室。生我养我的乡村不再是 "白天不懂夜的黑"。

"你淡淡的乡愁会变成甜美的乡情"。村里正在筹建戏台。在几千里之外，我仿佛已经听到乡亲们正唱着秦腔，那高亢、粗犷、清丽、煽情的旋律在耳边经久地回响。

三

榆中县城离兰州几十公里。对故乡来说，这段距离仿佛是城与乡的分水岭。已经开通的高铁拉近了城乡之间的距离，正在逐渐抹平城与乡的差距，规划之中的兰州通往县城的地铁像一朵油菜花盛开在希望的田野上。

县城属于城中有乡，乡中有城。我回去的时候正是瓜果飘香的时节，白兰瓜、桃子、西瓜，不但好吃，特别甜，还特别便宜，一斤西瓜才几毛钱。乡亲们推着车，开着车，从田间地头拉着丰收的喜悦到县城叫卖，满街都是卖瓜、买瓜、抱瓜的人。应季的蔬菜青翠欲滴，乡下的亲戚到县城卖菜，路过母亲的住处时捎来土豆、辣椒、茄子、西红柿、豆角，一堆一堆的，够我们吃十天半月。

小城虽小，却有历史。秦始皇三十三年（公元前214年），嬴政派蒙恬到黄河流域"斥逐匈奴"，在黄河沿岸"因河为塞"，建立四十四县，榆中县即其中之一。

小城藏着宝，《四库全书》这个宝贝曾藏于小城。

《四库全书》是清乾隆皇帝组织编纂的中国历史上规模最大的丛书，分经、史、子、集四部，故名四库。后《四库全书》奉旨总共缮写成七部，分藏各处。但在其成书后的两个多世纪中，世道常不太平，战乱频仍，灾祸连连，内忧外患，致《四库全书》命运多舛，屡遭劫难。20世纪60年代中期，文溯阁《四库全书》调拨甘肃省图书馆收藏。1971年，文溯阁《四库全书》由军队秘密押送至榆中县，存放于占地面积30亩，建筑面积2000多平方米的专库之中。

守护《四库全书》的人如今安在？住在县城一隅，离母亲的住处很近，叫刘永安。他清晰地记得在去省图书馆报到时老馆长亲口转述的周恩来总理说过的一番话，大意是，一座城市毁了，可以重建，但是《四库全书》毁了，就再也建不起来了。

对于《四库全书》的守护，组织上有纪律要求，《四库全书》是国宝，专库是保密之地，天机不可泄露。在很长一段时间里，刘永安的妻子不知道丈夫换了什么工作，具体工作内容是什么。有一次妻子去看望他，进了第一道大门，问刘永安你在这里干什么，他笑而不语。第二道门里就是《四库全书》，他没让妻子进去。

作为一名书生，刘永安何尝不想亲眼目睹《四库全书》的真面目？他多次进入藏书的密室查看保管情况，嗅着那一个个楠木、樟木盒子散发的迷人的香，他格外陶醉，但他一次都没有打开国宝。

多少个日日夜夜，刘永安都是在专库工作与生活的。正是在刘永安等人的精心守护下，《四库全书》没有发现潮湿、发霉、长毛现象，也无虫蛀、指印、唾液等污染。

问起刘永安当时的感觉，他说了两个字：寂寞，又说了两个字：光荣。

暮色四合，华灯初上。我站在四楼的窗口端详自己的故乡，路在变，街道在变，建筑在变，环境在变，尤其是最近几年，越来越多的兰州人和外地人移居于此。福建福州人柯学仁落户榆中已经有好几年时间，他在榆中娶了妻子，生了孩子，办起一所中西医医院，帮助榆中乡亲解决"看病难"问题。为了保护榆中农村的生态环境，家弟花了五年时间几乎倾尽家财研发成功低温电磁力垃圾裂解系统，我眼见他节能环保科技公司里的工人将生活垃圾、塑料、橡胶、医疗垃圾等填入系统，瞬间处理得一干二净，没有黑烟扶摇直上，没有刺鼻的气味四处弥散，让留住乡村青山绿水不再困难。

榆中县政府的工作人员对我说，不信你看，三五年之后，咱们榆中就是兰州的"后花园"，会有越来越多的人到榆中安家落户。

小城在变。小城人在变。小城人的生活在变。但不变的是悠久的历史、文化和乡情，以及一城人对文化与一草一木的敬重。

岁月静好，而今迈步。

（原载《人民日报》2017 年 11 月 20 日）

有美一人，独倚青山

安　然

一

梭罗在谈到一些至极的美好时，多次这样形容："像黎明一样美好。"

150 年之后，在羊狮慕大峡谷，一个春雨之夜，听闻此言，我心尖儿起了颤动。

心灵和心灵的相契之好，莫过于越过漫漫时空，有人于无言的交谈之后，冲着对方莞尔作笑。

是的，梭罗，我听懂了他。

羊狮慕地属湘赣边的武功山脉①，海拔 1700 多米，全长约 4 公里，因深度大于宽度得名。

在远古，这里曾经是一片海域。

大峡谷的存在，向世人诠释着，何谓"沧海桑田"。

近两年，因为一个好的机缘，我得有长时间漫步高山之巅，日日朝圣于

———————————

① 武功山脉原系"湘赣海域"，距今 5 亿—4.1 亿年前因大陆板块挤压而抬升露出水面，2.2 亿年前因大陆板块碰撞海水退尽，形成大陆。200 多万年前山体基本成形。

大峡谷。置身于大自然诗一般的美妙风景里，摆脱了在人群中起承转合的无奈，这实在是一桩"像黎明一样美好"的事情。

二

一些事情总是受着另一些事情导引才会发生。

前些年，我还没有邂逅大峡谷；前些年，我更不知自己正在走向大峡谷；前些年，没有来由地，我常常把自己化生成另外一些事物。

我想做一朵闲散的云，一棵婀娜的树，一枝妩媚的野花；或者深山小溪里的一条鱼，或者飞鸟口中落下的一粒麦种……

一个阳春日，我默立在闹市广场，对着一架紫藤说了一堆废话，好像我和它前生有个共同的秘密。

一个浅秋清晨，峨眉山巅，我于深庙的放生池里相认了一只乌龟，当时它正从睡梦中醒来。

秋更深了，在内蒙古响沙湾，一头老骆驼和它背上的那只长尾巴喜鹊让我挂念至今。

忘不掉的还有：夏日拂晓，我化身为额尔古纳河右岸的一朵牵牛花，又蓝又紫，在清凉的晨雾里微颤；初冬时节在江南丘陵，我进入一株乌桕，籽白如玉，一树红叶灼灼如火，像要把原野点燃。

"不可思议"（语出《金刚经》）。我是谁？我从哪来？我到哪去？也曾一路寻寻觅觅，执意要从生命的迷障中去找回纯一如圣婴的自己。不知不觉间，却不再执着于"我相""人相""物相"，而是谦卑地藏身在万物怀抱，自由地出入万物之中。

这些不可思议的"物我同一"经历，深藏着一份隐秘而久不自知的情怀：我似乎寄望于，与寄身的环境融为一体，从而确立一个新的自我。

这个嬗变来得神秘。我看得见心灵在嬗变中蓬勃生长，却缄默不言，不外道，怕一道就破。

一个人，一旦内心辽阔起来，她必得把眼睛和脚步从日常挪开，投向更辽阔的事物。她正在出走，在去往远方。

比人类世界和日常文化更大的世界是什么呢？

"自我"成长到此境，答案不言自明：是"自然"。

唯有自然，才能提供一个没有边界的精神王国。唯有自然，才有可能抗衡当代文化中的群体意识，而让"出走者"葆有个性，挖掘她生命质地里更深沉更丰满的自我。

嬗变至此，一枝花一朵云一条鱼一粒种子已经远远不够。

当逢此时，一座山的出现就具备了里程碑式的意义。

对于羊狮慕大峡谷，初时，我一见钟情倾慕万分；未几，这种肤浅的情感令我惭愧莫名。

这片原古深沉，集壮美和秀雅于一体的风景，它永久的威仪和无价的宁静，它亘古的寂寥和永恒的稳泰，不就是一座天造地设独一无二的庙宇么？对于我，在大峡谷中，万物皆神明，芥子藏须弥，一粒苔藓，一只毛毛虫，一声鸟鸣，几抹祥云，都给予了我足够的沉静和安宁。

原来，爱一个人的方式是亲密，爱一座山，比亲密更浓烈更神圣，它是信仰。

三

"现代艺术之父"，法国画家保罗·塞尚，爱上了家乡的圣维克多山。费20多年光阴，他从不同的季节和角度画山，最后倒在了山前。

圣维克多山，借助于塞尚的画笔长了脚，走向了世界。

我的爱一座山，是一种深沉广博的移情。听微信中有人诉说，"情书是多美的字眼啊"，我哂然一笑。

她不会明白，情书已然不是一个人跋山涉水后的最爱了。

人类个体和个体的两两相爱甚至多角相爱，远远不能填补生命中巨大的茫然惶惑。一个人在另一个人身上寻找最深的归属地几乎没有可能。实现生命皈依的途径有二：信仰宗教和寻找自然造化。两者的目标所向，皆是让心灵安定沉静，像群山、大地、沙漠、海洋那样稳泰。

圣维克多山给予塞尚的，远不止那些呈现于世人面前的画作。纸上的圣维克多山和塞尚心里的圣维克多山吻合度有多高，取决于塞尚的笔力有多强。然而，为一座山生为一座山死的生命行为，已经让我确信：圣维多克山，就是塞尚的信仰。

一生爱上一座山是有福的。

缪斯赐我之笔力，并不足以描述一段人和山之间，深沉相依的情感浓度和深度。但是，羊狮慕已经给足了神明般的恩宠，我在大峡谷度过的每一个片刻，都是光明神圣的，这是一个朝圣者十足的荣耀。

塞尚去世后5年，1911年，比塞尚小1岁，11岁就移民美国的苏格兰人约翰·缪尔，也为他心爱的一座山，写下了经典名著《夏日走过山间》。书中记载的，是其31岁初次走过优美圣地山时的经历。

这时，他已经73岁。

42年，一座山在缪尔的心里持续生长，那蓬勃的爱意和敬意经历光阴的冲洗，愈发深沉浓厚。

很难想象，放在人和人之间，那追慕迷恋的情怀可以沉淀在光阴深处而久久不置一语。

爱一座山，就可以在时光的河流中细作揣摩品味，慢慢表白。

因为，人心易变，肉身易坏，山却可以长生，它可以抵达时间的无涯之处，与地老共天荒。

白云苍狗世事变幻，黄沙漫起处，惊回首，那些记录一个人对另一个人情感的文字已然暗淡失色难以动人，而一个人写给一座山，一汪湖，或一片沙漠的文字，却穿过岁月风沙，携带着安详安定的魅力，唤转越来越多的，走得越来越远的现代都市人。

这是因为，在一座山的怀抱里，生长着许多人们血脉基因里同根同源的东西，更容易唤起情感共鸣吧？

从前我认为最不辜负人生的事情是，有一个人值得相爱一生。如今我最想祝福的，是每一个人都能邂逅一座山。

世人装修新家，多爱悬挂山水画。白话讲这是讲究风水，往深来论，每个人心中都有一座山吧？那象征着我们需要找到一个恒常的事物，用以对抗生命中无所不在的流变：爱恨情仇，悲欢离合，环境污染，天灾人祸……

而在我看来，纵使人力巧夺天工，那纸上的一脉江山，终究少了天地所赋的真气元气和灵气，很难令自己动心注情。人可以描摹一切，却恰恰不能把八方天地中的玉华精魂注于纸墨之中，世间锦绣，本自天地间的无边风月织就。

好的是，自古往今，人类从来没有放弃充当江山风月搬运工的努力，文字、绘画、摄影等等无不尽其能。这既源于人类向往美追求美的本能，也源于人类踞美之心的小小"贪婪"。

现在再来看，我们努力着把八方好天地浓缩于方寸之间带回家的行为，真是有着孩子般的纯一可爱。我小时候，见着一块小小的石头子儿，只因喜其光滑，也要拾进口袋带回家中好好藏了呢。

也亏得人类世世代代，在大美小美面前始终如一，有着最纯真的欢喜崇拜，所以才发育成了一部丰厚的文明史吧。

从崇山峻岭中出走逐水而居的人类，谁也逃不脱无形之山的束缚。每个人的心底，都蕴藏着一种原始的气质。当远祖们从莽莽山野里走出来，大地上的崇山峻岭就注定会成为人类共有的心灵家园。

四

独步高山之巅，不想尘世。

在这里，生活的重担暂时得以放下，大自然对每一个懂得并敬惜她的人，都会慷慨地施以爱手。她的慈悲之力，作用于芸芸众生，令万物和谐共荣。而人类，更是仰仗于大自然的恩泽，得以一次次校正在世事无尽的角逐中出了偏差的身心，回归生命本有的和谐之道。

多年以来，我养成了定期投奔山水的节奏，这种节奏已然成为生命自身的韵律，不可中断，不可延时，否则心里定生一片荒芜。

在我的内心，早已把每一程山水行旅归位于"朝圣"之举。

亏得我们的双脚，还拥有奔赴自然的动力和自由。

进峡谷前有友人相约："卡上有钱一万多，到南方的海边，找个好地方享受享受。"

我笑了，你自个玩吧。

人生行至此境，花花世界已然了无诱惑，唯有亘古至今的山水风流，令我迷醉不已。

一个人降生于天地之间，在虚幻的繁华和享乐之中，总得适时抽身，细细打量一番置身的自然万物，并致以无尽的感恩之意，感谢它们的存在，令我们有可能穿越短短的人生局限，而去接通生命携带的远古的感受和记忆。

正是有幸伫立于自然中央，借鉴于山水的万古风貌和气息，我们才有可能，望见生命的来处和去处，从而也有可能，部分解除人生短暂的伤感和叹惜。

是的，大自然恢宏澎湃，天遥地阔间，人如浮蚁，渺小得不值一提。

朋友小雪转来一张图片，是一张羊狮慕的雨后秋景图。

峭壁万仞，植物万紫千红，薄岚湿润饱满，天幕若灰似白。这些层次丰满的景致里，却有一个小小人儿，紫红的伞，翠蓝的衣裳，眉眼全无，她是我。

这是现代版的"宋人山水图"。

无论是谁，在这张图片里，都只能占据那丁点位置，这就是我们在自然界的真实位置——小，小到可以不计！

然而，正是亿万个小"我"的出现，才凸显出山水的价值和意义。是"我"的看见，"我"的称美，"我"的听见，"我"的陶醉，让亿万年生生不息的风景，让云朵、让霞光、让朝曦夕月、让鸟鸣、让山花的气息、让山色，让一切的一切，因为人类血脉情感的介入，而变得有了体温，有了意蕴，有了美的意义……

从这个意义上，自然对"我"的接纳慰藉，以及"我"对自然的缱绻依靠，正是造物主想要看到的"天人合一"图吧。

五

家住丘陵。从小，大山对我就是一种十足的引诱：那高山之巅，会有什么？

多年以来，我足迹所至的大山不少，无一例外的是，它们皆已开发成熟，人造景物甚多。

有没有一座山，人类活动的影响尽可能小，而远古的风韵保留最多？

唯有这样一座山，才能对我的日久存疑给出接近完美的解答。唯有这样一座山，才有可能充满淋漓神性令人"朝圣"情怀浓厚。

大地辽阔，山外有山，山路蜿蜒无尽，行走没有终点。我登上一座山，又告别一座山。

直到有一天，我登上了羊狮慕，从此不再说告别。

哦，命定的那座山，终于与卑微的我相逢了。

高山之巅有什么呢？

时光深处，一个小女孩在好奇发问。无疑，到了今天，羊狮慕大峡谷，给了她最为精彩的答案。

黎明时分，森林低处滴滴答答的露珠；

画眉，斑鸠，红嘴相思鸟，雨燕，栗耳凤鹛，灰眶雀鹛，百灵鸟，黑眉柳莺，白鹇，乌鸦等等的清晨音乐会；

求爱的野山羊，会酿酒的猴子，树林中倒挂下来100多条"开会"的竹叶青蛇；

东方的启明星呼应西山的素月；

山谷中冉冉升起的红日以及捧日而出的朝霞；

峡谷中不断抬升的牛奶白的晨雾；

春天岭上的烂漫山花；

夏天山谷里的满天繁星；

秋天的猎猎山风，萧萧落叶；

冬天的白雪冰凌雾凇雨凇；

沐浴着阳光雨露而缓慢生长的万物；

群峦作屏云海为幕，不知天尽何处地始何方；

一只松鼠在摇落树叶；

一粒苔藓在侵蚀古岩；

一庭云彩在舒舒卷卷；

一股山泉在潺潺而下；

一只孤鸦在遥遥作喊；

两只鸟儿在夕照中归巢；

三朵杜鹃在小风中飘落；

辉煌的夕阳在眼际徐徐沉落；

……

天籁渐渐响起，山野开始低吟，长风如琴，任亘古的音律催眠长夜中的万物……

这就是羊狮慕。

无以相告，这是我眼里的羊狮慕，还是我心里的羊狮慕？

大峡谷如此美丽神奇。可是，"我知道什么呢？"蒙田这一问，问得我无语作答。

六

山间日久，幸遇美景缤纷，各有其韵，又各具其妙。

常常地，我的灵肉洁净如洗，在美的滋养中越发静定清慧。像那古老的睡莲，布满一湖宁静。

这深深的宁静，无时无刻，不在把我带往一个神奇之境：我竟然，一回又一回地，听到了自我开花的声音。

终有一天，这个自我会经由丰满抵达丰美，长成一树优美繁花吧。

常闻"人生如白驹过隙"。其实，只有虔诚抵达高山流水的怀抱，才能深切了悟"世间过客"的含义所指。

有时候，我呆驻于大峡谷的凌云岸上，止息妄念纷飞，忍不住伸出手，温存又敬畏地，抚摸那岩石的肌理和质地。一个坚硬的事实就是，羊狮慕大峡谷，在天地间已经活了亿万岁。

一朝知闻，身心巨震。短暂人生所历垒起的心墙迸裂开来，一点一点崩塌沉陷。爱恨离合，执着不舍，从此可以挥挥手——云淡了，风轻了。

亿万年的无形岁月，就凝固在了一面又一面巨崖里，在满山满谷的乱石岩里。在这里，光阴变得有了质感，具化为有形又有情的事物。在这里，过去现在将来融于一体，它们不可分割也不能分割。

毫无疑问，我触摸到的，既是"沧海桑田"，也是"地老天荒"。

我既不自惭肉身渺小，也不叹惋人生易逝。在这样庄严的时空里，一切为人者的忧愁怅惘都是不合时宜的。

相反，我的内心，荡漾起不可言述的隐秘欢乐：那是真正的永恒之物才能唤起的情感，是被引领着，一寸一寸溯往生命源头，所激发的血脉基因中的古老记忆。

大峡谷，令人透过世间纷纭，撇开光阴河流上的浮华，看见了"永恒"，相信了"永远"。

这个亿万岁的大峡谷，它冷峻和庄严的存在，无时不在以其神圣和永恒，启示着每一个闯进其怀抱的人：这里有一个比我们熟知的日常世界更伟大、更古老、更深沉的世界。文明和自然，我们缺一不可。两个家园，我们各有倚仗各有依赖。文明世界或许会有尽头，而自然家园，必将循着自身生死繁衍的至高法则，与天地同在。

七

有时我独步山间，会碰上三五成群的游人。他们操着人类的语言，彼此兴奋地赞美着山景。那一刻，我竟有些陌生，恍如是从梦境里穿越到了一个嘈嘈杂杂的坏世界。

某个时候，有人独行于山中某一处，大概是激动于峡谷中的美景，他不知怎样安置内心奔涌的激情，就会忍不住发出野兽般的嚎叫。我遥遥听到，总会想象一下他的样子。但这样的嚎叫，应该与他的外表无关，绅士和汉子的内心，同样沉睡着野性的基因吧。我作为一个女人，也屡屡有过在大美山水中放声嚎叫的冲动和作为呢。

还能怎么样？

美的杀伤力太大，人心的承受力有限，偶尔的放任狂野，倒更像是对造化唱颂的一首无字赞美诗，其情感的真挚和浓烈不容置疑。人的一生，能有几回这样元气饱满淋漓充沛作野兽嚎？凭借这罕有的嚎叫声，我们才可以在内心搭起一座通往远祖的桥梁，看见自己真实的来处和去处吧？如果恰好，在这动人心魄的嚎叫里，有人灵性所至有所得悟，是否有可能，他从此的人生画风大转，一派见素抱朴清风在野的姿态？

独行大峡谷，我静默如山，脚步轻轻，恭肃如仪，这是一个朝圣者应有的神色形容。不止于爱慕，不止于迷恋，更有崇仰和敬畏在其中，这是一场无数劫轮回里预定下来的朝圣，是我独自，在世间兜兜转转，起伏转承之后，积聚了足够的勇气和悟性，才敢来才能来，接受一座山的恩泽和洗礼。

在大峡谷，我看见自己分成了两个我：一个与万物同游，一个旁观她同万物游；一个安静无言，一个对着大山说着万语千言；一个内心奔涌着无尽的情感，一个极为冷静，打量她如何归置好这些情感；一个我要寻找新世界，一个我稳当地把守着旧时光……

最好玩的一件事，有一天风和日丽，我端坐于青山白云间惬意读书，不知不觉间午饭点到了，一个说要下山吃饭，另一个很不高兴，觉得她真是俗物——一个吃饭的念想就生生扫了雅兴。

每天有两个不同的"我"同步山间，无言执手，看山光山色，云卷云舒，日出日落。生命的和谐圆融，大概就是依赖于，这两重人格的互为补充互为渗透互为照耀。

八

一直觉得这是一个好听的故事。文字有一种节韵，内容的神妙也非笔墨能尽。

——起初，神创造天地。地是空虚混沌，渊面黑暗。神的灵运行在水面上。神说，"要有光"。就有了光。神看光是好的，就把光暗分开了。神称光为昼，称暗为夜。

…………

西方人懂得省力气，凡事走轻巧便捷之道，神的威力真是巨大到不可思议：神轻言几声，就万物备齐，世界创立。

比较起来，东方人的勤劳勇敢敢于牺牲，似乎自盘古而来，代代相继。同样一个开天辟地，盘古的故事，听来就要悲壮得多，那舍我其谁的勇烈无畏，铮铮我心久不能平。

可惜的是，这个从前在祖母们怀抱中代代相传的启蒙神话，如今还有几个娃娃听闻？只恐上帝创世纪的传说更有听者。文化的传承和失落，一个神话即可明鉴几分。科学昌明时代，神话的远去似乎是一种必然，一个民族的精神发育史似乎已经横盘停滞……

独步羊狮慕，面对着太古造化而来的大峡谷，自然而然地，我执着于追问它的起源和演化，追问天长地久。信仰无类的我，记忆摇晃于"上帝之光"和"盘古开天"。

我在这两个故事中的摇摆，正如这个时代的价值摇摆。

好的是，无论如何，存世已久的大峡谷，惯看宇宙沧海桑田，白云苍狗。它完全没有在意一个独行者的遐思——江山风月本就依傍着地老天荒，徜徉于其中的人只是过客一枚，蜉蝣一粒，她杞人式的妄念种种，除了佐证其自大自负，别无意义。

倒不如，踏踏实实无所作为地单纯看风景，莫问，莫问天何以长地何能久？老子早有言：天地所以能长且久者，以其不自生，故能长生。

九

其实，对于美丽的自然物象和美好的自我生长，语言总是无力的。

我常常传递不了所见所感的万分之一，这令我愿意分享的善念无有落处。

或许很多时候，美就是这样无言的存在，美是安静的，美不喜欢多嘴，她需要的是个体生命全然的沉醉，而不是从他者的转述中得来廉价的二手分享。

只是，如此一来，我总是有些不好意思，觉得比之世间他人，自己从造物主手中领取太多。

神明的确恩赐了我特权。

在羊狮慕大峡谷，飞鸟繁花，日月星辰，流云飞瀑，春光秋色，我只管任性地去爱我所爱就好。在这里，可以欣慰地领略自我的圆满进程。

一个初夏的黎明，我独伫于凌云栈道，无语端看一树雪白清雅的云锦杜鹃。她们安详纯洁的神态，令我心中有神圣安宁的情感慢慢生长。

是时，一朵两朵三朵花儿在我的眼际飘落，她们坠如玉响，划开了大峡谷的万古宁静，更惊动了我。

我克制着，不去想她们的命运，也不想自己的命运。面对落花，我记起了佛家的"往生"。

"往生"，一个慰藉人心的好词，充满生生不息的强大力量。明明是去那寂灭死境，却说是去往勃勃"生"地。"死"之后就是"生"，死生演替，绝望孕育希望，悲哀连着欢喜。

的确，在悉心倾听万物的过程中，总有一些草木花朵，飞禽动物，可以让我们恍惚间有如相知三生，在我们凝视一朵花，一棵树，一拨新芽之时，总会意外体会到，人和物之间发生着暖融亲切的能量互动，存在彼此间磁石般的相互吸引。这种体验，令人忘记生命界别的阻隔。"我们不是同类，却是知音"。一时，心里有百合盛开，翠色初染；有新月静照，星光飞泻；有黄鹂婉转，蝴蝶翩翩……而这些都不够，这些都不及黎明来临时的美好。

我想说，这就是爱情驾临了。

我想说，这样的对面含春，无语倾动，心意翻腾如自远古来，往万古去，在同类身上，几乎无望知遇。人海苍茫，最深的信赖和最契合的理解，只能是浪漫者们的奢求。但是，造物主以仁慈之手，缔结了人和自然的知遇之美，令孤单的人类，获得了透过自然女神面纱窥见天人合一大美的特权。

毫无疑问，我们敏感的身心由此获得了最深切最圆满的安抚和慰藉。

十

天气晴好的黄昏，我总是要在流云台上静守太阳落山。

德富芦花把日落比喻成"圣贤辞世"，那意味着，我已经幸运地，有过很多次"送别圣贤"的经历。三千大千世界，红尘滚滚，无奇不有，唯有圣贤音容，众生难有目睹。而我，却不知因了哪一世的修行之功，可以在万古羊狮慕，独自领受着造化的恩宠。

一个立夏前夕，黄昏五时左右，空山无人，我照旧恭立于流云台上，面西而立，虔敬地开始又一回送行。

突然，如接神谕，我一个转身，背对落日，目光越过山谷，望向东面的座座崖峰，有了前所未有的"看见"。

我看见，明亮而温暖的夕光打在一面一面直立巨崖上，其岩石的肌理沐光而现，隔着远远的山谷，竟然丝丝缕缕，毫毫分明，每一丝石肌都在述说着沧桑情怀……

万古寂静！落日正远！我在寂静中央，隔空注目着这一切。奇迹发生，一种前所未有的情感排山倒海而来，受这种力量驱使，我的眼里饱含热泪，忽忽长出翅膀向崖峰飞去……

"咣啷"一下，如神锤破法，我不仅看见了大山的骨骼，更知遇了大山的灵魂。我的心中，汹涌着滔滔巨浪，更缠绵着万千柔情。我知道，这是一种无以言说，无可复制的神性之爱。那是我经亿万年光阴流转，握着一个特定密码，千转百回后的蓦然回首：

呵，那一刻，我体验到了至高无上的情感况味，完美，圆融，饱满，庄严，纯洁，光芒四射……

这是信仰之爱，比光阴长，比天地宽，比世界上所有的诗篇更美。

就这样，生命的情路蜿蜒到了羊狮慕，从此，有一份爱叫海枯石烂地老天荒。从此，一个渺小的女子迷失在大山深处，不知她是走向了苍茫远古，还是去往了无垠将来。可以肯定的一点是，幸运的她，冲出无常，不畏流变，邂逅了无以言说的永恒之美……

（原载《北京文学》2017 年第 9 期）

乡村水井

贾兴安

如今生活在城市的青少年，大概已经不知道什么是水井了。

水井是中国乡村的重要标志，即使是在实施"乡村城镇化"，有些村子以家家户户用上自来水当作实现"小康"为目标的今天，乡村仍然离不开水井。因为，在广大的平原地区，水井是农民们"不靠天吃饭"稼穑的唯一依托。这里所说的水井，俗称"机井"或"深井"，学名叫"管井"。通常是用机器钻凿，水井内安装金属的、硬质塑料的或混凝土的井管，在井口安装水泵抽水灌溉庄稼地。

在中国许多地区乡村四周的田野上，我们时常会看到一座孤零零的小房子，当然，还有一排电线杆通过去，电线斜插进小房子里，犹如远来的纤绳为其勉力。这座小房子里，肯定就是一眼"机井"，因此村里人称小房子为"机井房"，抽水的动力是电动机，没电时则是柴油机。"机井"大概是20世纪60年代才开始兴起的，那时候我还小，记得村里打第一眼"机井"时，乡亲们是在村头一块收过秋的农田上用水泥掺和着石子还有砂子做水泥管子，做了好多，得有几十个，当时不知道是干什么用的，水泥管子都晒干了也不见派用场，我们就钻到管子里玩捉迷藏。忽然有一天，这里搭起了帆布棚，机器轰隆轰隆地响，看热闹时才听大人说要在这钻机井，于是才知道了"机井"这个新名词。"机井"钻了大概有一星期，许多乡亲们云集到这里，又是放炮又是喝酒，站成一排队握着钢丝绳把那一堆水泥管子往那个帆布棚里卸，说是往井里"下管"，下了一天管，傍黑时，棚子拆掉了，新井"封口"了，再后来，盖了一间小房子，安上了机器，于是，村里有史以来第一眼"机井"便诞生了。"机井"有多深，我们小孩问，大人们说："你们看看地上的钻杆有多少，把它们加在一起的长度，就是井的深度。"老天，地上放着一堆钻杆，数都数不过来。从此，知道"机井"特别深，水泵昼夜哗哗抽，似乎永远也抽不干。此后，村里陆续打了八眼这种"机井"，分布在各个生产队农田集中的地带，一直到现在还使用着。而村里人吃的水，依然是从不知什么年代留下来的、分布在村街上的"古井"或者"土井"。

近日乱翻书，才得知中国的水井总共分两类：一类便是前面说到了"机井"；另一类，即是村人吃与用的"土井"，也叫"浅井"。这类水井深度较小，用人工开挖，井壁通常用砖砌成，井台大多用石头垫起，有的还以石条作栏杆保护井口。鲁迅在散文名篇《从百草园到三味书屋》里，就有"光滑的石井栏"的句子。井是谁发明的？专记历代制作的《世本·作篇》中载："黄帝见百物，始穿井。"《吕氏春秋》则曰："伯益作井，赤冀作臼。"因此，史学家柳诒徵在《中国文化史》（东方出版中心 1988 年 3 月版上册第 14 页）中说："唐尧之时，化益别于一地作井。则作井之人，后先有二矣。神农作耒耜于陈，咎繇作耒耜于虞，度亦同之。此又一义也。发明创制不必一人，亦不必同时。"可见，当时万物的发明制作包括发明水井，不是一人为之，而是祖先们因生存需要，以自己的聪明和智慧，在大自然中开发出的新型能源。也许，在没有水井以前，祖先们基本上是"沿河"而居，依靠"河水"生存。这从"部落"或"村落"的"落"字上，可以揣测到他们是在有"草"有"水"的地方栖息群居。然而，天灾与人祸，迫使他们不得不离开水丰草美的家园向没有水源的地方迁徙。于是，在这块远离河水的"移民之地"，有人挖土取水，打下了第一口可以饮用的水井。如今，考察远古聚落遗址的重要特征之一，就是看该地有没有水井的遗存。我小的时候，村西很远的地方有一块高地，上面长了一些杂树，还有一些瓦砾，大人们说，明朝时，这里是一个村子，我不大信，他们在荒草里趟了一阵，叫我过去看，指着一个荒草封口的小洞说："你看，这里还有一个水井。"我扒开乱草，看见下面有个小黑洞，口部风化的石头四周，像村里我们家去打水的井台口上的石头一样，被井绳磨下了一道道足有半拃深的沟槽。我相信了，我仿佛看见这里曾经挑担打水的喧嚣和热闹。古人为什么知道挖井取水？难道，他们一开始就知道地下有水吗？我以为他们挖井取水最早不是从科学出发的，而是在生活实践中发明发现的，就如同钻木取火，是在无意识中得到启迪的。童年在故乡时，我和小伙伴在河边玩，坐在河岸上挖坑，我们称之为"挖灒（cuán）眼"。挖不到半尺，四周里就有水渗出来，如果将水捧出去，水还会往外渗，一直渗到灒眼一半的位置，不用水，水便在灒眼里始终保持着应有的位置。我们玩累了，就捧着灒眼里的水喝。当时我们认为，灒眼里的水是比河水干净的，可以喝。其实现在想来，这里有一定的科学道理，因为我们挖小坑里渗出来的水喝，经过了土壤或砂土的层层过滤，如同现在的纯净水，而河水则在流淌过程中被污染了。古人发明水井，也许是由"灒眼"受到了启发，知道从地下能挖出水来，并且是非常纯净的。只是，比起"灒眼"，水井要挖得深一些，大一些。而我国广大的农村地区，如今还在沿用着这种起源于几千年的"土井"或"浅水井"。

"吃水不忘打井人"是一句俗语，但在乡村，我们往往不知道水井是谁打的，一些上年纪的老人也不清楚。或许，水井的历史和村庄的历史一样漫长，说不清"起"道不明"因"。在村里打出第一口水井的人或者知道水井历史的人，一茬一茬地像割掉的庄稼地，都已作古了，连坟头早就荡平了，他们留下来的唯一遗产，只有水井。在乡村，水井的历史比任何遗存都要悠久，这是因为在民众心目中，村里的任何东西都可以丢掉，只有水井不能舍弃。井壁坏了可以修，水少了可以淘，维护和使用先人的水井，成了后生义无反顾的责任甚至是光荣。因此，在很多乡村，尤其是北方乡村，有逢年过节在水井上祭祖的风俗并流传至今。那年回老家过年，我在水井旁，看到很多乡亲端着一碗饺子，在井台上拜了拜，然后将饺子汤倒在井台旁一部分才回家去吃的情景。可见，水井在村人心目的地位何等神圣。大家"不忘打井人"，实在是"饮水思源"不忘祖先啊，在这里，自己的祖先已嬗变成了当初的"打井人"。

因此，千百年来，水井是乡村约定成俗的公共财产，甚至是村子里居住在这一带（距水井较近）村民或家庭的"专利"。在一般情况下，水井都有它固定的用户。比如，村里有三眼水井，谁家在哪个井上担水，吃哪个井里的水，几十年甚至上百年没变过。这种规律，从没人界定过要求过分配过，全是民间自发的习惯成自然。即使在什么都"共产主义"的六七十年代，也没有人或什么力量能够"统一"过村里水井的使用。偶尔，看到总去另一水井上挑水的人到这里的井上打水，就会有人问："你怎么在这儿挑水？"那人就不自然地笑笑，找理由说："我们井上的井绳找不见了。"突然改换打水的井，对于拥有"井权"的双方来说，无疑都是一件稀罕事。在乡村，凡是公共财产或公益事业，都有人管理，可管理都有问题，而唯独水井没有人管理但多年间却"井井有条"忙中不乱。水井上唯一的财产，是随便扔在井台上的井绳，有的地方可能还安着辘轳。井绳一年要用好几条，不能用了自然有人换，是谁买的，没有说，也没人问，反正有用的。下雨了，有人把井绳拿走了，因为淋湿了不好用还会沤坏，可天一晴，井绳又放到井台上了，是谁暂时收藏起来了，也没有人知道。新井绳太硬，用起来粗糙磨手，有人便在石台上来回捋打磨光滑了。井绳太旧了，但还能用，有人怕打水时断了，便用小绳补上几股加固。井绳钩快磨断了，也有人换，还有人怕掉桶，还在旁边安一个类似曲别针的铁弯钩专事打水技术不高的人使用。有调皮小孩往水井里投坷垃、砖头和脏物，谁见了都会吵他并制止他。淘井时，更是群策群力，几个老人跟一些年轻人在井上吃饭时一商量，轰轰隆隆就下了井，挖泥，拔筐，更换砖维护修整井壁等等。吃这眼井水的大人小孩都围过来看，女人就去家里做饭，没下井的男人从家里拿来了酒，等着下井人上来喝。平时有矛盾有老少爷们，现在什么都没有了。没有号召的事情，齐刷刷呼啦啦全来干了。乡村的水井虽然平凡而又琐屑，但却凝聚着太多太多的不可言说的民间情感、社会心态和因关乎自身而共同维护赖以生存自然资源的崇拜与景仰。

村里有很多故事是在水井上发生的。水井漫长的历史与沧桑，注定了其位置坐落在村中或坐落在这一带居民区的核心地带。"古树下，水井旁。"不要以为这只是文学作品或电影电视场景里的老俗套。实际上，在很多乡村的水井旁，都有一棵大槐树大椿树大榕树大银杏树什么的古树。这里通常是端着碗吃饭、聊天说闲话、聚会议事、玩耍娱乐的地方。有时男女谈恋爱，晚上也在井台上进行。我们老家村子里有一个漂亮的女子，就是在井台看见住在我们这一片儿的长贵打水时姿势好，胳膊腿有劲，相中他并最终嫁给他的。在乡村，鉴别一个男人是不是有力量有本事，很大程度上是在井台上打水。首先，他要会灌水，也就是将桶卸到井里，在只有井绳钩吊住桶提儿的情况下，以惯性左右摆晃着将水桶猛地蹾到水面上，再往下一送，让桶扎下去迅速提出来灌满，这是技术；其次，便是双手握住井绳往外拔水，一拔一庹多长，井绳在身后飞舞着，只几下，很潇洒地就把满满一桶水提到井台上了，这是力量的象征。否则，是被人看不起的，要不往井里掉桶，要不一点一点往外拔桶，让人觉得他没有四两力。一个人打水出众，种地也必然是一把好手。我们村有一个叫二臭的人，二十多了，每次打水时，都带着一条小麻绳将井绳钩和桶提儿的交叉处捆住，不然就要往井里掉桶，村人都耻笑他，说媳妇时有人来村里打听，听说"他不会打水"，结果快三十了还没有娶亲。在乡村，一个孩子是否长大成人，是以"能不能打水"为标志的。我是15岁那年会"打水"的，当时我父母在外地工作，我和年迈的爷爷在老家，从前，都是我爷爷到井上打水担水，这年，我爷爷病了，我去打水并担了回来。爷爷病好后，我也不让他担了，我爷爷逢人便夸我，说："这孩儿会打水了，长大了。"亲戚和村人从此都另眼看我了，我也觉得我真的长大的。村里有一个瞎子，常去井上打水，他会分毫不差地站在石头井台上，脚尖齐齐地对着井口边沿，很是从容地打水担水，令我叹为观止。村里的孤寡老人，有人自发为他们打水担水，还有亲戚定期从外村赶过来为他们打水。

如果谁家没有男孩，村人会说："他家以后连个打水的都没有了。"有的年轻人，打水时比赛着看谁拔水快。而桶掉到井里了捞桶时，更是其乐无穷。有好多人围着看热闹和说笑。会捞桶，也是一种本事。用两条绳绑一个三齿的铁抓子，一条绳提着抓子的木把，另一条绳绑在铁抓子上，双手调整着在井里摸捞，会捞的抽袋烟的工夫就捞上来了，不会捞的一天也捞不上来。有时，捞自己的桶还会把别人的桶先捞上来。有人认得这是谁家的桶，跑去报信，这家主人就脸红脖子粗将桶拿走。他为什么不捞自己掉到井里的桶？原来是怕去捞桶遭别人笑话，因为往井里掉桶的人不是村里的棒男人。

如今，水井似乎正在减少或者消失。农村的"净化、绿化、美化"正如火如荼，其中之一，就是对饮用水设施的改造。我们不知道，如果乡村土井绝迹了，我们会不会失去很多传统美德、乡土观念还有很多日常生活乐趣。机井出现以后，乡村里的人只将它用来浇灌土地，在干旱十分严重的情况下，村里的土井大多已经干涸了，但他们依然不吃机井里的水，说味儿不正。大家汗流浃背地淘井，那时候我不太理解这是为什么。现在，我叔叔的院子里居然也安上了"压水井"，但压出的水是红色的，必须沉淀一会儿才能用。我问："为什么不去井上打水了？"叔叔说："那井不能用了。"我问："为什么？"叔叔说："没有水了。"我心一沉道："井还在吗？"叔叔说："还在。"稍后，我到井上看了看，见井台长漫了青青的荒草，一时好郁闷。我蹲到井口旁，探头朝里看看，见有一汪水闪现出了自己的脑袋。井口青石里侧的石壁上，被井绳日积月累磨出无数道光滑的沟槽，井壁四周长满了青色的苔藓，有几只青蛙在水面跳着，我的脑袋便荡起了一圈涟漪。井旁多了一个新修的小庙，小庙门头上，写着"水神庙"三个字，两旁有一副对联，曰："恺泽长流思其源饭其水，恩泽广被来者化存者神。"门里面，矗着一尊泥塑神像，前面放一只大香炉，香炉里堆满了香火的灰烬。哦，村人并没零落水井，已经将其当作某种精神图腾了。这时，一个村人走过来，我们寒暄了几句之后，我说："这井不能淘淘了吗？"他接过我递过去的一支烟说：

"去年淘过，可不出水，水位太低了。"于是，我突然明白了，不是土井本身有问题，是我们的自然资源有问题，才造成了乡村"浅水井"有可能成为我们后代考古时的历史遗存。

（原载《江西水文化》2017 年第 3 期）

父亲的战争

高安侠

母亲打电话说，你爸爸最近给联合国写信，呼吁世界和平，还叫你回来给打印寄信呢。

放下电话，我不由觉得好笑，联合国都管不了的事，你一个退休邮递员就能管得了吗？

不过，我还是马上回了一趟家，这几年，父母年纪大了，身体不如以前，我得经常回家看看。

一进门，父亲劈头就问：电视上说，南海局势紧张，是不是要打仗啦？我点点头又摇摇头，最近南海形势紧张，一打开手机，微信上都刷屏了，各种喊打声。

"娃娃们，千万不该爱那个打仗呀，你们以为那打仗是个好事？要死人的呀！你忘了那个胡伯伯，截了一条腿，那就是打仗打的呀！"

父亲又开始了一千零一次的车轱辘话。

小时候，我们兄妹四个一和小伙伴打架，回来不问是非曲直，先吃父亲一顿棍子，还要上两个小时的"政治课"，教材就是那场中印边境自卫反击战。

"打架和打仗一样都不是好事，要爱好和平。就说我们那时候吧，咱们和印度人打仗，七天五夜急行军穿越喜马拉雅山谷，零下30多度，人累得

172

边走路边睡觉，要不是老班长那军用水壶里的一口酒，我早就冻死了，哪里还有你们！你看胡伯伯不就是冻掉了一条腿吗！"

胡伯伯我当然知道，他截了一条腿，拄着拐杖，隔三岔五就来我们家找父亲聊天，一瓶廉价的高脖子西凤，就着一小碟花生米或者腌萝卜，一聊一个下午，聊天的内容几乎不变，就是那场中印边境自卫反击战，他们的嘴里反复在念叨着，在七天五夜的急行军中，在折多山的大雪崩中，在收复邦迪拉的战斗中，那些死去的战友。好像不是他俩在喝酒，而是跟很多战友在喝酒。

有时候两人会争论，父亲就专门刺他：要不是你不听话，腿也冻不掉！胡伯伯拍拍那条仅存的腿，眼皮耷拉着不言传，好像也在后悔。

穿越喜马拉雅山谷，风雪打在脸上，像是用刀子割肉，脸皮痛得失去了知觉，大家吃辣椒抗冻。连天疾驰，在寒冷和疲惫中，很多人走着走着就睡着了，辣椒噙在口里也不管用了。

天黑下来了，部队连夜翻山，后面的人扯着前面的人的后衣襟子，木然地在山路上走着，两条腿都好像不是自己的了。前面一停，后面的人立刻在几秒钟内就睡着了。情况危急，一旦睡着，战士们就会被冻死的。老班长急得没法子，推一推这个，摇一摇那个，一个劲地吼喊不叫睡觉。

胡伯伯那时候小，才 18 岁，特别调皮，给老班长扯谎说要去解手，偷偷扯一扯父亲要一块去。父亲老实，只说不去，胡伯伯就一个人去了。

他不是解手，只是偷着找了一个避风的崖缝，倒头就睡了。

老班长怕战士冻伤，掏出军用水壶，让大家一人喝一口烧酒，那是他从关中老家带来的宝贝，说是西凤酒。平时，他总也舍不得喝，只是偶尔打开盖子闻一闻，抿一抿，然后，小心翼翼地藏起来。父亲从小在枯焦的陕北长大，没喝过烧酒，不会喝，以为就跟喝米汤一样，呼噜一大口，只觉得一股子火苗从嗓子里直蹿下去，烧得肚子里放了一把大火似的，呛得直咳嗽，肺差点咳出来，却也咳嗽精明了，把瞌睡给丢了。

天黑，伸手不见五指，等大家找到胡伯伯，沉睡中他的一条腿已经冻坏了，后来只好截肢。那次还有几个战士，在短时间的沉睡中，冻掉了耳朵和手指头。

我们渐渐长大，他的故事却不见更新，而且年纪越大越爱讲他这一段历史。用妈妈的话说，那些陈年老账呀，棒子也打不到耳朵门里。我们个个听得泼烦，耳朵里快要磨出茧子了。

可是，他却时不时地穿越到半个世纪前的那场战争里，叉腰站着，学着毛主席的湖南腔："尼赫鲁把刀架在了我们脖子上，我们也就忍了，现在，人家要往下砍呢，怎么办？我们不能忍了！这一仗我们要打出新中国的威风，起码要保 30 年和平！"说着，脖子一梗，大手一挥，大有主席风度。

大家相互丢个眼色，翻翻白眼，皱皱鼻子，表示对他的不屑。很长时间里，我们都感到纳闷，一个退伍老兵，一个乡村邮递员，咋就那么爱谈论战争？

父亲浑然不觉孩子们长大了，也不再用崇敬的眼神看昔日的战斗英雄了。他却深陷在喜马拉雅的冰天雪地里，久久不能自拔：

我们的部队抄贝利小道，急行军从后方包围提斯浦尔，那天下午，大部队沿着山腰一条盘山小路挺进，这一带全部是悬崖绝壁，乱石陡坡和一眼看不到底的深涧。一个战士一不留神一脚踩下去，连人带石头"哗啦啦"滚下山去，万丈深谷，根本就看不见底。那个小战士刚刚参军，大家都不知道他的名字，只晓得是河南人。

大家一边走，一边嘀嘀咕咕骂那个贝利。这哪里是路，简直是鬼门关嘛。贝利小道，原是英国人贝利开辟的一条险道，异常艰险，像一条挂在悬崖上的细绳子。印度人死也不敢想象中国人能从这条道上包抄过来，因此，他们就根本没有防备。那条路确实难走，脚下是万丈深渊，山顶上是万年不化的冰雪，白花花一片，太阳一照，耀得人眼花。战士们得了雪盲症，眼睛又疼又痒，什么也看不见。

父亲说，走着走着，那脚就不是自己的了，脚和鞋冻成一个冰坨子，完全失去了知觉。老班长的酒这个抿一口那个抿一口，一天下来还有小半壶。父亲才知道，大家都舍不得喝那救命酒，仿佛只要壶里有酒，大家就有底气。

父亲不止一次地说，那时候小，又老实，只有他美美地喝了一大口，肚子才暖和起来……

我们一个一个地溜走，先是哥哥，装作上厕所，抱着肚子，皱着眉毛，偷偷溜出了门，门上的钉锔儿哗啦一声，算是成功逃亡。接着妹妹又悄悄溜走，几乎无声无息，连我也没发现她几时逃遁的。

也许年纪大了，父亲没有了从前的脾气，只是自顾自讲他的故事。我不忍心溜走，都走了，父亲只好对着墙说话了，老年人的寂寞是真的寂寞，我常常从他们的眼神里发现那种难以描述的落寞，不管曾经多么风光的人，老了，腰弯了，耳朵背了，不能和别人顺畅地交流了，就成了多余的人。

我只好硬着头皮听。

父亲浑似不觉，还在兴致盎然地描摹 50 年前那些细节，往事仿佛还在眼前。

提斯浦尔的印度军队做梦都不会想到，中国军人会从背后包抄过来。当天夜里，他们还在睡梦里，突然十几个中国士兵破门而入，枪口、刺刀齐齐对准了他们，把那些锡克贾汪（雇佣军）都吓坏了。战斗一开始，他们还顽抗，可是战士们一声："Give up，no harm！""Hands up！"

雪亮的刺刀直直逼到眼前，那些印度兵只好举手投降。

忽然，一个红胡子锡克兵回身抓起机枪，一梭子子弹打在了老班长身上，瞬间，他肚子里的肠子流出来，老班长将肠子捋一捋，塞回去，举手一枪，红胡子锡克兵应声倒地。

老班长牺牲了，尸骨永远地留在了喜马拉雅的崇山峻岭中，陪伴他的，只有那个空空的军用水壶……

后来，我们渐渐明白，听父母唠叨也是一种尽孝。父亲一旦开讲，我们再泼烦也会认真听，时不时地问一些问题，表示出很感兴趣的样子。以至于一回家，父亲就要和我们讨论什么朝鲜问题、钓鱼岛问题、南海问题。有一次，父亲很哲理地对我说，我们打仗是为了不打仗！有我们在，世界才能和平！

慢慢地，我感到要重新看待这一代人，他们身上有一种强烈的家国情怀。好像天下的和平都和他们有关似的。

80 岁生日那天，点燃生日蛋糕上的蜡烛，孙子要爷爷闭着眼睛许个愿。末了，又好奇地问爷爷许了个什么愿，父亲忽然有些赧然，看看四周的家人，小声地说，想去西藏祭奠一下老班长。说完，几乎用一种小心翼翼，生怕被拒绝的眼神瞧着我们。我知道，他是不想连累儿女。可是西藏太远，80 高龄的老人恐怕无法成行。商量来商量去，父亲听从了我的建议，就在本地遥祭，精诚所至想必英灵一定能感应到。

清明节那天，我们到凤凰山顶祭拜。父亲小心翼翼地倒了一盅酒，说：老班长，你看，南海局势又不稳定了，国家离不了我们这些军人！有我们在，国家才能和平！来，咱们喝酒，这是你最爱喝的西凤酒，咱们当年的救命酒！

说着，父亲高高擎着酒盅，恭恭敬敬地对着西南方湛蓝的天空拜了下去，一股酒的洌香立刻弥漫在清风和草木之间。

我决定将那些写给联合国的信寄出去，不管人家理睬不理睬。一个 80 多岁老兵的心愿是不能被敷衍的。

（选自作者散文集《从异乡到异乡》，中国言实出版社 2017 年 8 月版）

朝家的方向走

吴佳骏

河　船

雨下着，天气骤然变凉，秋天悄悄地去了。像河里的水，一年四季地流淌，看不出什么动静。大概唯有水底下的鱼儿，方能感知水的深浅和冷暖吧。

每到这个季节，我便知道，又该是回家的时候了。

来不及收拾行李就出发。故乡在那里等着我呢，正如我在远方眺望着它那般。在码头下了车，举目四望，过去熟悉的场景早已烟消云散。简陋的小面馆拆了，落满岁月痕迹的青石台阶也不见了；那家我曾经常去剪发的店子，连同店子门前几棵高大葳蕤的梧桐树，也已荡然无存。

我到底成了一个游子，一个陌路人。

父亲说，如今回家不用再坐船了，车子可以直接开到家门口。可我还是在码头下了车，我回乡本就是来坐船的。只有坐船，我才能找到回家的路。这条路虽不坚硬，也未铺沥青，但它却通往我的心里，是连接我与故乡之间的一条脐带。

木船是不可能有了。停泊在码头上的，都是些铁船。船夫全是老叟。坐在船头，抽烟或打牌。见有人来，又都齐刷刷站起，殷勤地招揽顾客。嘴巴

177

甜得跟蜂蜜似的。不消说，他们都把我当作来此旅游的客人了。

我雇了一只小船，朝家的方向走。

船夫是个老实人，话不多，沉默如树枝上挂着的鸟巢。他或许识破了我并非游客，不过是个在外漂泊归来的浪子，想早点让我回家，索性发动起柴油机马达，船便箭一般射了出去。我赶紧示意他熄火，只用桨划。船夫似有不悦，他送我过河后，还要迎接后面的生意呢。我说这样吧，我再加十元钱，由我亲自来撑船。船夫点点头，退到舱中，掏出叶子烟点燃。

水面上起了雾，乳白色的雾气模糊了两岸的青山。我撑着船桨，慢慢地移动。身后的水波纷披两边，有种恬静的柔美。嗅着迎面扑来的阵阵水腥味儿，我仿佛刚从迷梦中醒来。

记忆复活了。桨声欸乃中，我好似看到几个光着屁股的孩童，在河里扎猛子逮野鸭；听到涨水季节从山上汇流入河的潺潺天水声，以及感受到多年前，在有月光的夜晚，独自划船撒网捕鱼的情景……

想起这一切，我有一种安宁之感。

雾越来越浓。船在我的划动中，有节奏地行进着，像我的心跳。我的家就在河对岸的山腰上。太阳晒着它，风雨吹着它，时间雕刻着它。我不知道它还是不是原来的样子，还能不能认出我来。

河流沉默着，像船舱中沉默的老叟。它大概不会感觉到我此时心情的沉重。毕竟，这么些年来，河流经历了太多。它见惯了潮涨潮落，也见惯了冷月秋风。我一直相信，是这条河流，代替我这个游子看到了许多我不曾看到的东西——木船是怎样被铁船取代的，船夫是怎样一天一天老去的；野鸭和白鹤是怎样从河湾里消失的，水底的鱼虾是怎样不知不觉死去的……

我划着船，朝家的方向走。

我的家就在河对岸的山腰上。透过浓雾，我依稀看到了她那沧桑的面孔。翠竹掩映中，她在向我微笑，在向我招手。

弃船登岸。一颗泪珠，倏忽从我眼眶滑落。像一滴露水，坠落在深秋里。

幽寂山路

路很瘦，似一根骨头，遗落在山间。

大概好久都没人走了，石板上长满青苔。路的两边，茅草及膝。草尖上挂满了露珠，一颗一颗，圆润，透明。我怕水珠打湿鞋子，顺手在地上捡了一根干树枝；一边扫去草叶上的水珠，一边小心翼翼地走着。

脚步太重，不但会踩疼路，还会踩疼我自己。

这条山路，是我童年时就走惯了的。故我熟悉它的每一个弯道，两侧的树木和藤蔓，野花的香气和果实的颜色，蜜蜂的嬉戏和蝴蝶的舞蹈……那时候，我是多么小啊，小得像路面上的那些黑色斑点。

记忆最深的，是冬日早晨打着手电去小镇上学。黎明时分，寒气吹在脸孔的感觉，仿佛被窝里钻进了一条蛇。四野一片漆黑，我们从路上走过，也是从恐惧里走过。一起去学校的，共有五个孩子，三男两女。女孩子大都胆小，总是走在我们中间。手电筒暗黄的光圈，将我们的影子拖得很长，让我们提前看到了长大后的自己。一路上，我们东拉西扯，说些不着边际的话，替自己壮胆。其中一个男生，每次都很绅士，帮女生背书包。两个女生也很乐意让他效劳，只要一碰面，便将肩头的书包扔给他。这可能是发生在这条路上的最为温暖的事情了。我们都在这温暖的包裹中成长。后来，我们中学毕业，有一个女生去了另一个县念书。那个曾给她背过书包的男生，眼睛都快哭肿了，泪水比冬天的寒露还要凉。我们见他哭，也跟着伤心。只有山路沉默不语，泥泞的路面，照旧坑坑洼洼；路的两旁，依然百草丰茂，虫嘶鸟鸣。

那个时候，我最大的梦想，就是从这条山路走出去，再也不要回来。我怕将来会像我的村邻们那样，把自己一辈子都拴在这条路上。从小到大，我见到很多在这条路上往返的人。他们走着走着，就从一个青年变成了中年；又走着走着，就从一个中年变成了老年；再走着走着，就消失了。只剩下风，在追赶着消失之人的魂魄。

我每次从这条山路上走过，心里都有一种说不出的难受。

这难受，还跟我父亲有关。我父亲是个乡村医生。在我十多岁的时候，就看见他肩上挎个红十字药箱，在这条山路上走着，到邻近各村去给患者治病。父亲身材矮小，走起路来，似在飘动。有时他出诊天黑未归，我就会独自跑到路上来接他。尤其是夏夜，头顶满是星光或月光，萤火虫落在路边的草叶上，发出银蓝色光芒，使人生出些许幻觉。偶尔，一阵风过，送来不远处稻谷的清香。蛙鸣如鼓，似在为父亲的归来奏乐。他这个游走在乡间的"救命者"，经受得起这样的礼遇。

我不知道父亲什么时候能回来，就那样在山路上徘徊，或坐或卧。有时直到我靠在某块石头上睡醒一觉，才听到父亲归来的脚步声。他见到我，一句话不说，只摸摸我的头，便牵着我的手回家。那些个夜晚，我体会到一种等待的温情，一种叫作爱的幸福。

一个人选择什么样的路，就得走什么样的路。只有走到底，才不算辜负自己。

我终于沿着山路，回到了家。我庆幸自己没有迷路。尽管，我手上拿着的那根干树枝，在拍打露水中，断成了两截。

到家后，我才了解到，自从公路修通后，村子里的人都不再走山路了。也许，新路要比旧路好走吧。

只有我父亲还在走着山路。我认得出他的脚印，也嗅得出他走过后留下的气味。

这条山路，现在成了父亲一个人的路了。

狗　心

这个小家伙，是母亲捡来的。一身的黄毛，故大家都叫它小黄。它从远处朝我跑来，好似风裹了一蓬飘落的银杏叶子在打旋。每次回村，都是它来迎接我，邀功似的，摇着尾巴。舌头伸得老长，在我裤管上舐来舐去。还不断提起两条前腿，试图蹦到我怀里来。这样欢快一阵，又跑开了。嘴上叼一根被风吹落的干树枝，或是菜地里的一片青菜叶；躲进屋檐下的柴草堆，继续它的玩耍和守候。迎接我，只是它生活中的一个仪式而已。

我不在家的日子，它也这么迎送我父亲。

父亲在离家几公里外的小镇码头开了家药店，每天早晨，只要父亲挎起药箱，小黄就知道他要走。一直尾随其身后，寸步不离。父亲走一步，它也走一步。有时，它还会跑到父亲前面。见父亲跟不上，它就先撒泡尿，然后，站在山路上等。待父亲要赶上它了，它又嗖地跑远了。最开始，它将父亲送至山路下的河流边，就站住了。望着宽阔的大河，两眼充满迷茫。父亲不知道它在思考什么，它也不知道父亲要到何处去。父亲赶时间，正要撑船掉头离岸。小黄如梦方醒，两腿不停刨船舷。它想跟父亲一起走。父亲停下手中的桨，喊它回去，回家去。越喊它刨得越来劲儿，像个犟脾气的孩子。无奈，父亲奋力一划桨，船便离开了岸边。父亲一边划船，一边想着身后的小黄。但他没有回头看，他深知，心一旦仁慈了，很多事情就难以做出决断。小黄大概是个急性子，它望着父亲的背影渐行渐远，眼泪都快出来了。那时，它已顾不得许多，也不管河里的水深水浅，后腿一蹬，跳进了河里，尾随父亲的木船追赶。那样子，很有些悲壮。父亲听到身后的狗叫声，一回头，见小黄周身湿透，目露凄楚，心都碎了。他赶紧掉转船头，将小黄捞上船舱。

从此，父亲总是对小黄心怀歉意。早上再出发的时候，他都要背着小黄走，不让它看见。可小黄的心又敏感得很，只要没看到父亲的身影，它就会四处寻找。屋前屋后，屋里屋外都要找遍。后来，或许是小黄意识到父亲故意不让它去送行，怕它独自返回时孤独，才懂事地守在家中，只在傍晚时分等候父亲归来。

小黄只要听到父亲的脚步声响起，就像一个打了兴奋剂的运动员，激动而亲切地朝父亲跑去，接他回家。就这样，小黄在迎接父亲中，走过了春秋和冬夏。父亲也在对小黄的歉疚和期盼中，一天天走向衰老。

在小黄之前，我们家还养过一条狗。体型比小黄偏大，也是一身黄色。我习惯性称呼它为大黄。大黄也是我们家的"贵宾"。尤其母亲，很心疼它。每次上坡干活，或是走亲戚，都要将它带上。有一次，母亲在崖边割草，不慎掉下了崖。原本躺在背篓旁打盹的大黄，见此情景，急得团团转。它将头伸向崖下，发出撕心裂肺般的嚎叫，试图将已经昏迷的母亲唤醒。但母亲没能听见大黄的呼唤。整个丘陵，静得只剩下大黄的叫声。母亲越是听不见，大黄就叫得越凶。直到嗓子都叫哑了，才引起在另一处干活的村邻的注意。几个人合力将母亲抬回家后，大黄才停止了叫喊。

康复后的母亲，对大黄更是充满感恩。凡有好吃的食物，都要分一点给它。大黄一得到母亲奖赏的食品，都会高兴异常。像幼儿园的孩子，领到阿姨发放的糖果或糕点。天气好的时候，大黄喜欢躺在院坝里的柿子树下晒太阳，晒暖和了，身上的虱子就会咬它。这时，大黄总会抬起后腿，去挠自己的肚子。那憨态可掬的模样，很像一个蹩脚的杂耍小丑。

可不幸的是，有一回，大黄外出玩耍，误食了别人投放的"爆蛋"（一种专门炸狗的炸药食品），整个腮帮都被炸飞了，鲜血直流。大黄忍着剧痛跑回家。它怕母亲看到它的惨状，只好躲在屋前的岩洞里等死。但大黄命不该绝，迟迟断不了气。母亲实在不愿看它再受痛苦折磨，便恳请村里的一个石匠，用钢钎帮助大黄结束了生命。

母亲流着泪，将此事告诉我时，我顿时痛哭失声。

我怀念我们的大黄。

有雾的早晨

在南方，深秋的早晨，经常下雾。要是起床早，随意地在晨雾中一走，周身都像被泼了牛奶。黏黏的，一片潮湿。母亲叫我去菜地掐点豌豆尖来煮面条。我披上一件父亲穿过的旧棉袄，朝菜地走。菜地是母亲耕种的，里面除了豌豆尖，还有莲白、莴苣和辣椒。它们都长势很好，没有被虫吃。

　　我低下头，撕破雾的帘子，看见蔬菜叶子上结满了小水珠。用手轻轻触碰，一股凉，便通过我的手臂，传遍全身。那些菜，翠绿、鲜嫩得很，仿佛刚刚吮吸完奶水的婴儿的脸庞。我真舍不得掐它们，但考虑到母亲辛辛苦苦为我做早饭，我不能扫她的兴。她起早摸黑大半辈子，都在为我操心。她太累了。她经历了太多有雾的早晨。那些年，我尚年幼，雾遮蔽住了我的眼睛，也遮挡住了我通往母亲内心的道路。现如今，母亲年岁渐老，本该由我来为她做早饭，回报一下她。可无论我起得再早，都无法赶上母亲起床的速度。就像我成长得再快，也追不上她的衰老。后来，我终于明白了。当我还在学会走路的时候，母亲就已经在奔跑着生活。这也是为何在那些有雾的早晨，当别人家的孩子看到的都是雾时，我看到的却是雾中母亲的身影。

　　我喜欢吃豌豆尖，也喜欢吃母亲煮的面条。

　　记得小时候，家里穷，能吃上一顿面条，就已经是难得的福分了。母亲知道我喜欢吃面，便节衣缩食，把粮仓里的小麦背到镇上换成面。隔三岔五，她都会给我煮上一小碗。她和父亲都不吃，只给我吃。他俩看着我吃，心里就高兴。现在想来，这高兴里，不知裹着几多的酸楚。

　　母亲煮的面条，我称为"白水面"。那会儿，家里啥调料都没有，只放点油和盐，再加一勺味精。这样的面吃起来，倒也香软可口，滋味绵长。长大后，我依然喜欢吃面。虽然城市里的面，调料五花八门，做法花样翻新，但就是不如母亲煮的面那么能满足我的胃口。故只要我一回到家，母亲必定会煮一碗"白水面"给我吃。她明白她儿子需要什么。

　　吃完面条，雾依旧浓得化不开。整个村子，像被一匹大白布裹着。父亲看看手表，忙着去诊所。自从他开药店以来，每天都按时赶去坐诊，风雨无阻。他怕病人久等。父亲说，要是让病人等医生，那是极为不道德的事情。

　　我提出去送送父亲，他没有拒绝。这么多年来，我还是第一次送父亲。一路上，大雾包裹着我们父子俩。他在前，我在后。尽管我们隔得那么近，却很难看清对方。我只能看到他的一个轮廓。这就是父亲给我的印象，模糊得有些失真。我不知道我给父亲的印象，是否也会这般无异。

到了河边，雾封锁了河面，简直辨不清方向。父亲让我回去，他说自有对付这种大雾天气的办法。我相信父亲说的话。他在这河面上往返了几十年，哪怕闭着眼，也不会迷路。但我偏不回家，我要求亲自送父亲过河。父亲沉默着，没有说话。只是把桨交给我，然后，坐在舱中，望着白雾茫茫的河面，像望着一个久远的梦境。

我凭借记忆和直感，破雾前行。木桨划裂河面的声音，像隔壁家的大婶拿着菜刀在削冬瓜皮。耳朵边，不时传来一两声鸟叫。叫声时而低沉，时而高亢。大概在雾中划行了一刻钟，我依稀看到了河岸。我正暗自惊喜总算将父亲送过了河。可船一抵岸，却发觉又回到了起点。

父亲没有生气，说：还是我来吧。我只好重又把桨交还给他，快快地冒着晨雾回家去了。归途中，我在想，这么些年，我走南闯北，浪迹天涯，为何最终还是依恋着出生地呢？

人啊，不论走多远，终究走不出自己的家。

霜　降

从床上爬起，看到"霜降"。

外面有风，窗台上，落着一片黄叶。我拾起来，准备夹在枕边放着的书本里。我有收集植物标本的癖好。严格说，这枚叶片，无论形状和质地，都还不太符合我的审美标准。但我看中它所承载的信息——晚秋的信息。这片树叶，是秋天最后的影子，是季节换装时，褪掉的一片羽毛。我收藏了这片羽毛，也就收藏了整个秋天。

从叶片上判断，生长这枚叶子的，必定是棵老树。只有老树的叶子，颜色才那么纯正，黄得跟人的皮肤差不多。那遍布于树叶上的经脉，写满了年轮的密码。顺着这些脉络，说不定就能返回到一棵大树。

村子里的晒场上，有人在劈柴。每年霜降日，村民即开始预备过冬的柴火。他们先将碗口粗的树，锯成一尺来长的圆木，再用斧子劈成四块。抱回家，码放在屋檐下。让风吹，让冬阳晒。这些木柴，经霜一打，都很耐烧。到了冬天，取几块扔到灶间或火盆里，火光熊熊，呐喊似的。即使燃尽，红光也会依附在木炭上，经久不息。

小时候，我最期许的，就是在灶间里烧红薯。从薯窖里拣出几个，洗都不用洗，直接投进灶间，用热木炭盖住，就可以去玩儿。半个小时后，用火钳将红薯掏出来，拍去表皮的灰，再揭去薯壳，香软滚烫的薯肉就显露出来。吃到嘴里，那感觉，那滋味，一辈子都忘不掉。

晒场的旁边，有人在点火抗霜。浓烟把眼泪都熏出来了，仿佛在悲悼秋天的逝去。那些成团状的烟雾，散散漫漫，在晒场上空徘徊不去。烟是草的魂。草死了，草的魂还想看一眼大地。继而，一阵风过，草魂便被彻底卷走了。

我顺着烟雾消散的方向慢走，看见一对年轻夫妇，赶着近十只羊，朝我走来。其中两只小羊羔，跟在母羊后面，咩咩地叫。叫累了，就跑去妈妈的肚子下，吮吸奶水。这时，行走的母羊就会停下来，等孩子吸饱喝足，再赶路。哪怕赶羊人不断在催促，母羊也照样充耳不闻。羊鞭挨着皮肉了，也要强忍住痛，让孩子安心吃奶。

这对赶羊夫妇，是邻村的。男子瘦高个，浓眉大眼，颌骨凸出。走起路来，像在跟羊赛跑似的。左边一下，右边一下。聪明的羊，直接从他的胯下钻了过去。妇女紧跟丈夫，像个不合格的裁判。她操一口外地话，也许只有其丈夫和羊能听懂。妇女的背上，还背着一个小男孩，约摸两岁左右。两只小手，跟鸡爪似的，死死地将母亲抓住。鼻涕一流出来，就朝母亲肩膀上蹭。

我不知道他们是将羊赶出来吃草，还是牵去出卖。看样子，应该是赶出来吃草的。我相信是这样。尽管，霜降至立冬前后，都有羊贩子来村里买羊。他们将羊拖去屠宰场宰杀后，再去暖那些富贵之人的富贵之胃。

路两边的草叶、泥土上，都蒙了一层白霜。我的头发上，也好似沾了水汽。手和脚，也有些冰凉。我一看手表，已经上午九点多钟了。记得早晨起床后，父亲交代，让我把家里那棵柿树上的柿子摘了。我不能误了正事，遂返身往回走。

那是棵老柿子树。是我爷爷生前栽种的，他都过世二十几年了。南方柿树少，我们村，就只有我家有一棵。每年都挂满了红通通的果子。以前摘柿子，我都是爬树。现在爬不上树了，只好借助梯子。但令我没想到的是，满树的柿子，十有八九都被鸟啄了。这些鸟，跟某些人一样，嘴尖得很，一啄一个洞。我骑在柿树上，竟无端地想起了那些在尘世间走着的伤痕累累、千疮百孔的人。

最终，我还是把那些被鸟啄过的柿子，全部摘了下来，整整几大筐。看着那些小灯笼似的烂果子，心情郁闷了一下午。晚上父亲回来，问我怎么啦。我说出了我的悲伤。父亲望望我，笑着说：你啊，真是个没有经历霜降的孩子。

（原载《青年文学》2017 年 1 期）

途 中

陈蔚文

一

庐山。夜。演出散场，原本搁在演艺厅后排的伞不见了。一把新买的精美的伞，黑底，伞沿有一圈褚红小花。

人多，车子不够，要往返几趟接送。索性步行回宾馆，据说走十几分钟可到。雨雾深重，同行者还有两对不熟的男女，他们各自在密切聊天。为避免成为旁听者，我与他们拉开了一段距离。灯光昏黄，庐山夜晚的十点多。去年的这时节陪天津来的朋友也在此山，同样雾气浓重，却是在白天行走，与此时夜间的雾又不同。

白日的雾，显得光阴乳白，景状如失，所有前方景物像在不断消散一般，仿佛雾是一种奇效消字灵。而每向前一步，却又拾回了一件最近的景物。

这夜的雾，虽浓重，所有景状却稳扎在那，千万年光阴也不能撼动似的。沿着路向前走，两对男女的交谈声渐远。只有我，身揣一张 227 房卡，手机忘带。四周寂静，没人在雨雾弥漫的路上溜达。有一瞬，我似乎正走向一个未知世界的深处。那是条尘世以外的异途。没有身影，只有无穷尽的雾，暗黄的光，独自躞蹀——除了有些孤独，并不算坏。

到一条岔路，该左拐还是向前，哪条路通向宾馆？身后同伴声音透过雾缓慢漂浮过来，他们走得如此慢，似为了配合雾漂浮的速度。

犹豫一下，我继续向前走，大概走出几米远，路边，一片绿化带中，某棵树下，立了一位打电话女子。尽管全是雨雾，我还是一眼认出熟悉伞面。它踽踽撑在那位陌生女子（她刚才也在演艺厅）的头顶，像在这等我，它等得那么耐心，像知道我会选择步行，沿此路前来，与它会合。

取回伞。同伴跟上来，告知这条路走错，我们应向后折返，向左拐。

在这之前，它只是一把伞，是我丢过的许多伞中的一把。可当它今夜重回我手中时，它不只是一把伞了，更接近一种命运——大雾中毫无预兆，而又冥冥中朝着某种命定的行进。如果我选择乘车而非步行（早知走回宾馆不止十几分钟，我一定会候车），还有那条岔路，假如我朝正确的方向左拐而去？还有那女子，她选择了一条与我一致的路，如果她不驻足打电话，而是朝前走去？

这个雾失楼台，月迷津渡的山夜，丢失的终将会穿越雾霭得以重遇，多不可思议！

二

郑州火车站，离发车还有一个多小时，在二楼车站大厅内闲逛，有家"道口烧鸡"店，售各种卤菜。一眼看到鸭肝，买了一袋。我并非动物内脏爱好者，相反，多数内脏我是不食的，唯独碰上鸭肝会买一些，它们在柜台以一种难以释清的密码向我召唤，在所有卤食中我总先看到它们，仿佛它们有独特光泽。但吃一点就觉得腻了，无论何店所售，吃几口后，它与味蕾的隔膜显现，越往下，甚至成一种反感。

郑州火车站买的那袋鸭肝不出所料地扔了，但不妨碍隔阵子碰上，仍旧会买。

这是个多奇怪而悖谬的现象。吃下第一口第二口是为了证明其后对它的厌倦？既然知道第二口以后我注定要放弃，我为何要吃下第一口？为何见到它我就有味蕾冲动，仿佛它是食物中的罂粟。

这仅是个单纯的生理现象？因体内某种难言的基因将一种悖谬投放于同个对象？它和人与人之间的感情有无近似？黏附于某种关系中的带有初始热情，很快却被旋即而来的厌倦侵噬的关系。

亲密、拆分、聚拢，又拆分，再聚拢……世间的诸多情感，正如人与某种食物的关系，正是在这般正向与逆向的纠缠中互生。

三

北京，夜晚的奥体广场，一支锣鼓喧响的鲜艳队伍，数十位大妈伴着鼓锣扭动，简单划一的动作不知跳了多久，也不知还打算跳多久。振聋发聩的声响中，队伍一遍遍重复那几个简单到机械的动作。

宏大声响中充满一种莫名荒诞感：那样浩荡的单调！

一二一，一二一，踩着固定节拍，个体的步调一次次在队伍中得到确认，也一次次淹没在队伍中。

到最后，个体消失了，只有划一的集体无意识在弄出莫大动静来掩盖个体的消失这一事实。

四

上海，汉中路地铁站 2 号出口旁，有很长一阵子，散布着莫名的异味。有次路过，几个警察面色严峻且狐疑地立在路边花坛，有一人在花坛内搜寻什么，我吓一跳，以为发生埋尸案——虽然这儿根本不适合作案，也不宜毁迹。当然，也许最危险的地方最安全，希区柯克的悬疑片《后窗》中那个男人不是将太太尸体埋于院子花园？如果不是因为一只贪嘴小狗，事情兴许还不会败露，男人还将理直气壮地说，太太出门去了外省。

这地铁出口旁的异臭有好一阵，臭味不屈不挠，我行我素，固执地带着决不言败的劲头。经过者皆紧走几步，捂鼻掩口。没人知晓那臭的来源，而这异味看来也惊动了职能部门，如那几位警察的光顾，但气味来源仍不明。

那一小段路靠近花坛，里面栽着蔫头耷脑的低矮灌木。马路对面是长途客运站与一幢蓝玻璃幕墙的高层商务写字楼（我在此出入三年），写字楼旁有座酒店（其特色在于时常承接白事酒席），酒店门口因此常泊着大巴，臂佩黑纱的家属三五成群地吸烟交谈。

附近没有化工厂，几步开外是往来屑屑的地铁站，不停有人自地下涌出地面，也不停有人下到地面（像传说中通晓"遁地术"者）。有次，我忽然想知道有没有人对这股臭味产生过和我一样的兴趣，于是以"汉中路地铁站，气味"为关键词搜了下：

"我和亓大臭（嘘，他不允许别人这么喊他，我才不管）从上海大学新校区出发，到汉中路地铁站乘一号线到莘庄站5元，莘纪线起点到七宝古镇票价3元……我要问他聊天记录到底怎么回事！"

"我失去了最爱的她！竟是因为这样的理由……自己想想也怪自己的臭脾气，一开始她都没有和我吵，我一直不开心，说话冲才导致最后都吵起来，她到汉中地铁站下了，第二天手机停机了……"

"汉中路地铁站5：41上地铁→黄陵南路站6：12上车出发。前一天晚上，那瓶装着海水的不明生物最终臭掉了，大老远带回来的李子也坏了，所有的一切都成了照片上定格的瞬间……"

没人提到站口旁发散的那股异味。搜出的全是另些味儿：和年轻的荷尔蒙、肾上腺分泌有关的味儿。

离开这幢写字楼后一年，偶经这里，空气正常，那股异味儿像来临得那样莫名一样消失了。

五

南昌省府大院。三月末，树木批量换叶，院内像一处舞台。风一起，落叶漫卷，刮过耳际，掠过头顶复又飘坠路边。在那寻常得几乎不令人多看一眼的落叶之上，浓缩着自然的丰华！

叶片杂糅着褚红土黄暗绿，夕阳的色彩岩壁的色彩川流的色彩火焰的色彩！每一种色彩都雅正，纯熟——在自然中历经了无数代际甄选出的色彩。在任何一张叶子上绝看不到俗气，那在人工域界里极易滑向艳俗的红与绿，在这些叶子上只是无限蕴藉。

有古老时光与天象打底，即使是最亮眼的红，也谦和中正。

它们堆在路边，很快要被当成垃圾扫除，但你无法不为这些叶子的美惊撼。一枚叶子仿佛就是个微缩天堂。我暗暗想到——是的，哪怕只是为了看这些落叶，人也应当专门来趟世上。

六

上饶五府山。周末夜宿山中，晚饭后一行人沿路深处散步，没有路灯，伸手不见五指，眼前忽有星点的亮，有一刹没明白过来是什么，等明白过来，不由惊叫，萤火虫！抬头，眼前的漆黑（这个在现实里将失传的有关颜色的词）中缀满小小发光物。路右边是段石桥，依稀可辨栏杆，从栏杆下望是条石头叠堆的小河谷，犹如一个奇幻梦境！萤火虫沿河谷前飞，像星子跌坠河谷，四下闪动。

星点的亮使素朴的乡村有了最华美质地，黑绒般的夜色有了无限深邃。

曾看宫崎骏的片子《再见萤火虫》，战乱中，失去父母的兄妹（14岁的诚田和年幼的节子）因不愿寄人篱下，搬到湖边一个山洞居住。长时间营养不足使节子身体一天天虚弱，哥哥诚田却毫无办法，他自己还是个孩子啊！节子在一个萤火虫满天的夜里离开，不久诚田也去世了。黑暗中，节子拉着哥哥的手，快乐地吃着糖果，萤火虫漫天飞舞……

"昭和二十年九月二十一日晚，我死了。"电影的第一句台词。衣衫褴褛的少年，气息奄奄地躺在人来人往的车站，走向他 14 岁短暂生命的终点。战败一个月后的日本，恍惚间，少年看到死去的妹妹，看到那个流萤飞舞的夏天。

宫崎骏不愧为大师，选择了萤火虫作为影片的物象。一切生物里，它最近似飘忽的魂魄。

萤火缺失的乡村只是城市的后缀与副词。

这个夜晚，古老的漆黑与银亮的萤火显影了一个真正的乡村：有神秘感的乡村。有灵的乡村。是谁说，"我宁可活在脊骨生荫的幽怖里，也不愿活在这一无所惧的无聊中。"

七

四川小城，无意走进一条路。路边老旧的两层楼房子，户内黑黢黢，家具蹲伏在阴影中。二楼阳台边沿岌岌可危地搁着些杂乱盆栽，仿佛风稍大点便会落下砸中路人脑袋。

近中午，屋门前有几户已在举炊。屋外用砖拼凑成简易灶台，古老的柴火炉架着黑铁锅，木柴火焰舔舐着锅底。一个男人弯腰翻炒，锅内是大块的连皮肉，皮上的毛历历可辨，像《水浒传》里打家劫舍的汉子们在山野张罗的肴食。

一锅囫囵的肉，油水飞溅，似是对这黑黢黢屋子内可视的窘困做出一点补偿。

那块肉，刹那衬出我的单薄——我清晰地感到自己似藏身一间与社会隔断的温室，那块荒蛮的连皮带毛的肉就如真实而粗粝的社会，我对那块肉生理性的反胃正如与"社会性"的隔膜。

"我一辈子也吃不下这样一块肉"，这个念头也使我意识到，一辈子，我未必接近了真实意义的社会。我藏身于自我之中，如同只吃过猪身上的排骨与瘦肉部分，而对其他部分的滋味惘无所知。

八

他戴着黄色安全帽，在绿树成荫的省府院内一处公用电话亭打电话。他穿着一身不算邋遢的休闲西服，像随便一个工地上管点事的人。当然，仔细想下是有点奇怪的，这年头谁还会使用公用电话呢？电话亭已成街道摆设了，这个人却在使用它。也许他手机没电了？

第二次，在同样的地方，同一个电话亭旁我又碰见他，他依然在打电话，戴着黄色安全头盔，像临时从工地来。他用方言快速地说着。我意识到什么，并确认了这意识：这个打电话的男人，他的精神出了问题。

那顶黄色安全帽表明他从事着与建筑有关的活儿，从工地到这公用电话亭之间，是怎样一条路？

他依然举着话筒在向虚空倾吐着满腔的话。

九

在去东北的旅途中，我记下了这么几位旅人。

火车上。带儿子去看在外地的丈夫，爽朗妩媚的佳木斯女人，她和一个男性朋友通了许久电话，谈论到"缘分"。搁下电话，她给丈夫打了个电话，家常，问东问西，像任何一个出门在外的操心的家庭主妇。

念医科大学护理专业的女孩，父母在天津打工，她说起在殡葬行业工作，福利丰厚的表哥，说自己也很想去这个行业工作。"不害怕吗？"有人问。"怕也没法，我想让我爸妈别打工了。"

曾是军人，在黑河一个小城从事推拿按摩，去外省给病人治疗的男人，随身携带一本黑皮面的大笔记本，上面记有各种心得。得知我的职业是编辑时，他饶有兴趣地把学习"三个代表"的心得念给我听，心得很长，从而使我多知道了一种宜于治疗顽固性失眠的方式。

16岁生孩子，和两个姐姐在俄罗斯和满洲里倒腾服装的20岁女孩，长得酷似李宇春，眉目还更好看些。她说到比她大两岁的孩子父亲，他们没领结婚证，生下孩子不久后分开。与她同行的表弟总是与她斗嘴——这个年轻人对他的表姐怀有一种秘密而愤怒的爱慕。

从长白山下来，回到安图县的最后一个夜晚，停电，据说次日开始供暖，正在调试阶段，宾馆里黑乎乎一片。热心的宾馆老板娘开车捎我们去"过桥米线"店吃晚饭，她和身量魁实的丈夫也在那儿吃。他俩叫了个墨鱼米线的大砂锅分吃，升腾的热气里，他们头挨头，使得正迈入寒冷中的安图县此刻像是世上最温暖的地方。

十

从鹰潭龙虎山回南昌的火车。

一个30岁左右的女人在散发单子。"耶稣爱你，这比你看手机更有价值。"她把单子递到旅客手中。有的拒绝了，她也不说什么，接着往下发。她本身也是旅客，大概带了十几二十张单子，发完她回到自己的座位，和邻座女人交谈。

"人活着最重要的是今后。生死是常命，死了以后呢？那去的就是不同的地方了，"她说，"现在的人都只管眼前，不管将来，以后想后悔也来不及了。"

"主替我们担负了很多罪，我们要感谢主，要晓得悔改……"

她有一张凡常的脸，难以使人留下印象，但她的声音里有一种虔诚的用力。

她和邻座女人互留手机号，"上帝与你同在"，下车时她说。

（原载《鸭绿江》2017年第1期）

生活琐记

刘江滨

父亲的晚景

在我的眼里父亲的生命进入晚景，不是他的离休，而是以一次事件或一次场景为标志。

那是我大四放寒假回家，从石家庄坐长途汽车到县城，一下车，我愣了一下，父亲扶着自行车站在那里。天很冷，刮着刺骨的北风，父亲的脸冻得有点红，几丝白发（他的头发一直很黑）刺眼地被风撩起，他穿着厚厚的棉衣，身体显得臃肿，微微有些佝偻。这是父亲第一次来车站接我，在我大学将要毕业的时候。我的鼻子有点发酸，喉头哽了一下，突然就觉得父亲老了，真的老了。

从小到大，我这个父亲的第六个孩子，感觉到父亲的"慈"实在太少太少了。父亲做县文教局局长18年，时间太长了，都成了符号性的人物，他似乎一直都在工作，忙碌，对家人对家庭比较漠视，对我这个老幺也不例外。有一次，在饭桌上我这个小学生正兴高采烈地说着什么，突然两行鼻涕不合时宜地流了出来，父亲立刻厉声呵斥："把鼻涕擦了去！"如当头棒喝，我的兴奋劲儿立马被闷了回去，乖乖擦了鼻涕，一下子变蔫了，小小的自尊心受到了一次小小的伤害。所以至今记忆深刻。父亲在我眼里是一个严肃、认真，甚至有几分刻板的人，父子间很少有过交流。父亲是新中国成立前参加工作的老革命了，办了离休手续后，他的心里是否落寞？是否难过？我从未想过，也没感觉他有什么变化。

父亲突然来车站接我了，让我"受宠若惊"，时间的刻度蓦然在这里"咔嚓"了一下，我猛然发现，我的父亲老了。

年老的父亲更像父亲。他开始变得柔和、慈祥，脸上经常挂着笑容。对子女有了牵挂，享受含饴弄孙的快乐。孙子喊他"爷爷"，他响亮地答应着，声音拐着弯，开心地笑。母亲有时出去和一帮老太太玩纸牌，父亲便在家做饭等母亲回来吃，毫无怨言。我工作之后，每次回家，父亲都很高兴，时间久了不回来，他会让母亲打电话给我。

离休后的父亲有两大爱好：一是打门球，一是下象棋。我至今弄不懂门球的规则，父母在二哥家住着，家门口往西50米就是门球场。好多次回老家看见父亲与一伙退休老头在球场打门球，有时，父亲看见了我，就乐呵呵喊道："不打了，不打了，我家老三回来了。"有老头问："老刘，你老三回来做啥好吃的？"父亲大声说："包饺子！"父亲总是大声说话。因为他老年耳聋了，后来我给他买了副助听器，还是喜欢大声说话，成习惯了。父亲去世的时候，我们把他的门球拍放到他的棺材里，还有戴了多年的上海牌手表。出殡的前夜，在老家村里街头搭的灵棚里守灵，我抚着灵柩，夜深人静万籁俱寂，仿佛听到那手表还在咔咔走着，不禁泪如雨下。

父亲下象棋有一个老棋友，叫老董，县一中的退休教师。这个老董得过脑瘤，说话不太利索，但棋下得还是不错的，与父亲旗鼓相当，不遑多让。每隔一天来家一次与父亲下棋，几乎风雨无阻。以前他是父亲的属下，现在就是平起平坐的俩老头，为胜负经常争得面红耳赤。有次我在家，在一旁观战，老董大军压境，父亲岌岌可危，老董哼起了小曲，拿起车，嘴里说道："将！"父亲红了脸，一把夺过老董的车，大声说："你玩赖，你家的车能拐弯啊！"老董也不急，仔细一瞧，嘟囔道："啊，串行了。"我在一旁哈哈大笑。有时我也陪父亲下两盘，他似乎依旧把我视作老董，极为认真，锱铢必较。

父亲的晚年是不寂寞的，家里亲人多，我的哥哥姐姐都在县里，每天往来不绝。父亲所在的单位给每位老干部订一报一刊，父亲订了我所在的报纸和一份老年杂志。他耳聋，很少看电视，报纸成了他接触外部世界的主要信息来源。看到有趣的事，他也讲给母亲听。似水流年，日子一天一天这样过着。我从邢台调到石家庄工作以后，依然一个多月回老家探望父母一次，父母老去，离开我们的日子越来越近，"子欲养而亲不待"，所以，每当时间距回家的日子超过一个月，心里的压力就一点一点累积，以至于魂不守舍，就该必须回老家了，立刻！

2002年初冬，父亲因双手得了湿疹来石家庄看病。老家村里院子里种有五六棵枣树，每年会结下几袋子红枣。收获是一件高兴的事，但长时间的晾晒却很麻烦，太阳好的时候弄到房顶摊开，需要不断翻搅。父亲的双手可能就因此患病。我看见他的手肿胀着，有的手指肚咧着口子，就觉得心疼。我带他到省四院看了医生，拿了药。父亲不是一个娇气的人，身体若出现不适，能扛着就扛着，一般不去麻烦儿女们。他经常对母亲说，儿女们都有工作，都忙，咱尽量身体好好的，不给孩子们添麻烦。做了一辈子教育工作，父亲的仁义厚道是出了名的，即使对自己的儿女也很客气，从不颐指气使，老子如何如何。这年父亲75岁，和老母亲两人一起来的，没让孩子们陪着。令我至今深深遗憾的是，那时我还没有自己的房子，租了两间，比较狭窄，看完病，父母当天就回去了，没能住上一天。次年夏天，我终于拥有了自己宽敞的房子，但是，我的父亲却永远住不上了。当年看病回去不到两个月，身体一直不错的父亲突发重病，住院一个星期就永远告别了这个世界。当时，我是无论如何也想不到啊，天有不测风云，人有旦夕祸福，世事无常，徒叹奈何！

父亲的晚景，不是晚开的花，不是西天的霞，更像我们家那棵百年老枣树，虽然树身斑驳，甚至已开裂了，但每年都能悄无声息结出满树的红枣。如今，父亲已离开我们10年了，但仿若那颗老枣树，依然在我们生活中活着，还在结出香甜的红枣。

亲情绵绵无绝期

母亲走丢了。

全家人乱作一团，四处寻找。我心急如焚赶回老家，在茫然无绪中打开电视，正播出一条新闻：一个老太太步行去邢台看望儿孙，走到任县一带不慎落水，被人救起。画面上一个老太太躺在一张席子上，正是母亲！

我急忙赶往任县出事地点，见到母亲躺在席子上，浑身湿濡濡的，我匍匐在母亲身边大喊："娘，娘！"母亲睁开眼，浑浊的目光望着我，摸着我的脸，说："儿啊。"我号啕大哭！

我在哭喊中醒来，原来是做了一梦，身子还在抽噎不停，我用手摸了一把脸，忘了是否有泪。

母亲离开我们已经 6 年了，而父亲去世已 12 年。这么多年来，我依然时常在梦中与他们相会。俗话说，日有所思夜有所梦，但明明白天并没有想到也并没有提及他们，晚上依然入梦，我惊叹血脉的密码根深蒂固地存在于潜意识中，不停地在夜晚呈现和释放。我感谢有梦境的存在，让已经离世的双亲重新活了回来，一如往日的光景，家常日子，琐碎而又安稳。在梦中我是快乐和幸福的，我不再是失怙失恃的孤儿，依旧可以在父母膝前承欢，甚或可以回到无忧无虑的时代。苏东坡说，人生如梦，其实，我们能分清梦境与现实哪个是真实的哪个是虚幻的吗？

有时揽镜自照，我发现我越来越像父亲了，有时又依稀能看到母亲的面影。仔细想想，他们作为个体生命已经终结了，但不仅依然活在我们儿女的心中、梦中，还活在我们的生命中。他们的生命其实依然在儿女身上延续着。我们身上流着他们的血，长着酷似他们的面容，甚至脾气个性、生活习惯都那样顽固地相似。他们的基因沉淀在我们的身体里，就像庄稼虽然一茬一茬收割，却留下种子，一代又一代地繁衍生息。

我为什么经常梦见父母？是我对他们的怀念？还是他们对我的牵挂？虽然已经阴阳两隔，不在一个世界，但亲情并不因此而戛然中断。时光的一点一滴都储存在我们的生命深处，成为一生的记忆，历久弥新，绵远醇厚。脐带可以剪断，但血脉亲情却不管千里万里，不管阴阳两世都无法阻隔。

父亲去世后，我多么希望母亲能长久地活着。只要她在，哪怕卧床不起，我就有娘，我就不是孤儿。只要有娘，我活到七老八十也是孩子。只要有娘，老家就还是家，家乡就不是故乡。父母是一道生死防火墙，他们在，我们就没病，也不能病，不敢病，没资格病，死的问题就更是无从谈起。如今，他们都不在了，我们似乎一下子暴露在火力之下，再也没有了遮护。父母盛年健壮的时候，他们是子女的天，是遮阴挡雨的大树，是护雏的老母鸡，他们年老体衰了，虽然需要儿女的照顾侍奉，却在心理上依然是一道安全阀。

想想，爹娘都在的时候，那真是一生最快乐幸福的时光。有了自己的小家庭之后，按时回老家，就成了最大的牵挂。每次回家，携妇将雏，大包小包，陪父亲下下象棋，跟母亲一起包包饺子，温馨和谐，其乐融融。上有老，下有小，这才是最完整的人生结构，最好的人生岁月。一旦上无老，就意味着你就成了孤儿，或者你就成了老。

作家张洁写过一部长篇散文《世界上最疼我的那个人去了》，是写她母亲的。我理解并赞赏她用"最疼"这个字眼来形容母亲的爱。其实还可以说是父母的爱。在人的或长或短的一生中，有谁最疼你？最爱你？最在乎你？唯有父母。外交家李肇星说，在世人眼中我很丑，可在我母亲眼中我是天下最美的人。孩子永远是父母掌心里的宝。父母为孩子可以吃最多的苦，受最大的罪，甚至以命换命，都无怨无悔，没有任何条件。从呱呱坠地，牙牙学语，到长大成人，成家立业，儿女的身影永远牵系着父母的视线，是一世的牵挂。《诗经》有云："父兮生我，母兮鞠我。拊我畜我，长我育我。顾我复我，出入腹我。欲报之德，昊天罔极。"诚哉善哉！

在古代的"五伦"中，除去"君臣"，父（母）子（女）关系是排在第一位的。兄弟可以阋墙，夫妇可以陌路，纵然父子也有反目的极端个例，但父子血脉亲情注定无法取舍，无法割断，无法更易，天荒地老，海枯石烂。

弗洛伊德说，梦是愿望的达成。父母去世这么多年了，我时常梦见他们，反映出我内心深处对他们的绵绵思念。我曾经问过大哥是否也像我一样经常做这样的梦，大哥说不是。在父母的六个孩子中，我是老么，大哥是老大，我们年龄相差 18 岁，也就意味着同是父母所生，大哥与父母共存于世的时间比我多 18 年！时间给了我亏欠，于是让梦的形式来补偿，来延续，绵绵不绝。我盼望这样的梦能够长久地做下去，如果有来世，能继续给爹娘当儿子。

祖 父

一声嘹亮的婴儿啼哭，宣告一个新生命的诞生。这个小东西的出世，给我加冕了一顶桂冠：祖父。

从为人父到为人祖，岁月的年轮就这样一圈一圈扩展着，推进着，无法停止。望着粉妆玉琢的猢狲（孙子属猴），我深切感到了生命的神奇，我和这个小生命神秘的联系，人生代代无穷已，长江后浪推前浪。

当我们在产房外面苦苦等待，护士终于打开小窗，告诉我们是个男孩时，我情不自禁地挥挥拳，说了声，欧耶！儿子对我说，遂了你们的愿了。倒不是我重男轻女，我还不至于意识如此顽固，但内心深处的确更喜欢男孩，作为祖父，我希望他将来"肖祖"。

想到了我自己。我从来没见过祖父，因为我出生时他已不在人世了。所以，对我来说，祖父只是一个模糊的符号，只知道他的名字叫刘西爵，这个名字却不同凡俗，尽管他只是一个农民。我从来没有听到父亲讲他的父亲，祖父的事情是从母亲和大哥那儿听到一鳞半爪。祖父是个脾气暴躁很有能力的人，在村里也算是一号人物，爱管闲事，打抱不平。但我的父亲和大爷，都是性格温和，老实厚道，想象不出他们的父亲居然脾气暴烈，想必是更多的遗传了我祖母的基因。祖父一个最大的功劳是供养了他们的小儿子——我的父亲上了学，吃上公家饭，成为国家干部。

父亲有幸成了曾祖，即享受到四世同堂的人伦之乐。但我发现，他最亲的还是孙子，对曾孙似乎差了许多。民间所谓"隔辈亲"是有道理的，隔了两辈亲情的浓度有所稀释，可能是人老了，晚辈开枝散叶太多，兼精力不济之故。每次我带着儿子回老家，儿子喊他爷爷时，他回答的声音都带着拐弯儿，明显是快乐的。我儿子出生时，父亲起了十几个名字写在纸上，供我挑选，我却一个没采用，他也并不在意，仍然兴致勃勃。

而今我也成为祖父。当这个祖父是有几年心理过程的，一开始是排斥的、推拒的，内心是想延缓儿子结婚和生子的进度。民谚云，辈儿在爷上，布在鞋上，意思很明白，当了爷爷，意味着人老了，废物了。而我年富力强，正当年，可不想早早成为废物。几年前一个女作家对我说，告诉你刘江滨，你若是抱着孙子来，我们可不跟你玩儿！今年儿子已29周岁了，我像他那么大儿子已经上小学了，我还能阻止人家当爹？所以，我是充满喜悦迎接孙子的到来，当一个依然热气蓬勃，依然精力充沛，依然干劲十足的祖父。

人生就是如此，一个阶段有一个阶段的风景，每一个阶段都尽量过得精彩，才会组成完整完美的人生。我现在下班回到家第一件事就是看孙子，抱一抱，逗弄一番，若孙子笑了，我这祖父的心就像花儿开了一样。

孙子起名记

孙子诞生，全家欢喜。一个重要的任务落在我这个新晋的爷爷头上，就是给孙子起名字。

人的名字是大事，它会跟人如影随形，伴随一生，而且名字的寓意会含有暗示影响人的命运。所以，给孩子起名字绝对马虎不得，随便不得。一次看新闻，有一个贪官被抓，名叫马根起，你看，连根拔起，还马上，能好得了吗？当然这是玩笑话，但起名字的事的确要慎重。

给孙子起名字，我定了几条原则，一是须两个字，因单字易重；二是简单好认，不能是生僻字；三是尽量避开流行的字，据说现在叫"梓涵"的新生儿多不胜数；四是有典，有意义；五是第三个字须是扬声，不用去声。

我大哥二哥的孙子都排"泽"字，所以，孙子的名字已经有了一个"泽"字，只能选择第三个字了。这给起名带来很大的局限，可转辗腾挪的空间很小。"泽"的含义有润泽、光泽、色泽等，像"泽东""泽民"都是大气厚重、意义不凡的名字。从五行上说，刘从金，泽从水，从金生水、水生木的相生理论来讲，第三个字应该带"木"字，且孙子属猴，猴子喜木，这样就决定从"木"字里边来找。翻了许多经典诗文，寻找泽字与木字的联系，找到了几条，寓意都不佳。单纯从"木"字中找，几乎没有满意的。

难矣哉，我这才明白古人的"一名之立，旬月踟蹰"，所言不虚也。但孩子出生都一周了，也不能老是"无名之辈"啊。周六上午，我找出《老子》《庄子》《论语》《孟子》《楚辞》《诗经》等经典著作，准备大干一场。先拿出《老子》，开篇云："道可道，非常道，名可名，非常名。无，名天地之始；有，名万物之母。故常无，欲以观其妙；常有，欲以观其徼。此两者同出而异名，同谓之玄，玄之又玄，众妙之门。"我灵光乍现，眼前一亮，"刘泽名"脱颖而出！踏破铁无觅处，得来全不费工夫，准备好的一堆经典书都不用看了。"道"和"名"是道德经中的两个关键词，"名"是"道"的外化，虽然妙道难言，却总得以名传之，万物皆应有名才会被世界认识，譬如人，必须要有个名字才能与世界建立联系。"名"实在是太重要的事情，泽名，可以理解为润泽有名的万物，或让名字富有光泽，绚丽于世。

从此，世上出了个刘泽名。

（原载《散文百家》2017 年第 4 期）

山寒水瘦才是你的岸

张大威

有些事情发生时，无限漫长又无比迅捷。你用几十年时间泅过了就职这条长长的河流，你却只用不到半个小时时间就办理了退休手续。

退休是什么呢？

当你离开那扇大门，风便吹走了一切。一种有血有肉的年华，从此浸在时光之水深处，不再显现。人们偶尔说起你，像说起史前的一段往事。他们的嘴唇一跳出你的名字，便赶紧打住。因为这名字已经有了陈旧和过时的味道。而你走过那扇大门，只会依稀望见，在前尘，一个疑似你的身影，在平庸地忙忙碌碌后，倏忽而逝。冷落，是互相的。离别，便是断裂和陌生。那儿已经没了你，你也已经没了那儿，一切业已归零，零是这个世界的本质。而繁华与热闹与你身上一串串曾经叮当作响的挂坠都是短暂的伪饰。最后，你的名字将会变成一页又白又薄 A4 打印纸上的讣告，粘贴在单位一面显眼或不显眼的光秃秃墙壁上。后来者（陌生人！）从那里默然走过，他们投来了目光，不，没有目光。投向你的目光，或已渡过冥河，游荡在彼岸，或已蜷缩在家中疲惫不堪。你处在了没有目光的孤寂空荒之中，你的名字还没有书写完毕，就已被彻底擦去。

退休，一扇大门咔嚓关上，归宿——家——空巢，一个人的岛，或与老伴两个人的岛。寂静，你一生追求的大境界悄然降临，无垢氛，无尘埃，无声响，无人来，无权威，无领导，无会议，无检讨，无饭局，无电话（间或有之，是骗子打来的，此时还惦记你的人，可能也就剩下骗子了），无蔑视的目光，无阿谀的语言，无不懂装懂的蠢相（别人的），无弯腰附和的奴才相（自己的）……

一切皆无。

这样好吗？

很好，起码还有镜子，如果你屋子里有一面镜子，你就是两个人。如果你屋子里有两面镜子，就是三个人，以此类推，你可以是无限个人。博尔赫斯认为镜子有生殖能力。镜子真有生殖能力吗？看看挂在墙上的那面镜子吧，"坚定的墙壁处于背景之中，他们怜悯着彼此，一起凝视镜子，但镜中空无一物，除了他们自己敏感的身影。"（辛波斯卡）虽然如此，还得照镜子。镜子如水，照水一枝清瘦。这些日子，你必定会变得越来越瘦。还可以听声音，声音乐善好施，只要你不变得特别聋（随着年华渐老，耳沉一点是必然的），它会像击打别人的耳鼓一样，殷勤地击打你耳鼓。听声音吧，头发飘落的声音惊心动魄，雨点飘落的声音清清泠泠，雪花飘落的声音惊醒梦魂，枯叶飘落的声音擦伤秋天，生命飘落的声音泪溅心河。还可以回忆，遗忘属于永恒，记忆早晚会被风吹雨打去。特别是卑微人物的记忆，没有社会与文化的价值，不能诉诸文字，消亡的速度更快。如果连记忆都已陷落了，你连自我梳理、自我遵循的能力都失掉了。拯救，便没有任何一根葛藤可以凭借，可以作为抓手。马尔克斯说："过去都是假的，回忆是一条没有尽头的路，一切以往的春天都不复存在。"可在漫长的午后，你不回忆，又去做什么呢？

午后，独立寒塘的你迈开脚步，飘回到早年的家山，翠绿的艾草环绕着池塘，菖蒲摇风，荷叶田田，你纤细的手腕上缠着五彩丝线。那是在你百邪难侵的日子，外祖母为你缠上的避邪丝线，也缠住了你的圆润与美好。你扬着手腕，在樱桃色的五月里采摘樱桃。孩子啊，你像露珠一样玲珑，像蒲笋一样鲜嫩。妒花风雨起自何日？你手腕上的丝线早已脱落在青苔上，它的残骸依稀可见，却已烂如麻絮。外祖母的身影成了一团薄薄淡淡的灰云，散去天涯。不，她没有散去，她已经回归，她就坐在你家的沙发上。她刚刚从早年的家山飘回，她的衣襟上有早年池塘边上菖蒲艾草的清香。外祖母飘回到你的身上，你坐成了外祖母。

你的手上也拿着一缕五彩丝线，可你无手腕可缠。独生子女的家庭，孩子远在他乡，一条浩荡的河，渡过去，五彩丝线早已漂白，糟朽。翻看旧物吧，首选旧相册。一股小婴儿的奶香从相册中溢出，一串串歪歪扭扭的行走路线，在地板上开出清晰的脚印花朵。嗅那花朵，是孩子小脚的肉肉味道。而这双脚现已穿着43码的鞋子，为了谋生，整日奔波在他乡某座陌生的城市里。重新整理旧衣服吧，孩子的旧衣服，已经整理了多次了，几件？十件。不，十二件，确定是十二件吗？翻翻数数，数数翻翻，思念通过温暖的手洁净地传到衣服中去，孩子此刻身上也一定会感到温暖吧！衣服摊在床上的时候，屋子显得是那么满，衣服装进衣柜中时，屋子显得那么空。孩子是你的心，孩子去了远方，你的心也就空了。空巢＝空心。写封家书吧，嘴唇上的花朵，瞬间凋谢。笔尖上的花朵，永不衰败。一封家书，墨水宛如绵绵细雨，滴得满地花开，你站在家书里，抚弄那花枝，却怅然发现，立在烟波江上一叶扁舟中的人是你，寻找日暮乡关的人也是你，家书的出发点和归宿点都是你，家书像一个独自滑过空园中的飞去来器。现代人——家书——古董。一条微信，一段视频，万能的无线电波串起的快餐文明，飞越万水千山，抵达你的耳畔仅需一两秒钟。面对电脑显示屏，你与孩子的脸上都会挂上一个事先准备好的模板似的微笑，你说，我这里一切都好，都好，不用惦记。孩子说，我这里也一切都好，都好，不用惦记。生活的尖刺与不易，都被这种谎言小心地掩盖。孩子在他乡，承受他所承受的。你在此地，承受你所承受的。有些话不说，有些泪不流，是因为爱。自己的双肩能扛起的东西为什么让孩子去扛呢（自己双肩能扛起的东西为什么让父母去扛呢）？

初遇闲散的日子，总会有这样淡淡的忧郁水流，从遥远的混茫不知处，一点一滴慢慢涌上心头。它淹没书桌，淹没椅子，淹没电脑，淹没手指，淹没眼睛，淹没心房……水是弹弄不破的。水帘，水幕，以水为裳，这些都是剪不断，划不开的。一片云水，掬来，也揉搓不皱，顶多是弄脏了，弄干了（水蒸发了，一种或厌恶或诗意的逃离）。水飘走了吗？水是飘不走的，心中的水荡漾不已，它在编织绵长的思绪，在深深的秋。

忧郁与懒散，何尝不是一种自我放逐自我抚摸的松软与甜蜜？躺在安稳的水底宁静而无害，就这样度过午后与黄昏，何必辛苦爬上堤岸呢？并没有催促的号角，并没有期盼的目光，甚至也没有从远方山谷里吹来的微微刺痛你的一缕寒风。

沉落是被允许的，是理所当然的，甚至是被同意和喝彩的。人生的灯盏不就是这样吗？你甫一出生，你的灯盏便亮了，你站立起来，在自己燃放的光芒中行走，小小的身影沐浴在鹅黄色的光芒中。接着，身影拉长，光芒在闪烁中不断变换颜色，它们依次是翠绿色、深绿色、浅黄色、深黄色、褐色、灰色——灯盏的尾巴——似有似无的微光，如淡烟笼月，亦如一个患了严重眼疾的人，在无限依恋、无限怅惘地辨认着这个渐渐失去轮廓的有形世界。结局呢，一律是黑色，没人能够躲开黑色，不管你是高蹈在巅峰上，还是低吟在洼地里。

上岸，你呼唤自己。上岸，你救赎自己。上岸或不上岸，都是你自己在上浮或下沉，没人帮你，也帮不了你。生命的新生，蜕变与衰亡，都在你自身内部完成，外界元素介入不了。这有点像耕种，"尽管农民操心和劳作，但在种子变形和进入夏天的地方他从未达及，唯大地赠予"。

一个深秋的清晨，你离开枕畔，懒洋洋地拉开窗帘，看到的是秋光清肃，半天惊籁，满庭鸣叶，或告曰，公园里菊花正好，昨夜的梦中园圃也开满了正好的菊花，那些年，秋风十里，浓艳了篱下多少金蒂紫英。今宵，篱下早已无人，有人无人，篱下的秋菊都会作花，不可错过青袍冷蕊向寒天一笑。去看菊吧，在午后，在深深浅浅的流水中，你终于迈开了双腿，走进了菊海，菊海——唯有菊海。你久久徘徊于菊海，一色的菊海，菊仙独舞的菊海，你突然惊悟百花之魂早已嫁了春风，飞去天涯，春天永远不再归来。冷冷的秋，只留寒菊晚香如玉——能消得几日，便是雪冢霜丘。一弹指，秋天也就弹破了，晚香也会了无痕迹。

你伸出手慢慢掬来一缕菊的晚香。

那日，你从水中缓缓爬上了岸。

上岸，你首选读书。

你知道，与那些真正的读书种子相比，你读书不多，且阅读的速度越来越慢。你多么艳羡那些像风一样搜索书页的目光。你呢，就像一只衰老的蜗牛，既慢，又笨，前行着，探索着，顽固着。你选择读书，是故作高雅，与广场大妈舞和棋牌社里的麻将桌区别开来吗？也不是。你年轻时为了谋生，为了在书中求得庇护——你，或与你一样出身寒门的小人物，你们是那么无遮无盖，无依无靠，除了书，谁会庇护你们？没有人。一个人裸蹲在地上，周围寸草不生，没有一个扶手让你扶着它站立起来，你唯一的方法，就是双手扶着自己的双膝慢慢站直，那双膝就是书山。有人会"到伟大事业中寻求庇护"，而你唯有书，唯有书。虽然在当代，书遮风挡雨的能力越来越差，可是你，还是唯有书。你仍然相信读书人精神会比较纯净，骨骼会比较沉实。你虽然看到了读书人中不乏满身媚骨的奴才，但你也看到了些读书人在浊世立身，未必那么佞，未必那么谄，未必那么谀。忧郁之水使你与书本脱离一些日子了，你不能背叛书呀，因为书不会背叛你。你读书，与读书节，读书月，全民书香活动，读书大奖赛，毫无关联。读书像血液流过血管那么自然，那么被需要，那么寂静无声，美好安宁。读书，无须鼓吹，"真正的艺术不用那么多的声明，它在默默中完成"（普鲁斯特）。读书亦是如此。靠鼓吹起来的事，大多是泡沫，风停了，泡沫自行飞散，不见踪影。随着年轮的增长，对于你，"书籍不再是达到目的的手段，而成了目的本身"。

其次是写作。

你，以及与你大致相同的写作者，多是这样一种写作状态：文字，你们呈现，你们被遗忘。你们再度呈现，再度被遗忘。最后是彻底地被遗忘。鲁迅先生曾经说过，他希望后人很快地忘记他，但他却是永存的。单凭他的文字，如青铜，如珊瑚，如老松，如寒梅，如皓月，他就是不死的。单凭他那本《野草》，他就是不死的，你对鲁迅先生文字的崇拜甚至超过对他文本所承载的意义的崇拜。博尔赫斯也说："我希望人们把我当作朋友而不是诗人留在他们的记忆之中，我希望早早被人忘掉。"这都是伟大作家大有之后的大无境界。他们已知不可能被忘掉，才有底气这样说。如果你开口说，你希望早早被人忘掉，那只是一个笑谈，因为你根本没有被人记忆，还奢谈什么被人忘掉呢？被人忘掉，是曾经的存在，在天平上有分量。不被记忆，是一种空白，在天平上毫无分量。

写作者大多想用文字凝固时间，对抗时间。死去——活着。在图书馆里，在书店里，在后人的嘴上，笔下，思念里，崇敬中。你，以及那些与你大致相同的写作者们，无法达到如此高的境界。你不是打击自己和他们，看看你们的脚下吧，你们刚刚踩出一条小径，回过头去，它就已经被重重青草所覆盖。你发表的那些散文，出版的那几本书，究竟有几人读过？你前年写过什么谁记得？你去年写过什么谁记得？甚至你今年写过什么谁记得？你们的处境充满了无法突围，无法到达的忧伤。但你们还是写着，写着。那缘由就是一个字："爱"。（当然也不排除有人因为名利，有人因为谋生在写）一切都因为"爱"。爱是一生的魔，一生的痴，一生的累，一生的恋，一生的影子——其实也不是影子，爱久了，你的影子会成为你的自身，你的自身到哪儿去了？找不到了。随着你生命灯盏中的油越来越少，你悔恨闲散日子里浪费的那些时间，你现在已是惜时如金，许多远年的海岸风声你会塞住耳朵不去听它，许多仲夏之夜的缱绻风流，你会割舍它，甚至埋葬它。

你永远不能忘记你认识的一位业余写作者（当然，你也是一位纯之又纯的业余写作者），他一生的创作成绩就是发表在县报上的几首仿旧体诗和几篇散文，他中风后，抛弃了这个世界的许多东西，部分脑细胞的死亡，取走了词语，取走了往事，取走了亲人的面孔，取走了围绕他自身的各种关系，唯一取不走的是他手中用了多年的一支钢笔。你去看他，他手中就握着那支钢笔——延长的手指、恋人、生命，无须记忆，也不能剥离。你想，一阵突如其来的窒息，一种无法控制的病态震颤，一个不当的翻身姿势，他手中的笔就会掉落，也许会摔碎，也许不会摔碎，可这又如何？笔摔碎了，笔的魂魄还紧紧地握在他的手中。魂魄柔软，翅膀飘逸，自由飞翔。你握住他的另一只手，他用迷离疑惑的眼睛看着你："你是谁？走开，闯入者，别耽误我写作！"然而，没有语言，只有迷离与疑惑的眼神，不只是对你，而是对整个世界——所有人，夜晚，黎明，星辰与水。唯有笔还握在他的手中。

最后当然是跑步。黎明，你比燕子起得还早，那些在黎明前沉湮的星星与闪烁的夜灯都说认识你。在沈阳城某个公园里，有一个矮小的女人，年复一年，日复一日地沿着一个大圈儿循环往复地慢跑着，那个人很可能就是你呀。你曾跑过春天的荒丘，在春天，荒丘覆满花朵，美靥梨涡，香风拂拂，碎石瓦砾的骨骼不现。你又跑进秋天，秋天山寒水瘦，山寒水瘦才是你的岸。

（原载《鸭绿江》2017 年第 4 期）

阳光正好

罗张琴

火车，一路向北，开往京城。

离睡觉还早，想看书。可我显然静不下来。对面下铺，那个老母亲一路都在自说自话，我时不时滑进一出没有和声的独角戏里头。

老母亲先于我抵达 5 号车厢。她用一个庞然大纸箱填塞她床底的大部分空间，还用一个大大的塑料桶霸占了我们之间那条狭长的过道。塑料桶里，五颜六色的包裹堆成一座凌乱的小山。

老母亲人形苍老，心却是明白的。她看出了我的不满，知趣地用脚拨拨那个大塑料桶，却纹丝不动。她有些羞恼，干脆瞪了我一眼，还有意将嘴角向下瘪了瘪，意思是我们乡下人就这样，爱咋咋地吧。之后，她将被子和枕头胡乱一卷，堆在靠窗的角落，双手抱头，和衣仰躺在小床上。

我觉得她将农村老妇那种特有的倔表现得很准确，心里忍俊不禁。

老母亲在床上翻来覆去。我用余光瞥见了她的几次欲言又止。旅途漫漫，想来她是很需要找个人说说话。其实，一个人坐车，我也觉得寂寞。只是，我与她，能说什么呢？

"冻死个人呢。忘带长衫，空调开咯（这么）低。""旱（干）死个人呢。咯一堆死瓜子，嗑得下巴都旱巴巴。""吵死个人呢。咣当、咣当，脑壳昏天黑地。早晓得就待乡下屋里，不坐火车去北京了。"……她坐了起来，一边嗑着葵花籽，一口浓重的乡音还不停地自言自语。

她这个神态，让我想起了我婆婆。我婆婆比她稍微年轻些，纯粹的农民。如果不是因为要帮我照看孩子，婆婆一辈子也不会离开乡村和土地。在乡间，婆婆光脚叉腰，谁家屋里都能敞着走，见谁也能扯着喉咙、震着唾沫星子、肆无忌惮地说上几句话。锄地薅草，洗衣做饭，"叽咕、叽咕"摇水井，这些活因为有一堆男人、女人的谈笑参与，做起来尤其欢快，特别热闹。一进城，这不许动，那不能摸，相互见着，热情点的朝婆婆淡淡笑笑，算是招呼，大多数则冷着一张脸错身就过了。婆婆的笑容堆在脸上，上不是下不是，尴尬得很。婆婆是个好面子的人，遇多几次，难免憋屈，索性也就轻易不理人了。婆婆实在习惯不了城里生活，说城里人心里竖着一道墙，自己活得累，让别人也不轻松。

人其实怕孤独，很需要一个"聊得来"的人。婆婆讲不好普通话，在城里又找不到体己朋友，我们不在，她的声音便无处安放。没人说话的婆婆特别难受，她开始自己对自己说，慢慢成为习惯。后来，即使我们回家，也经常能听到她的自言自语："乡下这个时候该莳禾了。""好久都没听到燕鸟儿叫了。""天公公总是落雨，那个死秀英（她在乡下的好姐妹，有风湿）的全身估计都快疼死去哩。"

生活，总有为难处。我不忍心婆婆的声音孤零零地漂，可孩子还小，我也实在没有办法让婆婆重返乡间，过她喜欢的生活。

有疼痛的微波在我心头拂过。

眼前的这位老母亲，应该也是千里迢迢奔着她儿孙去的吧？要是旅游或是走亲戚，她断不会带着如此沉重而又琐碎的行李。

放下葵花籽，她又在捣鼓行李。她将那些五颜六色的塑料袋包裹从大桶里一件一件往外拎，仔仔细细重新整理，嘴里还碎碎地念："笋干，菜干，杨梅干，酱萝卜，两斤糯米，二十个咸鸭蛋……没错了。""霉豆腐，辣椒酱，腊肉，香肠放在纸箱子里头。都是我崽俚（孩子）喜欢恰咯（吃的）。""咯个死蠢子（对儿子的昵称），要我只带换洗衣服，空手去北京住几天，哇（说）咯样方便，不消得（需要）人接送。咋咯能不带嘛。土生土长屋里咯，外头想买也买不到呀。"

…………

千山万水，人世漂泊，社会样样都变了，但是天下母亲的心是不会变的。也许，孩子对母亲从家乡带去的这些东西并不在乎，甚至会认为是累赘，从而对母亲这种自讨苦吃的行为嗤之以鼻。可母亲不嫌辛苦不怕累赘。孩子从来都是母亲心里跑着的一匹马，马跑到哪里，马厩就在哪里。

窗外，雷声滚过天际。车厢内，一个纸箱，一个大塑料桶将一个老母亲的全部深情，妥当归置。

我轻轻地胡乱翻着书。翻到某页，我停了下来，有稍许的愣怔。这是一页插图，黑白两色，名为《观音》。左边约五分之一是空白，右往上，大面积画的是观音的侧面头像。头像右下是几笔勾勒出来寥落的人间。从右上往左下，浅淡的线条，是风，是雨，是人间泥泞。风雨使观音受难，脖颈以下的肉身被蚀朽，然而观音低眉慈悲，拈花微笑，默默吐纳。观音俯瞰众生的仪态，安沉稳定，赐予心灵绵延的慰藉。画家将观音那块蚀朽的肉身虚化处理成一个老妪的样子。老妪踩在泥泞中，向雨而立，一切默默。

我忍不住看一眼对面的老母亲，白发胜雪。此时，闪电接引了天边的雨。瞬时，粗大的雨点弹在车窗玻璃上，仿佛是佛的念珠，一粒粒敲响在我体内的木鱼。雨滴滑落大地，大地腾起一种广大而深微的呼吸。万籁有声。灰白头发之下，是老母亲黑中泛红的脸，神光洁亮的眼。

她又开始唠叨起来。

"人老先老手哇。咯死鬼手，要多难看有多难看。一重一重全是皮，跟咯山上雷劈焦了的树兜一样。""鬼佬缺咯牙齿，嗑粒瓜子都嗑不动。恰有好恰，等死好了。""人老到咯一步，除了跟崽女增加负担，还有啥用哦。"……在她的唠叨里，岁月似乎已经把她腌透了，日子也似乎随时可以将她的肉身损蚀在"咣当、咣当"的声响下。

我的心里生出一丝虚幻的不适感来，堵得慌。

女人的心是相通的。我想起我最爱的姑婆，我可怜的外婆，她们一生操劳，相继驾鹤归西。除了她们自己，怕是再没有谁记得她们曾经掐得出水的皮肤、能传导爱恋的秋波和暖玉生香的怀抱。在我的印象中，属于她们的从来只有茫茫瞒瞒的眼，纹路杂乱的脸，参差零落的牙，瘦削干涸的身体。我遗忘了小时候与她们亲近，粘着她们就像石头依着山体。我遗忘了小时候迷恋她们的存在，就像守望着一片不可或缺的蓝天。我只记得她们在乡间等待终老的样子，越来越轻微，骨架似乎都缩了大半，如果不是皱纹、老年斑、混浊眼神、漏风口齿、颤巍巍拐杖的存在，我会担心她们是不是要重新变回婴儿的状态。她们身上有一种速朽的、令人不快的破败之象，连气息都令人很是压抑。尽管我还爱着她们，但内心本能地有一点嫌烦之意，排斥近距离接触她们。

亲人之间，总是特别敏感。我的拒绝立刻传给了姑婆、外婆。她们缩回对我的爱昵，内心很是惘然。她们脸上浮起一种艰深的微笑，依稀是豁达，但明显是失落。人，一旦向老，有什么不幸，似乎已经尘埃落定。这是命，谁也逃脱不了的宿命吗？将来倘我老了，是不是也将如此？垂垂老矣的人，忧伤地宽恕后辈，只愤愤不平地诅咒自己，一天天念叨，老天爷要开眼早点把无用的生命收了去。她们的诅咒使我心惊，使我恐惧：我的良心呢，我的孝顺呢，我本该流淌在血液里、与她们的水乳交融呢，哪儿去了？我庆幸在她们的余生残年，我有过这样的反省与追问，并逐渐与她们重新亲密无间。天伦之乐，晚景之福，于生死两头，都该是一种温暖的安慰。

雨，使人安静，也使人困倦。老母亲累了，她贴着陈旧的枕头滑入了梦乡。

第二天早上，她的啜泣声将我惊醒。怎么哭了？我看见，她又一次在倒腾她的行李。许是心情浮躁，行李被翻得无比凌乱。

车上旅客陆续醒来，她止住了哭声，重新开始自言自语："小囡囡哟，婆婆（奶奶）真是老了，冇用哦，居然把观音庙里菩萨开过光的福袋落屋里。你三天两头不舒服，你咯娘从来看不上乡下咯一套。好不容易她答应我，求一个福袋你贴身戴，让菩萨保佑你平平安安。婆婆千带万带，偏偏没带咯个。婆婆害了我小囡囡哟。"……她的声音充满自责、委屈，还有气恼。说着说着，她又忍不住抹起眼泪来。

"看得上""看不上"，是城市与农村永远的距离么？

老母亲开始窸窸窣窣收拾一地狼藉。

雨停，阳光在铺陈的铁轨上流淌，火车在逐渐浅淡的晨雾中向前疾驰。洗漱完毕，我回车厢，发现老母亲正握着手机，寂寂坐在那里。她凝视自己行李的目光，分不清是阴郁还是温存。她脸上有一种孤危无助的神情。然而她不放纵自己这种情绪，她知道我在看她，却也不开口向我倾诉。她只重复着两句话。"手机关机了。""咯个死蠢子，一定在开很重要的会。"

手机关机，代表一个儿子的态度，它看似粗暴却又合情合理。

一个母亲整个行程的等待结束了。此时此刻，对于一个奔赴城市的孤独老母亲而言，向前，是恐惧的咒语。她的儿子为什么会关机呢？

火车本身是飞驰的时光，呜咽声中，诉尽了悲欢。我想，她儿子确确乎是有事，接不了她的。或者，她儿子确确乎是早告诉了她，不能接站，要她不要带这庞杂的行李。但是，她的儿子忽略了一个农村老母亲的朴素认知：一个没有行囊的母亲，一个行囊里没有装许多带着土地体温的乡村礼物的母亲，哪里会是一个去看望城里儿子的母亲呢？

我与她同在吉安上车，同去北京，在同一个车厢里度过了近 15 个小时的行程，像上了一条船。

"不要担心，一会儿到站，我帮你拎行李。出站，打个车，没问题的。"我很自然地拢着她的肩。她松了一口气。对我说的话，却也没有太过诧异。

到站了。老母亲跟着我，融入浩荡的涌向城市的人群，没有惊慌失措。或者在她心里，在城市的儿子始终是等在出站口的。

早晨八点。阳光正好。

（原载《雪莲》2017 年 7 期）

指尖上的舞蹈

江少宾

　　"边上都烂了，怎戴啊？你看……"二哥站在雨檐下，扬着手里的斗笠，对母亲抱怨。母亲接过斗笠，迎着光，小心翼翼地摩挲着斗笠的边沿，"还好，还能用。不知道打篾的什么时候来耶？"母亲一面自言自语，一面又把斗笠递给了二哥。二哥17岁就辍学务农了，懂事早，他知道，戴这样的斗笠下地干活，母亲比他还要发愁。二哥默默地接过斗笠，戴在头上，系好带子，赤着一双脚。"文才——你怎么不穿胶鞋啊？"母亲冲着二哥的背影喊，二哥赤脚踩在雨地里，噗嗒，噗嗒，噗嗒。母亲望着墙角的大胶鞋，又望着二哥远去的背影，怅然若失。二哥的背影从村口的石拱桥上慢慢矮下去，矮下去，很快被无边无际的雨幕完全吞没。石拱桥下激流翻滚，裹挟着枯枝败叶和沿岸崩塌的泥沙，向白荡湖一路奔腾。石拱桥的外围是牌楼人赖以谋生的田野，一代代牌楼人在其间耕作，像熟悉自己的身体一样熟悉每一条沟渠和田埂。田野一片白茫茫，刚栽的秧苗被暴涨的雨水连根拔起，在汪洋中浮荡。"绿遍山原白满川，子规声里雨如烟。"（翁卷《乡村四月》）连天扯地的雨，将村庄抬起来，将河流抬起来，将人和树抬起来，慢慢沦陷的，是无可救药的田野。

　　二哥一走远，母亲开始翻箱倒柜，凉席、竹床、竹篮、淘米箩、稻箩、筛子、簸箕……全被母亲从犄角旮旯里找了出来。看着一地大大小小的竹器，我们便知道，南葛集那个"打篾的"就要来了。南葛集的人都姓葛，只有"打篾的"单门独户，姓赵。背后我们都喊他"打篾的"，当面我们都喊他"赵师傅"。"打篾的"就是篾匠。篾匠是一门古老的手艺，《诗经·小雅》中有"尔牧来思，何蓑何笠"的诗句，牧童暮归时头戴笠帽，说明早在西周时期，就有了会编笠帽的篾匠师傅。在几千年的历史沿革与时代变迁里，从竹楼到竹简再到日用的竹器，竹器编织是人类文明的重要象征之一，一代又一代篾匠，用他们的智慧和血汗，改变了人类的生产与生活方式。到我记事的 20 世纪 70 年代末，队里仍能见到篾匠，盘在树荫下破竹、打篾、编竹器，身边围着一群叽叽喳喳的孩子。

南方多竹，南方人也爱用竹器，今天的皖南山区，依旧有一些会编竹器的老师傅。2012 年暮春，我在绍濂漫游，周遭都是山，绿树荫浓，掩映着盆地上一座巴掌大的小街。和多年前相比，小街依旧毫无生机，斑驳的天光下，一片死气沉沉的铅灰色。在小街独自流连，往事纷至沓来，伤感席卷心间。我掏出手机，逐页翻看漫长的通讯录（846 个联系人。一些人多年未联系，他们是一个个没有温度的符号，沉睡在我的手机里），准备联系黄山的友人，却见一个白发老汉挎着一只大号的竹篮子，驼着背，从桥头上闪出来。竹篮子太大了，而且深，像一个洗澡盆。白发老汉看出我的好奇，他在我的身边停了下来，缓缓地放下篮子，摸出一根烟（没有过滤嘴），一面慢悠悠地擦火柴，一面仔仔细细地将我从头看到脚。"老人家，我没有见过这么大的篮子。"老汉将信将疑地扫了一眼地上的篮子，警惕的表情终于放松下来，"这不算大，大的用烂了。"老汉转过身，响亮地擤着鼻涕，擤完了，捻着手指，自言自语似的说，"这个结实，我自己编的。呵呵……"我吃惊地看着老汉，老汉忽然双目圆睁，"不信？不信你看看我的手……"说罢便将双手摊在我面前，上下翻转着，烤火似的。那是怎样的一双手啊！粗糙龟裂，沟壑纵横，像一截枯死的老树根。最醒目的，还是手指上的一道道伤痕，它们交错成一张细密的网，不忍目睹，触目惊心。

"我握握你的手噢？"老汉笑了，牙床空洞。我握住了，掌心里的老茧码了一层又一层，像一座座鼓凸的小山，干硬，硌人。老汉忽然包起自己的双手，将我的右手囫囵着裹了起来。我想抽手，老汉却很高兴的样子，一双手紧紧地箍着，久久不放，像是久别重逢。我感受到了那双手的温度和力度，有一种砂石磨砺过的粗糙感。粗糙，是沧桑岁月在那双手上烙制的勋章。"手是生活的言说者，是命运的代言人。"（傅菲《手》）再也没有一双手让我那般灼痛，再也没有一双手，让我如此直观地触摸到生活的重量。

篾匠的苦，全在手上。他们是一群用手刨食的人，收入微薄，勉强维持温饱。乡下老人一般都会打篾，有的还会编，一条街，从头走到尾，到处都是卖竹器的人。供大于求，价格自然便宜，一个淘米箩只卖四五角，一担簸箕最多卖三块。篾匠干活几乎不出远门，他们早出晚归，打篾的时候就打篾，农忙的时候就农忙。两不耽误。

每一年，农忙过后，赵师傅就拎着一只方形的竹箱，在村口的机耕路上，甩着一双罗圈腿，中了六合彩一样和人打招呼。赵师傅嗓门大，隔着一条河，大家就知道赵师傅又来打篾了。篾匠是个细致活，手艺好坏，一眼就能看出来——剖出来的篾片要粗细均匀，青白分明；砍的扁担，要刚韧恰当，上肩轻松；编的筛子，要精巧漂亮，方圆周正；织的凉席，要光滑细腻，凉爽舒坦……好篾匠因此无需吆喝，东家还没有做完，西家就已经上门来请了。每一年，赵师傅都要在牌楼起早摸黑地忙活一个月。哪一家请他，他都应允，应允了也不出价，"嗨，你看着给，没有就赊着，有什么要紧！"认识的不认识的，他都是这句话。烟不停，手不停，一片打过的竹篾堆在地上，盘在膝上，尖尖的斗笠已经显出了雏形。

我喜欢看赵师傅破竹。破竹是个力气活，只有反复磨炼谙熟其中的诀窍，才能做到成竹在胸，收放自如。赵师傅将一枝笔挺的毛竹去枝去叶后，一头斜支在屋壁角，一头搁在自己的肩上。只见他用锋利的篾刀，轻轻一勾，开个口子，再用力一拉，大碗粗的毛竹，就被劈开了一道口子，啪，一声脆响，毛竹裂开好几节。顺着刀势使劲往下推，身子弓下又直起，直起又弓下，竹子节节劈开，"噼啪噼啪"的响声像燃放的鞭炮。很快，篾刀就被夹在竹子中间，动弹不得。他放下刀，一双铁钳似的手，抓住裂开口子的毛竹，用臂力一抖一掰，啪啪啪，一串悦耳的爆响，一根毛竹訇然中裂。

赵师傅破竹，一气呵成，像裁缝撕布，姿势舞蹈般优美。当我后来学到"势如破竹"这个成语时，一下子就想起了游刃有余的赵师傅。

竹子破完之后就要劈篾片了。赵师傅的竹箱子里全是宝贝，他连碰都不许我们碰的。四周插着各式各样的篾刀，再就是小锯、小凿子等，还有一件特殊的工具：度篾齿。度篾齿不大却很特别，铁片打成小刀一样的形状，安上一个木柄，一面凿有一道特制的小槽，它的独特作用是插在一个地方，能把柔软结实的篾从小槽中穿过去。赵师傅劈篾片有个习惯，不同式样的篾刀，一把挨着一把叼在嘴上。和破竹相比，劈篾片的技术含量更高。从青篾到黄篾，一片竹，普通的篾匠师傅能"劈"出四五层，但赵师傅能"劈"出七八层。竹子剖成较细的篾，最外面一层带有竹子的表皮，行话叫"青篾"，这层篾最结实；不带表皮的篾叫"黄篾"，黄篾不如青篾结实，但需要量大，用途也很广，像箩筐、晒箕的主要部位，一般都用黄篾，而竹器的受力部位，要用结实的青篾。从青篾到黄篾，赵师傅能将一片竹剖得纸片一样轻薄，挂面一样柔软，柳条一样袅娜，挂在树枝上，微风吹过，就像一挂迎风抖动的瀑布……篾片晾干之后，还要再剖成篾条，篾条的宽度，六条并列，正好一寸。这还不算完，篾条还要"拉"，赵师傅将刮刀固定在长凳上，拇指按住刀口，一根篾子，起码要在刮刀与拇指中间来回拉四次。厚了不匀，薄了不牢，厚薄之间的功夫，全凭手指的把握与力度。当光洁如绸的篾条一根根从赵师傅的手中流出时，与其说是篾刀使然，倒不如说是手指砥砺的结果。是赵师傅手上的皮肉，让篾片脱胎换骨，凤凰涅槃。

劈好了篾条就能编织了，这是一道很关键的工序。为了不至于功亏一篑，劈好篾条之后，有的师傅会光明正大地停半天工，那半天，师傅什么也不干，工钱却一分也不能少。乡亲们懂事理，停工当天，会请师傅喝一顿酒，胡侃海吹，都是一些七荤八素、不着边际的话题。家里请了师傅（篾匠、瓦匠、石匠、剃头的……都是师傅），除了提供一日三餐，下午还要额外地准备一顿点心。点心都是猪油下挂面，大海碗盛着，两只焦黄的溏心蛋铺在碗口。条件好的东家，每天还要给师傅买一包烟。这完全是东家的心意了，哪怕是两三块钱一包的劣质烟，师傅也不会拒绝。手艺人走村串户，吃惯了"百家饭"，不图吃，不图喝，也不在意香烟的档次，在意的是那一份尊重和体面。

记忆里，赵师傅很少失手，也从不停工，编竹器的时候，总要系一条黑黝黝的粗布长围裙。篾匠的编织活大多在膝盖上完成，围裙必不可少，赵师傅的围裙似乎从来没有洗过，气味复杂，无法形容。然而，我们都有意无意地忽略了这样的异味，在那个单调的童稚世界里，赵师傅就是一个魔术师，只见他手指如梭，上下翻飞，柔软的竹丝一来一往，在他的指间纵横交织，跳跃跌宕，像优美的舞蹈。我们一个个目不暇接，片刻工夫，便已眼花缭乱。硕大的竹垫、圆圆的竹筛、尖尖的斗笠、鼓鼓的箩筐……赵师傅变戏法一样，东家想编什么，他就能编出什么。

沉浸在编织里，赵师傅嘴里的烟几乎没有熄过火。我们的好奇，在赵师傅却是寂寞。我清楚地记得那个雨天，赵师傅在我家的堂屋里编竹席，他先是蹲在地上，编出蒲团大的一片，然后一屁股坐下来，向四周慢慢织开去。一床竹席，要编三到四天，编到这个环节，魅力消失了，魔法消失了，剩下的劳作机械而单调。竹席太大而篾条太小，一小节一小节地交织着编过去，一地零乱的篾条像一片汪洋大海，一眼望不到尽头。每当赵师傅从汪洋大海里起身，喝茶、续水、抽烟、上厕所，拿度篾齿……我都在心里暗暗地替他着急，不知道什么时候才能编完。我性子急，受不了这样的慢工，这注定我只能侍候篇幅相对短小的散文，而编织，尤其是竹席，在我看来就是长篇写作，它不光需要耐心和毅力，甚至还需要超然物外。超然物外，是手艺人的最高境界。民谣说，"医生屋里病婆娘，石匠屋里磨光光，篾匠屋里破筛篮。"手艺人，惯为他人作嫁衣，自己往往一无所有。一无所有尚在其次，手艺人都有职业病，篾匠也不例外，"十个篾匠九个驼，还有一双罗圈腿。"成天伏在地上编织，弯腰、曲背，篾匠怎能不驼，又怎能不罗呢？——或许，也只有那些超然物外、心无旁骛的手艺人，才能坚持到底、不离不弃，最终练就一身好手艺吧？

时光磨亮他的篾刀
剥出层层生命的韧性
和千丝万缕的柔情

坐在岁月的僻静处
编织窸窸窣窣的生活
安排一根柱子有模有样的余生

童心时常从他指尖萌发
一个个精致的小背篓
也许是他最得意的作品

顺着薄如蝉翼的篾条小心摩挲
就能触摸到那些安稳栖息的童年
和摇摇晃晃的梦境

——木又寸《老篾匠》

谁也没有注意到，在破好竹子、劈完篾片之后，赵师傅的手上已经贴了五六条虎皮膏药，膏药上渗着斑斑点点的血迹，汗渍弥漫在血迹四周，干了又湿，湿了又干。膏药覆盖着伤口，也覆盖着赵师傅难以言说的苦。农民兄弟的汗水砸进了土里，而篾匠师傅的汗水，耗尽在篾条交织的竹器里。赵师傅的手艺得自于家传，自幼便习惯了这种汗与血交织的生计。从14岁开始破竹、打篾、编织，他在篾片中摸爬滚打了半个多世纪。一生破了多少竹，打了多少篾，流了多少汗，无法估量，无从统计。他深知其中的况味，既坦然，也从容，一年又一年，幽暗的青春，在单调而寂寞的编织中悄然流逝。

当塑料制品和不锈钢用品先后攻陷了城市和乡村，作为篾匠的赵师傅便从我们的视线里消失了，和"赵师傅"这个尊称一道消失的，还有蓑衣、斗笠、簸箕、稻箩、筛子……这些小巧而精致的竹器，承载着一代代篾匠的智慧与血汗，也承载着一个个农家的希冀与梦想。如今，篾匠的智慧与血汗渐行渐远，农家的希冀与梦想还在吗？我不知道。

2017 年清明，我和二哥回牌楼祭祖。记忆里的牌楼，"一水护田将绿绕，两山排闼送青来"（王安石《书湖阴先生壁二首》）。现如今，一栋又一栋老屋在风雨中坍塌，生我养我的牌楼，从里到外，已经被岁月慢慢掏空了。一批又一批年轻人背井离乡，他们从牌楼出走，再也没有回来。被打工的洪流裹挟着，二哥最终也洗脚上岸，携妻携子，举家迁到了省会合肥。从青年到中年，二哥用含辛茹苦的十年改变了自己的身份，也改变了侄儿和侄女的命运。他已经不再需要斗笠，对那个赤脚下田的雨天，也已经没有了记忆。当我在祭祖的山路上主动聊起这个话题时，二哥苦涩地笑了，他还记得赵师傅的儿子经常逃课，打架，初中勉强混到了毕业，就跟在父亲后面学篾匠。篾匠学了几个月，一双手上全是伤，不想学了，改行去学木匠。木匠学了一年，连板凳的四条腿都打不出来，师傅骂，罚，他一气之下又不学了。前前后后折腾了七八年，最终连一门手艺也没有学成……赵师傅毫无办法，只好随他。我黯然，那是一个手艺很吃香的年代，木匠、石匠、砖匠、篾匠、剃头……一技在身的手艺人，格外受人尊重。现如今，随便摆个摊子都能养活一大家人，老一辈牌楼人趋之若鹜的传统手艺，已经没有人再学了。传统的手艺，已是农耕文明屈指可数的孑遗。

祭祖归来，我意外地遇到了赵师傅，他蹒跚在巢山山麓，头发花白，佝偻着腰，罗着腿，眼里蒙着一层白翳。我本准备和他打声招呼，"赵师傅"即将出口了，又生生地咽了下去——他已经不是那个受人尊敬的"赵师傅"了，现如今，大家更习惯于喊他"罗锅赵"。他也答，更多的时候只是笑，呵呵呵，牙齿缝里四处漏风。事实上，这个垂暮之年的老人已经不在意别人的称呼了，他一个人独居，几乎不出门，一日三餐，以自种的瓜果、蔬菜为主。沉浸在漫长的光阴里，他常年粗衣旧裳，宛如一只竹器。看着老人慢慢远去的矮小的背影，我忽然悲从中来，那些被时光改写过的人、事、物，我们终将无能为力。

（原载《红豆》2017 年第 8 期）

阁楼里的鸽子

陈美者

我二哥有个习惯，晨起后到旁边的厅堂站一站，再到走廊上远望。大概此时一家老小和牲畜都安静着，他能享受一番独处的静谧。乡村的清晨是美的，新长的绿油油庄稼在晨光薄雾中摇曳，而当日光倾斜、村庄苏醒时，生计和尘烟袭来，我二哥的目光就不再那么清亮了。

特别是这一两年，邻居们种菜一般，在原本的耕地上盖起动辄三四层的新楼房。我二哥站在自家二楼的走廊上，已经看不了多远。周围均是玻璃窗贴砖反射着阳光的刺眼新楼，而那些叉着钢筋裸着红砖墙龇牙咧嘴的楼，也一样不容小觑。我二哥在厅堂站着，他总是望着墙上我父亲的照片，想说什么，什么也没说。父亲在世时，他们父子就没有多少话说，常常夹在各自媳妇的骂架中尴尬着。但我二哥一边抽着烟，一边给廊上的花浇水，这姿势远远瞄过去，竟是像极了父亲的。

我二嫂早摸准我二哥的脾气，不会在晨起的这段时间打扰他。她隐隐知道我二哥的心事，自己心里也多少怀有愧疚。我那温雅的父亲，大半生饱受"家不和事不兴"的折磨，临走放心不下这个家，没想到人一过世反而天下太平，原本强壮利落、喜欢大包大揽的母亲，成一气息绵软的孤苦老太，哪还有什么架可吵？

但这天，我二嫂在楼下的院子里，一边穿防晒衣、雨靴，一边抬头朝二楼嚷："天天就会浇那些没用的花！你不看看人家，厝都起到你鼻尖了！"她马上就要出门了，正是海带收获的季节，她被人家请去拉海带，早上七点到晚上六点，工钱是一天 200 块。而我二哥，逢石矿没什么生意，他和他的那辆龙溪车已经在家闲了五六天。

"你说什么？！"我二哥声音不高，却显然动了怒，抓起一把还没被浇湿的花土，朝楼下我二嫂扔去，"看我怎么收拾你！"他这般胡闹，我二嫂哭笑不得，骂了两句，又怕误了时间，抖了抖防晒帽上的土，撒腿跑了。村口的马路边早已停着一辆农用卡车，村里的妇人陆续赶来，大部分像我二嫂那样全副武装（她特别爱美，防晒帽是粉红小碎花的图案），但也有大大咧咧的，头发还散乱着，手上抓着帽子，嘴里叼着发绳，哼哧哼哧，一边跑来一边扣衣扣，大家笑翻，作势不让她上车，一个说老公舍不得放你还出啥工啊，一个说你该赚快活钱去。我二嫂也小声地笑。卡车司机则咧着嘴，"嘿嘿嘿"笑，一车的妇人说玩笑话，轮不到他插嘴，插嘴也没有她们厉害，只"突突突"发动了车子，把大家都拉到附近海边的滩涂上。又是酷热、劳累、嬉闹的一天。

我二哥等我二嫂走远走清静了，才放下浇花的水壶，回客厅泡起了茶，铁观音的清香顿时满室。他喜欢喝铁观音。我上次从福州回来时，送给他一盒包装精美的普洱，很认真地跟他讲，胃不好的人，喝普洱比较好。他闻了闻，当着我的面，嫌弃说一股发霉味，将普洱茶饼取了出来，把铁观音茶叶装进去。精致的包装盒有幸被他一直留用着。来客人的时候，背着我，跟人家炫耀，这是我们家美者买的茶。

说客人，客人就来。我二哥的茶一泡好，"噔噔噔"就有人上楼了。楼下的门天一亮就开着，人来了，直接上二楼，敲个鸟门，顶多一边上楼梯一边随便喊"国松，国松……"

国松当然就是我二哥。听喊声他也不知来人是谁。反正只要我二哥闲在家，他的那些朋友总能嗅到味似的，一大早就摸过来，彼此无甚事，纯属瞎聊。我认不清我二哥的这些朋友，他们大多面色黝黑，衣着也黑灰，实在看不出年纪。我呢，终归是女子，也没好意思多打量那些大男人，刻意避开些才像话。但像话就不是我了。在福州，我每天打仗一般，早早将自己送进单位换一份口粮，对于二哥他们这样一大早坐在那泡茶闲扯，心里颇为诧异和嫉妒。出于好奇，我一边在走廊上掰着几道枯黄的铁树叶子，一边旁听他们聊天。这天，来的客人是同村的金良仔，小时和我哥各种胡闹，现在是一名泥瓦工、两个孩子的父亲。

我二哥看见金良仔倒意外，一边倒茶，一边打趣说最近家家盖房，活这么多你还跑来喝茶，喝的不是茶，喝的是钱。金良仔"滋啦"一下啜了口茶，慢悠悠地说："钱要赚茶也要喝，我们又不是城里上班的，歇两天的自由还是有的。"这还没开始聊呢，就听得我差点在一旁抹眼泪。我二哥不管城里的事，而是认真地问起了他的困惑："你说这两年怎么啦，怎么家家户户都盖起了房子？有些人家是出去外面赚钱的，但有些家的底细大家都知道的，哪来的钱盖房子呢？""各有各的法子。知道你不会乱传，我就告诉你。你们家前面那个，一层的300包水泥是赊的，盖二层时卖水泥的不肯了，就换一家赊，钢筋也是这样……""这不是跟变魔术一样吗？硬变出来，最后不还得还？"我二哥笑得颇开心，既有获知秘密的快感，也有一种"这下在老婆面前可以交代了"的暗爽。金良仔继续披露："先盖起来再说，几千几千块拆散了慢慢还，也总能还上的。把钱都吸在房子上，倒也硬逼出来一份家业。这其实没什么，城里人哪个买房没有按揭的？但也有厉害的，就桥头那家，那房子气派吧，五层，里面可是豪华装修啊。但那房子送我我都不会住。听说他们家有个女儿长得好，故意找外地的有钱人结婚，过个一年就离婚，都离了三回了……""这是人住房子，还是房子住人啊！"我二哥呵呵一笑，这回他的笑有点沉重，道："但这种事还真有，我拉石头也有遇到这种事，田屿村村口那家，房子设计得跟别墅一样，每个人走过去都眼睛放光，但那里面住的是强盗。我拉石头的3000块钱去要了几回，回回都说下次给，有次还非常认真地记了我的卡号，演得好像马上就转过来，我到现在一分钱都没拿到。人家都叫我不要再去了，说他们家两个儿子都是黑社会，解放前专门把人绑墓洞里讹钱……"

我在一旁听得过瘾，房子，真是储藏各家秘密之所。人间之生动，远胜于纸上啊。我有一种听到猛料的快感，心想以后回村总算可以不用自卑了，别轻易被那些气派乡间别墅唬住了。无奈金良仔已经起身，我二哥也起身，人家回家吃早饭，我二哥随手抓了盒牛奶，也出门了。

我跑去问我母亲，国松这是去哪？

"玩呗！"

玩什么？我心下不解，他一个大男人，还能在村子里爬树抓鸟？

"玩扑克啊！赌钱啊！"我母亲见我的笨，对我的气比对我二哥的还多。父亲去世后，她变得柔声细语，令人十分不适，好在面对我时，她还会流露出暴躁的脾气。我呢，又替我二嫂不平，一个女人顶着烈日在海边拉海带，我二哥却溜达去赌。这又不是春节。我二哥这一去，必是一日，黄昏，看我二嫂怎么收拾他。

黄昏，我二嫂回来了，带回来满身泥还有一袋子的海螃蟹，我接过一看，海螃蟹是很小很小的，一只只细腿薄壳，有的在路上颠簸和挣扎中腿已经断了。二嫂一边脱雨靴，一边喜滋滋地说，放点姜和大蒜腌上五六天，味道极好的。我小时候是吃过的，听得口水都快流出来。

一看表，六点多了，二哥还不回，我不免为他担心，探着头往院子外看。我母亲已经在准备晚饭了，她说，放心，他会回来的。不管赌输赌赢，天黑之前就回来，这点倒比他父亲好。我一惊，这怎么可能？我父亲也赌？我母亲似乎后悔说漏嘴，但见我震惊样子，打发不过去了，她一边往锅里加水，一边低声说道，怎么不赌。我把农药拌在面条里喝，他用板车把我从卫生所拉回来，都等不及我爬下来就又跑去赌。后来我就跳楼，那时候国松还在我肚子里，才四个月，从那次后他才戒的。我心下骇然，不知说什么才好。

我二哥及时回来了。他从边门进来的，噔噔噔跑上楼，在我二嫂洗澡的时候，把饭下锅。八九点时，他们开饭。叫我一起吃，我说我吃过了，但还是搬着一张凳子坐他们饭桌边，抓盘子里的卤鸡爪啃。我二哥准备了三道菜，卤鸡爪、卤鸭胗、凉拌黄秋葵，配稀粥。我二嫂也坐过来，将一卷湿漉漉的头发往耳朵上勾，一边笑他："都是懒汉菜。"我二嫂一笑就有两个酒窝，洗完澡后有一种清新的美。她年纪比我大一轮，生过孩子了，但没办法，美人就是美人。

他们的晚餐吃得简单，话也简单，问我这次回来几天，没有谁收拾谁，不过是庸常一天的结束或开始。我想，我二嫂是知道我二哥在赌的，他开大车出远门一趟赚几千块钱，也非常辛苦，需要这样的调剂，况且他赌都是赢的居多，还会准时回来做晚饭，家里的卫生也基本都是他承包。这就算是祖传吧。以前我父亲在的时候，也是爱干净，一手扫把，一手簸箕，弯着高大的身子，把每个角落都打扫得干干净净。我二哥常常看不起他这样，故意香蕉皮烟头什么的就乱扔。不知不觉，人到中年，他自己也喜欢拿起拖把，将二楼的瓷砖地板拖得发亮。可能也是因为他不拖就没人拖，我二嫂是个爱笑的马大哈，从不收拾屋子，有点时间都去跟胡同口吹风闲聊去了，这两年加入村里的乐队，是队里的大号手，逢游神、妈祖祭典等就要去演出，平常排练时晚饭都没吃，抱起乐器和乐谱就往学校操场去。我母亲当然看不惯，悄悄跟我说她音都抓不准，差点被踢出来，能留下纯粹是找不到两只脚的人了。我倒觉得母亲过于刻薄了，看演出的照片她都是在中间的（我二嫂将演出照片一张张压在茶几的玻璃下），为那群村妇添了难得的亮色。我二哥也由着她，我二嫂去排练的时候，他自己做了晚饭，吃了，收拾了，睡下。他知道，人都需要一些快乐，来忘掉一些事，才能把日子过下去。就像她假装不知道他在赌钱一样。这样的默契是从什么时候开始的呢？是他们的女儿离家出走音信全无那阵，还是从女儿突然现身办了场婚礼又消失掉？还是从他们得知女儿在外吸毒，数次进出拘留所？……一次次的消息传来，我二哥一次次被惊到。外面世界的复杂阴郁残酷，与他熟悉并固守的那份乡野的清新、单纯、生机勃勃，完全无法对接。可是，女儿的命运却将这两个完全不同的世界勾连在一起，逼得他不得不面对。数月流浪在几个城市里寻找，寻找无果，留给他的是一段陌生的记忆：难以下咽的泡面的味道、迎面而来的汽车尾气、让嗓子发痒的网吧歌厅里的混浊空气……而所有这一切都是我的想象，他来福州找女儿时并不告诉我，等我回老家时，他将一切都隐去，只小心向我问道：城市里的人，住那样的火柴盒，舒服吗？当时我讪笑着，就连这样的火柴盒，我们外地人想住也得搭上大半生呢。心里只暗暗恨自己，我哥辛苦奔走时我竟一无所知，更不曾给他提供过落脚处。

第二天早晨迷迷糊糊听到卡车发动的声音，我一眯眼，天还是黑的呢，二哥这么早就出车去啦？吃早饭时，听我二嫂接电话，原来是我二哥叫她拉辆板车去村口。我二嫂说，不去，她今天要去拉海带的。二哥不知说了句什么，二嫂眉开眼笑，就去了。我感觉到我二哥肯定在耍什么花招，就小声问我母亲，要不我也去吧？我母亲立刻说，你去干吗，你拉得了车吗？我想想也对，自己常年室内枯坐见不到阳光，连转个脖子都觉费劲。我总不好意思再像以前那样，坐车上让我二哥拉我吧。

没过多久，我听到声响，二哥二嫂回来了，原来是一车的红砖头。二哥常常给人家运砖头，这次总算自己家买砖头了，我也替他高兴，问他打算起厝啦？我二哥嘿嘿一笑，啥也不说。阳光炽热，夫妻俩又哼哧哼哧运回了两车。我二哥脸黑，啥也看不清，倒是我二嫂，直呼热，脱下防晒帽扇着，她那被晒红的脸，透着一股好看的喜气。我泡了茶水，讨好地递给他们喝。

下午，我二哥就开始砌墙。他砌墙真是一把好手。当年若肯随了我父亲，也做泥瓦匠，手艺一定不比我父亲手艺差。但我二哥嫌弃这活，他自己摸索着学会了开车，十几吨的龙溪车开得像玩具车一样，能赚点钱，但真是辛苦啊。我二嫂家务活做得不齐整，却会勤快地去庙里求些平安符、平安物，放在他的车头。但这会儿我二哥砌墙的时候，没有我二嫂的身影。只有我拿了把伞，蹲在我二哥的工地附近，也就是房子的顶楼。你老婆去哪了呢，我问。

"一发现我是在这里砌墙，她就快气哭了，说上当了，不做了。"我二哥好开心地说。

"那你盖这么小一间，干吗用啊？"我不解地问。我二哥却不应我了，只是麻利地砌着墙，他拍一铲水泥，铺一块砖，再用铲子把柄在砖上面敲几下。大概他和我母亲一样，觉得我问的问题真笨。但我是真想不出来啊。天热，我也懒得待在那。我二哥就一个人在顶楼忙活。有时我常常忘了他还在顶楼。中间还见他乐滋滋扛了两块大玻璃上去，问他干吗用的，他也不说。

几天后的一个上午，我二哥一看见我就叫住我，美者，上去上去，去顶楼看看！我一脸狐疑问他看什么，他只肯说，看个东西。我慢慢走上楼梯，打开顶楼的门，我的天哪，我该怎么形容呢，全明、朝南、玻璃阳光房，好漂亮的一个小阁楼。我二哥跟上来，问，看见了吗？我说看见了。他说，鸽子，你看见鸽子了吗？

我愣了下，凑到玻璃窗上，看见三只灰白的鸽子正躲在阁楼里，用警惕的目光和我对视着，看起来正在适应它们的新家。欢迎你们，小东西。我隔着玻璃友善地和它们打招呼。快点长，我等着喝鸽子汤。

我二哥生气地说，这是信鸽！不是用来吃的！

信鸽，什么信鸽？噢！你是说，就是用来玩的吗？

我二哥听了想生气，但又觉得我说的好像也对，就硬点了点头。

我就忽然间心生羡慕。城里挣扎多年，"玩"这个词早已不会成为我做事的动机，一切讲究的是高效、精简，最重要是实用，珍贵的情感和喜好大多被滚烫的生活碾压、节制乃至无视。而像我二哥这样，下了雨就不必上班，上班也不必在会上鬼扯，想养几只鸽子就养几只鸽子，想养几只狗就养几只狗，想种茶花就不会种仙人掌，真好啊。

我趴在玻璃窗上欣赏着鸽子，一边在心底发着牢骚感慨，一边努力赶走脑海中烤乳鸽的景象。这时，听到我二嫂在楼下大嚷："天天就会玩那些没用的，跟个小孩一样！我明天就给你拆了！煮了！"我瞬间用充满同情的"你惨了"的眼神看向我二哥，我二哥嘿嘿一笑，弯下腰逗鸽子去了。

阳光照在阁楼的玻璃窗上，这样的日常，挺好的。

（原载《上海文学》2017 年 10 期）

泥：另一种形式的生活史

傅　菲

　　圆形，齐腰深，厅堂一般大。老八伯说，这个泥坛怎么看也像坟坑。他又说，我没看过比它更大的地方啦，我一辈子都在泥坛里打转。泥坛是踩窑泥用的。泥从后山的荒地里，挖出来，用平板车拉到坛里，匀碎，浇上几担水，泥嘶嘶嘶嘶地叫响。老八伯手拿竹梢，不时地打一下牛屁股，他自言自语地，温和地骂道："谁叫你是牛呢？牛的命就是踩泥。"牛一脚一蹄，在泥面上陷下深深的脚窝，也陷下老八伯的脚窝。泥渐渐变得稀烂，黏稠，胶一样。

　　窑泥最后成了我们头顶上的瓦，厨房里的米缸，地窖里的酒坛，腌制菜的土瓮。"这是家的脏器，"老八伯说，"泥是个好东西。"没有泥，哪来家呢？他又说。我父亲说，说是家的脏器倒不如说是人的脏器。比如说米缸吧，那是人的另一个胃，父亲说，最怕米缸空了，米缸一空，胃就会咕咕叫，喊人，怎么劳累了一年，连一个米缸都装不满呢？在没有分家的时候，我家有十三口人吃饭。我母亲最怕早上走近米缸量米，米缸一升一升地浅下去。米缸就是一个家的深渊。

　　老八伯是我的邻居，右腿有点瘸，秃头，爱喝点小酒，身体窑泥一样饱满。下雨天，不能踩窑泥，他就去村里的寡妇家串门，腰上挂一个竹筒的酒罐，哼着他自己才能听懂的小调。他从寡妇家里出来，脸红扑扑的，操着小圆木的茶树杖，追着老婆打。他老婆跑过一道田埂，跳过矮墙，就到了我家。这个轻度弱智的女人，头发像一团马蜂窝，一手提着油蜡的裤子，一手摸着紫青色的脸，对我妈说："拐子又打人了。嘟嘟。他把钱都给了寡妇。嘟嘟。他日上也要做那个事，我不做，他就打我。嘟嘟。"弱智女人有结舌，眼睛往上一翻一翻，露出豆腐一样的眼白。拐子追到我家门口，不敢进来。我父亲是个威严的人。拐子就喊："邪妈，邪妈。"邪妈是他老婆的名字。其实，老八伯除了这点之外，是个很好的人。他从来没出过村子，八里外的小镇他也没去过。他的胆子特别大，村里死了人，都是他替死人洗身，换衣，守夜。我祖父去世，也是他洗身的。我父亲看都不敢看。为此，他常常取笑我父亲。他说，人死了，不就是一堆泥嘛。他不怕泥。他说，枫林这 30 年盖的房子，哪一片瓦没有我的脚印呢？但他自己的房子没有瓦，是用茅草席盖的，用竹篾编起来，一列一列地压在木椽上。

我们看不到瓦里的脚印。脚印煅烧进了泥里。怎么说呢？泥给了我们家园，又被我们抛却。泥是我们的父母，又让我们难以言齿。老八伯坐在我祖父的遗体旁，独自一个人喝酒，大块吃肉。死对他而言，仿佛并不是一件伤心的事情。他劝我父亲，人站在泥上，是暂时的，被泥遮盖才是永世的，你听说过人盖泥的吗？没有。祖父的死，父亲并没有哭，那两天，他穿着麻衣，流着稀稀的鼻涕，神情木然，靠在高背凳上，胸口剧烈地起伏。家族的链条，最顶端的一环断了。

"沃野千里"，这是一个如此让人心动的景象。它让我向往，河汉纵横，灌木流影，村庄隐映。而枫林，却是逼仄的，山林延绵，人声稀稀。我长时间地怀疑过我是否深入过枫林，对这个巴掌大的小村仍然是那么一知半解。我以为小村能给我心灵抚慰。事实上，不是。"你知道什么东西对人的摧残，永无止境嘛？"有一次，我父亲这样问我。我父亲是个农民知识分子，大学肄业，做了几十年的农民，依然保持着夜读的习惯。他喜欢谈《红楼梦》，谈《三国演义》，他是个寡言的人，但说起这些就滔滔不绝，像是另一个人。我对他的提问，发傻了。我说，是贫穷。我又说，是疾病。我父亲伸出了双手，说，你看看吧。我从来没有仔细地看过父亲的手，我甚至没有感受过眼前的这双手带给我的温暖——在我的记忆中，父亲从来没有抱过我，也没有抚摸过我的脸，我睡懒床不愿晨读，他就操起扁担，捅开门，说，你不想挨扁担你就快点起来。我似乎听到他扁担抡下的呼呼风声，噗哧而来。

宽大，厚实，干裂的旱田一样皲裂，粗粝的指甲缝隙里有黑黑的泥垢。这就是父亲的手。我突然看见了生活的脸孔——手就是生活的脸。我说，爸爸，你年老了，少做事吧。其实，我对父亲没有很深的感情。我 13 岁独立生活，16 岁离开枫林，所有对家的温暖的溯源和记挂，都在母亲身上。除了酒，我还没有给父亲买过别的礼物。他是第一次这样温和地坐在我对面，头发稀落，比我矮小，脸上的笑容仿佛是刻在岩石上。父亲说，每个人的命运都要自己去承担，我也不例外。他又说，家里的两亩田还是要种的，自己吃的菜还是要动手的，猪也要养一头，不然，你们回家过年也没了气氛。他手上两块钱一包的"月兔"烟，一根接一根地抽。他说，泥就是我们的命运。

我握住了父亲的手。第一次。像个鸟巢。但穿过我血管的，是阴寒。我想，这可能是泥所要说的，只不过被父亲的手传达了。父亲笑了起来，说，你的手软绵绵的，像一团棉花。突然间，我们都那样的陌生。我有一种想抱住他的冲动。我张开双手，却没有抱过去。我一只手弹了弹他衣襟上的烟灰，另外一只手捂紧了自己酸酸的鼻子。我们从来没有像那天那样，父子相对，倾心长谈。父亲说，你 13 岁那年，你不肯上学，我罚你跪在厅堂里，用竹片打你，你记得吗？他又说，你不知道，我吃饭的兴头都没了，你为什么不去读书呢？我叫你摸摸我的手，你不肯，你说我的手像块砖头，我说你摸了我的手，就会好好读书的，会懂事得更早一些，你不听。父亲说，从枫林走出去的人，是泥土煅烧出来的。

祖父是在 88 岁那年秋天老死的。如今已有 12 年。我赶回枫林时，他躺在床上，身上盖着白布。墓地是他 20 年前自己寻好的。他说，墓地也是家，土质要干燥，透气。墓地在一个向阳的山坡上，田野面饼一样摊开。秋天是一个适宜死亡的季节，满目金黄，地气下抽，天空高远，万里澄明。正如老八伯说，一个老死的人并没有给我们长久的悲凉。下葬的那天，阳光清冽，山冈上枯萎的狗尾巴草起伏。

在他身边安睡的，是我的祖母。祖父在 40 多岁的时候，就置好了棺木，涂上紫黑色的土漆，棺头画了两朵艳红的大丽花。

我的乡土哲学启蒙者，就是我祖父。他 60 来岁，掉光了牙齿和头发。他空闲的时候，牵着我的手，去看一个一个祖坟。他说，祖坟也是一种祖屋，要悉心呵护。在他三十出头，他每天晚上走几十里的山路伐木，一根一根地把木头扛回家，花了三年，盖了一栋大房子。而祖屋仍然留了下来。祖屋很小，不足 80 平方米，分两间，我伸手能摸到屋檐。我不知道祖屋有多少年啦，但知道它延续了十六代。先祖是义乌人，打铁的，和一个姓梅的结拜兄弟，逃难来到枫林，盖了这片屋舍。黑黑的瓦垄，犹如洪荒时代的河流。

我不知道，人类最早的房子是出现在什么年代。我相信它和石器一样亘久。人类在荒火堆里，找到烤熟的肉，也因此找到了火。泥和石头，使人类告别洞穴，有了房子，有了家园。泥使人类有了姓氏、族群、家国。它的光辉覆盖了人类的额头。房子是家园的躯体，也是家园的代言人。假如人的精神也有胞衣的话，那么它就是。

我一直固执地以为，城市的房子（像鸟巢）是安放身体的（我们像一群觅食的鸟，到了晚上，我们就蜷宿在巢里），而乡间的房子（像水缸）是安放灵魂的（我们是瓦檐滴落的水珠，汇聚到一个容器里，获得一种安静和力量，它遵循了内心的运行轨道，使转动的生活车轮慢下来）。我这样说，并不是说我厌弃城市，事实上，我热爱我生活的小城。我热爱它的美食，街上游来游去的女人，烟雾袅袅的茶楼。城市鼎沸，却没有温度。乡村寂寂，却浑身柔软。

老八伯一年四季都是打赤脚的，哪怕上身穿着厚厚的棉袄。我坐在厅堂里吃饭就能听得出他的脚步声，嚯得，嚯得。是脚板击打土层的声音，沉闷，结实，灰尘从脚沿，轻轻地扬出去，悬浮。他的脚，像块黄褐色的花岗岩。当然，这是以前的事。他已经好几年没出门了，躺在摇椅上，左脚爬满了苍蝇，用扇子赶都赶不走，嗡嗡嗡，空气中弥散着腐肉的腥气。他得了静脉炎，小腿圆桶一样粗，流脓血。他把邪妈采来的蛤蟆草嚼烂，敷在腿上。村里的中医说，拐子吸了太多的泥气和水汽，腿是废了。

邪妈隔三岔五端一个钵头，拦在我母亲去菜园掏菜的路口。"你家里的腌菜，给我一些吧。我们家一片菜叶都没有。""拐子又不死，嘟嘟，我家盐没了。""借一斗米给我，嘟嘟，我明年积了米还你。"邪妈一手捏着裤头，一手抱住钵头，脸上是黑漆漆的泥淤，露出满口黄黄的牙齿。我母亲把咸肥肉割一块给她，把箱子里压了几年的棉袄给她。母亲说，人成了一摊烂泥，什么用都没了。老八伯最终没有熬过第二个冬天。他全身急速地浮肿，裤子包不住大腿，身体里的水好像随时会喷涌出来。即使是在深夜，他矮小的屋子里还会传来艾艾的呻吟。村里的人说，拐子是饿死的，邪妈做的饭还不够她一个人吃。村里的人又说，拐子窑泥踩得太多，泥把脚给废了，菜里的虫死在菜里，是轮回。

我父亲像他父亲：六十来岁，牙齿开始脱落，呡着嘴巴吃饭，头发日渐稀少，吃很咸的菜，不穿袜子，走路拖泥带水，弓着背，深夜里有长长的咳嗽，半夜起床抽烟，用筷子打人。他不时地通过公共汽车，给我捎来糯米馃、年糕，应季节的不同，还捎来清明馃、土辣椒、红薯、水压白菜、腌制生姜。这些糕点菜蔬，不断地把我唤回枫林。新米出来了，他会背一大蛇皮袋来我家。他怕冷，还没入冬，就穿厚厚的棉袄。他的皮鞋有泥浆。我女儿羞涩地叫："爷爷，吃饭啦。"他的脸折叠着规则的时间的皱褶。他问他四岁的孙女："你家在哪儿？""在白鸥园。"他孙女说。"那枫林呢？""枫林是爸爸的家。"他的笑容有些沮丧，僵在脸上，像封冻的河水。但父亲住不了两天，就要回枫林，他说，他听到地在叫他，地饿得慌，要喂肥，要喂水，还要松松它的筋骨，地舒坦了，人才会舒坦。

吃着新米煮的稀饭，我似乎闻到了枫林的气息：多雨而温和的气候，散着牲畜粪便的地气，身上凝结的汗渍。是的，我似乎从没离开过枫林。水莲花一般散开的枫林，是我的胚胎。那里的泥孕育了我的味蕾，认知，美学。我固执地以为，泥是塑造人的原始元素。枫林会在某一个瞬间，落座在我眼前。枫林的地下有我长长的根须。每次写到枫林的时候，我会无意识地用左手按住胸口。有时，我觉得自己是一个可耻的人——不是说我抛却了枫林，而是我对枫林有深深的隔膜。我不知道自己为什么选择与父亲不一样的道路。他读了大学，却放弃了外面的世界，回到那片祖祖辈辈俯身的泥地里。我却像逃亡一样，离开了枫林。在同一条路上，方向完全相反。他宁静地耕种，宁静地生儿育女。而我一路地颠簸，喧哗，迷失归途。

"泥土是一只笼子"。父亲说。他的一生都关在这笼子里。他天蒙蒙亮，就端一把锄头去地里了。两亩多地，种了许多菜蔬。他一年四季都在地里。他几十年的时光都在地里。父亲一边垦菜蔬，一边自语。在一块地里，呆上一天，他并不觉得孤单。中午，我送饭给他吃，他手也不洗，用土在手心里搓，把土搓碎了，米状，算是把手洗干净了。土，那么松软，舒适，像一个沉默的知己。父亲说，作为一个枫林人，可以没有父亲，但不能没有泥土。他说，我们的粮食是刨出来的，是地长出了我们的身体，长出了双亲。在我上初中的时候，我开始怀疑父亲的这句话。我知道，父亲身上背负的不仅仅是他自己的命运，更多的是那厚重的泥土。或者说，泥土就是他命运的代名词。小小的枫林，在他的生命里，是那样的无边无际。我14岁以后，再也没有去过那块地里。它在一个低矮的山冈上，黄褐色，六块长方形，葱郁的菜蔬和整个山冈上的菜蔬连成一片。从这样的地里生长出来的东西，必然是坚忍的（像一把无形的钢刀）。

枫林的歌谣是泥沉默的号子。是泥刀的小小火焰。是油菜花举过头顶的油纸伞。攀过院墙的青藤，暗开的木窗，地角边上的向日葵，在枣树下剥豆角的母亲，它们和她们，在傍晚的水井里浮现，重叠。这是一个人在时间中的倒影，斑驳，散淡，布满灰尘。这一切，被一所旧年的老屋包容。枫林有固体的时间，菜蔬上的积雪，青苔吸附的人声。而记忆中的故土正在瓦解，像水中的泥坯。你会看到泥坯慢慢裂开的缝，崩塌，浑浊一片。就像目睹一个亲人的死亡。

父亲今年七十了。他的年迈将把我推到一条不知归途的路上。父亲说，人是一个部位一个部位老的，像一栋房子，瓦缝漏雨，门窗破损。他又说，人的一生都是双手空空的，泥土是我们一生的债主，我们还啊还啊，直到把肉体还给它，它才满足。我理解了父亲为什么要生这么多子女——人类与泥土旷古的搏斗，只有通过旺盛的生育，才能得以继续。与其说村庄是人繁衍的，倒不如说是泥土衍变的，是泥土把人聚合在一起，生生息息，宽厚，仁爱。

如今，父亲很少下地了，但他放下筷子就往菜地里走。到了寒冬，他穿笨重的棉袄，弓着背，被一条小路带向阡陌交错的深处。他深黑色的背影被田野抹去，宽阔的落日余晖倒伏在饶北河边。他仿佛与泥融为一体。

（原载《文学报》2017 年 7 月 14 日）

行行地下铁

刘　洁

早上，我钻进地铁去上班。

地铁是枝蔓丛生的毛细血管，身在其中的时候我把自己想象成红血球。自带养分不用饲养的绿色植物一向是我的倾慕对象，能不仰食物的鼻息是我一贯的理想，只有在地铁里我能认同自己与自生养分的植物的精神同道，没有想象成白血球是因为这东西既不能自产能量也不可亲，带着防卫性和角斗色彩，且总是拒人于千里之外的样子，讨厌得很。红血球很亲民，虽然有供体提供能量，可其乐融融的红色会蛊惑我的精神，提振士气，告诫自己要打起精神拥抱世界，这些伟大的正能量都是可爱的红血球带来的，借此逃避现实生活带来的压抑感。用温度和热情勾连世界，融化在这个世界里，甚至有能力散佚而去消失得无影无踪，简直令人热血沸腾，存在又不存在，自己知道存在而他人找不到，难道什么人能在天空中俯视自如地看到红血球吗？或者说，当我是红血球的时候，我这个个体已经被自己融到呈扁平状世界里并成为其不可分割的一部分，成为红血球之后，我的身体甚至不是独立的，某种看不见的连接使我成为空气、水、土壤……总之是世间所有的一部分，我们亲密无间，我们密不可分，唯一沮丧的是现在的城市看到的土壤都是从不知道什么地方运来的，水的来历也很模糊可疑，而空气，还是算了吧，我们放弃纠缠其中可能更自在，干脆还是回到土壤。所以，只从独立的个体角度

237

来寻找，怎么可能找到单一个体的我呢，已经融化到地铁这庞大的身体里的微粒如芥子的我，到底是怎么做到的呢？

许多时候，就在地铁里，当地铁车厢的门坚定地关上的时候，整个地铁里的人会有瞬间的安静，随之自动进行了化学变化，各种弯曲变形而形成的洪流訇然出现，每个人都自觉化成这条洪流中的微小颗粒，细胞、水分子，甚至是电离子。总之，整条洪流因为关门的一瞬间成为一条不断翻滚的洪流，呼吸构成庞大的气流充溢其中，气息与各种水汽在其中流动，膨胀了正在涌动的洪流，更丰满的洪流拱顶着车厢的四壁，如果没有车体这合金的家伙围廓，洪流肯定就漫溢如波浪。此时每个人都和蟋蟀成了近亲，伴随着地铁运行的高速高噪音，他们的气门忽然间张大，尽力捕捉着氧气而不自知。混迹洪流中的我总是缩到某个门的侧边，靠着扶手，腿站得笔直身体微微倾斜，随着两三分钟一站停下又出发晃来晃去。我是老手，知道哪一站停靠的站台单向的还是双向的，左右哪个门开，每每都提前做出了应对。这条洪流随着每一次车厢门打开，其中的部分分子会把自己扯出洪流，弹出去，缺口瞬间成为伤口，一股小洪流奔命地涌进来，被大洪流吞没吃净后如伤口愈合般继续向前。从我成为洪流的一个小结构开始，与同是洪流中的个体建立了新的共生关系，我能看出来周围每个人是老手还是新手，那些老手也往往立刻能分辨出来我，面色没有任何改变但我们心照不宣地在一个对视中达成了共谋。新手很好认，沙子被掺进来仍然是沙子，他们的古怪之处突出而光芒四射，洪流中的和谐被这光芒刺痛，平息光芒否定不和谐忽然成了公义，沙子想得到公平待遇是奇怪的想法，虽然没有任何媾和，但是身份就像个古怪的癌细胞，已经遭到了老手们的集体指认，沙子们的地铁之行是在磕磕绊绊中结束的，没有任何人会公开发出指责或呵斥，可沙子们会感到整个行程非常硌得慌，甚至呼吸也在某种既定的节拍之外，他们的不自在铺陈在车厢里让老手们迅速捕捉到，隐秘的快乐随之诞生。新手们在地铁车厢里也能感受到和世界的不契合，却又不能用语言表达出来的体验，都是老手们熟悉的，是他们的曾经，也是洪流中的细胞们的共同命运，直到有一天，他们的身上渗出老手的气息才结束这一切。

又一个站点到了，附近就是我生活的特大城市的最繁华区域，人们热爱那里，总是不断地把金钱和时间奉献出来繁荣那里，每当节假日游人更是能达到摩肩接踵的程度。据我观察，最近一两年来，在这一站下车的人明显减少，我也很少下了，不知道那些和我一样很少再出现在这里的人，是否也是因为网购改变了购物习惯。听同事说最近这条街上已经有大型商场关门了，我有些伤感，难道那些热爱逛街需要逛街才能发生发展的事情也有了新的空间吗？明明每当圣诞节或其他节日的时候，人们在这里手捧鲜花幸福洋溢的时刻，依旧动人。当初设计者们设计地铁线路的初衷，是给需要经常通过这些地点的最庞大人群来使用的，往往从城市的最繁华地段穿过，像心怀鬼胎的土行孙上上下下，或者，更接近地蚕，圆滚滚的身子里任洪流左冲右突既莽撞又应付自如。这条地蚕会上下翻滚吐故纳新，而它肚子里的洪流会在各个伤口样的出口放出气一样的东西又迅速地把伤口弥合，继续不知疲倦地向着前方啃噬。大地是他们啃噬的，土壤是他们消灭的，空气也被列车的来来往往推动着挤压着，因为少了地下的土壤填充而成空腔的地腹，让不干净的气体有了贮存的地方，每过一些时日后，风不在的日子，那些不干净的气体就会顺着各种缝隙漫出来隔开大地和天空的亲密，造成雾霾笼罩一切。我们这些乘坐者，对于大地来说，是偷盗地腹的策划者，因为我们的需要才促成蛛网状的空腔绵延，有一天我站在地面居然感到脚下在颤抖，而地面以下就是地下铁。

这条洪流或者说地蚕是包容心很盛的，各色人等都能找到，这里是年轻人的世界，尤其上班高峰时的主力人群几乎都是年轻人，他们的肺活量太大需要更多的氧气，许多人不太耐受氧气的含量比正常情况低，小伙子们和姑娘们鼻翼翕动，那是情不自禁加大呼吸量来满足肺里的需要，好在时间多半不太长，都能忍受。他们带着昨夜的疲惫、精神的困顿和莫名的希望混杂的表情站在车厢里，身体僵硬如即将上战场的士兵，零下100度的身体语言温度让跟他挨着的人自觉留出空间间隔。曾经有个年轻人面目痛苦地和身边的姑娘说最恨北京地铁，选择离开那里到我所在的城市工作，就是因为北京地铁里永远都要人挨人，他不能忍受车厢里空气味道暧昧，夏天人肉味儿在空调声里冲天，而这里就好很多。他身边的女孩幽幽地感叹，现在这里的人也开始多了，说不定哪天也成北京了。我相信在我成功以前，这里还不会的。而且，我每天都早出发半小时，小伙子很笃定地说。

有那么一天，同事有点羞涩地告诉我每次他进入地铁口，就会从胸中生起一股浩然之气，看谁都不顺眼，直到出了地铁口才消失。我笑了，默契地冲他点了点头，长时间坐地铁，都会有这样的浩然之气的，和路怒症有一拼，可以直接命名成地铁综合征，且随着乘坐的人多起来，这个病症蔓延的速度以几何级数飞快增长。某日我正低头玩手游，忽然左后方一阵躁动，随之一个清亮的女声响起："那么大岁数了，我让一下你还往前挤，有意思吗？"立刻一个厚重些的女性声音应了："后面挤，我也没办法。"顿了一下，"岁数大了也是一天天过的，你能不能过那么多天还不一定呢！"就没有声音回答。最后这句话太厉害了，刀子戳得深，谁也不是大罗金仙，怎么知道明天的事呢？全车厢都静了下来，难得有个机会思考哲学问题了。

地铁这条地蚕是有脚的，人给添的足当然是站台。每个站台都有属性可以分出来雌雄，近年来还在往唯一性上发展。真好，我喜欢。万事都有矫枉过正的时候，我经常出入的地铁站我以为是雄性的，各种设计都带着棱角，冷冷的，夏天很舒服，冬天的冷风飕过都会结冰。地下一层每每被布置成各种展览场地，墙上多了好几排儿童风格的画作，还有写得非常难看的大字条幅（我不认为那些可以被称为书法），横竖格局咬合交错，连纸张的颜色都深浅不一，每每看到只能飞速逃掉，重新沐浴在太阳下会惊觉刚刚一直闭着气，被各种劣等手作品压迫到无法自由呼吸，我的跑掉就是适应力的最好表征。还有号召行人各种励志自省的标语也偶然间冒出冒入，只能更快地窜出，姿势一定难看也顾不得了。不知道什么来头的发传单的男男女女在地铁出站口排排站，出来个人就硬往手里塞上一份，好脾气的可以走一路接一路，最后在马路边的垃圾桶里安放了这些花花绿绿的纸。回想当年地铁刚刚开通，人巨少，每次拿着卡扫过触点，就等着接下来的安静，除了列车咆哮而来，乘车的人真心不多。花无百日红，好时候迅速远去，人们睡了一觉都发现了这里的好，地铁通车里程越长地铁里的人越多，终于结束了我的幸福生活。无奈的是，现在每天都要穿过整个城市，地铁最快捷不堵车，尽管人山人海，也没有其他选择。现代化立体交通迫切需要出租直升机快点出现，让那些打飞的高手们另寻通路。幸好站台第二层还没被利用，干干净净只有地点标示的牌子让和谐统治了这里。千万别在这里放乱七八糟的东西，有一次我顺口把这个愿望说出来，迎面碰上等着接车的工作人员，一对白眼球带着怀疑的光投射过来在我的身上滚动，我赶紧匆匆离开，蹿上电梯，奔出地铁站，不顾摄像头把我的举动一一记录下来保存在册，甚至也许就此打上了另类的标签。我这个顺民，怎么能被穿着制服的公家人怀疑呢，尽管知道他们其实也是被雇佣的，这已经超出了我的生活底线，我受不了。

人挺悲哀的地方在于，创造了许多一旦出现就自备特质的东西，比如电脑，机器人，是否有一天要取代人的智力进而统治世界呢？虽然统治世界这个事和绝大部分人没什么关系。而地铁，也有不以人的意志为转移的禀赋，一旦运行之后，不能想停就停，还有国计民生这个事管着，这天天的，多少人靠它转运自己到赚钱的终点站。

（原载《散文选刊》2017 年第 3 期）

雪乡读本

周蓬桦

日光洒满羊草山

一大早起床，为了看雪乡的日出。

睡了一晚山寨版的"火炕"——其实是硬板床，有点硌背，伸懒腰，关节发出了一声脆响；又伸一下，再响，不由感叹：关节开始出毛病了。

昨晚吃饭时，我们和高老五打过招呼，说想去看日出。高老五撅着一副马嘴，眯起一双细长的蛇眼，满口答应说："去吧，我带路……不要钱。"对于此种大包大揽式的承诺，我一直保持警惕，何况我们刚来雪乡，这里没有一个熟人，完全陌生。早晨醒来，我们决定绕开高老五，直奔羊草山。

车子路过高老五家院门时，看到门虚掩着，一条大黑狗蹲在门前蔫蔫地打瞌睡，高老五瘦削的身影似乎在屋内一闪。顺便交待一下，昨天晚上，我们在高老五的小馆吃晚餐，他是店主。我们要了一个酸菜炖粉条，一个辣白菜，一个西红柿蛋花汤。高老五说，你们来得有点晚了，雪乡最热闹的季节在进入腊月之后至春节后正月十五之前。我问有什么热闹的？他说有狗拉雪橇，有滑雪场，人可多着呢。我说我们不喜欢那个，我们是来看雪的。

好，现在我们蹑手蹑脚地离开了高老五的院门，来到了羊草山脚下，把车停在旁侧。有山门把守，远远地看到黑铁锁，门卫室像炮楼。从小门钻进去，看到门卫室上张贴着一张《智取威虎山》电影海报：杨子荣的扮演者张涵予牵马进山的剧照。剧照昭告游客，徐克执导的《智取威虎山》的拍摄地点在羊草山。

山上黑黝黝的，四周的物景还很迷蒙。跺着脚扯起嗓门叫人——我们原来的设想是把车开上去，据说去山顶的路去年夏天已经修好了，但守门人出来后说雪太厚，你们这车是开不上去的，需要乘坐雪摩托。如果走上去呢？自然可以，但要冻个半死，往严重点说有可能壮烈。四目相觑，无奈，于是乎付钱，戴上专用的防风镜，我坐在雪摩托车尾部。开雪摩托的小伙子睡眼惺忪，显然不太愿意这么早被人从甜美的睡梦中叫醒，或者我们付的钱他本人得不到，总之是带点消极情绪，结果把雪摩托开得狼一样呜呜叫，而且箭一般飞快。我是头一回乘坐雪摩托，此前甚至前所未闻，事后得知，遇到恶劣天气，乘坐雪摩托是需要进行一番训练的，还有着装要求，如果手机往衣兜里随便放，会甩出去。刚才说了，我坐在后面，双手紧紧抓住后柄手，当雪摩托飞驰狂奔的刹那间我后悔得叫苦不迭，意识到这是一次冒险的行动。风在耳畔呼啸不说，要命的是我的近视眼镜被风镜蒙上后，很快被呼吸的气息布满，眼前白茫茫一片，什么物景什么也看不见了，而狂奔的摩托颠簸剧烈，有几次感觉我的身体要飞出去——而手自然不敢松开把手，内心恐惧到极点。后来，好容易爬到一个坡度，雪摩托似乎也累了，在雪窝里大口喘息，它的体态像一只动画片中的怪兽、螃蟹之类的。我不失时机地把风镜扯到鼻子部位，终于看清了周围的场景，不禁惊讶万分：这是一片茂密的原始森林，厚厚的积雪似乎从未消融过，如果我从雪摩托上跳下去，会像一只茶杯掉进雪的深渊。如果座山雕们隐匿其间，打猎吃肉，大碗喝酒，过一辈子安稳日子都是没问题的。来雪乡的路上，当地人说座山雕武艺高强，70多岁了还能追得上野兔子，耳不聋眼不花，在森林里走夜路不用火把照明。还说座山雕枪法准到百发百中。当地人对其大加神化，大意是说做土匪头，没有两下子不能服众。而对于梁家辉饰演的座山雕，当地人说有那么点意思，但台词少，其实是回避了刻画人物的难度，有偷懒嫌疑。张涵予饰演的杨子荣就不能给高分了，一致评价是：缺少匪气，一看就是个"好人"装的。老乡们不怎么懂艺术，只一味往现实联系。我猜测真正的土匪不一定都是大碗喝酒大块吃肉的饕餮之徒，但一定是在言行细节上突破人类道德规范的，正常社会中遵循的榜单中，比如通俗的"好人好事"概念，土匪那里可能指谁杀了多少人，抢劫了多少财物。

上山的过程中，我心下思忖，守门人说得没错，这样的雪路车子是开不上来的，而且一路高洼不平，有几次是整个雪摩托飞向半空又落下来。定了定神，我感觉雪摩托真是神奇，以三个人几百斤的重量，居然不会沉到雪窟窿里去。整个过程，它就像一支黑箭头，从山脚下起步，一路狂奔到山顶。

到达羊草山顶后，眼前呈现一片阔大的的雪野，开雪摩托的小伙子操一口浓重的东北腔问我："哥，怎么样，吓着了吧？"我有强烈的虚荣心和个人英雄主义情结，急忙否认："没事儿，没事儿！哈哈。"然后递给他一支香烟，临时公关，东北人讲究这个，只要表示一点友好，就怎样都好商量。果然奏效，小伙憨厚地笑起来，解释说之所以把摩托开快，是为了赶上看日出。

这一提醒不当紧，妈呀，猛回首看到一缕光芒照到了肩膀上，似乎还带有响声，连同整个森林都在颤抖，黑压压的从沉睡中翻转身来。大概差几秒钟，羊山草的太阳已经露脸了，我没能拍到日出的瞬间，似乎这一番折腾白白承受了。

我想起2010年看阿里山日出，有经验丰富的向导组织，头天晚上就征求大家的意见，对看日出的成员设定叫早，对日出没兴趣的则可以继续在酒店睡觉。我有长期睡懒觉习惯，有些打怵早起，但经不住同伴劝说："你可能一辈子就来一次阿里山，不要留遗憾。"于是报名，加入了凌晨四点半早起的行列。天蒙蒙亮，向导便穿戴整齐地招呼大家起床上车，滋味不好受，但勉强穿衣上了车子，在车上继续打盹续梦，被动地拉上了观日台。台湾人讲究，木质结构的观日台设置得很漂亮，周围的远山尽收眼底，满山的杜鹃把山峦点缀得像国画。当然，远山渐红，很快就看到日出了，太阳似乎一下子从山脊上跳出来，像一面明亮的镜子照得人睁不开眼，不由得涌出眼泪，只好闭了眼睛胡乱按动相机快门。如今再看当时用傻瓜相机拍摄的照片，竟然还能还原当时的现场，拍摄到了日出时的瞬间迸射出七彩光环，羽毛般向四处飞散。

海上日出我也观看过一回，两年前的冬天在黄岛——现在那个地方叫"城市阳台"了，当时还是一片荒凉的海滩，记得一大早携了爱人一道观景，寒风凛冽袭人，但海上日出的确比山上日出好看许多，太阳从海平线升起来时，又大又圆，且是通红通红的，一点也不急躁，温柔的样子让人想上去亲一口。

而在羊草山，没有看到完整的日出，也没有看到一只吃草的羊。事后想想，也并没有感觉有太大遗憾。因为来雪乡要看的是雪，这里集合了世界上最美的雪。

唯美的雪蘑菇

从羊草山上下来时，雪摩托开得慢且稳，小伙子一副悠然，人精神多了，不时地回过头来与我们说话，不过他说了什么我一句也没听清。

我不失时机地按动相机快门，对着周围的森林一阵猛烈拍摄。现场目击：阳光被树枝切割，照亮了积雪；歪倒的树干，裸露出一截树根，上面闪动着一只松鼠的尾巴。

我让他再开慢一点，于是他干脆停了下来。我想好好感受一下这林中寂静，时光在这里冻结了。这荒山野岭究竟荒了多少年，当地人也捋不准。除了厚厚的积雪，整个森林没有人影，也看不到野兽的蹄印。野兽们躲在雪的内部吗？我设想雪中隐藏着一座宫殿，狼哦狐狸哦野猪哦都在里面居住，说不定此刻正在举行冷餐会。它们的生活比人类单纯快乐，还轻松幽默——此刻，音乐响起，野猪妈妈系着围裙，端着一盆热气蒸腾的狍子肉摆放到餐桌上，野羚羊端起酒杯，站起身致祝酒词……当然，想到这里，意识到自己受童话影响太深，忙在内心自嘲纠正，嘴角也泛起一丝苦笑。

下山后，我们看到了那个年老的保安，他搓着两手，问："怎么样？"我显得垂头丧气，用失望的口吻回答："不怎么样。没看到日出咯。"他嘟哝着："你们起床晚了。"我其实并没有委屈心理，也没有责备的意思，看不到就看不到呗，一切随缘好了。但人就是这么奇怪，我的表达语气似乎是：吃亏了。老保安略作沉思，顺手往前一指："如果你们没有其他安排，顺着'仙人谷'往前看看吧，平时要收门票的，每人 150 块。"——这是补偿的节奏？我忍不住呵呵地乐了。

"仙人谷"这个名不怎么好，太俗，而且泛滥。全国各地景点，这谷那谷的，事后没有记住一个。我想起那年去西藏，雄伟的山峦、河流和草地，没有名字，但真的很养眼。如果把藏区的山河随便移植到内地，都可大做文章。当然，这种想法太科幻。对于各地景区的大肆开发，十年前我很抵触，因为开发的魔爪无所不至，它最大的缺点是风景的复制化，破坏了天然的原始感。城市周边的景观太雷同，比如湖泊吧，岸边的植物开着同样的花穗。最突出的还是城市外围的植物花木，似乎出自同一个苗圃基地，同一个果木供应商。我承认，近年来我包容了许多，懂得世上的事情要一分为二地看，包括对景区的开发现象。雪乡未开发时，这里不过是双峰林场的一片山坳子罢了，由于地理原因，这里的降雪期格外长，降雪量大得惊人。林业工人大都不愿待在这里，在这里生活实在太偏僻太枯燥：离长汀镇远，离县城海林更远，购物和娱乐太不方便。长汀镇不是什么大城市，但却是林业工人们唯一可以享受现代生活的地方。那里有舞会歌厅，酒店吃一顿饭要花掉工人半个月的薪水。镇上除了老烧酒，还有青岛啤酒，有烤羊肉店。林业工人个个是酒桶，每逢下雪天，可以围一堆燃烧的木柴喝上一整天，喝醉了睡个好觉。

旅游热来临后，到雪乡看雪的人渐渐多起来，先是一些摄影爱好者、新闻记者、作家画家、城中闲妇和文艺青年，后来又有了学生娃和各类驴友。学生娃不知深浅，在深夜爬山，结果把命搭上，接连出了几起事故。驴友们更是图省钱，骑行前来，在雪窝里支起了帐篷，结果冻死在山上，还有的为御寒在帐篷外点燃木柴，差点引发山火。

当然，雪乡开发后，一切安全设施和管理机构到位，这是开发的好处。坏处自然是进景区要门票，要花钱，或因消费问题引发出诸多的纠纷与不快；但花点钱能买来平安吧，还是很有必要的。

眼下已经不是旺季了，旅客不多，房费自然下降，每位在150元左右。过了正月十五，客栈陆续关门打烊，店主去林区做别的营生，贩卖山货、种药材，到镇上去卖烤肉串。女人们则到外乡去做裁缝，或者开一家老粗布店，日子节奏依然是懒懒的，慢慢的。

所谓的"仙人谷"，其实是一条山脚下的雪道，杂木丛生，保持着强劲的原生态，还有一段小冰河。冰层很厚，人踩上去完全不必担心炸凌。沿着小冰河向南走，雪景秀丽：落叶松、紫椴、水曲柳枝上，都落满了积雪。最好看的是大朵大朵的雪蘑菇，大概只有在童话世界里才能看到。绵软如云朵的雪蘑菇不能吃，不能炖肉炖山柴鸡，它只是很漂亮，是大自然馈赠给人类的冰雪礼物。

"雪蘑菇是无法复制的。"

我在一堆木柴前拍照，感觉不过瘾，索性把身子俯卧在雪堆里，在刹那间竟然有泪水涌上眼眶。我的生命离开雪已太久远，除了童年时代在长春生活的一段日子，我已经有多年没有亲近雪了。

雪乡的营生

有人在清理屋顶上的积雪，上前问究竟，答曰雪乡的木房子屋顶是平面的，中间有凹槽，雪融化了容易储水，房子会很快腐朽坏掉，生出菌类。昨天他们接到管委会通知，说天气渐渐转暖，清理积雪要抓紧，言外之意是游客越发少了，把店里的善后工作做好，以备来年冬季到来。虽然客流人稀，收摊的人家门前落了锁头，但家家户户的红灯笼依然高挂屋檐，夜晚一律点亮雪乡的童话景观，堪称如梦似幻。

有几户店家在外面没有其他营生的，会依然留下来照看雪乡的客栈，大多是上了年纪的老头老太，嘬一根长烟袋守在店门，见到游客露一口黑牙。他们的日子过得简单清闲，儿女们也都长大成人，在外地打工赚钱，客栈经营了一个冬天，赚的钱足够花上一年甚至更久。他们很少下山，年轻时疯过，野过闹过。再说山上什么宝贝都有，木屋子后面就是森林，林子里的奇异野物可谓手到擒来，全部免费。

春天，雪乡的营生开始清淡下来，年轻人闲不住，便背起行囊，远走他乡，去城里打工，他们渴望品尝现代城市生活的各种消费和刺激。刚开始感觉新鲜，高耸云端的楼房和建筑物令人眼晕，超市里琳琅满目的商品也让人挑花了眼，城里姑娘的穿着时髦，敢于暴露腰肢，但他们很快厌倦了这些花枝招展的玩意儿。他们野惯了，受不了公司里严格的管理模式：进厂门要打卡，有的是在机器上照脸，每天进出厂门都要刷一遍；每天的劳动强度大不说，出门还要告假，甚至连上个厕所都要向主管打招呼，稍有不慎，便会有一张罚单翩然而至，有时一扣就是几百元钱，一周的劳作白干了。

逢上周末，雪乡人便约到一处，互相抹泪诉苦，然后喝大酒，喝个酩酊大醉，痛哭流涕大声喊叫，他们开始怀念雪乡慵懒的日子。眼前掠过爹娘的影子，贴心的疼爱或关照的呵斥；怀念漫长的冬夜里滚烫火炕传递过来的全部幸福。世间一个悖论：自古以来的游子们在外流浪大半生，到老了突然发现还是自己的家乡最好，但当初为什么要吵闹着离开呢？谁也无法破译其中的奥秘。

有一年，我去南方古镇某名人故居参访，发现那里的小桥流水景观真是养人，细雨打在乌篷船上，声音美妙到爆，再观岸上行人，撑一把油纸伞的感觉真是出味，像一幅水墨画。名人的童年伙伴还健在，只是老的没水分了，每天搬着马扎子在河畔下棋或闲聊，成为古镇一景。他们还依稀记得名人童年的种种顽劣，叫着名人的乳名。当年，名人考上省城的名校，这些伙伴们羡慕到羞愧，不好意思出门来送名人远行，躲在自家木窗棂后面朝名人的背影投去嫉妒的眼神。后来名人就发展到了京城成了名人，而这些镇上的老伙伴们则守着旧宅度过日月，名人成名后偶尔返乡，见了老伙伴们笑容可掬，握手抱拳，但当他们与名人坐下来闲聊几句，却发现话题已是鸡同鸭讲，各自的关注点都跑得太偏。终于有一天，伙伴们突然悟到，名人已经走得遥远了，而他们是永远也撵不上的，命运把他们像一幢房子，一座桥，扔在古镇的水巷与河汊，他们只好服从。

后来，远在京城的名人终是没有逃脱"文革"的灾厄，在一个很美好的春夜自杀了结，死前在遗书中写有一断意味深长的话，大意是"早知今日死，何为异乡客"呢，后悔没有和故乡的山水相伴一生，其理想原是一辈子做古镇上的逍遥隐士。然而，像一瓢水泼了出去，一切都晚了。

我想，名人死时不满 40 岁，虽说是死后留下了名气，古镇也为之沾了些灵光，招来了些商机——文化商人利用名人的影响，创办了纪念馆和旅游景点，让游客参观名人生前的旧照旧信，包括穿过的衣帽鞋子，用过的牙刷和一瓶法国香水。但名人悬梁自缢的瞬间苦痛，大概是任谁都不愿尝试的罢。当时，我站在古镇的琵琶桥上，发出由衷感叹：在这里度过一生，啥也不做，该有多么好呢。

但人是个怪生物，若此生不到别处经历一番冒险，便会不安，认定自己没有出息，似乎对不起祖坟。他们放下故乡好好的营生不做，偏要到异地他乡去做不熟悉的营生。败了，像狗一样狼狈地还乡，从此安心守着家门度过一生；成了，则自此醉心于一些花枝招展的东西，到老再患上要命的乡愁病。

在雪乡，我看到这样的情景：一对老年夫妇在一口铁锅前炖狍子肉，男人在一旁温一壶热酒，妇人往灶膛里续木柴。肉炖好了，老人掀开锅盖，汤在锅里泛着浪花，一股纯正的香气扑上来，飘出窗口，飘出院子，在屋顶萦绕。

我盯着他们看了很久，呆愣在一种幸福的幻觉里。

雪乡的地理与节气

三月过后，积雪融化得很快，山溪会顺山而下，响满山谷，是天然的矿泉；河岸边上野花怒放，植物茂密生长，比露水更新鲜。蕨菜、荠菜、蘑菇、木耳……各种山珍野菜多得采不完，刚采过一茬，新的植物又迅速生长起来，绿得像油，或者花开得像血。林间的气息太好闻了，永远都是湿漉漉、暖融融的，吸到鼻子里让昏沉的脑子清亮，目光也立马清澈。野鹿、狍子、山鸡遍地奔跑，各种鸟叫虫鸣声此起彼伏，一支大地合唱队瞬间组成了，要上演一台没有人类听众超级自恋的节目。

春天入境，到处是雪融化的声音。雪乡的日光是没有雾霾遮挡的，刹那间就布满了悦耳的融雪声，比下雨还密集。有人把一块油毡布铺到屋檐下，会听到上帝的擂鼓声，当然擂的是小鼓，节奏均匀且悦耳动听；如果把一只空铁桶放在松树下，雪水会顺着树枝流淌而下，顷刻间会注入半铁桶雪水，整个过程充满了诗意，连阳光都溶进雪水里了——在我的故乡鲁西平原上，家家户户用辘轳从井下汲水，夏天的男人光着膀子，把水桶续到井底，打满水，摇着辘轳车把水提上井沿，整个过程吃力，汲完了水还要把两桶用扁担挑到肩膀上，搞得全村的男人都早早过成了罗锅儿，毫无诗意可言。当时全村只有一口甜水井，每天早晨都聚满了挑着扁担排队的人，天长日久，乡亲们难免因此发生各种摩擦，有时因为挑水问题发生口角，打起架来，那一刻扁担就成了攻击对方的武器，凛然变成了武松手中的哨棒。

写到这里，我的脑海里突然跳出一个亲切的意象：水缸。挑回家的水，会在水缸里储存，其实是一口大瓮，村子里讲究的人家还利用其养红锦鲤招运气，图日子过得红火。水缸是我童年印象中最有诗意的物件，因为它摆放在院子里，总是装满了水，夏天的夜晚趴在水缸前，会看到星星和月亮在水里浮游，在那一刻，我顿感天地之间存在的巨大神秘。

夏天的雪乡其实很好看，但此时已经像一座上帝留下的空寂的花园，没有什么游人来观赏了。偶尔会有几个美术学院的学子们出现，背着画夹子写生。他们在草木间出没，捕捉森林与河水的气息，画下光影在林间的变幻莫测。沿森林的小路向深处走去，会感觉到一种巨大的阴凉氛围袭击而至，令昏睡的头脑顿然清醒，目光恢复了孩童般的明亮和视力，看到原始森林中强大的生命：半截木桩上生出油绿的枝条，蟒蛇逶迤从容穿越山溪，乌鸦在树枝间聚集聒噪，麋鹿和野猪在风中跳跃奔跑……

在荒凉的雪乡，狼还顽强地存在，只是很难发现它们的踪迹；后工业时代，狼已经构不成种群，连雪乡这样的地方也不是它们的乐园。野猪不同于家猪，它在森林中机敏而聪明，其实很难捕捉，从前有职业猎人，总结了一整套猎获野猪的先进经验——比如用下套子和埋夹子，最干脆的是用双筒猎枪将野猪一枪毙命。如果有人打死了一只重达 300 斤左右的野猪是不能独吞的，而是要杀了猪割了肉，东家一条西家一条地挨家分赠，那是雪乡人大碗饮酒大块吃肉的节日。

较之其他动物，狍子是最容易捕获的，它们模样长得像鹿，但在智力上比鹿差远了，我因此怀疑它们是鹿与鹿近亲交配的产物。除了形象近似鹿以外，它们憨态可掬的容貌也让人顿生同情，我甚至联想到造物主在开一场无意识的玩笑。我住的那一户客栈，主人养着四五只傻狍，老板娘笑着说它们太好捕捉了，随便拿点吃食就能让它们中招，从林中尾随到院子里，从此成为没有分文成本的家畜，在木笼子里度过余生，丧失自由。它们先是被主人豢养一阵子，最终的命运只有一个去向：变成餐桌上的野味。也许是出于对狍子的悲悯吧，我几次婉拒了店主的劝诱，没有把狍子肉列入品尝菜单。我救不了这几头狍子的命，但可以让其中的某一头多活两天。

一年四季，雪乡有三个季节的寂寥时光，它们漫长而乏味，似乎被外面的世界遗忘，无人问津。街上稀稀拉拉地走着无聊的老人，懒洋洋的狗，偶尔的车辆。山上的植物在生长，木耳从树桩上生出来；蔬菜和庄稼也在长，夜晚静得能听到森林与树叶的呼吸。

（原载《红岩》2017 年第 2 期）

小朝颜

刘梅花

村支书咣咣咣叩门，院子里没有声气儿。

门口的白杨树叶子像日子般的稠密，树枝子上一群麻雀突然厮打起来，激烈地叽喳着，揪头拔毛，聒噪得很。乡里的麻雀，野蛮剽悍。我凑在庄门缝隙里瞅瞅，一头老乏牛有气无力地走过来，也把眼睛凑到门跟前瞧，呼哧呼哧喘息，倒是唬得人一跳。村支书大笑，他晃动着庄门钉锔，三推两搡，一阵细碎的磕碰之后，门开了。

我像个窥视者，贸然闯入陌生人的家里，心里忐忑不安。不过，村支书说，屋子里肯定有人——病人瘫在炕上哩。院子真个儿大，寂然无声，一地白刺刺的日头。南墙边有个不大的园子，鸟啼花香，蔬菜也有几行。

"老吴哩？老吴哩？"村支书在院子当中大声吆喝屋子主人，还是没有应承。他的声音回荡在院落里，暗暗有些尘土飞扬的粗犷。倒是那头乏牛，趁机拿头顶开庄门一路小跑逃走了，亏得老腿老蹄子还跑那么疾。村支书快快撵出去追牛去了，出门就是庄稼地，老牛最喜欢啃嫩草。树上的麻雀又厮打起来，声嘶力竭的激烈。眨眼，又齐扑扑飞走，大概到旷野里厮打去了。

这户人家房子倒是多，也气派，拔廊，落地窗。装了玻璃的门半开半掩，花布门帘挑起来，高高悬在门楣。窗台上晒着一溜儿艾草捻子，一种苍凉的绿，令人感到丝丝清淡的愁绪。廊下还晒着几筐子锯末，白惨惨的，仿佛晒了几百年，不知道今夕是何年的那种恍惚。

门槛一隅，一只蜂窝煤炉子上正炖着砂罐子，咕咚咕咚，草药的味道远远飘过来，像一棵分出无数插枝的酸刺树，大刺刺地横冲直撞。

这时，有个老人从南墙的浓荫下悄然出现，飘出来的一样。一身黑乎乎的衣裳，眼睛却分外红，像两盏小灯盏。他的脸瘦长瘦长，比马的脸还要长一截，真是奇怪，世上竟然有这么狭长的脸。

几只鸡突然从他身后跑过来——腿那么短，却跑得旋风一样，什么鸡啊？鸡儿一路狂奔，跑到院子中间的破瓦罐里饮水去了。它们低头啄一会儿，高高扬起脖子，簌簌抖着，把嘴里的水珠抖下去。水喝到一半，它们又齐声咕咕咕叫着，撒开脚丫子冲到屋子里去了——天知道它们的小脑袋里想什么。

有个苍老吃力的声音从屋子里传出来——谁放开了鸡儿？该死的！滚开！然后听见隐约的扑打声，大概是鸡儿飞到炕上扰民去了。紧接着，一只鞋子从屋子里飞出来，挨了打的鸡儿也飞扑出来。然后呢，它们又返回去，继续纠缠不休。屋子里传来扑打声和咒骂声，鸡儿们固执地从门口吐出来又吸进去。

我觉得惊诧，正打算和蹒跚独行的老人打个招呼，村支书撵牛回来了。他吆喝一声问，咋哩老吴？电话也不接，庄门也不开，偷着吃肉哩？

黑衣裳的老人挺古怪的，说话也不利索，也不看人，走路那样的慢，似乎每走一步都要把脚印深深烙在地上。他一边撮着嘴唇啁啁的唤鸡儿，撒了一把秕麦子，一边含糊地说，添草去了，牛饿了一早上。鸡儿们在走廊里留下几摊子鸡粪，一窝蜂撅着尾巴跑到院子里争抢秕麦子。屋檐下的鸽子咕噜咕噜念经，瞅见秕麦子，树叶一样飘落下来，优雅地走过去，挤进鸡群里，脖子一伸一缩。这时候，屋子里传来硬拽拽的声音问："谁来了？包村的干部吗？"村支书大声回答说："不是，一个采访的，报纸上写文章的。"屋里头顿然没了声气，寂静下来。

古怪的老头儿这才从鸡群里收回目光，举起枯瘦的鸡爪子一样的手，遮在额前，挡着亮烈的阳光，细细打量了一番。半晌，他看着我，忖度着说，穷不瞒人，病也不瞒人。家里的瘫在炕上两年了，动弹不了，全身都是褥疮，看不成。少了药，万万不行。家里若是短了什么，只能赊欠着过，到处是层层摞摞的账债。你在报纸上给写写，有啥帮扶款，先考虑下我们哈……

我有些愧疚。一个写文字的人，只是喜欢那份儿知黑守白的从容而已，能力之弱，根本不是他期盼的那样，实在帮不了他的苦闷与担忧。很多时候，我自己都煮字疗饥，捉襟见肘，哪里帮得了别人。若是说文字的用处，唯一的，不过是取悦自己的心灵罢了。

但是，在这个陌生的村庄里，我不敢说出自己的怯弱无用来。我只适合在大野里，穿了长裙散漫地走动，作为风景的点缀。我所追逐的幽静清寂，只合适我，于别人是无用的。别人巴巴地坐在那里等钱使，而我还在迂腐地谈论诗歌。

村支书打断老人的絮叨，皱眉说，工地下月就开工了，到时候叫你儿子去砌墙，工钱比别人高些——不要总等着救助，自己也好歹动弹着巴挣些。

老人的红眼睛里透出哀怜的光来。他长长叹了一口气，声音在空荡荡的院子里回响着，犹如画里的声音。那头老牛也跟着哞哞了几声，声音刺破寂然，不像在现实里，倒像是在一种迷糊混沌的状态里。

也许，女子也该回来了。老人喃喃自语，一丝清涎水挂在几根灰白的胡子上，眼睛分外地红，一种低黯苍然的红。眼角斜上去——这种吊梢眼总是给人一种奸诈的感觉。可是一个衰老的乡村老人，又能奸诈到哪里去呢？

这时，屋子里的病人突然高声呵斥起来，似乎是炕上铺着的锯末都尿湿了，还没换成干燥的，艾叶也没点燃熏熏屋子，苍蝇又那么多。然后又责骂没个知冷知热的人疼她，又诅咒该死的病折磨着她，想死不得死。又责骂钱都花光了，出的多进的少……她的语气硬而冷，一句一句从屋子里往外砸。

村庄也是个空荡荡的村庄，路上几乎没什么闲人。院子外面的寂静与院子里的寂寥，一脉应承。那位瘫在炕上的老人，两年不肯下炕，两年不曾看到园子里的花朵，只是不断地和闯进屋子里的鸡儿较劲，细数几声牛哞罢了。在偌大的寂然中，她的白发日渐稀少，生命也会日渐稀疏。

庄门外有人叩门，老人照旧无动于衷，捉了一只公鸡剪秃翅膀梢子，怕它飞出院墙。那人晃开了钉锔，推门而入，大声问着，老吴哩？你家女儿捎回来的东西——害得我少拉了一个客人，短了几块钱。

哦，她捎什么回来了？如果下次见到她，捎个话，叫她回来一趟。家里该洗的东西都没人洗……

真是的，你不会打电话告诉她？洗洗东西，也要从县城里喊女子回来——你自己难道没有长手着呀，又不是腿短腰塌，连个衣裳都不能洗。

来人扔下个纸箱子唠叨一番走了，庄门外响起小客车发动的声音，有些刺耳，有些笨重，大概是个破车子了。老人深深地叹了一口气，眼窝更加红了。这当儿，村支书接了几个电话——他确实忙。他说，这样，作家，你和老吴慢慢聊聊，写什么尽管写，我先去忙，等会儿来接你。

他帮着把纸箱子抱到廊下，扔在木凳子上噔噔噔走了。屋子里的病人显然听明白了，扯着声音问，女子捎回来什么东西？快些给我看看。

老人弯下腰，撕开胶带，扒拉着箱子里的东西，神情漠然。他不断地揉着红眼窝，擦着迎风流出的眼泪，回头悄悄儿说，女子在酒店端盘子，一个月两千过些——她都35岁了，死活不嫁人。若是嫁了人，人手倒是多些。

他家屋后的槐树非常茂密，树枝子探过来，几乎伸到廊檐下了。风一吹，树叶子稠密地翻动，一俯一仰，发出簌簌啦啦的声音来。麻雀们又聚集在槐树上，叽叽喳喳聒噪得不行。老人拾起一根劈柴，可力气扔到树枝上，粗声呵斥驱赶着——呕——呕——

屋子里病人也在大声催促着，急切地想知道捎来的东西。老人索性抱起纸箱子，进屋子给看去了。边走嘴里边絮叨说，也不肯到院子里晒晒，日头这样地好——我便是背，也能把你背出来。

我不下炕，不晒太阳，也不见生人——我是经不起风吹的，受不得一点日头。

屋子里的窗帘也是常年遮着的，病人怕光。她直着嗓子呱呱叫喊，底气倒是足。她大概是梗着脖子的，连额头的青筋都会暴起来。可是，常年躲在幽暗的世界里，连生人也不愿意见，只感叹疾病缠身的人，或许是懦弱的。她的内心，一定梗着一块冰碴，一触就疼。日出日落，时光移动，她是怎么感受到的？别人都说光阴犹如白驹过隙，可是在她屋子里，终日黑沉沉的，怕是漫长而遥遥的吧？

我不敢跟进去。老人也没有让我进去的意思。早先路上等村支书摩托车的时候，遇见拾牛粪的那位老婆婆告诉我说，这家病人瘫痪之前，是个极刚烈的人。本来也不会瘫掉，但是她和儿媳妇吵架，没吵赢，气急了，想着喝一口水接着吵。结果火气太大，用力过猛，把一口水吸到鼻腔里，吸进肺里。呛水之后剧烈地咳嗽，挣断了脑子里的毛细血管，慢慢瘫掉了。

老婆婆又说，儿媳妇在婆婆瘫痪后不久，就跟人跑了——其实那个媳妇人还是好的，只是嘴巴子厉害些。婆婆动辄就在人跟前说儿媳妇把自己骂瘫了，是个败家的祸害。偏是吴家本家户大，妯娌又多，口舌重，话难听，把个媳妇子逼走了。走的时候把孩子也抱走。也活该吴家倒灶，现在钱也没，人也没，病人还天天骂人哩——家里的气数都骂尽了。

我暗自思忖，家长里短这事，真的够蛮缠的。自己嘴里这样，别人嘴里那样。倘若心里老是存着郁郁不平，日子过得一定够呛的。俗世之俗，就是有许多绕不开的牵绊和得失。屈辱有，微小的荣耀也有。烦恼疼痛有，赏花听风的愉悦也有。形形色色的东西原本是为着构成光阴的，若是心思一路狭促过去，被这些琐碎的现象蒙蔽，自己把自己逼到绝境，日子只能过得一塌糊涂。内心的愤怒喷发，便是暴脾气。内心的情绪过滤，便是淡然。嘴狠，不过赢一时。心广，才能赢一世。

病人大概并不懂得这些，只管叫骂抱怨。可是，光是愤恨，顶什么事呢。

红眼窝老人慢慢从屋子里踅出来，走出廊下，踅到院子里。他缩着脖子，沉闷得像一团旧了的棉絮，灰头灰脸。好久，才压低声音说，算命的婆子说，她还有五年的活头——生生要拖垮一家子人。

他说完，回头觑着眼看了一眼屋子里，有些心惊胆战的那种不安。那双红眼窝里，有些捂不住的东西在响动。真是不可思议的人家，我心里暗暗猜度着。而且他家的院子虽大，草木也多，但总觉得空落落的，根本没有干净与幽致的气息。反而有一种不清爽的颓废感。

你是作家？唔，到底来写什么？

喔，是受朋友的委托，写一篇因病致贫的稿子，所以才找到您。也许，稿子写出来对您帮助不大，他们的报社，并不很有名气。

老人的脸上闪过一丝"原来如此"的神色。一些说不清的东西在他的脸上辗转了许久。也不知道他到底在想什么，我是个懵懂的人。

他转身拎起半桶水去浇花。园子里，开着好几种花。不是很繁密，但开得还算好。清亮的水珠溅到草叶上，似乎寒凉蚀骨，草茎们都打着寒战。老人浇花的神情认真无比，半晌，絮叨着说，这花儿都是女子在春天种下的，若操心不好枯了几枝，回来又要发火吵架。家里人人都是暴躁脾气，只我一个受气包，一辈子憋屈死了。她们都命贵，只我贱，天生是个受作践的。

她喜欢花，怎么会发脾气？应该是个柔和的女子才对。

柔和？以前是的。那年她谈了个对象，小伙子是南方的。家里老婆子死活不同意，怕女子私奔，就锁在屋子里。后来，这门亲事自然黄了。可是打那以后，死女子竟然再也不嫁人，一直干耗着，怄气。今年都 35 了。脾气也是打那以后就暴躁得很啊，说一句顶回三句，錾子来钉子去，真个儿顶嘴的犟丫头。你说，能有啥办法嘛？

老人的眼窝愈加地红了，手脚笨重地打理花草。他扶起一枝纤细的草茎给我看，说，这是啥花儿也不知道个名儿，清早开花，薄薄的花瓣，核桃大，怪好看的。日头一照就落了，倒是阴雨天还开的时间长些——女子最爱这个花，得操心给打理好才行。

太阳当天照着，我来得自然迟了些，不得见这种脆弱的花。实际上，我也不喜欢太柔弱的花，连一层日光都经不起，喜欢个什么劲儿呢。也许，这花就是清少纳言说的朝颜那类吧，太阳一晒，顿然凋零给你看。人有人的心事，花也有花的脾气。大概，凋谢也是一种逃离俗世的方式。

这世间的悲喜沧桑，都弥散在花叶一脉淡淡的微凉和孤寂里，都凋零了。是的，我坚信凋谢就是逃离。那个女子，从俗世的庸常里撤退，抽身回到了自己的从容与清淡里，自此心神宁静，生命澄澈坦荡，不嫁人，独守芳华。可是细细琢磨，算不算是一种决然的逃离？

园子的篱笆矮墙边上，钉着一根木头桩，白寡寡的木头上，刻着一行小字：那年花开时节遇见你，草尖挂了露珠。可你还是去了远方，直让我等到枯草结霜，大雪封门，然后杳无音信。

突然就心里一阵诧异。这野村荒地，竟然有一个文学女青年，如此婉约多情。可是细读这几行字，似乎是一个小伙子的逃离。或许女子家人的干涉，只是夹杂其中，并不是唯一的理由。也或许不过是她自作多情了，小伙子只是对她好，并没有娶她的意思。一个天南海北走的人，能死心塌地把心留给乡里女子？她妈妈大概是怕小伙子走了女儿名声不好嫁不出去，就大张旗鼓锁在屋子里——你想，几百户人家的大村，脸面是多么重要。

不过那女子着魔了，自此再也看不上村里的小伙子，就一直老姑娘着。

浇了水，除了杂叶，老人又去草垛上撕黄草。他一直不停地忙这忙那——忙碌的目的，一定是为了淡化忧愁、担忧和气恼。这些东西忘是忘不掉的，只能淡化，处理得模糊一些，把锐疼转换成钝疼。能够坦然面对现实，唯一的办法就是把自己变麻木，在思想上逃离。家人应该是相互依赖的，可在他看来，一地鸡毛，碎裂到无法收拾的地步了。

偶尔，他用眼角的余光看人的时候，眼神里有一种深不可测的东西一闪而过。或许，我的想法是错的，因为根本不能透彻地了解一个陌生人。

我想留一点钱给他，可是想来想去又觉得不妥。也许顾虑身上带的钱太少，也许觉得自己也过得很省，还没达到帮助别人的地步。

老人家，等您家女子回来了，替我问声好，她一定是个美丽的女子。这会儿，应该还有通往镇子上的车吧？

话是这么说，可她已经过了美丽的年纪，都要奔 40 岁了，老牙衰草的。出门往右边拐，顺大路走，有个两三袋烟的工夫就到了公路上，路过的车都可以拦，去镇子五块钱——你采访的就这些吗？不跟村支书打个电话了吗？报纸啥时候出来——如果你认识县里的干部，我家的情况给反映一下，都瘫了两年了，钱花出去不少——

抵达镇上的时候，已经下午三点多，饿得很了。路边的凉皮摊子一家挨着一家，摊主都在眼巴巴地瞅着，一时不知道坐在哪儿合适，挑挑拣拣。

抖去衣襟上的浮尘，拂顺耳边被风吹乱的发丝，坐下来吃一碗凉皮。其实，这便是寻常的日子。路边一种单薄的小花开得非常繁密，顶着一头灰尘，却不减生命的旺盛。人一辈子，也许觉得漫长遥迢，不过在大自然看来，也和这路边的花儿一样，不过一朝一夕地盛开，一春一秋地枯荣罢了。把自己看低一些，把别人看高一些，冷静而简单的生活，一定会减少很多牵绊烦恼。光阴，还是寻常顺其自然了好。

（原载《福建文学》2017 年第 1 期）

藏匿着的甜味

指　尖

我以为世上最好的味道，是甜。

祖母的竖柜里锁着许多好东西，诸如花手绢、银耳环、毛票、新布，当然还有糖罐。

糖罐是个白色的粗瓷罐，长条身形，比暖瓶矮点，粗点。在我稀疏的记忆里，从未有祖母买糖的印象，但糖罐里似乎藏有永远也吃不完的红糖。多年后，问起祖母，糖是从哪里来的，她笑哈哈地说我笨，当然是鸡蛋换来的。清寡的肠胃，对油腻的食物有某种天生的排斥。比起糖，鸡蛋有一股腥味，乃至吃的时候会想到它的出处，心里总有怪怪的感觉。加上祖母吃素，所有带腥味的食物都忌讳，我们家养着十几只鸡，下的蛋差不多都换了食盐和煤油，但不知道，祖母还会悄悄地换了红糖。

冬天，朔风肆虐，寒意逼人，我急切地盼望生病，高烧或者咳嗽，这样的话，就能喝到一碗酽酽的红糖水。

在我有限的喝糖水经验里，糖水必须是滚烫的，喝到嘴里，满满的热甜，当它沿着喉舌被缓慢地咽下去的时候，那种甜暖会通过食管，一点一点暖到心底，不久，扩散到四肢、指尖和脚尖。这是一个既漫长又短暂，且充满矛盾的过程，渴望喝糖水的时间再长点，那种舒适的甜暖感也再长点。但每次喝糖水，都太着急，远未享受够糖水所带来的妥然滋味，也来不及细细品味，唇齿间就剩下了一缕余香。

放下碗，面前是祖母笑眯眯的眼睛，那些深长的皱纹里，充满了释然和关爱。她用手摩挲过我的额头，在那里，红糖水仿佛已渗出了我的身体，微微湿润起来。

我的祖母，在村里曾是很厉害的人，这跟我祖父去世早有关，但同时，也跟她好强的性情有关吧。现在，她虽然已经老了，不再跟村里人打交道，但她还保持着与人为敌的警惕。最明显的表现，是她跟邻居女人之间的谩骂，无论什么样的小事，都能挑起一场吵闹。有次她竟然试图去跟人家打架。诸如一些她家的鸡跑到我家院子吃食，她家孩子摘了我家的花这等小事，都是祖母谩骂对方的理由。当她们之间发生吵闹，我并不感到害怕和羞愧，相反，我很兴奋，和前来看热闹的小孩一起哈哈大笑。

祖母呈现在外人面前的，永远是强势的一面。可是，当她抱我在怀，她的声音会变得很柔和，她给我讲古话，讲父亲小时的事，我常在她散发着青草味道的怀里睡去，也在她的怀里醒来。每当喝完红糖水，我眼里的祖母是这世间慈祥可亲的人，因为她，幼小的我感觉到人间美好。

夏天，为了去暑，母亲买了白糖给我泡水喝。每次祖母总是说，少喝点少喝点吧。还对着我的母亲翻白眼。母亲似乎故意跟她作对，连续好几天中午，都给我喝凉透的白糖水。白糖水跟红糖水不同，它看起来虽然跟白水无异，但喝到嘴里，却有比红糖更甜的味道，它是凉的，让人在瞬间就凉爽下来。但不舒服的是，喝完白糖水后，嘴里会有一种酸味，嘴唇也黏黏的。我喝了三天白糖水，就开始咳嗽起来。母亲给我喝甘草片，那是世上最难吃的带有甜味的药，每次闻到，就有种想吐的感觉，而我喝下它，真的会呕吐。

祖母在红糖里加了姜末，砂锅里熬好，然后倒入碗中，将姜末挑去，让我喝下。自此，我再不喝白糖水。即便是腊八的时候，在窗台上冻了一夜的放了糖的冰，我都不去沾一口。我以为，白糖是致我咳嗽的某种毒。而红糖，无疑是医我的良药。

我在伙伴们面前显摆，说祖母的柜子里藏着糖罐。有时趁她睡着，将她挂在衣襟的钥匙偷出来。下午伙伴们来，我会开了竖柜，偷点红糖出来，放到自己和她们嘴里，然后在享受甜味的给予中，偷笑。

许多年后，我的祖母与世长辞，整理她的东西时，家里人将那个藏在柜底的糖罐也搬出来了。我掀开那个熟悉的盖子，雪白的罐体中，未残留一丁点糖沫糖渣。仿佛，我的童年，童年里跟祖母度过的日子，喝过的红糖水，从未有过般，苍白而空旷地摊展在时间面前。

渐渐地，有甜味的食物，开始出现在我的生活里。

夏天，我跟禾苗去地里给她家的兔子拔草。据说兔子喜欢带奶的草，我们就在地里找燕儿衣。许多燕儿衣都开着小黄花，花茎呈灰绿色，上面还有一层毛茸茸的小毛。拔燕儿衣不能用手，得拿铲子挖。如果用手拔，草里的奶会溅出来，沾到手上，很难洗掉不说，还黏黏的不好受。禾苗竟然喜欢用力吸花茎里的奶汁，据她说是很好吃的，并怂恿我也吸着吃。还有一种开紫花的草，禾苗喜欢将花放在嘴里嚼，嚼的时候，极尽陶醉的表情很享受。她总笑话我胆小，没用，像她爹说她的话。我对陌生的事物，打小就有种排斥感。即便做游戏，没有做过的，也从不参与。来自陌生事物的恐惧和无法适应，使我产生深深的自卑感。

就像冬天每家窗台上晒着的胡萝卜干，因为我家没有，便从未敢尝过一口，即便她们给了我，我也装到口袋里，回家放到炕沿边上。不知道那些被放在炕沿边上的胡萝卜干最后去了哪里？在乡下，胡萝卜干是孩子们冬天唯一的零食。秋后，村里人扛着镢头，过河对面收过的萝卜地里掀翻，总是能找到不少被遗落的小胡萝卜，有时是一小筐，有时是半口袋。小胡萝卜在河水里洗得干干净净，回家在锅里煮熟透，然后放到屋外窗台上风干。这时候，满村都是煮胡萝卜的味道，空气中甜丝丝的，这味道，让人想笑。煮胡萝卜也有诀窍，锅里的水，要刚刚烧完，胡萝卜里的糖稀刚刚出来，那时，将胡萝卜倒出来，锅里的糖稀用水泡了，小孩争抢着喝。几场风，晾在院里的胡萝卜干就干透了，干透的胡萝卜是深褐色的，缩成小拇指长短，弯弯曲曲，上面有许多的皱褶，皱褶里全是土和沙。讲究点的人，吃的时候会吹吹上面的土，但一般人就那样放嘴里嚼了。按老人的话说，不干不净，吃上没病。还有说小孩是要吃点土，身体才硬朗的。咬开的萝卜干里面还是橘黄的肉，很有劲道，韧性也大，吃的时候，都用后槽牙咬着，手里用力拉，才能将它撕开咀嚼。

伙伴们会进行吃胡萝卜干比赛，看谁吃得快。女娃总是比不过男娃的。但有一次，一个男娃吃多了胡萝卜干，拉稀拉了好几天，脸都绿了。那时觉得，即便是甜的，好的，也是不宜过多食用。

到了深冬，平山人推着柿子来换炭。柿子是我小时吃过的最甜的果子。夏天时，伙伴们偷军军家的桑葚吃，那个黑里泛紫色的果实，我也不敢去吃，禾苗说，真甜的，你吃吃。我看到她的嘴唇已经被果子染黑了，她手里的果实，跟她的眼睛一样。直到有天中午，我们被军军爷爷抓住之前呢，我都不敢去吃一颗桑葚。我总觉得，这个黑色的果实里，藏匿着一些自己所未知的东西，吃掉它，会有一些无法预料的后果。而伙伴们在秋天不停地去摘这家的果子，那家的梨，并将它们吃掉时，更多时候我都在观望、等待。我等待的，就是柿子的到来。刚换的柿子是涩的，不能入口。祖母就做懒柿子，烧一锅水，放到容器里，晾一会儿，将柿子投进去，然后放置在灶台上，两夜之后，柿子虽然是硬的，入口却已泛出甜味。但这样的懒柿子我也是不喜欢吃的。我喜欢等着柿子们不经过任何加工，在时间中慢慢变软的过程，像藏了一团秘密的火，在手心里。吃柿子是这世界最美的事，将皮和柿汁先吃掉，让涩涩的皮，先入了肠胃，最好柿骨留到最后，柿骨到嘴里，滑滑的，咬在齿间，有清脆的声音。但每次吃完柿子，嘴里总是涩的，苦的，喝水也不行，吃东西也不行，你依旧只能等，仿佛时间彼此之间有了某种亏欠。

祖母总是将吃完的柿蒂粘在门后的墙缝里，等干透了，拿下了，捣碎，如果她咳嗽，就会用开水冲开喝。禾苗弟弟咳嗽，看了先生，说是百日咳，到处找柿蒂。村里有柿蒂的人家不多，而祖母毫不吝啬，将门口的柿蒂全掰下来，送给了禾苗妈。

我们家常住人口只有祖母、母亲和我，所以家里没有煮饭的大锅。每到端午节，家里包了粽子，祖母就到处借锅去煮。平日我们家因为有存粮，颇让人羡慕。到了春天，当别人家到处找野菜，或者借粮的时候，我们家的米缸还是让他们馋羡的。但到了祖母借锅时，别人就会笑话我们家人口少，连一口锅也没有。祖母有时会瞪大眼睛，跟那老婆说，你不用诮，我们家很快就要添丁了。那时，我的母亲正怀着我妹妹，在祖母和母亲眼里，那应该是她们愿望中的男孩。粽子和月饼，在当时乡下，不是每家都可做的。只有稍微富裕的人家，才有闲钱买得起蜜枣和红糖。这两种食物，它们带来生活的富足感，让人喜爱着，也让我一直以为，甜的，就是金贵的，也是最好的。

初参加工作，工厂院子里栽满了果树，桃、梨、苹果、李子、山楂，还有一株木瓜树。这些树中，我最喜欢木瓜。所有这些树上的果实，只有木瓜没有被我和同事们吃过。有三个原因，一个是因为它是南方的果树，不适应北方气候，结果很迟。二是我们从没吃过木瓜，不知道怎么吃它。三是它结得很少，我们也舍不得吃。我们经历和见证了它从开花到结果的全过程，当那几枚可数的果实从树上掉下来后，我们总是小心翼翼地将它们摆设到桌子上。如果外面的人来，还会跟他们炫耀说，这是木瓜，没见过吧。来人亦是惊异无比的表情。

那时每个月能挣到 24 块的工资，除去买点书，其余的就上交给父母了。同事家庭优越，父母都是干部，所以她的工资由她自由分配。每次发工资，她第一件事是去工厂外面的村供销社买糖吃。当时供销社卖的多是水果糖，偶尔有橘子糖。但这些糖根本无法满足她。她家住在县城，所以回家的时候，总是去百货公司去买奶糖，然后带回班上来吃。那也是我初次见到尝到奶糖，连糖纸都跟水果糖不同。同事喜欢收藏糖纸，她将糖放到嘴里的时候，会将糖纸在桌子上仔细抹平，然后夹杂书里，过段时间，从书里拿出来，放到铁盒子里。奶糖跟水果糖的区别是吃完以后，嘴里没有酸味，而且口腔里有股鲜奶的味道。这种味道也让人产生知足和幸福。

不长时间，她跟男同事好上了，自此，她的糖果均是对方来提供，而来自对方的糖果，在她嘴里，比之前的要甜很多。有次她非问我，是不是更甜更好吃？当时我只能点头赞同。爱情的味道，应该是这世上最甜的味道吧。那是精神和肉体双重享受的味道，一种超越了食物糖分的味道。

后来，她又喜欢上了黄桃和山楂罐头，因为男同事的老家在农村，家里困难，工资大部分要接济家里。这样，她就有些生气。比起来黄桃罐头便宜，而山楂罐头要两块多一罐，所以男同事在供销社给她赊黄桃罐头吃，说这个更甜更好吃。她既享受爱情，又享受食物的甜味，渐渐地，也就不挑剔男同事的。

隔年，她调回县城，因为家庭条件优越，人也漂亮，不久又有人追她，对方跟她门当户对，关键是，对方每天给她买奶糖、果丹皮、蛋糕这些城市人吃的甜食，她很快就不在乎原来工厂的男同事。

但她没料到，他们的分手仪式成为别人的笑谈。因为要到县城办事，两人也好久没见面，男同事买了她喜欢的糖和山楂罐头去宿舍看她，没想到，她的宿舍锁了门。他就向其他人打听，别人并不知道他是她的前男朋友，就跟他说，跟她对象看电影去了。我这男同事一时间气冲霄汉，怒发冲冠，将手里的网兜朝着宿舍的玻璃窗就砸下去，玻璃破了，罐头破了，糖果撒了，她的床刚好紧贴着窗户，整张床上，全是红艳艳的黏稠甜腻的山楂。一时引来全单位的人看，他也异常气愤地指责着她，从此她的名声就不大好了。而城里的这个新男朋友，听说她脚踏两只船，一气之下也跟她断绝了来往。太甜，原来也不是最好的爱。

许多年后，我又跟她成为同事。因为血糖高，她已不再吃甜食了，不是不喜欢，也不是甜味不诱惑她，而是，她的身体里再也盛不下糖分。"老天给你的东西都是有尽数的，年轻时，人傻，不懂得好东西是要慢慢来享用的。"她说的时候，眼里满是迷惘。

时至今日，我已很少去喝一碗红糖水了，总觉如今的味道跟童年有天壤之别，情境不同，感觉也不同了。如果身体实在不适，来自藿香的呛人之味，更让人心安。我喜欢白水、绿茶，咖啡喝不加糖的，但这并不代表我不再接受甜味，甜味依旧存在于我的菜食中。我最喜欢做的菜里有烧茄子、糖醋鱼、糖拌生菜、宫保鸡丁、京酱肉丝，这些菜或多或少都存有糖的甜味。这味道，渐渐就养成了一家人相同的味觉系统，也成为一个家庭最显著又隐秘的特征，即便分开，也会在一个菜品中找到家人的味道。这也是我如今最珍视的味道。我也会用这味道来招待与我相熟的人，这也是件充满神奇意味的事。因为有几次，几个朋友跟我说，这些味道所携带和藏匿的感觉，竟然是她们熟悉、喜欢的，言下之意，这是一种来自同气场的味道，欣喜之余值得安慰。上天自会安排气息相投的人来相聚，即便千山万水。甜味，就该是组成生活的好味道吧。

冬天，坐了一夜火车，从大雪苍茫之地抵达姑苏，这里绿树茂密，鲜花盛开，暖如春日。我喜欢这个城市带给我的随意和舒适感。同时，还有它的食物中，南北交融的某种中和和缓冲。在这里，我随处能遇到糖和甜味，观前街的酒酿饼，山塘街的桂花糕，一碗放了四只胖乎乎的大汤圆，北疆饭店门口小超市的豆包，还有无数种团子、粽子、苏式月饼，到处都是甜味，那种热烘烘的糖的气息，带着安适、接纳、平稳和妥帖，所谓的红尘美好，在这个城市中独显无疑。连传说中的姑苏城墙都是用糯米所砌，来自米的香甜，仿佛在这个城市已氤氲了几千年。而过年必吃的糖年糕，也成为姑苏独特的标志。糖和米，就像梦想和诗歌，男和女，入口的香甜，令人陶醉。夜里站在桥上，水鸟掠过河面，相门灯火辉煌，空气中隐约有桂花的香味，那也是来自糖的吧？糖，是多么美好的一种物质啊。在草坪上遇见合照的情侣，他们的眼神，像糖稀牵扯在一起。而街上一个老人注视一只小狗的眼神，也充满了甜味。来自遥远山间的一罐蜂蜜，携带了几千里山河的甜味，在热水里袅袅散开。诗人说，感觉自己被爱时，一定是甜的。我走在平江路的石板路上，身后响起叮铃铃的自行车的铃声，一闪声，入了桃叶铺，这是一间专卖甜品的小店，要了红豆、杏仁、椰汁双皮奶，冰镇的，入口，清凉甜爽，仿佛整个世界全部消失，仅剩藏在味蕾中这点安心的暗喜和幸福。

儿子要尽地主之谊，带我们去十全街的小饭店，据他说，这里虽然小，但饭菜很地道。既然是地主，当然就由他来点菜了。20 分钟，菜均上桌。

松鼠桂鱼，茄汁豆腐，酿南瓜。我禁不住问，怎么全是甜菜。他认真地看看我，笑着说，你不是喜欢甜的吗？

那个冬日的中午，窗外阳光大好，我坐在一个充满甜味的城市小饭店里，觉得自己并不是在吃菜，也不是在品尝甜味，我是在享受糖的扩散和融入，享受爱和温暖。眼底和心里，同时充满和洋溢着甜暖的饱和感，我知道，这才是藏匿在这世上，这人间，这一生，最爱，最渴望，也最正宗的糖。

（原载《雨花》2017 年第 8 期）

小狗小白

第广龙

一

我把小狗小白，又送回山里去了。

那天，下着小雨。从山下上到半山，和第一次遇见小白一样，还是走走停停。雨小，也是一会儿下，一会儿停。坡陡，路滑，走不快。路是人的脚踩踏出来的，有的土坎，只有脚窝，费力递进去一只脚，再往上递进去另一只脚，双手得试着抓住结实一些的草根，通过身子的升降才能上去。小白只是蹿跳几下，就上去了，一点也不艰难。到了半山，穿过一片松树林，经过一片菜地，就看见在一面巨大的崖壁下，隐现着农舍的屋脊，大片潮湿的烟气，看不出是在聚拢，还是在发散。小路平坦了一些，平直了一些。小白明显走快了，我也走快了。走到路口，只见男主人抱着柴火，刚从柴房出来，看见小白，显得有些吃惊。我以为小白会独自过去，却停下不走，等着我，等我走近了，看我，羞怯的样子。我给小白示意，让它赶紧过去。小白犹豫了一下，那么欢喜地，小跑着跑过去，跳跃，撒欢，尾巴不停摇摆。一个孩子，三岁多的样子，也出来，叫着小白，小白。小白绕着孩子转了一圈，算是打过招呼了。依然有些生分，有些不安，跳到正房的台阶上，沿着土墙，把身子贴上去，摩擦着过去，似乎这是一个需要确认的程序。又折回来，走到一侧的屋檐下，那里有一口侧放的木头箱子，里头有一块棉垫，小白伸进头，快速嗅了嗅。那应该是小白的窝。小白侧过头看了看我，又跳下台阶，来到我身边，蹲下。女主人，一个小伙子，也出来了。我们说着小白，也说到了天气。我给小伙子发了一根烟。烟雾在雨雾里缭绕，烟雾颜色发青，雨雾是乳白的。看上去，我身边的小白，似乎是我带来的，似乎不属于这里。可我知道，小白和这里，和这里的人，不仅仅是熟悉。

小白就是在这里长大的。

我有些欣慰，也有些难受。可我表现出来的，是高兴，还把小白搂抱了几次，还用手机和小白合影。

离开时，我掏出三包火腿肠，放到台阶上，说是给小白的。我就像一个路过的人，只是在这里短暂停留，分明又有惦记和不舍，可我还是离开了。

我有些轻松。

二

常说饱暖思淫欲，同样的，养狗也是一个选项。人是为了自己才养狗的。过去，吃狗的人多，如今，爱狗的人多。我写过一首诗歌，题目叫《一些人》：

一些人
把宠物当孩子养
把孩子
当
宠物养

这个，在生活里有，例子不难找。这里不说孩子，说养狗。人需要狗，需要狗的安慰。不是看家护院，不是抓老鼠，不是为了狗皮褥子没反正，不是。那是过去。如今的人家养狗，就是为了玩，为了有个伴。在外面遇见熟人牵着狗，先问候他的狗，再问候他本人，感情上就拉近了。

过去，拿狗骂人会伤人呢。现在，人把狗叫儿子，人给狗当爹妈呢。有个女的，过得富贵，有孩子，也有狗。出门时，狗在自己怀里抱着，孩子在保姆怀里抱着。不是爱狗胜过爱孩子，而是，有保姆抱孩子，自己呢，更愿意抱着狗。这是两码事。养了狗，懒人也早起，遛狗啊。家庭变和睦，狗是永不乏味的话题。我看到许多老人，身后跟一条狗，就不觉孤单了。电线杆上，寻狗启事和寻人启事并列，也不觉奇怪。人和狗的关系，就是朋友关系，亲人关系，不怕乱。狗跟人跟对了，比人还享福呢。导盲犬给盲人带来福利；警犬出动，胜过人工；一些自闭症儿童，有一条狗，得到的慰藉，大于人给予的。

只是，有一个问题我想不明白，狗对人这么有益处，为什么有那么多流浪狗呢。有自己走丢的，有搬家忘记了的，大多数，都是人抛弃的。不应该呀不应该。看一看吧，有的大妈专门照顾流浪狗，家都不要了，财产都花光了。

我赞成这个观点：养狗，就得对狗负责。

三

小白领回来，早上走路，我不再是孤零零一个人了。我出门早，陪伴我的，是我的影子。有时候在前，有时候在后。我喜欢影子在前，看着影子伸展、收缩。有时候，路灯坏了，连影子也看不见，我会略略感到焦虑。有了小白，我走路速度都加快了，也会和小白说说话。影子在前的时候，我的影子旁，是小白的影子。小白的影子，一跳一跳的，是四条腿走路的缘故吧。两只耳朵，也一跳一跳的，像在变手影，像闹钟的两只闹铃。

走了几天，我不再用绳子约束，小白来回奔蹿，影子也跟着奔蹿。有时候跑出去很远，我得吆喝一声，才回到我身边。有时候，我不吆喝，小白也知道回到我身边。不过，我不放心，通常都要确定小白不离开我的视线。出了院子是马路，可不能让小白跑丢了。

我早上走路，通常在开始见不到人，走一阵才会出现几个早起的。有一个跑步的，跑起来摇头晃脑，还隔一阵就大声吐痰，我对这个人没好感，不过只是在心里，没流露出来。小白有两次追上去，要咬这个人，都被我制止了。小白几乎对所有人友好，怎么偏偏对这个人不友好呢？懂我心思一样。

四

其实我挺怕狗的。遇见狗，我都要停一下，看看有没有危险。要是大狗，即使被绳子束缚着，我也远远躲开。院子里有两只流浪狗，没有伤过人。每一次，只要离我近了，我就赶紧捡一根树枝，摔打着走，目的是把狗吓跑。

我怕狗，其实没有被狗咬过。厉害的鸡，我也怕。对猫我怕得不厉害。奇怪的是，我在外面走路，先后有两次，被不认识的狗跟着，一直跟到我上班的地方。估计认错主人了。其中一次，是一只哈巴狗，跟我跟了两站路，中间我企图甩开，躲进一家酒店，待了一会儿，出来，狗还在门口。我走慢，狗走慢，我小跑，狗小跑。到了单位，跟我上了四层楼，卧在走廊观望，我拿吃的给喂，月饼都不吃。过了一个钟头，狗自己离开了，我才松了一口气。

五

小白领回来，就得喂。喂啥？养过狗的说，狗粮。说营养都有，还不得病。我看小白爱吃火腿肠，喂了几天。出去，我的包里也装着火腿肠。只要看我翻背包，小白就眼巴巴的，我不忍心，喂一根，小白一口就吞下去了。还会用爪子和牙齿配合，把肠衣缝隙里的一点肉渣剔出来。

养过狗的还说，火腿肠成分里，淀粉多，盐重，狗吃多了，对肾脏有害。可是，我喂狗粮，小白闻一闻，不吃。养过狗的又说，外面的狗，流浪狗，都爱吃火腿肠。有的是人喂的，有的是在垃圾箱寻找的。要让狗吃狗粮，就饿它。饿三次，狗就吃了。可是我狠不下心。就想了个办法，把火腿肠切成段，把狗粮镶嵌在上面，这样喂，小白真的也把狗粮一起吃下去了。我都能听见咯吧咯吧的声音。

狗竟然挑食，我没想到。我一次去周至看老县城，跑错路，时间不够用了，只好去黑河森林公园，里头卖小吃的，只有漏鱼，浆水调的，油星星都没有。女主人跟前一只狗，不停摇尾巴，我吃不完，倒进狗食盆，狗上去舌头伸展，稀里哗啦，连汤带水，全吃进肚子了。

所以说，同样是狗，也看在哪里。狗还挑食？过去的狗，啥不吃，过去的狗吃屎呢。只是人吃得好了，狗也吃得好。不过别忘记了，狗的伙食标准，一旦提上去了，再要降下来，就不容易了。有人养大狼狗，天天喂生肉呢。狗吃得好，毛色光亮，和人一样精神。跑动起来，机器狗一样，气力能撑破狗皮。

六

回想起来，小时候，我曾经抱回家一条小狗。那是去纸坊沟走亲戚，看到一窝小狗，绒毛玩具一样挤在一起。我看着喜欢，回来时，要了一只。

小孩子，都喜欢小动物，这是天性。抱回来，成天守着。上学去了，成天惦记着。吃饭也和狗一起吃，吃几口，喂狗一口。我爸生气了。说人都缺吃的，怎么能这样喂狗。家里人口多，兄弟几个正长个子呢，个个肚子是无底洞，吃粗粮都不够。每月，我爸都要在黑市上买玉米。可小孩哪里管这些。只要端起碗，看看小狗巴巴的眼神，忍不住就给挑出来一筷子，大人骂也不听。其实，再穷，总归有些剩饭，喂狗吃也够，只是我喜欢狗，得表示出来，除了带着狗在外面玩耍，就得给狗吃些饭。

一天回来，小狗不见了。哭着找，也找不见。我爸趁我上学去了，把小狗送人了。养活人都艰难的日子，养活一条狗，就得和人分饭。饭不够，留不住狗。回想起来，我少不懂事，光图自己喜欢，抱回来一只狗，狗会长大，饭量也会长，能有多少吃的给狗吃呢。我不怪我爸。

七

小白进城，第一件事，洗澡。

以前，我不怎么留意宠物店，真的需要了，找不见。问人，多走许多路，在渭滨路上发现了一家。才开门，几个穿医院那种衣服的姑娘和小伙子，正打扫卫生。听了我的要求，一个小伙子把小白抱到一个池子里，小白挣脱着要出来，小伙子按不住，我上去帮忙，才让小白不乱动弹。又是水管子，又是各种洗浴液，乖乖，比人洗澡复杂，也比人洗澡贵。可我一看，人皮好洗，狗皮尽是毛，难清理啊。要洗几遍，冲几遍。还要在一个架子上，绳圈套着头，用电吹风吹，把毛吹干。小白身上有七八个蜱虫，就是吹风露出来的。拔一个，小白哆嗦一下。小白洗过澡，看着有些不像了，显得很疲倦，这也和人一样。

还要打疫苗。还要办狗证。还要置办狗食盆，狗粮。我观察了一下宠物店的环境，跟医院像，跟美容院像，跟超市像。狗的用品丰富极了。吃的，穿的，玩的，货架上满满当当。要不是包装上有狗的图片，拿给人用，也上档次。不过，狗玩耍的那个大骨头，似乎不适合人。

一个看着像老板的人，过来和我说话，亲切，得体，有分寸。她善于和养狗人打交道。进来一个小伙子，牵一头小牛大的狗，说放这里几天，老板问了狗的习性，说到吃饭，说中午这一顿，是西红柿鸡蛋面。我没听错，就是给狗吃的。自然，人也能吃。人和狗用一口锅，也不是不行。那么，这里又像是托儿所了。不对，托儿所这个词有特指含义，应该是托狗所。

八

不喜欢狗的人，认为养狗的付出，大于给人带来的快乐。狗要吃要喝要拉，狗掉毛，身上有味道，还会得病。有的人也喜欢狗，怕麻烦，自己不养，遇见喜欢的狗，逗一逗，摸一摸，这叫蹭狗玩。

有人真喜欢狗。我走路的院子里，有个女的，只要出来，一准领着她的狗，有大的，有小的，不是同一品种，都听话。听说，晚上她也是和狗睡在一起。还有一个穿红衣服的，牵的狗也是一大一小，是斗牛犬，常常被狗拉着跑，显得力不从心。

这两个，我感觉前一个得到的乐趣多。人怎么走，狗跟着，人停下聊天，狗也不走远。后一个，挺累的。往哪里去的主动权，似乎被狗掌握了。可是，人家愿意，天天出来，像是职业遛狗员。

九

从根上说，小白就不是城里的狗。狗和人一样，也有胆子大的，胆子小的。小白就胆子小。按说，山里跑的狗，啥都不怕才对，可小白不这样，小白的身上，看不出野性。

接走小白那天，小白怕车，抱上去，挣脱了跳下来，反复几次，被我紧紧抱在怀里，才控制住。一路上，不住发抖，站不稳，钻到我怀里，狗毛蹭了我一身。喉咙里，还发出吱吱声，像是老鼠在叫。我估计，小白见过汽车，没坐过汽车。车哪怕是小车，也比人大，比牛大，又能跑，又能冒烟，喇叭声也尖厉洪亮，这一定给小白留下了恐怖的印象。

我带小白去菜市场，这应该没问题吧。可是，集市上人拥挤，吆喝声不断，吵架的也有，拉扯的也有；卖鸡鸭的，鸡鸭在笼子里，咕咕嘎嘎；卖鱼的，鱼在铁皮槽里扑腾。小白没有见识过，头脑给弄混乱了，竟然卧在地上，埋头不动弹，被我抱孩子那样抱着出来，才略略安定下来。

小白在山里，安静，活动范围大，见人少，见同类也少。城里的热闹，小白不适应啊。于是，我成了小白的保护人，听见小白发出吱吱声，就知道小白又受到惊吓了，赶忙摸小白的头，摸小白的脊背，安抚一番。甚至，我还给小白唱了儿歌，只是多年前唱过的，歌词记不清楚了，是一首开头是"宝贝，宝贝"的儿歌，是哄宝宝睡觉的。别说，唱着唱着，小白的眼睛，真的就耷拉了几下。

十

狗也是一条命。人收养了狗，狗的命，就交给人了。狗是人驯化的，狗对人的依靠，大于对同类的情感。狗跟了人，离不开人。我多次看到狗找不见主人的焦急，也见到狗和主人相逢的欢喜。其实，也就是在院子里，狗贪玩，主人走远了。待到想起，赶紧追，按照平时的线路，却发现是另一个人，这时候的狗，如同大祸临头，精神都快崩溃了。

小白跟我就几天，我也能感受到小白除了我谁都不认的坚决。在家里，还是去单位，我坐着，小白是放心的，我起来倒水，拿书，卧着的小白，一定也会起来，看我干什么，会不会出去。我出去上厕所，都要跟着。我沙发上睡觉，也盯着我。我不能总是和小白在一起，我得上班啊。我离开时，得花时间，经过几次反复，才能把小白留着家里。

十一

以前，对于狗，我没有多少知识。我的印象里，狗有大小，分颜色，品种的概念不清楚。知道板凳狗，说人过去看戏，牵着，到了台下，坐上去当板凳，又暖和，又稳当。我听过没见过。知道狼狗，咬人厉害。传说狼狗掉下的牙齿，挂脖子上，走夜路不害怕。再别的，看着不同，我也笼统地用大小区分。

领回来小白，我留意起来，也了解了一下，才发现，狗的名称和花草的名称一样，多得让人记不住。也才意识到，狗分了品种，也就分了身份，有了高低贵贱。自然的，这都是人划分的，狗不一定知情。可是，狗和狗，还是不一样的。我带着小白在外面游走，遇见也在遛狗的，难免会有交流。自然，首先交流起来的是狗，会试探着过去，鼻子碰鼻子，互相打量，小白都是主动摇尾巴。有时，两个狗会戏耍到一起，有时，有的狗就欺负小白。我赶紧拉着小白走。我不惹事，也不让小白惹事。小白还跟一只狗学了一招。那是在楼下草坪上，一只狗和小白纠缠了一阵，拉开距离，似乎在炫耀，又似乎在威胁，两只后腿交替着，做出刨挖的动作，把草踩断，把一些土块也踢了出来。小白感到很新奇，显然，它不知道也不会这个动作。过后，小白当着别的狗，也这样刨挖。单独在草坪里，也刨挖，显得很兴奋。

一天我在玄武路吃面，小白卧在边上，过来了一只狗，是一个漂亮的女孩子牵着的，是一只大黑狗，身子穿了缎子一样，后腿中间两个蛋蛋，走的时候甩动着，像两枚金属的钟锤。小白看了一眼，都没敢再看。那只狗，迈着步子走远了。别说小白，我也呼吸紧张，只是远远的，新奇地感受大黑狗的雄性气质和牵狗女孩子的清丽。小白产生自卑了吗，不会的，小白单纯着呢。

小白是什么品种呢？我给小白办狗证，上面写的是串串。啥叫串串，就是不同品种杂交的，就是杂种。这粮食杂交了高产，花朵也能交叉培育，甚至人，黑人和白人的，都叫混血，通常就集合了各自优点。唯有狗、马匹，讲究血统的纯正。可是，据我了解，世界上所有的狗，都来自同一只狗，都是杂交出来的，选育出来的啊。

十二

我就是去子午峪攀登小五台时，遇见的小白。

秦岭 72 个峪口，风景各异，个个有故事，跟人相关，和历史联系。西安境内的山系，称之为终南山，也是一部大书。其中一些，我进去过。

当时，下着毛毛雨，我刚下到沟里，一回头，看见一只白色的小狗在看我，反身又上来，狗不见了。接着上山，在前面的树丛里，又看见了白狗。行走一道慢坡，又湿又滑，腿脚吃力，停下歇息，白狗过来，卧下，我抚摸，不认生。接着走，路径不明，白狗总在前面，似乎在给我带路。待到了半山，在一户人家的院子停下，主人说，狗叫小白，是旁边另一户人家的。

我以为小白到家就回去了，却跟着我继续上山。山上树木渐渐稀疏，凸起的山峁后面，都有平缓的台地，建起了道观。山势升高，依次有五座道观，有的有一个人，有的两个，有一个，还是一个道姑。我走走停停，小白也前后不离。道观里的人，都认得，说，小白又来了。

我要下山了，小白不见了。我心里已经有了好感，心想我要是有这么一只狗就好了。我已经有了收养小白的打算。可是，小白有主人，会同意吗。下来到半山，我找到那户人家，提出给100块，带走小白，主人有些犹豫，还是同意了。可是，小白却不见踪影，主人大声呼唤，也不出现。主人说，小白平时不拴，自由跑，天黑了自己知道回来。不过要是听见叫它，就会回来的。难道小白预感到了我的想法，而不愿意离开大山，有意隐藏起来了？我越发觉得这是一只有灵性的狗。遂决定先回去，过几天再来，如果有缘，就带走小白，如果还是见不到，就放弃我的打算。说是过几天，第二天，为了小白，我再次来到了子午峪。

十三

回想起来，我把小白带出山，有些冲动，有些自私，是一个错误。那天，女主人把狗绳递给我时，有些舍不得，说："小白跟着你，能吃好，就是不自由。"我说："我一定会对小白好的，如果小白在我那里不习惯，我愿把小白送回来，还给你们。"

小白是山里长大的，闻得出山水的气息，也闻得出自己的气息。高低的路上，一丛草，一棵树，小白的身子摩擦过，抬起腿尿过，小白能感应。城里是汽车尾气的味道，是垃圾腐烂的味道，是下水道的味道，小白怎么闻得惯。

第三天，我就发现，小白不精神。在外面走，突然卧倒，我怎么拽也不起来。出现一次，是闹性子，耍死狗，一次又一次，那一定有问题。在家里，只要我不动，小白就是睡觉，睡觉。为了不让小白睡，我假装出门，小白赶紧起来，看出我的意图，又睡。出去吧，我得给小白拴狗绳，小白在山里是由着心愿逛悠的，想到哪里就去哪里，再晚也能回到狗窝。在城里，我哪敢让小白随意行动啊。我过马路，都要左右观察，紧走慢跑。

记得小白到宠物店洗澡那天，称体重是 20 公斤。第九天，再称，成了 19 公斤，反而瘦了。我可是没有缺少过小白的吃喝啊。换了环境，小白不快乐，闹情绪，责任在我，我对不住小白啊！

十四

那天天冷，小白却那么开心。

那天，我带小白，去大明宫。

我坐下歇息，小白自己玩，草坪带坡度，小白从上面滑溜下来，很是兴奋，从表情上看得出来，是那种狗狗才有的笑容。到了更开阔的草地，小白来回奔跑，打滚，我也受感染，跑了一圈，给累倒了。

还看了孔雀，看了梅花鹿。还在太液池边，看小孩子玩水。天快黑了，才一起回家。晚饭在夜市上吃的，我吃炒细面，专门给小白点了烤鸡翅，小白吃了三串还要，又点了三串。这天下午，小白开心，我也开心。不过，我隐隐的，有些难受。

我已经决定了，第二天，送小白回去，那里好山好水，那里才是小白的家。

（原载《山东文学》2017 年 6 期）

春望草深

周 伟

在我的心中，故乡永远是最美的，亲人永远是最亲的，童年永远是最纯真的。因为，它们把持着我的情怀，牵动着我的梦恋。不管走到何方，思想还在故乡，灵魂萦怀大地。我知道，故乡就是大地，童年就是大地的眼睛。大地温暖而厚重，我的眼睛就像湖水一样澄明。

——题记

春属木。地性生草。

草是春天最早生长的植物，是大地上的精灵。

大地生草木，世上有乾坤。

草不管，小孩儿般，睡醒了，揉揉眼，蹬蹬腿，伸了个懒腰，探出了头。一夜之间，发芽，冒尖，露了青，生了色，疯了长。风一吹，草就动，雨洗春来，大地生动了，一片，一片，又一片。

田野里、山坡上、菜园子、路边、田埂、塘坎上、沟壑旁、溪涧……甚至墙角、石缝间、瓦楞上，小草随处可见。草色青青，春光皎皎，野草遍地。伸手摘下一两茎青草，淡淡的草的清香，扑面而来。握在手中，把玩不已，久久不肯弃之。不经意间，把嫩白的草茎含在嘴里咀嚼，丝丝的甜味立马在口里蔓延开来，溶化一片。咦，好个春天的味道！

斗草，是儿时小伙伴们最爱玩的游戏。随手扯一根青草，握在手间，对折，交叉成"十"字状，然后各持一端用劲拉扯，断者为输。弄泥斗草间，终日乐陶陶。我们在一天一天地长高、长大。现在回想起来，简单的快乐，是真实的，是真正的快乐。其实，简单本身就是一种快乐；快乐，其实就这么简单。

有月光的夜晚，草垛是我们的好去处。爬上高高的草垛，双手叉腰，俯瞰一切，幸福和威武教我们立马长高，霎时真实。从草垛上时不时跳下来，向下飞翔，向着大地飞翔，一次又一次，无比踏实、稳健和安全。我们一个个，像一粒粒滚落一地的果实，饱满而又欢畅。向下的飞翔，向上的生长，是我们一生真实和坚定的生活方式。所以，我们尽管也进入到这个浮泛的尘世，却一直不会迷失自己的方向和目标。

在故乡，我和伙伴们，常爱在草垛里捉迷藏，或者靠在草垛上数天上的星星。一颗星、两颗星、三颗星……星星向我们眨着眼，把我们美好的愿望带到了天上。很多的时候，我们一任把自己埋在草垛里，撒手叉脚，呼呼大睡，做着我们各自的黄粱美梦。半夜了，鸡叫了，狗咬了，我们还是一个个不愿离去，不肯归巢。我想，我们一个个，是不是早已把天地当家、草垛当房，把温暖的软绵绵的干草堆当作母亲宽大的怀抱了？

草垛高高，幸福的草垛高高在上，谁都想把它高高地垛起来。也许，只有在垛草的过程中，只有在草的密集里，只有在童年深处的秘密中，才能瞬间明白：没有那来自低处的一根根的青草，高处的幸福不会从天而降，温暖的怀抱只会虚空和无着无落。

草垛是家，草人即人。在稻谷快熟的时候，田野里到处站立着草人和忙碌的草民。此时，平凡的草民早成了将帅，默默的草人皆为兵卒，整装待发。一阵锣响，声声喊叫，彩旗猎猎，热血沸腾，气势恢宏。放眼四望，那些鸟儿高高地盘桓、盘桓，最后都一一飞向远方，徒留下天空的蓝，还有大地上的丰收和和谐。那场面，那气势，那精神……让天地为之动容。在村庄的上空，"嘿吆嘿吆嘿吆嘿……"的劳动号子，此起彼伏，响彻云霄，然后又从高空中飘飘忽忽地落下，实实在在、长长久久地在大地上回响。

风吹过，大地上春意盎然，生机勃勃，如火如荼。一到秋收过后，成片成片的田野上，稻草捆成的一个个草拉子，如人一般，一撇一捺，立在田野上，整齐列队，成队成林，胜过千军万马，好不威武雄壮，好不壮观美丽！如今，村子里，人去楼空，空旷的田野上，田地荒芜，稻草三三两两扔在田角地头，孤零零的。偶尔，发现一两个草人，甚是静谧、肃杀和凄凉。但他们还是那样兢兢业业，勤勉不倦，缄默不语，不遗余力地守护着田野。这些田野的守望者，站成一尊尊大地上生动的雕塑，千年万年终是永不褪色的记忆。

稍长大一些，农家的孩子就要挑起生活的重担。我记得，清晨巴早起来割青草是我们一班"小把戏"每天必须做的功课。一个个脚上沾了泥泞，眼睛里跑进露水，但我们却是那般欢快，吹着口哨，脚步轻快，脸上灿烂如花。在弯曲的山路上迅跑如飞，眼睛发亮，挑着草色青青的地方，忽上忽下，忽左忽右，唰唰地挥起镰刀，一刀接一刀，一刀快似一刀。

那时，我有一个秘密：最爱跟在草玉姐屁股后面去割青草。草玉姐含着叶笛，梳一根大辫子甩在脑后。上了山，极随意地挽成一个蓬松的蝴蝶状，顺手摘一朵山茶花，插在头发上，又嫩又润，绰约多姿。一件红花布上衣，又短，又窄，显得有些年月了，但红花鲜艳如初，白底洁净似新。就是这件短瘦的红花布上衣，把个草玉姐的宽肩、丰胸、蜂腰和肥臀大大方方地显山露水。更妙处在草玉姐弯下身去，如狐般随镰刀挥舞，一步步地沿着绿色的斜坡往上边割去，往下边割来，推剪子一般。草玉姐的腰身起伏摇曳，看得下边的我停下镰刀，一动不动地凝望着草玉姐。有一回，不料草玉姐恰恰反过身来，我一怔，瞬即满脸绯红，慌慌地躬下身腰，一跳两跳地，跳出了草玉姐的视野。

草玉姐的美好，我一直定格在她割草的瞬间。后来，16岁的草玉姐被爹硬逼着嫁进了城里，是给一个瘫痪的呷"公家粮"的老男人做填房。自从草玉姐进城以后，再也没见她回来过。只听说草玉姐和自己的丈夫、公公婆婆并不和好，只听说草玉姐还惹了些风流事，只听说草玉姐在城里头见了村里的人总是躲着……村子里很多人就很是惋惜地说："是草命的人儿，不是金命、玉命的主儿。可惜了，玉碎了，心也碎了，再也难以瓦全了……"尽管如此，我还是常常记起草玉姐割草的美好时刻和满山疯长着的野草。

风吹草低见牛羊，我一生都无法走出我的村庄。牛羊的村庄，在青草的饲养中，变得壮壮实实，敦敦厚厚，憨态可掬。小草默默，牛羊默默，村庄也默默。村子里一辈一辈的人，平淡如水，缄默是金，冬去春来，默默地忙日忙夜，总是离不开草的怀抱。草色青青，绿水悠悠，春风荡漾，明月飞扬，山高水长。情无声，心有梦，路不尽。草民，是对他们最贴切的称呼，也是他们最本质的特征，融合了他们最朴素的感情：春天，你好！小草，你早！草草草，早早早；草草草，宝宝宝；草草草，好好好。你草，你草，你草草草；我熬，我造，我劳劳劳……

草民一生勤劳艰辛，草民的劲儿使也使不完，草民的力量无比强大，内心无比宽广和美好。小草是卑微的，也是坚韧的。小草常被人践踏，它却总是向上地生长。小草不计得失，平实无华，真实简单，快乐幸福。风起绿洲，草随风动，梦随心动。万物生，万物生光辉，万物由人生。

草根深深，草绳长长，人生路漫漫。搓得紧些再紧些，拴在村口的桃树上，拴在老宅的门环上，拴住善良无私的心，一辈子才不会走失人生。草绳似的黄土路，牵引着我们一回回回到故乡，回到我们的童年，回到我们的本真。

我家乡的地理形状，犹如一口讨吃的天锅，一日一日地，煎熬着生活。在那荒年难月苦日里，家乡的天空里常萦绕着阵阵药香。马鞭草，菊花根，黄鳝草，灯笼梗，艾蒿，鱼鳅蒜，鱼腥草，桉树叶，车前草，地达虫……草药遍地皆是。扯回来，洗净，往鼎罐里浸水煎熬。一把把柴火塞进灶膛，老半天老半天细火慢炆，火苗一股一股欢笑，和着鼎罐里咕嘟咕嘟的歌声，草药味顺着弥散的蒸汽飘出来，飘荡在村庄的上空，久久不散。

谁家有个头痛脑热、胸闷气喘、疮毒肿痛、跌打损伤、伤筋断骨，甚至病蔫蔫、卧床不起、奄奄一息，端起热气腾腾的满满的一大碗，咕嘟咕嘟一口气把药汤喝个底朝天。然后，袖口一擦，脸上立马由阴转晴，杂症疑难全跑了。有道是：大地生草木，性用各不同。民间有《草药歌》为证：贴地沾泥退肿红，方枝生毛能消风。尖叶生刺除积痛，枝红肉黄活血通。奶奶也常说，草药就是灵，草药就是好！这些俯拾即是的幸运草，幸福安康还真是少不了。当然，奶奶并不晓得我们今天时尚的说法：苦并生活着，痛并快乐着！我忽然想起一句话：时间是最好的良药。看看，草药能够安神补心，时光适宜养性修身。

当我们像草籽一样四处飘散的时候，当我们像草灰一样成堆的时候，我不知道我还记得什么。也许，我只能沃土；也许，我还会生长。不过，这一切，都不要紧，要紧的是我们像小草一般来过这个世界，草根深深扎进泥土里，贴土沾泥在大地上生长一遭，草一般地生活一生。

草嘛，有太多的人记得，又有太多的人正草一般地生活着。草光阴，药生活。也许，这就是他们的全部。

那患色盲的草花婶一生只认得一种颜色：草色（青色）。她把什么颜色都看成草色，青绿鲜嫩，春天的颜色。也许，草色青青，正是生命的颜色，力量的源泉。我想，正是因为草花婶心中有草色，她才能一人承挑生活的重担，起早摸黑，草深弄墨，把两个娃崽同时送进了大学，送进了城里。如今的草花婶，常爱眺望空旷的田野，和山那边喧嚣的城市。想必，她的天空里——依旧是大地春回，草色青青。

小草呀，你的美色，令人着迷；小草呀，你生命的力量，让人亢奋。古今中外，名人学士，均难形其色，难摹其状。难怪，古人叹曰：染亦不可成，画亦不可得。苌弘未死时，应无此颜色。无视小草，就是轻蔑生命，藐视大地。泰戈尔说得如此透彻和深刻："小草呀，你的足步虽小，但是你拥有你足下的土地。"白居易《赋得古原草送别》，留下千古佳句，更是家喻户晓："离离原上草，一岁一枯荣。野火烧不尽，春风吹又生。"

是啊，野草离离，生生不已；草根精神，不屈不挠，自枯自荣；草间求活，只为秋后积肥，撒向广袤的田野……好一首首野草的颂歌，好一曲曲生命的绝唱！为野草，也为我等草民，激动再三，唏嘘不已。

心头上种草，草色入帘青。

草色青青，春风声声，心曲款款。

又是一年春天，我回到故乡，回到草长的故乡，回到草根的家族中，回到我安身立命的地方。我融进了草的世界里，我找寻到我最初的童真，我体味到我人生最初的味道，我看见了我真正的模样——和草一模一样。

这样的时候，随便在草地上一坐，我觉得我立刻坐立成一棵小草，我清楚地看见自己的前生和今世。

草啊，你让我愈发地清醒：做不成花朵，成不了树木，落地为草，泥土中生，泥土中长，最后化为灰烬，化为春泥。草啊，你坚韧不拔、从容大度、自立自强、淡泊宁静、积极乐观的草根生活，又总是那样令我向往和珍视。

我是大地上的一棵小草，我是我自己的草！像草一样，把握住生命里的每一寸阳光，每一缕春风；像草一样，生命也许弱小和清贫，内心却无比强大和富有；像草一样，承受一切，忍耐所有，包容万物，舍得付出，不求回报；像草一样活着，活出草的风骨，活出草的自信，活出草的境界。

大地上，留下一粒草籽，见雨即芽，随风疯长。春天的阳光，照耀着我们的骨节；故乡的温暖，抚慰着我们的灵魂。我听见自己拔节的声响。我也看到，很多人与我一样，与草一般，不管高低尊卑，密密集集，积聚着三春再荣的生命力，肆意地生，尽情地长，草长莺飞，铺绿这个喧嚣尘俗的世界，绿到海角天涯，绿到天长地久。

"怕什么？草还在，故乡就丢不了。不要怕，草还在，心就在，梦在长。"奶奶站在我梦的夜里不远处，笑吟吟地告诉我。

我知道，我这一生，与草是分不开了。草有千千结，心怀万结开。儿时，奶奶常对我说："善心是光，真诚如花，忍耐似金。"那时，我不太理解，现在想起来，奶奶看得高远。想起奶奶，想起奶奶如草如芥的一生，我仿佛更有底气了。正如她说的一样，我想，把真诚带回家，把忍耐留给自己，把善念种进泥土，人生路上就会长出绿草，尘世中就会开出一树春天，天地间才能相拥真情！

推开窗，草色青青，如旗如风，似火似星，点亮乡村的灯，点亮心灵之光，照亮灵魂的方向，找到通往心灵的福祉。

春来草自青，秋到黄叶落。

静坐无所为，长听万物生。

（原载《雪莲》2017 年第 6 期）

当你老了

马慧娟

老太太又来串门，背着手，斜挎着包，满头银发勉强梳成背头，根根抖擞，还有几根散落前额。老太太八十七了，患糖尿病有 30 年了，但人很精神。精神到一个人住院。

医院是个没有隐私的地方，只要你健谈，只要点头认识，不到半小时，对方什么家境，几儿几女，因为什么病住院，儿女孝敬不孝敬就心知肚明了。即使你不健谈，只要对方热心，几个回合，你家锅大碗小也就一清二楚。

老太太记性真好，五六十年前的人和事说起来有板有眼，拉着以前旧邻居的手回忆自己的青春是怎样一点点消逝的。作为援建宁夏的第一批知识青年，他们为建设这片土地背井离乡，付出了太多。现在好了，领着高额的退休金，享受着国家各种补贴，基本没地方花钱。唯独一点，进出都是一个人。

老太太喜欢输完液后躲在楼道口吸烟，她可不能让护士发现，发现得说她，老太太一辈子好强，不愿意被人说。吸完烟就开始串门，迎面走来，老远身上一股烟草的味道，还混杂着一股尿臊味，两种味道不知道哪个遮掩了哪个。老太太似乎浑然不觉，门子串得不亦乐乎。坎肩的兜里鼓鼓囊囊的，又是烟，又是打火机，又是手绢，又是手机，一走一甩。

病房在八楼，对面临街，商场、KTV、夜摊，一片繁华地，各种声音攀爬上八楼，让病房和菜市场没啥区别。

马大婶60多岁，被老汉、女儿送来的，颤抖得像快要凋零的叶子，又像濒临死亡的病鸡，缩着脖子，蔫头耷脑。老汉看模样总是笑嘻嘻的，而她女儿则皱着眉头，嫌弃完医院嫌弃病房，嫌弃了床位嫌弃卫生，各种不满意从她嘴里不停地蹦出来，空气似乎都流通得慢了，空间更加拥挤。好不容易她女儿走了，护士扛着心脏监控、输液泵、氧气瓶、药液、针管……又是量血压，又是测血糖，没一会儿，马大婶就被全副武装起来，双手抱着膝盖，紧眯着眼睛靠在医院的墙上。护士嘱咐必须卧床，上厕所都不能下来，马大婶眉头紧皱，嗓子里哀怨地飘出一句话，这可咋办？

笑眯眯的老汉留下伺候病人，护士一走，他就断断续续地唠叨，你这样怎么办呢？车棚没人看，女儿儿子请不了假，谁伺候你呢，咱们又没钱，这烂医院，死费钱。

马大婶眉头拧得和打了绳结一样，眯着眼睛一句话也不说。利尿药一会儿就起了作用，她挣扎着要上厕所，可身体被氧气管、输液管，还有心脏监控仪的线扯住了。喊自己老汉，老汉在唯一的空床位上睡得鼾声如雷。马大婶都快哭了，好不容易把老汉喊起来，他笨手笨脚得不知道怎么办，又喊护士，等护士来，马大婶已经尿了一裤子。

90公分的床铺，怎么能容得下两个成年人安睡，但确实是两个人在那张床上睡了一晚上。女人因为胃里有息肉做了手术，一个人做的手术，一个人输液。下午时分，她坐在病床上焦虑不安，让同病房的人帮她看看，她哥哥要来。等了一会儿，一个身材高大、略有啤酒肚的男人拎着大包小包出现了。

一放下东西，他又是打水，又是浸湿毛巾给女人擦手擦脸地忙个不停，一脸的怜惜心疼。同病房的女人感叹，说看人家这哥哥，对妹妹多好！

但到晚上，这对兄妹就开始让病房里的人别扭。明明空着一张床，当哥哥的却不去睡，挨着自己妹妹躺下了，躺下了不说，还让"妹妹"枕着自己胳膊，最后直接拉怀里搂着了。哼哼唧唧的声音断断续续响起，病房里的几个人只能装睡。

夜晚漫长，对谁都是一种折磨。

刘奶奶总是被老姑娘牵着手领来输液，像个听话的孩子。安静地躺在病床上，被子盖得整整齐齐，她 84 岁了，保养得很好。眼神清澈，神情淡然，没有多余的一句话。而来陪护她的孩子们也一个个谦谦有礼，输完液就又被女儿牵着手领回来，走的时候，总和我安顿：晚上睡我的床上，你辛苦得，总也休息不好，别累坏了。温暖的话语不由得让人心生亲近，希望和这样的老人多待几天才好。

规划了两张床的病房，安置了五张病床，住了四个病人，除了床的过道，这间房再没一点空余。

好在刘奶奶和女人输完液体都回家了，只剩下马大婶和我们两家，四个人在这间房里。晚上陪护的是马大婶的儿子，他来的时候总会拎着各种零食，手里握着最新款的手机，耳朵里插着耳机。他把零食递到马大婶嘴边让她吃，马大婶总是摇头。递的次数多了，儿子也烦了，自己吃了起来。

楼道的灯彻夜亮着，马大婶的病情比较复杂，值班的护士一会儿来一趟病房做各种检测。马大婶的呻吟像从骨髓里剥离出来的，黏稠而深不可测。极度困倦下，我刚沉沉睡去，就被这种呻吟一把扯醒，心脏狂跳，一头冷汗，再也无法睡去。加了"速尿"（呋塞米），婆婆 40 分钟就要小便一次，她也被心脏监控仪、氧气管、输液泵控制，只能在床边小解，我眯着眼睛去卫生间提尿盆，心里万般抓狂。伺候婆婆尿完又要端进卫生间，拿尿壶量好量才能倒，等冲洗干净尿盆和尿壶，我的瞌睡已经没有丝毫。

每天早晨，女人总是先来，然后男人大包小包，气喘吁吁地随后赶来。男人在女人给别人的介绍里已经换了好几个身份，一会儿是哥哥，一会儿是老公，一会儿是朋友。到底是什么，谁也不能问。男人对女人很尽心，包子、豆浆、矿泉水、瓜子、核桃……两个人吃得慢条斯理，偶尔男人会喂女人，偶尔女人会和男人撒娇。刘奶奶说，看看人家那个老公，多好！

护士已经给那个笑眯眯的老爷子说了好几次，让买个尿壶量排尿量。老爷爷面对护士，只是憨笑着点头说好，但两天了还没买来。

老太太带着她身上的烟味和尿臊味又来了，坐在床边和刘奶奶拉家常。

看见刘奶奶枕头边上放着的老年人用的尿不湿，问多少钱，她也想买。刘奶奶的女儿抽了两片给她，让她试试好不好用，好用了她明天给捎带着买来，老太太连忙感谢，念叨说这闺女多好啊，我女儿要有你这么孝顺，我也就知足了。刘奶奶问老太太几个孩子。这一问，老太太的话匣子打开了。

老太太当了一辈子医生，五个儿女。退休二十多年，现在一个人住老年公寓。一个月工资六千多，有房。老太太平时喜欢抽烟、打个麻将，这么大年纪，和小年轻打麻将从来不输。提及儿女，老太太直摇头。说没人来医院伺候，她之前雇了一个保姆一个月四千五，还得管吃住。刘奶奶说既然拿钱雇保姆，为什么不给儿女让他们来伺候。老太太一笑，雇保姆我自在，钱给他们，他们都不愿意，所以我也不给他们。别以为我没钱，既然他们不管我，我就不巴结他们。刘奶奶说你要那么多钱有什么用啊，将来死了不也是孩子们的。老太太脖子一梗，他们想得美，我死了，钱全部交党费、捐希望工程。说这话时，老太太两眼放光，额头甩着的头发更加抖擞。

老太太总算走了，病房暂时安静下来。我在椅子上坐得昏昏欲睡，婆婆的鼾声一阵高过一阵，我起身拉她换了个姿势，鼾声低了下去。刘奶奶今天输完液要走，给我指着她的床，让我去睡会儿，说出门了，得照顾好自己，你一个人，抽空能睡就赶紧睡。刘奶奶暖心的话语让我感动，想起第一天住进医院，隔壁床上住着一个老太太，当时没租来凳子，我在床边上坐了一下，那老太太立马不高兴，又是嘟囔又是甩脸子，让我好不尴尬。

女人今天的液也输完了，她欢快得像一只小鸟，收拾着东西，和男人念叨要吃各种吃食。男人像哄孩子一样劝说，你刚做完胃部手术，还不能大吃大喝，熬过这几天，想吃什么我给你买。女人噘着嘴，这几天我都瘦了四斤。男人说没事，过两天吃着补回来。

下午的病房里，难得的清静。我躺在刘奶奶的床上，一边看手机一边观察着婆婆。几年前切除了一个肾脏后，现在又是严重的肺心脑病，她大部分时间都在昏睡。但昏睡的过程中，又是说胡话，又是手乱抓，刚住进来那一天扯掉了两个留置针头。所以我根本没办法安睡，顶多累极了打个盹。

我听着她胡话的内容不由得苦笑，她所有的心思都在黑眼湾，这个梁那个峁，和她共度一生的丈夫，和她结怨一辈子的小叔。曾经的牛，养过的驴，已经逝去的黑眼湾人，儿子，女儿……所有这些都充斥在她的胡话里，有时候好笑，有时候吓人。

她的一生都活给了伺候小儿子这件事情上，不让他受一点委屈，说她操碎了心一点都不过分。此刻在病中，仍然是各种各样的操心，给儿子孙子做饭了没，给牛添草了没，给狗倒水了没……所有的操心中，唯独没有她自己。

住了几天医院，马大婶的病似乎没有大的好转，她一直蜷缩在病床上，时不时呻吟。每天早晨，儿子天一亮就离开了，随后老汉提着早餐来陪护，说是陪护，其实大部分时间里他要么找个空床睡觉，要么在楼道的椅子上闲坐。护士又一次催问买尿壶了没有，老汉只说马上去买。等护士走了，老汉撇嘴，今天让买这，明天让买那，住个医院事情真多。

马大婶一声都不吭，闭着眼睛皱着眉头靠着墙。中午时分她外甥女来看她了，这是第一次有人来探视。老汉看见外甥女来了，打完招呼就跑楼道打盹去了。看着外甥女，马大婶眼泪下来了，和外甥女说自己这次是不是熬不过去了，住了这么久一点都不好转。又说护士让买尿壶的事情，说了几天了老汉也没买来。外甥女拉着马大婶的手安慰她，让她想开点。两个人有一搭没一搭地说着话，直到马大婶的情绪稳定下来。

一会儿老汉进来了，外甥女掏出 100 块钱递给老汉，让他去买尿壶，老汉推辞了一会儿，拿着钱走了。不一会儿就买回来了，把剩下的钱递给外甥女，外甥女没要，让他拿着吃饭。

女人每天被男人陪着来去，说说笑笑。来时一包吃的，走时一堆垃圾。今天女人的情绪有点不好，男人也沉默寡言。一回头，男人背对着女人盯着手机屏幕，女人默默地抹眼泪。我和刘奶奶的大女儿面面相觑，气氛一时陷入尴尬。端着盘子的护士进来打破了这种尴尬，她要给女人抽点动脉血。

针头挑着皮肉转圈也没扎到动脉血管上，女人大呼小叫直喊疼。她越喊小护士越紧张，额头上的汗都下来了。护士换了三个，也没抽出点血来，女人压着针孔龇牙咧嘴，靠着男人的胳膊把脸埋进男人的臂弯。男人不玩手机了，一只手搂着女人，一只手指着小护士的鼻子让给解释一下。小护士吓坏了，不知道说什么好。另一个小护士赶紧去喊护士长，护士长来了好言劝慰了一会儿，自己亲自动手，一针见血，总算把男人和女人的情绪给安抚了下来。

从儿子晚上进病房，马大婶就开始唠叨，你骑别人的车干吗？啊？你放在医院楼下被人偷了咋办？啊，人家一万多块的车呢！你怎么这样不让人省心？我的命好苦啊，你说，你姐刚结婚就离了，你现在都27了还没找到对象，你说，你们是不是要气死我？再说了，你连个驾照都没，万一让警察逮住咋办？

儿子开始还耐心解释了一会儿，可越解释马大婶的唠叨越多。儿子有点愤怒了，目不转睛地盯着马大婶，最后长出了一口气，说，你刚好一点就有力气骂人了，有这力气你倒是好好养病，早好早出院，也让我正常上班。

儿子这样一说，马大婶不乐意了，一下子哭闹起来，我就知道你们爷俩盼我死呢，我死了你们就都好过了是不是？一边说一边开始扯身上的各种管子。儿子急了，一把抱住马大婶，连连道歉；可马大婶情绪激动得不行，哭了一会儿居然开始呕吐，吓得儿子急忙喊护士。

护士不知道发生了什么，又是量血压，又是测血糖，各种检查，最后嘱咐安静卧床，不要再乱动。病房恢复了平静，只剩下马大婶的呻吟，儿子无奈地站在床前，像打了败仗的将军般颓败。

一整晚，马大婶时不时喊儿子起来下去看摩托车在不在。在儿子万般不情愿的回应中，我几乎一夜没睡。天刚亮，马大婶又喊儿子，快点起来，趁警察没上班赶紧把车骑回去，骑回去就还给人家……儿子眯着眼睛把头在枕头上撞了几下，爬起来头也不回地走了。

随后的两天，不管是醒着，还是小睡的时候，"摩托车"三个字像幽灵一样时不时出现在我耳朵里，马大婶拿摩托车把儿子控诉了一次又一次。探视的亲戚、老汉、护士，病房里的每个人都是她倾诉的对象。好像她儿子不是 27 岁，而是 7 岁。

刘奶奶要出院了，她逐一和病房里的人道别。短短几天，相处的情谊已经让人记住了这个和蔼可亲的老奶奶。我突然心生羡慕，如果我老了，能活得和刘奶奶一样优雅淡然，何其荣幸。

我在凌晨时分才能睡一会儿，然后被各种声音吵醒。护士查房，清洁工打扫。七点半就要安排婆婆吃早餐，然后等护士输液。走在街上，脚底下感觉踩着海绵一样。早晨的银川，卖早餐的摊贩和买早餐的顾客随处可见，各取所需，然后散去，顾客脚步匆匆，摊贩手忙脚乱，城市在这份早餐中苏醒，繁华，直至拥挤。我鼻子里有点疼，一揉，黏糊糊的，一摸，原来鼻血下来了。

我用纸塞着鼻孔进了早餐店，这里卖包子油条豆浆。家族式的经营，儿子儿媳在外面蒸包子，老妈妈在里面盛稀饭豆浆。喜欢老妈妈一袭素净的短袍、洁白的盖头。看见戴着白帽子的我，老妈妈微笑，把我拉到后厨，让我洗洗手和鼻子。我尴尬地笑着。老妈妈问伺候谁呢，我说婆婆。老妈妈点头微笑，真是好媳妇，真主会慈悯你的！别太累自己了，你这样子一看就是熬的。我端着老妈妈盛的热乎乎的豆浆，心里也热乎乎的。

刘奶奶出院了，女人出院了，马大婶正在好转……终于在第十四天，大夫通知我，我们今天下午也能出院了。

（原载《黄河文学》2017 年第 4 期）

父亲跟我去打工

刘云芳

那些年，我总觉得自己出生的小山村和工作的 S 市是生命的两个端点。在那个闭塞的小山村里，父母总是一脸的骄傲神色，逢人就说我到了"好处"，也就是万事顺心的富贵之地。他们完全不知道从走出山沟到立足城市需要付出多少艰辛。我在不同的行业间辗转，尝尽酸甜苦辣，这些事情只能偷偷"消化"。直到后来进入一家通讯公司，我才算有了相对稳定的收入。我白天忙工作，晚上去附近的夜市上摆摊，只为回家时把自己伪装成一个生活优渥的人，多给家里些钱。

我知道这一天早晚要来。父亲打来电话让我给他找工作。村里像他这个年纪的人已散落在不同的城市，他为了自己热爱的电工工作，一再留守，却没预料到电工岗位调整，被迫下岗。有着 30 年工龄的父亲像一只被漏电打伤的燕子，在电线与陆地之间无所适从。所以，我只能答应，并且迅速把摆摊卖剩下的货物转手他人，用最好的状态迎接父亲的到来。

一

来 S 市之前，父亲在山下的蘑菇厂上班，一天工作十几个小时，每月只有 600 块工资。为了省钱，他省吃俭用，恨不得把钱串到肋骨上。可过日子、亲戚家红白喜事哪个不得用钱？我还有个弟弟，已经结婚，弟媳不让弟弟外出打工，因为缺钱，两人常常闹矛盾……生活处处都在张嘴。再加上父亲现在没有工作，他的心里怕也要长蘑菇了。我每天在报纸和网络上细致搜索招聘启事，又四处打听，终于看到一个玻璃厂在招工，简单咨询之后，对那里充满了期待。

两天后的夜里，父亲到了 S 市北站。他拎着大包小包从栅栏门里出来，把大包给一旁的陌生男人，对方一再道谢。父亲这一生出门的次数不多，算上当年送我去上学，这是第二次。他兴奋地跟我描述着火车上的见闻。

走进破旧的老楼里，父亲的步调放慢了。尽管他在极力掩饰，我还是看出了那种无法掩盖的惊讶。这么多年，我一直在家人面前隐瞒和美化自己的生活，让他们觉得城市是多么美好，女儿是多么幸运。他看到真相时心理上自然会有落差，可父亲不知道，我是换过十几个地方，才住在这样的房子里的，在我看来，它已经非常好了。

父亲一边坐在沙发上唠叨打车太贵，一边从口袋里掏东西。那几个苹果是我家树上结的；石头饼，是母亲为他做的干粮；还有一把核桃、一包年糕……他把这些吃食放满桌子，让我吃。接着，又掏出自己的证件。这三张证件简直就是他人生的标尺。高中毕业证上的他，面庞消瘦、青涩，还没有岁月踩踏过的痕迹；电工证上的他因为有了自己喜爱的工作显出了自信，开始发福；二代身份证是为了出远门新办理的，他也未曾预料到，在"知天命"的年纪，还要外出打工，目光里蓄满了迷茫。

第二天一起床，他就在屋里四处检修。不一会儿工夫，台灯、热水壶……许多原本打算扔掉的东西重新派上了用场。父亲修理的不只是电器，还有我漂泊的心境，他按下那些按钮的时候，我觉得自己也像那些电器一样，注入了新能量。这个临时的居所顿时有了家的味道。

弟弟婚前在这里打工时用过的自行车还在。我家在山区，自行车是用不上的，但父亲上高中时还是学会了骑车。这个技能只可当作谈资，一旦真实施，他就心虚了。他笨拙地跨过横梁，腿哆哆嗦嗦，小心地驱动车子。我们上路了。父亲像声控的机器人，一路上全凭我的指挥。那段路不算近，走了一半，他就说，以后上班，干脆步行。又说，他以前去煤矿上班，都是走着的。我知道，那时，天不亮他就头顶着矿灯出了门，天黑透了才回来，路上要花好几个钟头。从煤矿回来的他像个黑兽，几盆水端进端出之后，他的本来面目才显露出来。有次，这只"黑兽"脸上竟然淌着血，两只黑手掌也满是鲜红，好像生吃了什么活物一般。母亲吓得尖叫，端来水为他清洗，最后确定那伤口就在鼻梁上。别人受点伤恨不得倒在煤矿上，父亲倒好，硬是没吱声。幸好那口子不太大，但一块煤屑就像琥珀里的小昆虫一样，长在了父亲的肉里，成为他窝囊的证据，让人诟病。年幼不懂事的我也曾用同样的眼光注视过他。

那家玻璃厂在几座高楼之间。穿过有些破旧的院子，是一个空旷的大厅，两个比父亲小不了多少的男人正抬着一块玻璃。我们的身影映在玻璃上边，好像是这影子过于沉重，压得他们直不起腰，那两个人缓慢地挪动着步子。父亲边走边看他们，紧走几步撵上我，悄悄说："这活儿，我干得了。"

在大厅北边的隔板后边，我们找到办公室，一个黑胖的中年女人正在接电话，"活儿不累，你来看看吧。"这话几天前她也对我说过。她用滚圆的手指示意父亲坐在办公桌对面的大木椅上。那把木椅非常简朴，与办公桌隔着一段距离，让人想到审讯犯罪嫌疑人的现场。父亲很不自在，不住回过头看我。

女人接完电话说："这活儿全凭一股子力气，搬一块玻璃三块钱，你跟谁合作，就跟谁分钱。"我问福利和权益保障的问题。她撇嘴一笑，点起一支烟，"这儿没那些讲究，大部分人一个月都能领个两三千的。"她让我们想想。

走出办公室，一胖一瘦两个工人正在墙角搬玻璃。胖工人干活前先往手掌上啐口吐沫，瘦工人不吱声。两个人蹲下去，齐声高喊"起"，只见瘦工人脸上的青筋马上暴涨。父亲忍不住想搭把手，瘦工人却摇头说"不用"。他们吃力地抬起这块巨大的玻璃，要把它送到几十米外的一辆卡车上。返回时，他们接住父亲发的烟，夹到了耳朵后边。瘦工人说："这活儿不好干，玻璃易碎，碎上这么一大块，几天都白干。"父亲向他们讨教搬玻璃的诀窍，恨不得当即留下来。走出厂房后，他嘴里又说："这活儿不难。"

父亲是讲体面的人，我带他去粥铺吃饭，他当时安静地吃粥吃菜，回到出租屋却感叹起来："一份粥竟然五块！一盘菜二十多！得搬多少块玻璃！"他已经把自己当成一个搬运工了，完全没想到我会反对。我不想让他像胖工人和瘦工人那样，每天面对无数透明而沉重的玻璃并随时担心着玻璃的破碎。父亲不会反抗，身为长子，他从小听命于父母，一直是家庭利益的牺牲品，娶妻之后，大多事情也都是我母亲做主。父亲像一棵树，风霜雨雪来了，都努力接住。面对我的态度，他只反问："不就是力气活儿吗？"但我一坚持，他也不再说什么了。

二

看见路边修鞋人穿针引线，父亲说这活儿他能干；路过一个工地，他仰起脖子看上边忙碌的微小的身影，说这活儿也可以试试……他羡慕所有忙碌的人，甚至也买求职报刊，在上边勾勾画画，寻找目标。我给他钱，他总是好半天才伸手。晚饭后，他会认真地给我报账，并把剩下的钱放在显眼的地方。

在城市里没有手机怎么行？我找个旧手机给父亲用。这是他第一次拥有一部手机，新奇地按来按去。我说："单位给报销话费，想给谁打就打吧。"他把自己的小电话本拿来翻了一遍，却一个也没拨出去。

父亲太想工作了。如果可以选择，他最想做的是电工。听说有家网吧在招电工，我们赶紧跑去问。对方一听父亲是农村人，立刻换上一副鄙夷不屑的神色，用充满疑虑与挑剔的眼神在他身上扫来扫去，活像审视一个贼。因为上任电工就是农村的，晚上把电脑偷出去卖，等他们发现，人早就没影了，所以，他们招的电工必须是城市户口。我一下来了无名火，急忙辩解道："一个农村人偷了东西，就断定所有农村人是贼？"老板出来说："如果真心想来，就交两千块钱押金。"父亲低着头一句话也不说，好像他真参与了偷盗似的。找份工作，还需搭上一个老实巴交的农民的尊严，这让我和父亲备受打击。我替他选择了离开。可找不到工作，又让他很沮丧。

在出租屋里，他是给我洗衣、做饭的父亲，出了那间小屋，他就变成了我的"孩子"。他站在农村和城市之间的窄桥上，不敢通行。他有那么多新奇的问题，等着我解答，而许多是我曾经好奇过，却从来不敢开口问别人，最终习以为常的东西。哪怕我表现出不耐烦，他也毫无察觉，依旧追问着"为什么"。

父亲一个人坐在灯下的二手沙发上看我换鞋，他成为灯光里人形的黑洞。我心里猛地一揪，说："跟我去吧，一起去聚餐。"他好像一直在等这句话，急忙站直了身子。朋友们让他点菜，他执意不肯。他说家乡话，大家听不懂，还得猜意思。起初他还不好意思，后来发现这群姑娘并无恶意，渐渐放松了。她们围着他叫"爸爸"的时候，他的脸红了好一阵。

走出饭店，有股清冽的气息扑面而来，是春天的味道。父亲把我准备打车的手压下去，建议步行回家。那天，跟父亲一起穿过大街小巷，忽然觉得独自闯荡十年练就的硬壳瞬间被软化，破壳而出的是一个满心甜蜜的小女孩。

"爸，你该早点来。"我说。

"早来，还不是早点拖累你。"他说。

几天后，朋友娴来了电话，说她母亲工作的那家钢管厂在招人，让我父亲去看看。我特地请了假，陪父亲面试。因为路途太远，我们坐公交车去。转了趟车，到达终点站时，娴已经在路口等着。走过一条泥泞的小土路，拐弯，视野便开阔起来。娴领我们走进一个大院，只见院子中央堆满了各种形状的钢管，一旁还有些生了锈的专用器具。正前方是个大车间，一股子怪味飘出来。推开侧边的小门，看见一个捂得严严实实的工人正在地炉前跳来跳去。他要把那些烧制好的钢管从火里扒拉出来，还要把一些制好的钢管坯子放进火里。这里边闷热得厉害，让人喘不过气，我们都捂紧口鼻。

娴的母亲从西南角的一扇门里走出来。她戴着口罩，只露两只眼睛，我从那两只眼睛里分辨着她与娴相貌上的联系。她大声说："干这活挣得最多，但也最辛苦。"父亲平时怕热，吃顿饭都能像太上老君的炼丹炉一样，不断冒热气。娴的母亲领我们去另一个车间，进院之后一直缠绕在耳边"嗡隆隆"的声音就是从这里发出的。几个戴着口罩的工人，每人操控一台打磨机，身边堆着两小堆不同样式的钢管。他们朝着娴的母亲点头示意，手里的活儿一直没停。

父亲决定做打磨工。入职手续很简单，办公室的人复印了身份证，记录了手机号，第二天就可以上班。父亲开心极了，一直在评价那些钢管。"什么都有啊！"他说。

父亲决定住在厂子里。宿舍在厂院对面，是一排矮房子，门前堆放着各种垃圾。有两间房子开着门，一家的小孩猫着身子往外看，另一家的饭香正伴着油烟飘出来。分给父亲的那间房子还比不上我家牛圈，墙砌得歪歪斜斜，一扇钉着白色塑料布的窗户也小得可怜。屋子里没有床，用砖石垒了个窄炕，上边有只露了洞的袜子。地上到处是上个住户留下的生活垃圾。父亲把我轰出去，独自在里边打扫。

邻居家的男人端着饭碗在门口站着。父亲把那堆垃圾推出来，琢磨如何处理的时候，那个男人用筷子指指前方说："就扫那儿吧。"父亲迟疑了片刻，才让它们归入到垃圾堆。吃饭的人看着在远处跺脚震落鞋上尘土的父亲说："你们是讲究人，不该来这里打工。"

我拿了报纸往砖炕上铺。砖缝里几只潮虫正在四处游荡，它们发现了我，急忙藏到砖底下去了。这样的地方自然免不了有各种虫子，我又不能把炕给拆了，只好硬着头皮继续铺。原本大小合适的单人褥子和床单，竟然悬下一截子来，这炕实在是太窄了。我把窗边的砖头盖上一层报纸，放水杯什么的。父亲去外边找到几段树枝，插进墙里，用来挂包和毛巾。之后，我见识了他们所谓的厕所，那里除了遮羞的围墙什么都没有。满地粪便和皱巴巴的卫生纸、卫生巾，让我强烈的生理需求立马消失得无影无踪。接着，我又跑了趟小卖部，回来递给父亲一支小手电筒，提醒他晚上去厕所时，千万小心。

临走时，我往父亲口袋里塞了 500 块钱。他却抽出三张还给我，说钱多了容易丢。接着，他走出大门送我。我跨过路上的臭水坑，回过头，看见他还在原地站着。我向他晃了晃手机，他摸摸自己的口袋，点了点头。

父亲千里迢迢投奔我，我却带他去了一个条件如此艰苦的地方，母亲知道后会有多失望？后来跟母亲通话，才知道父亲跟她讲新工作很好，他处处满意。我忽然觉得人一旦远离故土，就自动拥有了粉饰生活的本领，像父亲这么老实的人也不例外。

下班后，我一边吃他煮剩下的挂面，一边想他在做什么。在那间幽暗的屋子里，父亲吃东西时，那些微小的潮虫或许就在啃食从他指间遗落的碎渣。我记得小时候，他喜欢端了海碗在门口吃饭，他故意撒下一些细面条或者馒头屑，让小蚂蚁们有的忙乎。他喜欢看蚂蚁们互相碰着触角分享彼此的喜悦之情。

七点钟，父亲在吃饭，八点钟该做什么？睡觉太早，难道看着墙壁发呆？或是去隔壁家蹭电视看？那主人看起来应当是慷慨的，可像父亲那样不喜欢占人便宜的人，在别人的屋子里，该是怎样地拘谨。我一次次拨他的号码，却没人接，便急忙穿了外套，拿了钱包就往外走。刚出楼门，我就站住了，父亲竟然在门口站着！

"爸！"我像好几年没见他似的。

父亲面露羞色，跟我解释：他买了碗面吃，然后去拉灯绳，灯泡闪了两下就灭了。这样的事儿难不住他。但父亲走出院门，发现通往城市的那条路比通往小卖铺那边的路更亮一些，他走出去，恰好最后一趟公交车迎面而来，就坐上车回来了。父亲省略掉了这其间的心理感受，但作为一个在异地打工的过来人，我知道，把他从一个小屋里驱赶出来的绝不可能是黑暗，而是孤独。他兴奋地说着厂子里的人和事。他的邻居很热心，教他怎么打磨，告诉他验收标准，为了让他听得懂，尽可能淡化自己的河南口音。车间里干得最好的是一个壮实的年轻人，大家休息的时候，他也不休息。后来父亲才知道他是个残疾人，十几岁的时候，出过一次车祸，命运因此被改写，他平时住在那排矮房子里，逢年过节才被接回家。

父亲像多年前的我一样，每天早晚赶公交车。我能体会那种挤在陌生人中间穿越大半个城市的感觉，想象得出孤独是怎样一直纠缠着他。但父亲想的不是这个，他开始心疼钱：一天来回得四块，一个月就是 100 多。父亲打起那辆自行车的主意。有天回家，我看他在一张纸上画地图，标路线，并自言自语："没多远。"好像这城市已经浓缩成一张纸似的。

第二天早上，他气喘吁吁地打来电话，说已经到了，比平时坐车早了半个小时。晚上，却迟迟不见他回来，电话又不接。我站在阳台上一遍遍往下看，后来干脆去小区门口等。父亲打来电话，低声说："我迷路了。"语气像个犯错的孩子。他说不清自己的位置，我让他问路，电话没有挂断，我听到他在那端拦下匆匆走在夜色里的人。

父亲的目光在车流里打捞着女儿的身影。等我从出租车里出来的时候，看见他正一脸茫然地站在路灯下。父亲从来没有这么沮丧过。他不断自责，我搬出自己的糗事安慰他。我本来不会骑车子，参加工作后，买了辆二手自行车，只花半天的时间练习，第二天，骑车子去上班，竟然骑上就停不下来。我同事直在后边喊"捏闸！捏闸！"可我紧张得不知道捏闸这么简单的事该怎样操作。有次过马路，交警冲这边喊："拿一下你证件！"我立马去翻包，交警已经越过我，走到一辆私家车旁。讲到这里，我已经乐坏了，可父亲却"呼噜噜"吃着面条，始终没抬头，也没说话。

我说打个车回去，他却坚持要载着我。我坐上去，车子扭动了几下之后，慢慢平衡。闻着他在厂子里沾染的钢管的气味，我希望自己能轻成一株草，或者生出翅膀，带着这辆车子起飞。一个在农村生活了 50 年的人，闭着眼也能找到自己的土地和房子，到了陌生的城市，他失去了这样的本领。父亲不断自责，说自己笨。那辆自行车就此淘汰。我办了张公交卡，说那是单位的福利。他半信半疑，但还是像小学生一样把卡挂在了脖子上。每次看他带着这张卡老远走向我的时候，我的眼泪就开始蠢蠢欲动，我必须一遍遍控制自己，否则，它们就会破堤出来。

父亲变得注重自己的仪表，不管多累，他都在那间宿舍里把自己收拾利落才回市区。在陌生的环境中，他极少跟别人有语言上的沟通。跟其他进城打工的人一样，他尽可能把乡音藏起来，不暴露自己农村人的身份。城市里到处都是这样的"潜伏者"，他们想尽办法掩盖着自己身体上、表情上的地域标记。

三

村里人进城是容易迷路的。

想找一个迷路的人是容易的，让一个迷路的人回家却不那么容易。很多迷路的人并不知道自己已经迷路，他们原本以为自己会一路走下去，把路边繁华的东西占为己有，然后携带回家。结果却一头撞在繁华的假象上，忘了归路。

有天晚上，父亲接到电话，说我表叔要来。我们去车站却接到了五个大汉。我带他们去吃饭。在一个饭馆里，父亲把菜单递过去，让他们随便点。我理解父亲的心境，他要表示出自己的慷慨，让人觉得我们在外边混得不差。

我想找家宾馆，他们却拒绝了。那天晚上，父亲的房间被占领。烟雾和说话声填满了所有的空间，这间小屋顺着方言一下子穿越回了故乡。我出去买了些鸡爪、花生米之类的吃食，又买了两瓶简装的酒。父亲已经戒了烟，不喝酒，也不吃肉。他把花生米的红皮一点点捻掉，听他们说话。他们讲起自己在各个城市的遭遇。起初还是令人羡慕的幸运故事，几杯酒下肚之后，开始诉苦。

"我们这些人长年在外，跟老婆孩子分居两地，跟光棍有什么区别？"

"有时候，还不如光棍！光棍好歹一个人吃饱全家不饿。"

"我那儿也不怎么样，包工头一直不发工资，我们也不敢辞职。要不都打水漂了！"

"我这么累还不都是为了我那臭小子，供个大学生太不容易了，我上次去看他，这小子拉着个闺女的手，都不敢认我。"

…………

只有角落里的鱼楠不说话。

鱼楠比我大几岁，很早就辍学在家，先是放羊，后来跟大人们去挖矿。过早地参加劳动，让他看上去很苍老，更像一个中年人。他倒上一杯酒，"咕咚咚"往下咽，让人怀疑那是一杯水。他叔叔赶紧把杯子夺走。

他们对父亲说："还是你省心，儿媳妇娶了，现在还有份工作。"父亲把几颗花生送到嘴里，一边嚼一边说："各有各的难处。"

这时，鱼楠忽然哭丧着脸，让我买酒去。别人都阻拦，说他喝多了。鱼楠却从口袋里摸出几张百元钞票来，大声说："买酒去！"父亲把我推进了卧室，让我早睡，并且嘱咐，把门插好。

他们还是出去买了酒，在酒精的作用下，倾诉的声音交织在一起，全部灌进父亲的耳朵里。这是一群身体使劲儿往外跑，心却使劲儿往故乡缩的人。我想，假如父亲也会喝酒，喝醉后，他会说什么？会为什么而哭泣？是为在老家照顾老人、侍弄庄稼的妻子，还是为在婚姻矛盾里压抑的儿子？

我被他们吵得睡意全无，出门跟父亲说要去加班，他一直把我送到单位门口。

第二天早上回去的时候，父亲正忙着清扫垃圾。洗手间的门开着，里边散发着呕吐物刺鼻的气味。卧室里传出不同频率的呼噜声。客厅里因茶几和沙发都搬进了父亲的房间，显得很空旷。我那间屋子的门关着。父亲说："我没让他们进去，怕把你床弄脏。"我从父亲手里抢过笤帚，让他赶紧去我的房间里休息会儿。再过一个小时，他还要去上班。

临近中午，表叔打来电话，向我打听去保定怎么坐车。他们这一站一站地跑是为了什么？晚上，我在父亲那里找到了答案。

鱼楠媳妇跟人跑了！对方是我的小学同学。他们以为我们同学之间肯定有联系，所以一路追过来。我开始理解鱼楠前一天晚上的举动：他一再向我打听那个小学同学的消息。他媳妇很漂亮。早年，他在村里挖矿，日子算是很富足的。可是这几年，城市的诱惑越来越大。鱼楠老实，不愿意出门。而我那位同学却不一样，他追求新鲜、刺激，几年间辗转于各大城市。他有过很多女朋友，却始终没有结婚。那一口夹杂着多地方言的普通话，不费吹灰之力，就燃起了山村少妇蠢蠢不安的心。听说，我那同学带她穷逛了几次商场、看了场电影，就轻易地把她带走了。

鱼楠花光了积蓄，也没能找回媳妇。

后来，鱼楠回村里放羊去了。几个月后的某个深夜，有人敲他家的门。狗没有叫，人竟然走到门口。他以为是自己的父亲，懒洋洋走到门口，却看到一个头发散乱的女人。她伴着冷风一下撞过来。这个女人竟是自己的老婆。听说，他们私奔后再没看过电影，没逛过商场。许多次，他们住在火车站，甚至大桥底下，时常拿砖头当枕头。后来天冷了，她实在忍受不了，就回来了。村里不只鱼楠有这样的命运，但更多人的媳妇没有回来。传言中，她们要么跟了别的男人，要么一头扎进了灯红酒绿里，做着让长辈和族人蒙羞的工作。

我的弟媳最终也跑了。我听到父亲叹气："条件好的那些人家的媳妇就没跑！"父亲把儿子婚姻的不顺归为自己的贫穷。弟弟他们只办了酒宴，没有领结婚证，这在老家不算新鲜。按照村俗，只要女方不松口，我家就不能提分手，否则那笔高额的彩礼就得打水漂。

父亲一心想着多挣些钱，这样就能贴补他们。希望儿媳念在长辈勤快的分上，可以回心转意。我一次次劝解他："这件事不怨我们，是坏掉的风气和人心造成的。"父亲说："还是因为咱家底薄。"我无言以对，只能背着他去找律师询问。

那天夜里，我梦见我们村子上空的天烂了一大块，大家满面愁容地往上看，生怕天会塌下来。父亲却在案板上不住和面，他说："能补上。"可是怎么补？用他手里的面团吗？

四

父亲已经习惯了车间的生活，嘈杂的声响里，他不断打磨着那些管件。父亲也像管件一样，在这城市里经受着最大限度的打磨。

我有段时间经常加班，他回来后先不回家，而是在单位门口等我，然后陪我去买菜。有时会遇到我的同事，不等我介绍，同事就问："这是你爸？"父亲这时会特别高兴，说："你好，你好！"样子很滑稽。同事如果再说："你跟你爸长得真像！"他就乐得五官移位了。

许多个夜晚，他独自在出租屋看电视，有时困得直打盹也不去床上睡，就为等我回来。那个在老家什么事儿也不做的父亲，在这里替我收拾屋子，给我洗衣服、袜子。好几次，我去吃加班餐，路过小区，看到出租屋里的灯还亮着，就叫他一起去。父亲喜欢跟我的同事、朋友们在一起。他说："他们人真好，并不因为我们是农村人，看不起我们。"我对他说："自己看得起自己就行。"他说："很多时候，人不是这样的。"

我带父亲去过一次动物园。在那里，我们看到鳄鱼拖着笨重的身体一跃而起，在人们垂下的长竿下抢食物。那几个瘦弱的小鳄鱼也是如此，但它们没有命中目标。它们付出的辛苦并不少，却收获寥寥。其实，像父亲这样大批进城务工的人也是如此，不少人尝到了收获的甜头，更多的人品味着现实塞给他们的苦涩。

我见过父亲在他那间宿舍里吃面的场景。他食量大，要先吃面，再把馒头一块块掰碎，泡到面汤里。他尽量让自己的午餐预算不超过五块钱。看见父亲这样，我就如百爪挠心，悔恨自己曾经的奢侈和浪费。虽然在别人眼里，我是难得一见的节俭型姑娘。

父亲领到第一个月工资的时候，要给我买衣服。琳琅满目的货物让他大开眼界。父亲给母亲买了件衣服，给我买了条裙子，都不超过五十块钱。他又买了几个超级大钉子，说是牛圈什么地方要用，又买了一管胶水，说是家里有件家具坏了，需要这种胶水，一直没买到。他还相中一个电锤，可因为价格太高，放下了。父亲这一代人跟年轻打工者不同，哪怕走得再远，也会据守着自己的家乡，想着家里那些需要修补的漏洞，需要收拾的器具；年轻的打工者一旦离开，想的是如何彻底与家乡决裂，在外地扎下根来，变成一个城里人。

那天，他给自己剩了 100 块钱，把剩下的全部寄回了家，好像是 500 块。

弟弟的婚事必须得有个了断。我已经咨询了律师，说彩礼中的大部分是可以要回来的。父亲觉得打官司这样的事不体面，为此，一拖再拖，直到麦收时节才准备回去。这期间我在异地的男友来过两次，我们定了婚期。如此一来，我就得离开 S 市。父亲原想，等忙完了家里的事，就带母亲来 S 市。他俩住在那间宿舍里，一起打磨管件。两人一个月挣 3000 多块，日积月累，也能有些积蓄。可这个设想终因其他突如其来的事情变成了幻想，父亲也得离开。

父亲把宿舍里的物品倒腾回来，跟厂里请辞。厂里同意他走，却没结清工资。从此，我一有空就往那里跑。娴的母亲也帮着说了不少话，却无济于事。厂里想尽办法克扣，每次都因为谈不下去而告终。父亲后来给我打电话说："实在不行，就别要了，胳膊怎么也拧不过大腿。"

我 100 个不服气。为了节省要账成本，我每次都骑着车子去。走过那条泥泞的小路，车胎就裹满泥浆。每次，我都低着头，心想，这段路隐藏着父亲多少脚印呢？

最无奈的时候，朋友给我出主意，让我找媒体。那天，我找出自己在报社工作时用过现已过期的工作证去了钢管厂。进门之后，那个工作人员抬了下头就忙自己的了。等我把工作证的封面亮给她看，说："今天，我的身份不是给父亲要账的女儿，是 ×× 报社的员工，咱们谈谈吧。"

那个人立马站起来，说去请示领导，也就是她的表哥。不一会儿，她回来，在抽屉里找到一张单据，让我写上父亲的名字。整个过程不过几分钟。拿着那些钱出门的时候，我的手一直在抖。

五

那辆二八自行车，父亲以极其便宜的价格卖给了他宿舍的邻居。我看到两个男人交接、告别。父亲一直看着对方走远了才走。

我也要离开 S 市。这些年我的家当非常壮观，如果父亲不带走，就只能遗弃。父亲当然舍不得，他恨不得自己能有布袋和尚的神力，把它们通通打包。我们把其中一部分从邮局寄走，可剩下的依旧是座小山。可他却信心满满地说："没问题！"临行前，我去了趟市场，把他相中的那个电锤买了下来。父亲爱不释手，却抱怨我乱花钱。

那天晚上，我送父亲进站。如果不是他频频回头，我很难从那些不断前移的蓝道道行李包中确认出哪个是他。这是一支浩浩荡荡的打工大军，他们有的走在归乡的路上，有的在转往他乡的途中。我帮他把行李搬到了车厢，匆匆下车。我注视着坐在"大铁盒"里的父亲。我们听不到对方的声音，彼此的心意却十分明了。一串泪珠迫不及待地从眼眶里爬出来，我不敢擦拭，努力支撑着面部的微笑。他也在极力控制，如果不是火车及时把他拉走，我就会看到他流泪的样子。他的那串眼泪一直积攒到半年之后我新婚的那一天。所有人满面欢笑，只有父亲在一捧开得炽烈的玫瑰、百合背后偷偷抹拭着泪水。在花朵的映衬之下，父亲的脸显得沟壑丛生。

在 S 市打工的经历，最终变成浪花碎在他生活的堤坝上。他时常说起我带他去超市，去某个饭店，去动物园……那是因为现实太过苦涩，他再没有得到其他的惊喜。他越是跟人炫耀我那段时间给予他的照顾，我越是心生愧疚。

我能想象父亲带着那一堆行李下火车后的情景。那个傍晚，父亲跟那些行李挤在弟弟的摩托车的后座，如一只巨大的蜗牛攀爬在盘山道上。

第三天，我忽然接到父亲的电话，是我在 S 市给他办理的号码。他高声喊着我的名字，信号时断时续。还没听清他说的是什么，就断线了。再打过去，先是"无法接通"，之后是"欠费"。我打家里电话，一直是占线的声音。我心里忽然被捅出个窟窿，担心得要命。我急忙托人上山去看，才知道村里的电话线路断了，父亲拿着手机爬上北边的山梁，只是想告诉我，他到家了。

后来，父亲经常用家里的电话拨那个弃用的号码，提示当然是"空号"。我问他："你是要跟以前的自己通话吗？"有一次，他竟然打通了，对方还没有开口，父亲就赶紧挂断了。

（原载《长城》2017 年 2 期）

私菜谱

维 摩

厨房是女人的战场。在这里她们发如飞蓬，挥汗如雨，与菜蔬对峙，与油烟奋战，与锅碗瓢盆广泛结盟。纤纤素手舞动寒光，砍瓜切菜，剖肉斩腥，煎炒烹炸，手段辛辣。对待食材的冷酷完全背离了女性应有的温婉，她们毫不留情地击败男人的味蕾和胃袋，展现自己在这里不容置疑的统治力，一如男人们在战场上的强势。

小时候，每餐吃什么大多是由母亲决定的。掌控厨房的女人此时在婴儿舌尖种下了伏脉千里的"家学渊源"，导致他成年后对一个菜品最高的评价，即是"有妈妈的味道"。放眼中外，莫不如此。

然而味道并不意味着一切，更多时候，一道菜连接的是一段记忆，蕴含的是一段时光。

鱼钻沙

名字很动人，然而东西着实简单。

这个东西，亦菜亦饭；熬稠了是粥，熬稀了是汤。听上去津津有味像谜语，吃到嘴里却是寡淡得很。早些年，这是我晋东南老家，每个执掌厨房的女人食谱上必备的菜品。说是"菜品"，实在高估了它。其实是将黄土高原盛产的小米，与南瓜、豆角或是土豆同煮，待到汤滚米熟，再下些手擀面进去，通常还要加些盐，以保证干活的人吃了有力气。饭熟时，还会把黑铁马勺凑在炉火上烧热，将混着葱花的老醋倒将进去，吱啦一声，酸香扑鼻。把这烹过的料汁倒入锅中一搅，便可盛饭开吃了。

米如金沙，面似银鱼，"鱼钻沙"这个名字倒也生动得很。

盛饭的顺序，一般是先给家中的长者，其次是男人，再次是孩子，最后才轮到女人自己。长者和男人是不进厨房的，由孩子端了饭，送到磨盘边温暖和煦的阳光里。男人三五成群地蹲在那里聊天吸烟，若是端来饺子、面条，便会在大家艳羡的目光和啧啧的感叹中大快朵颐；若是端来稀汤黄馍，男人便对着孩子一顿数落，然后朝屁股一脚，让他把原话通通给他妈带到厨房里去，算是把掉在尘土里的面子捡了回来。更多时候，大家碗里都是一样的"鱼钻沙"，有的只是稀稠之分罢了。

我母亲生在县城，与父亲相比，算是家境不错的。虽然没遭过农村的这种罪，但大多数时候，吃的做的也只是这种寻常饭食。我们自小果腹的，也都是这些东西，以至于相当一段时间内，对于书上看到或是偶尔听说的美食都怀有无限的遐想和无边的渴望。然而那个时代的女人，大多是不怎么会炒菜的。每年就那么点儿零星的油盐钱，都要用在刀刃上，铁锅都喂不饱，怎么可能有炒菜的机会。后来时代进步，物产丰富，粮票肉票鸡蛋票通通作古，我们举家搬到了更大的城市，母亲才学起了炒菜，进而精研厨艺，把我们兄弟二人养成了比例失调的胖子。

再后来，父母年事渐高，血脂血压之类的难免有些波动，尤其是退休之后，更是开始关注养生之道。听说这饭食低脂低热易消化，配料丰富营养全，"鱼钻沙工程"死灰复燃再次上马。每见此君占据了餐桌，哥哥必是弃箸而去另觅佳肴，我也只是勉强吃上一碗，笑称其为"忆苦思甜饭"。

成家之后，陪父母吃饭的机会少了许多。有时突然回去，见他们二老面对面坐在餐桌旁，一人捧一碗"鱼钻沙"，吃得津津有味，空气里氤氲着久别重逢的味道，恍然觉得回到了二三十年前破败的老家旧院，心头横生背影寥落的凄凉。

我们家没有女孩，"鱼钻沙"这个手艺，算是在我家断了香火。

油摊摊

山西人把摊煎饼称为"油摊摊"，意在强调这个"摊"字。

在北方，很多地区都有饱蘸本地风情的煎饼摊法。天津的煎饼薄而酥脆，面糊很稀，摊时可加鸡蛋，吃时刷酱，裹以油炸果子；山东的煎饼韧而爽口，面糊极稠，调和有各色杂粮，吃时裹以葱白；河南的煎饼则是直接以鸡蛋调和面糊，两面煎黄后，佐以蘸汁或是咸菜下饭。言而总之，做法少不了一个"摊"字。

摊，这个动作，注定了用这种方法做出来的吃食必是圆形，厚薄均匀，材料非面糊不可。

在我晋东南老家，偏偏有自成一派的摊法，用的却是小米。

这里水土瘠薄得很，小麦金贵，在物资匮乏、物流不畅的年代，如果不是败家女人，大约都不会用白面去摊煎饼。上天待人都是公平的，不产小麦的土地，倒是盛产小米，而且品质上乘，古来就是皇家贡品。

摊煎饼的工序，从头天晚上就开始了。取小米洗净，分为两份，一份凉水浸泡，一份煮熟后沥干放凉，加入浸泡的生米中混合；将泡软的小米磨成米浆，晚上封火后放在灶台上，以余温发酵；第二天一早，准备好鏊子，便可以摊小米煎饼了。

摊煎饼的鏊子是特制的，除了我晋东南的老家，我还没有在其他地方见过如此特殊的工具。下部如鬲，三足，可架于炉火之上；中部有内腔，腔内形似圆砚，周边浅而中央深；上部为盖，专设有提梁；全鏊以熟铁铸成，钟形，一尺来高，用前加热以猪皮擦拭，瓦明锃亮，人影可鉴。

摊煎饼是巧手女人的活儿。鏊子以小火烧热，腔内刷油少许，浇上米浆，盖上盖子。每副鏊子需配置两顶圆盖，盖子在炉火上加热，轮流使用，不时替换，以保证煎饼上下受热均匀。煎饼熟后，中间厚而周边薄，形似草帽。若是遇上贵客，便在"草帽"中间的窝窝里加上一勺白糖，煎饼自身的热气会把白糖溶化，此时吃起来香甜松软，独具风味。也有往窝窝里加鸡蛋的，但那往往成了奢侈品，一年到头也难见几回。

在老家，这样的煎饼常常作为早餐，就咸菜下稀饭吃。我很喜欢看摊煎饼的过程，但实在不喜欢小米面挥之不去的酸味。热煎饼出锅时，最是香气扑鼻，我和哥哥总是喜欢把"草帽"边上的薄圈撕下来吃，因为那部分脆而可口，中间较厚的部分就随手塞给大人了。有时大人也吃不完，就把这些"草帽芯"留到晚上，切成条，与蔬菜一起下锅炒了，亦菜亦饭，便打发了一天。

离开老家时，亲戚们都劝母亲带上一副煎饼鏊子，母亲嫌它笨重，城市里也未必有与之相配的灶火，遂只好作罢。前些年，老家来人的时候，也常带些做好的煎饼，往往都是"草帽芯"里加了鸡蛋的。起初，我也会吃一点尝尝新鲜，可终究敌不过自小讨厌的酸味，饭桌上的煎饼只好交给父母打扫干净了。这些年，料想是老家那边生活条件好了，不缺白米细面，这样烦琐的煎饼做法终究还是退出了历史舞台。前些日子回去，满大街竟然再也见不到这种煎饼鏊子了。

看来嫌弃小米煎饼后味发酸的，不仅仅是我一个人；只是那个时候缺吃少穿，女人们不得不变着法子粗粮细作，含辛茹苦地打发全家人的肚囊。厨房就是女人的战场，在这里，她们真的是费尽了心机。

南瓜面

即将 30 岁，跟父母闹起了别扭。

起因是我选定的厨房接班人与他们的想法有出入，于是他们动用否决权，而我寸步不让。父亲苦口婆心，母亲泪水涟涟。我动了犟筋，眼不见为净，索性搬出去租房住。厨房接班人劝阻未果，只好请假从 50 公里以外风尘仆仆赶来照料我。

我租住的小屋就在老城的西关，虽然破旧狭小，但是周围老街纵横人烟稠密，生活气息很浓，生活节奏也极为悠闲舒适。方圆两公里内，既有电器市场、家具市场，也有农贸市场、旧货市场。大到家用电器，小到针头线脑，徒步十几分钟也就能买上了。于是花了一下午时间购置家居用品，晚上就生火做饭，过上了新生活。

说是生火，其实也只是电磁炉罢了。原本也想购置一套液化气灶具，怎奈屋子实在太小，通风透气也差，加上本来就没有长期扎根的打算，于是只好将就着过了。没有明火，自然会使厨艺大打折扣。饶是如此，她仍是给我烧了三四个可口小菜，佐以清粥和悠闲自在的时光，简单的晚餐吃得摇曳生姿。饭后携手穿过丽景门，到古色古香、人来人往的西大街散散步，流连于灯影晚风，感觉自由的味道实在太好。

第二天，她从早市归来，抱回了一个滚圆的红皮南瓜。我自小在农村生活，老家虽然不怎么见红皮南瓜，但常年要吃绿皮南瓜。农村做饭油盐少，即便是炒了，吃到嘴里也是寡淡无味，更别提"鱼钻沙"之类的粗疏做法了，铁锅里的一顿乱煮，经营出的味道实在让人难以下咽，经过那一通"祸害"，我后来见了瓜菜就头疼。

我虽然眉头拧得纠结，她却丝毫不以为意。或许是她成竹在胸，可我也做好了无论多么难吃，也要咬牙吞下去的打算。

中午下班回来，她正坐在床边的阳光里看书，见我进门，立刻站起身催我去洗手。菜已经烧好，面条备在案板上，锅里热水翻滚，不一会儿，南瓜面就上了桌。

我从来没有吃过这么香甜的南瓜面。那天中午，我把饭锅打扫得罄净，她则只吃到了一小碗。

天下的老饕，都有个相似的习惯：遇到好味道，一定要自己学到手。我也不例外。她则担心我没人照顾，流落到天天混吃街头地摊的生活水准，自然也是倾囊相授：

挑选红皮南瓜最密实的部分，一般是接近瓜蒂处，饱满无空腔，去皮切块备用；取鸡蛋数枚，打散，热油爆炒至金黄，起锅备用；锅内重新放油，大火烧至八九成，炸花椒数枚，葱姜蒜爆锅后下南瓜翻炒；加入鸡蛋，加适量精盐，加入少许生抽提鲜，翻炒几下，沏入开水若干，熬炒至南瓜半融化即可。面条以中宽为好，易挂汁，煮熟后捞出，加入炒锅中与南瓜鸡蛋搅拌均匀后食用。

这道菜特点是色泽金黄饱满，口感香甜软糯；不油腻，不辛辣，调料少而简单，不夺主菜之味，实为家常菜中的妙品，让人百吃不厌。

父母终究还是接受了我们。当我再次回家的时候，就给老两口做了这道南瓜面。与母亲从老家带来的绿皮南瓜面的做法相比，这种味道更新鲜，更可口。他们很快就喜欢上了这种做法，红皮南瓜自此成了我们家餐桌上的常客。几年以后，当我所就职的杂志社人口渐多，设立了自己的小食堂时，我又把这道面食的做法教给了新来的年轻人。

有时候，接受一道菜也和接受一个人一样，尝过了味道，就一切释然了。

芹菜碎

沐儿遗传了他妈妈细腻的外表，同样遗传了他妈妈孱弱的脾胃，对食物常常挑三拣四，没有吃过的东西，从不愿轻易尝试。

倒是他自小喜欢吃芹菜，让人颇为诧异。

我以为像芹菜这样味道极为尖锐的蔬菜，通常不会受味蕾敏感的孩子欢迎。比如我自己，小时候对芹菜、芫荽、葱、姜、蒜都是很排斥的，直到后来年龄大了，舌苔厚重，口腔麻木，才开始对它们乐此不疲起来。芹菜价格便宜，又易于打理，近些年我尤其爱吃，餐桌上芹菜炒腊肉、芹菜炒豆腐、生拌芹菜等等总会隔三岔五地出现。

或许是脆爽多汁的口感吸引了沐儿，第一次把芹菜放进他的小嘴，他就咂摸得津津有味。没多久以后他就学会了拿起勺子，学会了操起筷子，学会了随心所欲地把菜送进自己嘴里。食谱上的菜色渐渐多了起来,芹菜却仍然是他最喜欢的一种。

于是他妈妈决定,要为他创新一道菜,让他记住家里的独一无二。

某一天晚上,他妈妈兴奋地对他说,明天妈妈要烧"芹菜碎"给你吃。

"芹菜碎"这个名字,起得实在太好,因为它确实是碎的。将芹菜切成极细的碎丁备用;面粉少许,用蛋清调糊,加入大量芹菜丁;平底煎锅刷油,小火烧热,倒入面菜糊,单面煎黄后翻面再煎;双面发黄后起锅装盘,佐老醋香油蘸料;吃时拿筷子一抖,面饼便因菜丁太多而碎裂为多块,每块大小恰好够一口食用。

这道菜兼有主食和素菜的特点,黄绿相间,绿意盎然,极大限度地保留了芹菜爽脆的口感。虽然和摊煎饼的做法大致相似,但因为芹菜碎丁的大量使用而使得面饼难以成形,稍有不慎,便会碎在煎锅中,难以卒睹,遑论装盘食用了。此时的残次品,大多下了我的肚子,只有品相上乘、造型完美的才有资格摆上餐桌,成为沐儿的口中美餐。沐妈有时也用土豆丝或茄瓜丝代替芹菜,味道虽说也不错,但既没有芹菜的爽脆,也没有"碎"的快感,更是辜负了这道菜动听的名字。

"芹菜碎"一度霸占了沐儿的早餐食谱,成了他佐粥的不二之选。他也不嫌单调,若是有一段日子不吃,他还会念叨上一阵子。如今他五岁过半,不知这样的习惯,是否会伴随他更久,也不知道将来离开我们的时候,还有谁能给他做"芹菜碎"吃。

秋荠饺

荠菜的乐趣,一半在"吃",一半在"挖"。

稼轩有"城中桃李愁风雨,春在溪头荠菜花"的句子,单说这个乡野植物的好处。每逢东风渐暖,万物萌动,这个细微的植物便会在乡野的沟渠边努力播报春天。在我国很多地方,这株小草有"报春菜"的美名。20 多年前上中学时，语文课本里收录有张洁的《挖荠菜》，具体写了什么，已经忘得差不多了，只记得其中有个段落，写春天里她带着孩子们在田野里奔跑、晒太阳、挖荠菜的情景，对于枯坐课堂的我来说，实在是太心向往之了。

七八岁时，我就离开了农村老家，从此与土地阔别，走入汹涌的城市生活。低头赶路的日子，让我淡忘了乡村风物，淡忘了田野间的乐趣。直到成家之后，偶尔陪夫人回家，才有机会让鞋子重新踩上泥土，唤醒记忆里那些遥远的味道。

奔跑似乎是每个孩子的天性，沐儿三岁后，就成了拴不住的小马。虽然我家不远处就有公园，但那巴掌大的地方远不够他撒野。春暖花开的时候，妈妈跟他讲，我们去婆婆家的地里挖野菜吧。他开心地跳了起来，于是每年春秋两季，都少不了要回去几趟。挖到什么倒是次要，陪儿子慢慢长大才是乐趣所在。

夫人自小在田野间生长，农活熟稔，手脚麻利，最看不惯我做事慢吞吞的样子。每到挖荠菜时，我便只能充当跟在她身后拎兜带娃、不时递送两句奉承话的角色。她握着小铲子，目光只需在新鲜的绿色中一扫，不时俯身几下，一边挖，一边啧啧赞叹荠菜的肥美，小半天便能装满一大兜。沐儿一会儿在身前身后绕，说些不着边际的话；一会儿又去追逐蝴蝶鸟雀，远远跑开；有时他也会突然安静下来，久久地仰望天上的流云，似乎要把满腹的心事放飞到云朵上去。我远远叫他，他并不理会，只是在看得心满意足以后，才撒腿跑过来，给我讲刚刚编好的故事，或是问几个刁钻古怪的问题。

春光明媚，天朗气清，在平旷的田野里，一家人各自忙碌而又相互呼应，其乐融融。"挖荠菜"的乐趣，莫过于此了。

荠菜中含有丰富的谷氨酸，这与味精的主料极为相似，因而味道鲜美，胜过许多佳肴。只是收拾起来，颇为费事。需去其老茎，淘洗多遍，开水焯过后才好食用，凉调清炒皆好，在我山西老家，也常腌成酸菜，以补冬菜之不足。荠菜的做法之多，也是不胜枚举。然而我以为，还是包饺子最能发挥其长处。因为荠菜胜在清香，而口感散且略柴，若以鲜肉调和，外覆面皮，则去其柴感，增其香气。饺子是以水煮施温，故而火气不燥，不夺其清气，食之使人胃口大开，不忍弃箸。

我的印象里，荠菜大约只是春天才有。夫人听了，笑我不通农事，当年秋天就带我又去田里挖了一回。这次挖得更多，因为秋天荠菜不如春天肥美，故而采摘者少，倒是给了我大快朵颐的机会。吃完一顿，还有不少盈余，遂洗净煮过，沥去水分，分成小团，冻到冰箱下层。几个月后便是冬天，年节临近，别家包饺子都是萝卜白菜，唯有我家将冷冻的荠菜化去冰块，剁荠菜为馅。饱享美餐之余，感叹科技进步真是带给人们太多的方便。打那以后，我家秋天挖荠菜就常为冬天做准备，冰箱里也总是少不了几团荠菜。后来偶然读到放翁的"长鱼大肉何由荐，冻荠此际值千金"，料想也是冬天吃荠菜时的感慨，才知道古人里也有好吃至此等地步的。

古人云："食不厌精，脍不厌细。"或云："国以民为本，民以食为天。"口腹之欲，从来就是人生的头等大事。小时候曾经因为一碗"鱼钻沙"，或是一块黄面馍馍跟长辈怄气，后来偶然想起，却难以吃到了；再后来，尝过了许多美味，对美味近乎麻木，才发现舌尖的味道只有触动了人生的某段记忆，才能激发起最初的热情。由此便更为珍惜厨房里忙着与油烟奋战的身影。烹饪的过程，何尝不是追求人生品质的过程？做菜的繁复，其实为的是讨吃菜人的欢心。当食物的意义不再只是为了果腹，反而更加耐人咀嚼。

（原载《黄河文学》2017 年第 5 期）

生育记——写给初生的女儿

姚陌尘

一

得知你的存在是在去年初夏。在满街靓丽夏裙的街头，我却需衣物层层裹住腰身，每日享受艾灸灼烧的短暂温暖。当验孕纸变红时，我惊喜且感动着：你初始的生命带着气旋，席卷了我身体本薄弱的阳气，在子宫里孕育着生命最初的太阳。

我的感官从此成为你的俘虏。我活至 30 岁，终于知道，上吐下泻并不全是病，而屁滚尿流也并非仅是一种夸张的修辞。

你或许还不成人形，但我却相信，你的生命带有灵性，能感知我的一切。每天下班，我在厨房里碰撞着锅碗瓢盆的交响乐，让龙头的水哗啦啦地漫过手，是想要你感知，并和我一样热爱生活；我读书，摹充满童趣的画，捡起曾钟爱的书法，听喜爱的音乐和戏曲，心想，我不要你非得走艺术这条道，但你得有基本的艺术素养和审美趣味。那是一个丰满的、完整的人所必需的。你若信我，艺术也是一门宗教，它会让人慈悲，那是人之为人最高贵的情感。

但是我仍感到抱歉。还在你三个多月的时候，我两次因为和你爸爸吵架暴走在大街上。你生命的那枚太阳像那两天糟糕的天气一样隐去了。我赌气地想把你做掉。事后，我想起是多么同情你。你还未出生，便要迎接未来一切的可能。一个人的生命是天大的事，有了生命，你才得以感知这整个世界，否则，这世界再怎么精彩也与你无关，而你的生命大权却全部由父母尤其是母亲掌控着，她的一次暴怒，就足以掐断它。你是如此弱小，你会感觉悲哀或者无奈吧？从你生命形成，就充满不安全感了吧？可是，我要怎么弥补你？

这个城市的婴儿有千千万万个，只有你一个独属于我，在肉体上。你在我肚皮上鼓捣着一条条弧线，我看着它们起伏成连绵的小山——这是你生命最初的律动。我将为人母的喜悦就像阳光，洒遍你鼓起的一座座山头。终于，回荡在星空的猴年钟声刚邈远，你或许好奇于新岁的热闹，迫不及待地发动了。而我，在产妇的呻吟、婴儿的哭啼与血肉模糊的生产现场，经历了一个白天既惧怕又急不可耐的矛盾后，临晚终于等到了规律的疼痛。这疼痛最初像仇敌的大手，让我痛并笑着。挂钟的时针分针秒针总像罢了工般，让我独自熬过几世的春秋。我被疼醒，又睡着，接着在两三分钟后更为剧烈、更为密集的疼痛中醒来时，疼痛已然如暴烈的蟒蛇撕咬着我残存的意志和寄托，这寄托便是你落地时的哭啼，我想天下临产的母亲都是为这一声呱呱哭啼揣着凌云的壮志上产床的吧。我摸着墙，在糊涂的脚步间疼痛和睡觉。我几次欲请求医生"开刀吧"，可竟怕那邪恶的白花花的刀光碰到你，无力开口就重新在疼痛中睡去。熬到终于上产床时，你已经憋着十足的劲儿了。我以为疼痛已经让我耗尽了气力，却不想刚融化在口里的巧克力已化成全身的死劲，拼出流成小溪的大汗……

我想这是我携着你共同的冲刺吧，为着我们生命原初的分离与独立。都说呱呱坠地，当我看到你完整的赤子之身，却等不到你的哭啼时，全身的汗似是随着它们来时的路线紧缩了回去，稀巴软的身体也突然紧实地一惊……直到十几秒后，你突然温柔地啼哭不止——终于见面，我惊讶于你一身银亮的胎衣，好似柔韧的盔甲，护佑着你艰辛地走上人世的路。你被放在四五米之外的台面上时而一阵阵啼哭。我凝望着你，心里满是想念，温柔到融化。恨不得搂你到怀里，恨不得一口口地亲你。心想这么小个人儿，我该如何心疼你。你出生了，从这时起，我就是个实至名归的母亲。而母性就如灯光，你的出生是天然的按键，当我不经意学会用只适合于婴儿听的音调一声声叫你"宝贝"、跟你说话时，我不再担心我会是个失败的母亲。

直到你在羊水中平静孕育的最后时刻，我都还以为生育之痛是遥远的。很多人说，"人生人，吓死人"，"女人生孩子，就似鬼门关走一趟"。拿生育和生死类比，我曾不以为然：世世代代的女人不都要经历生育痛吗？既然生育是女人的"天职"，何苦矫情？及至痛到临头，也想着不过就是时间的问题，咬咬牙便会过去，但是，母辈的艰辛终得以感同身受。

我只是千千万万母亲中最普通的一个，我跟你说这些，并不是想向你邀功，只是想告诉你，你生命的诞生是多么的伟大和不易。你婴儿期的混沌无知很快就会过去，少年时一知半解，青年时叛逆迷惘，中年时恨天命难违，和多数人一样，你人生一路必将经历各种困境。越是在你有了充分的社会认知，人生路就越显得艰险难走，充满变数。但答应我，无论什么时候，都要充满对生命的诚恳和敬意，都要努力地热爱生活，好吗？

二

怀你七个月的时候，我眼望着要结束每日工作之外，还要烧饭、做家务的生活，我亲爱的妈妈终于可以过来帮我了。这好处对我而言，体力的轻松是一回事，更重要的是，我终于有望和她长久地相聚。到现在，她和我爸还在忙于生计，我常恨己力所不及，每次回家前，都无法预想他们渐趋老迈的身体，额头上又多了几道褶子，腰又佝偻了多少度，又多了几亩新的田地。以至我的父母，及故乡的种种，在我的思念里都有着惶恐的陌生。终于因为怀了你，我妈不得不准备南下，来照顾我的起居。

然而在她南下广州前夕，却突发脑梗，不得不住院治疗。她起初为对我的无力而感愧歉。待病情稳定后，一边向我列举乡邻许多脑梗病人，说她的病不影响正常生活，一边又不敢坚持南下，怕万一照顾不了我反倒给我添负担，电话里唏嘘唏嘘的。我安慰她说，你顾好你自己，就是对我最大的照顾了。从此，我的手机再未敢关机，每早上睁开眼，点亮手机屏幕的瞬间心里战战兢兢，生怕有她的电话打来。而我去电，他们总报喜不报忧，我半信半疑，总在她说话的语气间揣摩她到底好了几成。

至今，我都以为母亲那冬暂居的天津是个魔鬼城市。冬更深了。朋友圈里，常常被京津冀地区的雾霾报道刷屏，我看着那些图片，将想象装进那要窒息的灰色里。

霾让我发怵。想她的心又活起来，脑海里千万个她南下的规划，设想着她生日要送花给她，带她品尝什么美食，玩什么景点，带她制备新年新衣，为她拍照……弥补我长期漂泊在外对她的亏欠。然而，从北到南的几千里路对于大病暂愈的她实是不可逾越的高墙，所有美好的想象都圈进那高墙后的深院里。她明白我担忧又期盼的矛盾，说自己已大好，说自己生孩子坐月子没母亲照顾的苦，总怜惜我一人在外经历这女人一生的一大难，她不放心。她在生我时落下严重的失眠病。自我恋爱结婚，她便说，将来一定要好好伺候我坐月子，免得我将来落下病根像她一样毕生受苦。谁想去天津两个月，她便新病缠身，但她牵念我的这股劲却衬着她像没事人一样，规划着过来给你准备衣物、奶瓶，给你做鞋，扯尿布，买银饰等。然而有次我哥接了电话，说"妈还头疼，路上无人护送"，于是我与她皆哑然。她反过来劝我："你是女儿，不比儿子，万一有个三长两短，负不起娘家的责任。"我抓着电话，泪水潸然。

我哥的一句话让我明白，她所谓的病好了，只是装强，免得我担心。我跟哥说，她来了，我带她看病吧，我边上是省里最好的医院，况且，此地暖和有益于养病……就这样，我和妈妈商定的计划犹如挂钟的钟摆，在左右间，在来与不来间摇晃着。在她相信她来是帮我的时候，她热切并且期待；而经家人一劝，她似乎意识到自己病情的麻烦，对我说："医生治病不治命，过去给你添乱。"这是她不来广州最坚强的理由，对我却如五雷轰顶，可是我也将是一个母亲，我有什么办法？

直到春节临近，她不再能来了，我和她彼此才死心。

你知道吗？你出生以前，在我的想象中，你和我妈之间的关系是匪夷所思的陌生。于是当我妈忙活着你出世的准备时，我总笑她瞎操心。

年后，你出生了，我爸妈从天津回到了关中的家。我月子里受了风寒，他们操心着给我抓药，给你纳褥子，制备棉衣。在他们预备来广州前期，却因为心疼来回的高铁车票，我们租房空间小压力大犹豫了。她大病后，我们有望团聚的日子终于一推再推，直到五月中旬，我带着满腹的委屈，回到关中的家。

高铁上八九个小时，我们到站时天已向晚。幼小的你藏在背带腰凳里，我拖箱背包匆匆走向站口。离老远，看一老头倚着银亮的金属护栏，使劲朝下车的人群中张望，老太蹲在旁边显得瘦小，小女孩在她旁边大约在玩鞋带。我没怀疑他们同是等待旅人的亲友，于是边向前走，边扫视他们旁边拥挤的出口，嘀咕着若我父母晚来，我们该去何处等待。直到我走近护栏，才被那老头叫住。诧然到心酸：那原来就是我父我母和拉拉姐姐呀。相别一年，他们衰老得我不敢相认，而我因为生育变得又黄又瘦，他们不敢认，直到我们站在彼此跟前……旅途的劳累让我来不及多想，我努力避开我父母的眼睛，我不想从他们眼中看到哀伤……

我妈妈也不看我，她左看看右瞅瞅，一声接一声问："娃呢？娃呢？"我努努嘴，她才看到藏在背带腰凳里的你，就赶紧帮我解开腰凳，抱了你去。天色渐暗，我们在路边的水泥台阶上小坐，我看到她不时紧着眼皮，硬生生将湿湿的东西憋了回去。她逗你亲你，一声声喊你的小名，你就那么愣愣地看着她，仿若旁人。她随后忙着从大布袋里翻出帽子、衣袜、抱毯等——那是她为我们娘俩准备的御寒物，给你穿戴好，等车来。拉拉姐姐本调皮，这会儿却俨然羞涩的小女孩，在奶奶的要求下叫了声"姑"，再也不肯张口，只顾盯着你这陌生的小妹妹，时不时地傻笑。不一会儿，我们坐上了我叔的车。我看着她摇晃着身子，哄着怀里的你，满眼慈爱，突然意识到，你们原来很亲，至少她对你，这几年是有多盼你的到来，只是我在想象里将你们疏离了。

我从此称呼她为你的外婆，而不仅是我的妈妈。在我的家乡，有多少老人另眼看着外孙，在女儿求助时说："谁家的孙子谁带。"可她是最无私、最隐忍耐劳的人，她早先就叫我回去生产、坐月子，照顾我直到上班，甚至希望丢你在家中由她带。我也曾无私地想，若有来世，我不要做她的女儿，享受她无私的操劳和恩惠，我们要颠倒角色，还回我此生享受过的深厚的爱。可是，你若问我今生，我仍会说，作为她的女儿是最幸福的事情。

黑夜的冷风四溢时，我们到家了——这仍是我的家。这里有浓浓的父母之爱将我融化，甚至亲戚和邻居也给我满满的暖意。我和所有步入婚姻家庭的女人一样，曾一度以为我有两个家，一个是我与你爸建立的小家，一个是我父母兄弟的大家，我需先顾小家再兼大家。可是等你出生，我在万般孱弱与被威吓中才明白，我所跻身的小家不过是个巢，它挂在大树上，我尽管小心，也有遇着太阳暴晒暴雨抽打大树倾摇的时候，巢会淹会颠，而家不会。我仍不过是以侵入者的身份，重复着封建社会世世代代女性的命运——我曾在研读中对她们抱以巨大的同情，却不曾想，在已经如此文明的社会里，我不经意蹚水仍是两脚泥。

油花馍、炒菜、稀饭、蒸野菜……每早天微亮，我一个人的早餐就摆满了饭桌；你我的衣服脏了，黄色的粑粑印子被外公外婆一遍遍地刷洗着，晾满长长的铁绳，而盆里常是稠乎乎的屎水；你稍微咳嗽几声，外公开着电动三轮车，外面是嘶啦嘶啦的冷风，我们躲在温暖的棚子里，带你去县城看医生；越是冷的时候，外婆越是不让你用纸尿裤，她心疼你总因此红屁股，也怕你每次褪了裤子着凉，却不考虑尿布的难洗；大热天里，外婆折腾两次转县城，走街串巷就为了给你寻着买双小布鞋；外婆本失眠，我外出的三个晚上，你哼唧着，拖着她到半夜两三点，于是她整夜都睡不了，却毫无怨言，反倒怕我路途带了你，你我受折腾；晒了一中午的日头，外婆一回来就钻进厨房备饭，她点着火，第一句话对我说："我来抱娃，你休息去。"我差点泪奔——她毒日头下汗流浃背时，我们一直躺在凉房里休息呀……他们忙完家里忙地里，忙完你我忙拉拉姐，我很多次憋住眼泪，为我对他们的拖累抱歉。可是，我是漂泊他乡的关中女儿，夫家鼓的风越足，越要抓牢娘家这条藤蔓，除此，我还有什么办法？

三

夜晚到公园散步时，我常在动感却嘈杂的音乐中，用眼神追随中年女人舞动的身影，她比不得年轻舞者的窈窕迷人，却在僵硬的衣袖与汗水中挥动着一种积极的生命意识。每回去医院，我在长龙似的队伍里，探寻那些烦躁或焦急的表情，上面写满了对健康的渴求。我见过不少生命边缘的重症患者，其中有已近瓜熟蒂落之龄的老者，也都在费尽周折地募捐——寻常里，人们怀抱对身体的珍视和对生命的焦渴。即便是最不孝的人，他不知"身体发肤，受之父母"毁之有罪的道理，也会以贪生怕死的方式感恩父母给予了生命。

十七八岁，我读高中，正处于青春极度迷茫忧郁的时期。那时我差不多每月才回家一次，为数不多的回家却很多次抱怨你外公外婆："为什么要把我带到这个世上？"多次，他们忙，未留意。可终于有一次，你外婆生气了："谁家的孩子还这样质问父母？我们带你来世上我们犯罪了，嗯？"语气里，是无边无际的悲哀，仿佛她半生的操劳丧失了最基本的意义。再有一次在饭桌上，你外公听完，顿了顿，对外婆说："我们女儿是第一个说这话的娃……"说完是良久的沉默。如今想来，父母深如海的爱犹如干冰，他们用宽容、沉默和劝慰海涵了我的自私和尖刻，将我青春期的无病呻吟以及层层堆积于婴儿肥面庞的愁云惨雾，化作人工降雨，降落在这忙于生计的家庭，我看到他们被刀刻的额头和霜染的发间，是汗，而不止于汗……生活是谜题，而我向他们揭示的是个醒目到不可思议的谜底。他们夏顶毒日冬冒风雪的唯一动力就是为了孩子，可孩子却怨念他们给了她生命，这样的女儿，该是忤逆之极了吧？

"父母生我，胡俾我瘉？不自我先，不自我后。"今日读《诗经》，读到这几句时颇为感慨。我以为人生来便有感受痛苦的能力。所谓"自我先"或"自我后"的灾难于生命个体是没有意义的。谁的人生都不是一路坦途，就如山有山脊亦有山谷、水有浪花亦有漩涡一般，总有高潮和低谷，顺境和逆境。这些最浅显的道理谁都懂，可一旦身处低谷期，便容易被各种负面情绪和思想所裹挟，难以开脱。有个作家说："人生的过渡，当时百般艰难，一天蓦然回首，原来已经飞渡千山。"难就难在"当时"。凡人一生，有太多段的"当时"。困境中，我理解你或许也会怨念灾难的"不自我先"或"不自我后"，却无法接受你如我一般，怨念我和你爸给予你的生命——我总以为，对于父母，那是难以承受的忤逆。

为你出生作纪念，我请人做胎毛笔，并在笔杆上刻录"宠辱不惊，不以物喜己悲"的寄语。我知这寄托对生命之初的你未免太重，我至今尚在修炼，且相去甚远，有何资格要求你？我甚至以为凡人修炼至此，便会成仙成圣，而世间哪有圣人仙物？凡是凡人，有几人不趋财贪物？有几人不临上人则恭，视下人则轻？然而这些人性的自然却并不理所当然，我总以为善良可以包容这一切修为，它才该是涵盖一切的终极指标。

四

从知道你的存在开始，我和你爸就从没停止过对你性别的猜测。我们分析着各种孕期迹象，几乎笃定肚子里的你是男孩。你知道吗？在我羞涩的尝尽暗恋之苦的青春期，一度希望将来生男孩。我总以为在爱情中，男孩是强大的给予者，是狩猎者，天生有追求爱情的权利，成功了是荣耀，失败了也并不蒙羞，而女孩，只适合于做爱情的等待者，若是情感失败，将是半生的遗憾甚至羞耻。但人毕竟都是利己的，当我恋爱、成家，见识了家乡村邻一个个为儿子所累，一家家望着村里"纯女户"的日子眼红，更是想念起女儿来。我怕我与儿子将来没有完成圆满的亲子分离影响他的小家庭，我怕我没有足够的生活智慧去处理也许复杂的家庭关系，我怕我的软弱不足以应对一个强势的媳妇儿。我问你爸爸，如若被媳妇儿"欺负"，他是否会站出来保护我，他回一句："你见过哪个公公找媳妇吵架的？"我一边赞他够爷们儿，一边仿佛已经代入有儿子的未来，这想象让我不寒而栗。而女儿，我可以由着她单纯，由着她不谙世事，由着她发展所有在旁人看来无用的、出世的喜好，我可以把我全部的爱给予她而不必因此有后顾之忧，于是，命里无女成为我想象中最大的一桩憾事；于是，在我感知你是男孩的时候，我不无遗憾。

直到临产，被疼痛生吞活剥时，又自私地想着若你是男孩也好，此生不用遭此大罪……你出生了，我的疼痛也终于终结了。在住院部，看着幼小的你在我身旁努力又均匀地呼吸着，我晴好的心湖里荡漾着绵延的感动，以为你——我的女儿是你爸迄今送给我最珍贵的礼物。

你的出生充分满足了我的利己之心。你会哭会闹。你开始有了笑容。每次你哭或笑时，我总忍不住心疼你，想象此生你要随我们来这个世上走一遭，有太多比我们更和谐友爱、更有内涵修养、更富有、更……的父母，你却不幸落在我们怀里，我们即便努力，你的幸福也不全由我们许诺，你知道，每想到此，我的无力感便像踩在拐子上的双脚……

然而，孩子，我早先的人生阅历告诉我，世上有一些是你无可选择的，比如出身和家庭，有一些不是凭你一己之力就可以驾驭的，比如爱情和婚姻，但是也有许多是你自己可以掌控的，比如能力、修养、见识、思想等，而这些你完全可以掌控的恰就是你以后面对社会、面对人世的资本。

我见过一些女孩子仅靠对美貌的修饰，通过嫁人改变了命运。从前，我轻之为婚姻投资女，以为万事万业皆可投资，唯有爱情和婚姻不可等之，以为即便穷困落魄也要欣于所遇，而落地行走一圈后，却不得不承认，现实是一种最实用的生活智慧。以我现在的人生经验看，"爱情"可以"至上"却不可"唯一"。倘若太过理想，生活会像沙子般渐渐磨蚀掉爱情所有的圆润和美好。而另一半的重要性却无人能比，他影响着你的眼界，决定你此生是为生存所困，还是有足够的资本去追求更高品质的精神生活。你得相信，除了物质，人是有丰富的精神需求的。

然而孩子，倘若你足够幸运，通过婚姻跻身于比你更高的阶层，但若你一无所长，仰赖于一个男人生活，那将是最危险和悲哀的事情。你要知道，灰姑娘和王子的故事也只能到走进婚姻时，而寻常夫妻是要经营平淡和琐碎的。在生活智慧之外，独立的经济能力和自由精神，才是你不依赖别人而存在的底气。所以，当我怠惰，对于生活、前途和命运以及爱情都心存侥幸，以为可以高枕无忧时，便提醒自己，"天命不彻，我不敢效我友自逸"，我总以为，享受自己的努力成果，才会心安。

五

一个母亲，为了肚子里的孩子免受副作用，坚持在患癌期间不治疗；一个母亲，在车祸到来前千钧一发的时刻，用力推出了孩子，而她葬身危难；一个母亲，在被电梯吞咬的当下，用力抛远了孩子，孩子仅受了皮外伤，而她被冰冷的机器吞噬了；一个母亲，即便砸锅卖铁，也要医治已被医院宣判无力挽救的先天性疾病儿；一个母亲（你的阿姨），冒着子宫内膜破裂的危险，在医生极力建议剖腹产的情况下，她义无反顾，坚持顺产下八斤多的巨大儿，仅仅因为她顺产有益于孩子的朴素认识……

在我还是懵懂的少女时，常看到此类新闻，听闻身边真事，常疑惑不解，以为子女亡故，只要事故中的年轻父母仍在，还可以有第二个、第三个子女，他们同是子女，何苦选择如此冠冕堂皇的死法？经历过生育，我懂了，他们不是在做选择，而是出于母性的本能。这本能大概原始社会我们的祖先就有，他们茹毛饮血，在与自然、与动物的搏斗中，依靠这点本能，保护着人类繁衍的权利。况且，子女再多，对于父母来说，每一个都是独一无二、不可替代的。

六

　　你能咯咯笑出声了。你含着乳头拍打不止。你能端坐好久了。你会不停地拍着小手了。你长乳牙了，一颗、两颗、三颗……你睡了，均匀的呼吸，享受的表情。我搂你在怀里，感觉我的心像是含了冰糖，甜蜜地一点一点地融化。临睡前，我每晚向你表白很多次"宝贝，妈妈爱你"，尽管我知道你"没心没肺"。我放着百听不厌的儿歌，你高兴地舞动小胳膊，大笑得吱吱叫。我分享着你的喜悦，我总说你的成长是不可逆的，我放下书，放下我对工作的勃勃野心，陪伴你做操、玩耍，生怕你懵懂的婴儿期因为我，过得不好。尽管有时候我会悲哀而利己地想，你之于我，最好不过我之于母亲，她为我受苦，而我对她却是完全无力。

　　我在想象中，让自己法令纹变深，让两鬓斑白，我始终会人至中年，有那时的老态，或许还有时光沉淀的那点智慧。我想象着我的女儿——你，已经不知不觉间长成大姑娘了，而我不知不觉老去了容颜。我想象你搀着我和你爸的胳膊，我们一家三口逛街、散步、看电影、旅游、聊天，我想象着你给我写信，白纸黑字的手书，在信里向我倾诉学业的重负、失恋的痛苦、前途的迷茫，而我除了担心和心疼，不至于表现出恨铁不成钢的过度焦虑，我希望我有足够的智慧可以把控我的情绪，让我在母亲与朋友的角色中穿梭。终有一天，你恋爱、成家、生孩子，和我一样，经营一个普通女性的平淡，你将有你的小家庭，我向下俯视你和你的孩子，就像我的母亲如今俯视着我和你一样。我想她对你我的盼是平和的祈祷，仿佛因为我们，她才能安心地衰老。可是孩子，当我老眼昏花时，你将是我残败的生命尽头鲜活的阳光。但如今及以后的年岁里，我每每仰视我的父母时，却总是战战兢兢，我害怕看到他们苍老的笑容里雕刻得越来越深的褶子。我希望黄土地对于他们不再是汗水和生计的寄托，而是悠然见南山般的享受和垂钓。我希望他们用健康、幸福和长寿荫庇我这后人，害怕他们拉开了帘幕，使我直面不远处的死亡之海。每次当我想到我对我父母的无力时，就总会想到，你将来对于我和你爸，同样是无力的吧。

可是，我怎么能想到你的回报上？因为你，我们如愿成为父母，而我那部分独属于女性的器官也终于完成了天赋的使命。母性犹如汩汩泉水流淌在我骨子里，30 岁上，我听到了她终于顺畅的呼吸。我生命的大树终于在妩媚的阳光下，迷人并且芬芳。

所以，我能说的只是，孩子，谢谢你！今生我们以父母之名与你相认是我们的荣幸。我很抱歉你和每个人一样无从选择自己的投胎。但是我会以我的父母为榜样，尽我所能地让你以我们为荣为傲，这是我能想到的，在我们怀里，对于你最实在的承诺。

那么孩子，我还能说些什么呢？

（原载《红豆》2017 年第 7 期）

一个人的恋爱

宁新路

那时，凉州城里多有旧巷深院，就是这些土得掉渣的巷院里尽出好看的姑娘。那个叫东小井巷的小院，那个叫钟楼巷的旧院，就有两个好看的姑娘。她们是我高中女同学珍和美。这两个迷人的姑娘，曾牵引我徜徉长巷无数次，也使我念想她们好多年。

与珍相比，我对美的喜欢相对短暂，到她嫁人便终止了。而直到她嫁为人妻并做了奶奶，美也不知道我喜欢过她。美嫁人使我一心恋珍，直到她嫁人也没放弃恋情。那时，我为什么会恋上珍和美，我至今也说不清楚。

从美嫁人那时起，我不再去钟楼巷，我心里只有东小井巷。我渴望在这小巷遇到珍，但我一次也没有遇到过，见到的只是她很远的身影。去这长巷就是想见珍的。为何一次也没见到？是由于我不敢去她家，也不敢面对她的缘故。

珍每天进出那条巷子，是极容易碰上的，可多少次将要相遇的时候，都被我回避了，这奇怪的恋情，只有我自己知道纠结，也只有我自己知道不是病态。

不见想见，遇见又躲避，这样的行径不会有另外结果——永远也不能与珍面对面，珍做梦也不会知道有人在恋她，瞅她，同时还避她。这条巷子无论我来过多少次，都是我一个人的恋情。

恋情让我熟透了这长巷，长巷也因此熟透了我。而这熟透与否，却与珍一点儿关系没有，珍该嫁谁，还是嫁了谁。我的相思没人知道，我恋的姑娘与我没有关系，长巷与小院自然也与我没有任何关系。

失意过的地方会让人讨厌。我从此不进这个巷子，也讨厌这巷子，但我从没讨厌过珍。我虽知我的恋情不会在珍这里有结果，但我仍恋着她，直至后来变为淡淡的暗恋，深深的感慨。

那时我们都是十四五岁情窦初开的少男少女。美是靓丽的"班花"，但我最初是恋上珍的。珍粉白圆脸，秀美的单眼皮，两只水汪汪的大眼睛，两根小辫甩在前后。我喜欢这张稚气而雅致、细嫩而精巧的脸蛋，还有她纤细而丰腴的腰。

珍是班里的学习尖子，没有她解不开的数学题。我的数学很差，很多题解不开，补课也跟不上，我得抄别人的题，否则就交不了作业。我要抄她的，尽管她有顾虑，可看我实在做不出来，就偷偷地让我抄了，甚至考试也帮助了我，这让我顺利地过了数学交不出作业和考试不及格的难关。

抄作业是耻辱的事，尤其是抄一个长得水灵灵的女生的作业，羞耻感倍增。我每次抄她的作业时，都羞耻得脸红脖子粗。但班里少有比她会解数学题的同学，别人的作业大多靠不住，我必须抄她的。

那时上学不是学工就是学农，学校老停课，老师不愿教，学生不想学，不会做作业是常事。况且我是全年级黑板报主笔，每周都会因出板报而耽误听课，缺课多了就跟不上。她是学习委员，老师给她授权阻止和检举抄袭作业的恶劣行径，她本应阻止我等抄作业，也本不应让我抄她作业，可她还是让我抄了。她知道打死我也做不出题来，知道我每次红着脸抄她作业的难受实是折磨，便默许了我抄她的作业，她也从没向老师举报我这不光彩的所为，这让我很感动，也让我对她有了痴心妄想。我越看她越好看，也就越来越深恋她了。

恋一个人，最苦恼的是，自己的心在着火，对方却若无其事。珍对我若无其事，我没办法。这不怪珍，因我从没敢向她表白。我多少次想斗胆对她说"我爱你",但不敢说。我给她写过求爱信,抄过爱情诗;单独在一起时,我想拉她的手;上学路上想把压在舌下的滚烫的话说给她,甚至捏着情书在那冰冷的石头院墙下苦等她出现。平时,我一想到她,怀里就像揣了只兔子,心跳得厉害。

珍对有人因她而做相思梦,竟然一点感应也没有,她灿烂的笑容仍旧,放学该回家照常回家,毕业该分别转身分别,这使我很伤感。毕业分别的那天下午,一个阳光透过白云的时刻,我们拿到毕业照离校,她将羞涩而深情的一笑充当告别,从此没了音信。

珍去了哪里?她知道有个男孩在思恋她吗?我有些后悔没能把自己的心思告诉她。

我不敢向珍表白,绝不是因为我长得丑陋,事实上,我英俊健美且文笔出色,女生们是悄声赞美过我的帅与才的,我是有资本向漂亮女生求爱的。之所以缺乏临门一脚的勇气,是因为珍是城里人,而我是乡下人。在我和我的家人看来,乡下人哪有资格娶城里姑娘呢?就凭横在面前的这一关,我在珍也包括美等城市姑娘面前,一说出"爱"字定会成笑话。

我与珍之间,有着天然的鸿沟,我跨不过去。城里人的户口称居民,乡下人的户口称农民;城里人吃国家商品粮且安排工作拿工资,乡下人面朝黄土背朝天在大田里找食;珍的身上是清爽的香味,我的身上尽是汗臭土味;珍是城里的"白天鹅",我是乡里的"土毛驴"……

不知多少次想过,倘若珍嫁给我,她会接受我家那冬冷夏热的土炕和那墙上透风的破屋子吗?她会接受那起早贪黑的劳累和缺吃少穿的贫穷吗?每当我想到这个层面的时候,就庆幸这是我一个人的恋爱,幸亏是单相思,幸亏珍没爱上我,若珍爱上我,陷入爱我且又不能嫁给我的痛苦中,那将是我比现在更为难受的情感困局。我对自己唯一赞赏的,是我不是笨蛋而一直控制着自己的冲动。

我在巷子里已很久没有感受到珍的气息了。她到底去了哪里?我最不愿意听到的消息,是她嫁到了远方。一想到这种可能,我的心就猛烈抽搐。后来，终于有一天，我听到了珍的消息，她上山下乡了，她与一批知识青年插队到了一个偏远的山乡。

这消息着实让我忧虑，转而却让我窃喜。忧虑的是她去了那么贫穷的山乡，定会受不了那份苦累；而窃喜的是她也变成了农民，成了乡里人，她与我身份从此一样。但我又担心，她会在山乡生活一辈子，她会安家，她会嫁给别人。她会嫁谁呢？生产队长肯定会强迫她嫁给他的儿子。珍那么漂亮，人见人爱，生产队长的儿子和那些读过几天书的小子，一定会追她。这情景又让我十分揪心。怎么办呢？我必须阻拦。她若嫁给那里的乡下人，还不如嫁给我。

我得向珍马上表白苦恋之心，否则后果不堪设想。

我写了封数十页的求爱信，诉说了几年来痛苦的甜蜜的无奈的爱恋她的相思情，也表白了盼望她嫁给我的请求，还规划了她嫁给我后美好的生活，并表白了我今后如何爱她的决心，最后也抄写了几首诗人的醉心情诗。信寄出，我对爱珍有了从来没有过的自信。

我等待珍的回信。我长久的恋情会变成两人的相恋和相守吗？我满怀憧憬的等待，可就是盼不到她回信。我想她也许处在犹豫不决时刻，在等待我更多的求爱信，在考验我呢。我又接连给她写了几封信，我坚信她会答应我的求爱。

我在焦急中等待一封以为会让我落下喜悦泪水的信，可是没有，长久地没有她的回信。我怀疑地址有误，而经过核对却准确无误。我一半的心在伤感，一半的心在劝我去找她当面求爱。又听说大山里不通班车，我怎么去呀？我最终也没去，我最终没收到她的回信。不久，却听到了让我绝望的消息，她嫁到了省城，嫁给一个城里的人。她嫁给谁我不想知道，我想知道她究竟收到过我的信没有？我无从得知。也许她从没有收到过我的一个字。我只能想她从未收到过我的信，我不恨她，我恨邮局和邮递员。

她虽嫁人为妻，但我的相思已成惯性而无法戛然刹车，我对她的相思在增多了的失望与痛楚中飞翔，切不断、拉不回。这放飞的恋想，在我情感深处从少年飘荡到了今天。那天是毕业分手40年后的再相见，珍与美，曾经那美丽的神韵和美妙的微笑，仍在心头浮现，我爱恋的火苗又闪烁了几下。

我应当告诉珍吗？我应当告诉美吗？我40年来对珍以及美的爱慕，那让人难以明言的一个人的思恋？要不要告诉她们？我还是告诉了她们，我想这曾经长久的念想，现在应当有个终结。

我告诉了珍和美这段曲折漫长的情思，美听后很喜悦，珍听后很惊奇。珍说她一点也不知道我在爱她，插队时也从来没有收到过我的求爱信。她怨我当初为何不直说呢，怨我为何不去找她呢？她说如果我当初或后来直接表达对她的心思，或者向她求爱，她会考虑嫁给我的，你那时那么优秀，她心里也喜欢我。我说我不敢向她求爱，我是农村人，我没有信心向城里姑娘求爱，更没有资格娶城里姑娘为妻。她说我想多了。她的话，感动得我泪水在眼睛里打转。我觉得我对珍的相思是值得的，她值得我这么长久的爱恋。

这长久的一个人的相思，在彼此年龄不小的时节说出，好像已不可能使对方心跳，也不可能有什么家庭风险了，就算是一段是真非真的调侃吧，充其量也只能让人感慨万端的。这一个人的爱恋，一旦说出，就应当是终结。想来这就是单相思的简单与美好。

该分别了，我们都要回到相隔千里的城市去工作和生活。珍的孙子在等待奶奶回去，美也要自凉州城远去成都带外孙女，我要回京上班。一个人的恋爱就此画上了句号。"但愿人长久，千里共婵娟"，这便是我们常驻内心的祝愿。

（原载《青年作家》2017年第9期，收入本书时文字有调整）

油菜花海里的村庄

刘益善

这片土地位于江汉平原西北部，本属小丘陵地貌，经过农业学大寨年代的土地平整、农田改造之后，现在已基本是一片平原了。

早春时节，这片土地是一片墨绿色的海，70万亩油菜挤挤挨挨茁壮挺拔，散发出清新浓郁的甜甘之气，使得这里有感觉的生命无不感到心旷神怡，浑身舒畅，连动物们发出的叫声都欢快动听。

三月刚过几天，有人在傍晚时偶然看到一块地里的几棵油菜株上的花苞张开了，甚至看到针尖样的黄。睡过一夜，早起睁开眼瞭望田野，哇，满田满畈的油菜花全部绽开了，开得轰轰烈烈，开得敞胸露怀，开得毫无保留，开得尽情尽意，开得丰盈开得大方开得亮丽开得妖娆。70万亩的一片啊，当太阳出来了，蓝天白云之下，云蒸霞蔚，我们只能用一望无涯的金色大海来形容了。

中国·荆门油菜花旅游节开始了。

我到的村子，是湖北省荆门市沙洋县曾集镇张池村，这个村有12个村民小组，501户，2017人，分居在10.02平方公里面积的约200个自然村落里。怎么有这么多的村落？张池村的党支部书记兼村主任王中彦见我有些疑惑，解释说，这200个自然村落有的只有一户两户或三户人家，最大的也只有十来户，独家湾两家畈三家村的不少，散居而不喜聚居，也可能是这里农民多年形成的习惯。这 200 个自然村落，在三月的油菜花海里，就像 200 个漂浮的岛屿、停泊的帆船。

我考证了一下历史，沙洋这地方还真有些来历。公元前 12 世纪，商朝分封武丁后裔于汉西建权国，春秋时期楚武王灭权国，设权县，是中国历史上最早的县。唐贞观八年（634 年），尉迟恭在此地建沙洋堡，明洪武九年（1376 年）改权县为沙洋巡检司。1928 年民国时沙洋建市，与汉口、沙市、宜昌、樊城、老河口、新堤、武穴同为湖北八大重镇。新中国成立后，沙洋撤市为镇，后又改区，1998 年 12 月才重新设县。可以说，沙洋是中国最古老的县，也是中国最年轻的县，这样老资格的地方，其历史文化的底蕴自不必说。人文方面，沙洋有战国四君子之一的春申君黄歇，其墓冢在后港镇的黄歇村，冢高 12 米，直径 80 米，周长 200 米。黄歇生于沙洋长湖之滨，黄歇墓为湖北省重点文物保护单位。沙洋五里镇 207 国道友联村，南宋爱国名将岳飞曾在此驻扎八年，后人在此修造了岳武穆庙，其城堡被称为岳飞城。岳飞城风景区面积有 7 平方公里，为全国重点文物保护单位。沙洋还有始建于隋开皇年间的红梅寺，坐落在纪山镇的纪山之巅，后曾更名长眉寺、白雀寺，尉迟恭驻此地时，更名为纪山寺。纪山寺后经战火或遭受灾祸，多次重建，现存寺庙为清光绪七年（1881 年）所建，占地 125 亩，建筑面积 1500 平方米。寺内有明永乐十年（1412 年）时的大钟，至今有 600 多年历史，其他文物还有不少。纪山寺现为湖北省重点文物保护单位。沙洋在"文化大革命"期间，曾是公安部、最高人民检察院、最高人民法院、全国人大，还有北京外国语大学等单位的五七干校所在地，几万人在这里劳动改造数年，留下了文化与文明的种子。

张池村在沙洋县城的西面，从县城到张池不到半小时车程。悠久厚重的历史文化的滋养，五七干校时期几万名干部与知识分子留下的影响，这里的人民勤劳守德，纯朴厚道。张池村有土地万余亩，人均土地达五亩左右，村民们世世代代以耕种为主，汗流在田地里，收获的水稻远近闻名。荆门市号称中国农谷，沙洋的水稻和油菜是扛了大旗的。张池村村民遵循的是耕读传家，村民日子再苦，也要尽力供孩子读书，村里走出的大学生很多，有在中国人民大学当教授的，有在美国名校搞科研的。村支书王中彦只有一个女儿，问他女儿在干什么？他答已大学毕业，在邻近一个县的人民医院工作。

这么好的土地，这么好的人民，但在改革开放之前农民的日子却过得十分艰难。王中彦回忆，那时村民的房子住得破破烂烂，一家人住着从一个门进出的筒子屋，生产队的粮食都交了公粮，村民们半饥半饱。这里的土地适合种油菜，这里种油菜有几千年的历史，但那时以粮为纲，每个生产队只能种一点供给村民吃用油的油菜，超过的部分宁可用犁翻掉。王中彦记得很清楚，有一年他们家五口人只分了一斤二两菜油，现在村民家家户户用水缸盛菜油。那时国家要粮食啊，农民们一年种两季水稻，人累得要死，收入还低。

张池村以至沙洋大种油菜从什么时候开始？王中彦说是从改革开放后，农民分到土地后可以自由耕种时开始。这中间要感谢华中农业大学，要感谢华中农业大学教授、中国工程院院士傅廷栋先生。傅廷栋先生毕生研究油菜，所培育出的"双低"即芥酸低、硫甙低的华杂系列油菜，曾获过国际油菜科学界最高奖和首届湖北省科学技术突出贡献奖。华中农业大学和傅廷栋教授到荆门到沙洋到张池，推广良种油菜的种植和技术，在张池村建了油菜研究基地和研究生实验楼。可以这么说，他们对于荆门、沙洋、张池的油菜大面积种植起了倡导推进的作用，他们是油菜花海蓝图的绘制设计者，他们得到了当地各级政府的支持与帮助，得到了农民的信任，所以他们的贡献是不可忘记的。

是谁最先提出举办油菜花节的？我问王中彦，他一点也没思索，脱口而出说：曾云！在我与沙洋县文化局、文联、作协的朋友一起吃饭时，同样问他们这个问题，他们也答：曾云。看来曾云是中国·荆门油菜花旅游节最早的倡导鼓吹者无疑了。曾云何许人也？曾云是沙洋本地人，而且是曾集镇曾集村人，与张池村紧邻，不仅出生在乡村，而且长期在农村工作。当过乡镇领导，后来担任沙洋县分管农业的县委副书记。沙洋大面积的油菜种植，油菜花轰轰烈烈的场面，多么壮观多么艳丽多么震撼人心？这么好的景色，让更多的人来观看，让更多的人来领略油菜花的壮美，享受油菜花的艳丽，不如办个油菜花节，既能扩大沙洋的知名度，还能拉动乡村旅游经济的发展。

曾云提出举办油菜花节，立即得到沙洋县委和县政府的支持，荆门市政府也支持，湖北省旅游局也支持。经过紧锣密鼓的准备，于是在 2008 年 3 月，首届中国·荆门油菜花旅游节以沙洋为中心正式举办了，到 2016 年共举办了九届。

九年九届油菜花旅游节，主会场都设在张池村，王中彦刚好是 2008 年首届油菜花节开始时接任张池村党支部书记和村民委员会主任的，也就是说，他是九届油菜花节的参与者和中心会场所在地的主人，他的忙和他的重要是可想而知的。

我是 2014 年 3 月 22 日应第七届中国·荆门油菜花旅游节组委会的邀请，到沙洋参加一个"我爱家乡"散文征文颁奖活动的。我与活动的组织者与征文的获奖者一起到张池村，一条宽阔的柏油大马路穿村而过，路两边都是油菜花的海洋，村子里的空地上停满了各种各样的车辆，旅行社的大巴一排排摆满了停车场。我们二十几人很快融进了观赏油菜花的人群，就像几滴水珠融进了大海。油菜花一株株精神挺拔，昂起缀满花瓣的头发，在一畦畦地里田畈上列阵欢迎，田埂上村路间那些男的女的老的少的游客们，脸被油菜花映得明亮，眼被油菜花照得放光，心被油菜花摇曳得怒放，他们握着手机举着照相机，把油菜花海的壮阔宏伟照下来，把油菜花的妖娆与灿烂留下来，把花海里的人流村庄和在花海人流村庄上氤氲的芬芳、飘飞的欢快与喜悦，永远定格在镜头里。摄影发烧友们，大镜头小镜头长架子短架子还有航拍器一起都来，他们为拍到的每一个镜头喝彩。

临近中午，人越来越多，村路间田埂上田角地头到处都是人，人流有些凝滞了，真正的摩肩接踵。我们的队伍已经散开了，我随着人流看了金花台上表演的音乐歌舞，登了观景台看了更广阔更辽远的那黄色延展到地平线那边的花海。我还过了湿地湖上的栈桥，看有的人去体验各种古老农具的使用操作过程，这个景点叫农耕文化体验园；我路过了浣花池、油菜迷宫、生态采摘园、农事授时图等景点。后来我干脆靠近一片油菜花不走了，我把我的肺扩得大大的，尽情吸取油菜花的清香，我抚摸那粗壮的油菜花秆，我回到了儿时，回到了乡土，回到了那一抹浓得化不开的乡愁，我泪流满襟。

同行的伙伴终于找到我，带我到一个只有三户人家的村落。这三户人家开门迎客，堂屋与房间里摆满了桌凳，门前写着"农家乐"。到农家乐吃饭的人在排队等待，一桌客人吃完，另一桌客人跟着上，端饭端菜的村民忙得团团转，额上汗津津，脸上笑盈盈。我们吃到的是农家柴火饭，菜是农家菜园里的有机菜，肉是他们自己养的猪的肉，鱼是鱼塘里捕捞的鱼，还有酒，村民自己酿的粮食酒。油菜花海里的一顿午饭啊，那淳朴那真正的乡土味，令我难以忘怀。

在九届油菜花节举办成功后的秋天，我重返油菜花节的中心会场张池村，村支部书记王中彦陪着我，开着他的私家越野车在张池村的各个村落行走。收拾得干净整齐的农舍，村民正在拾掇收回家的水稻，一户两户三户的自然小湾，绿树葱茏，亮如大地之眼的小水塘和小水池，眨巴在村落边，有鹅鸭在水面安详戏水，一片恬静平和的乡村景象。

王中彦带着我走遍了张池村。在村民委员会办公室里，我看到了挂满墙壁的20多块荣誉牌子，这些牌子是水利基础设施建设、基层党组织建设、社会治安综合治理、人口和计划生育、年度综合考评等的先进单位和荣誉称号，其中含金量最高的两块牌子是2013年12月由湖北省环境保护厅授予的"省级生态村"和由中共湖北省委、湖北省人民政府授予的"2011—2013年度文明村"。

张池村全村以农业为本，经济收入以优质有机稻、优质双低油菜、生态养殖、花卉苗木、乡村旅游为主，村民人均年收入10500元。村里很多人家都买了小汽车，过去一家数口住一间的筒子屋没有了，家家都是砖瓦房小楼房。除了生态观光旅游通道五洋公路穿村中心而过外，通村环村硬化公路、通户碎石结实路如网络般将全村连在了一起。

说到张池村今日的变化，除了改革开放的好政策外，油菜花节的举办是一只巨大的推手。王中彦算了一笔账，张池村万亩土地，除了种一季水稻外，第二季有 8000 亩种油菜，过去就是水稻和油菜籽的收入。举办了油菜花节后，每年接待游客 50 多万人，村里有条件的农户开办了 40 多家农家乐，村民在村头路边摆个小摊子，卖点糍粑、韭菜饼、卤鸡蛋、甘蔗等小吃和农副产品，做得好一天能赚五六百元钱，农家乐做得最好的一户，一天能赚 1 万多元。每年油菜花节，时间不到 30 天，据不完全统计，张池村村民收入有 100 多万元，村集体利用停车场、摊位、会议室等资源收费，也有十几万元。一届油菜花节办下来，使张池村人均增收 5000 元。

油菜花节还促进了种植产业结构的变化，沙洋大面积油菜的种植，使得沙洋获得了中国唯一的"菜籽油之乡"的美誉，张池村在发展油菜种植方面，在沙洋名列前茅，"世界油菜看中国，中国油菜看湖北，湖北油菜看沙洋，沙洋油菜看张池"，这话一点都不假。

告别沙洋，告别张池村和王中彦书记，回到武汉，我忘不了那片土地，忘不了那片油菜花的海，忘不了那油菜花海里漂浮着的 200 个村落岛屿，那是 200 艘载满美丽乡愁的船吧！

（选自《美丽乡愁》，武汉出版社 2017 年 2 月）

雪崖水滴小清潭

杨闻宇

一

勤劳简朴，坚毅淡定，心地善良……坚持与生俱来的赤子之心，这是生命的原动力。无须羡慕他人大富大贵，也不必炫耀自己小康知足，一步一个脚印走自己的路。

二

心地善良的人，幸福是突如其来、不期而至的，其欢乐往往是出乎意料的。相反，整天以琢磨、算计他人而思谋获取利益者，费尽心机，与幸福反而是背道而驰，渐行渐远。

三

再深挚的爱，也经不住一次次的冷淡与漠视；再坚固的信任，也敌不过轻微的欺骗与背叛。人与人之间如何相处，是一门微妙的学问，亲疏失度，招致的俱为苦果。对于朋友，要时时搁置在心里。一旦到了掏心窝子说话之日，距离分手之期大概也就不远了。

四

自作多情容易，淡定从容很难。无论你取得了怎样的成绩，在他人眼里，其实都没有自己心里所想象的那么金贵，那么重要。能将自己看轻看淡而低调处世的人，才可能与这个名利扰攘的世界和谐相处。

五

对于初涉爱河的少女而言，审视、凝视爱情之际，总以为那是个温馨、明亮、和美、幸福的所在。她们压根儿就不可能懂得"近切起烦，密久生厌"的含义。一旦进入，才迅速发现那其实是个无边、无底的深邃的黑洞。倘若再想要跳出来，真的是难于上青天了。

从前寻短见的女性，多出现于新婚之后。俗世称新婚第一晚为入"洞房"，这"洞房"二字，真的是奥秘莫测，难于细究（汉语文辞之妙，于"洞房"可窥一斑）。

六

俗情似海水，变幻无穷。欲望似海水，深邃无际。

爱情似海水，愈饮愈渴。命运似海水，远景莫测。

七

命若凿石见火，真与美的光芒存世时间非常有限。

欲脱屣庸俗而拟与美质结缘，最可靠的途径是沉溺于艺术。接触经典文字的人，能从心灵深处汲取一些青春的、美好的、向善的活力。

经典里的精魂之真，情愫之挚，文辞之雅，会凝铸而成至美。

八

经典书册能水泡成泥浆，也能火焚成寒灰。可它一旦转化为人类高尚纯美的精神因子，却可以江河一样长流于天地之间，有时候，也能够火炬一样撕破阴霾。

九

自好自洁，独善其身，在风雨中锤炼从容，熔铸冷静，坚定地走自己认定的路，守正笃定，久久为功，最后也许可能踩踏出一条小路。

他日路成时，却是一个脚印也不留存的。

十

无病无扰，清静淡泊，普普通通而不为人注意的人生，是难得的最高的享受。真的人生知己是不在意聚散的，距离与光阴只能风干多余的水分，增进感情的浓度。

十一

赠人玫瑰，手有余香。

鞠水月在手，弄花香满衣。

庭闲月无影，梦暖雪生香。

沾衣欲湿杏花雨，吹面不寒杨柳风。

——其间仿佛隐伏着东方艺术内在的微妙消息。

十二

骏马上战阵，似矫龙之入云海。毛驴儿，是陆游、张果老骑的。青牛，是哲学家老子骑的。骡子呢？好像没人愿意当坐骑。人与畜类不同，而畜类的某些赋性，却与人是暗地沟通的。

十三

用责人之意责己，推爱己之情爱人，以好色之心好德，以恋家之怀思国，这是圣人才能做到的事情，我们普通人能放空自我，朝着这个方向进行努力，就很可以了。

十四

文化人自爱、自重，有如禽鸟之珍惜羽毛，这是正常的。问题是，往往又不自禁地自命非凡，骄傲起来。

禽鸟失羽，无法凌空翱翔，地面行走，未必赶得上乌龟。而文化人能写一手好字，能来几句诗文，能描几幅好画，作为个体，终究也还是纸上功夫，社会效应极其有限。无端地感觉良好，如鹤冲天，目空万类，只能证实自己是个半吊子文人而已。

十五

人贵知足，不忘本根。不要想自己没有的东西，要多想想自己拥有的东西。掂量掂量这些已经拥有的东西，难道都是实实在在、是你理应获得享用的吗？经常问心有愧的人，才是严于律己的正常人。

十六

我从前认识一位大名"单丕艮"（shàn pīgěn）的山东老作家，人挺好的。他有一天去医院看病，坐在门口候诊。等候良久，一个年轻护士出门叫号："单（dān）不良！单不良！……单、不、良！谁个叫单不良！"单丕艮想了想，忙起身答应。女护士很生气地斥责他："你这人咋啦？坐在眼前就是不答声，耳朵这样差劲！"单丕艮连连点头致歉。老作家当然是个文化人，文化人又怎么样？

十七

中国女性是温暖、辽阔的大地。川原山陵、江河湖海、鸟兽虫鱼、林草花卉，尽是大地母亲躯体上外在的"真善美"的结构部件。

十八

能从司空见惯的平凡事物中发现那一等常人难得领悟的美质，属于审美的特殊能力，证明他具有一双超乎寻常的秋水明眸。

十九

纪念碑未树之前，为天然的寻常石料，是山体上不足道的一斑。被艺术家镌刻树立之后，自上而下是一柱恨与爱的华表，往昔历史性的浪涛、波痕渗透于其间，凝固了，静化了。力量与感情的艺术性的投注，是产生艺术美的唯一根源。艺术之功，大抵如斯。

二十

上帝造人，毛坯而已，时光对这毛坯一刀一凿地进行雕刻，让毛坯在失落与痛苦中渐渐呈示出人形。

顽石被高手雕去了无用之处，仿佛便有了生命与灵气。

二十一

善良、才华、德行，俱属美的内在因子。秀外慧中的女性，让这个世界弥漫着香氛，也充满了灵气。难怪高尔基有言："世界上最美好的一切都来自对女人的爱。"正因为卓越女性是美的化身。

二十二

女人弹性大，什么苦也能吃，什么福也会享。正因了弹性太大，有时候吃五谷又生六事，让男人不得安宁。故而又有这样的俗语——"老婆、瓜子、烟，不可在身边"，而且将老婆排在首席。

二十三

雄心勃勃的男人，总是像钱谦益那样高谈阔论些牛气冲天的时代大事；灵气丰蕴的女性，却像柳如是似的喜欢注意些鸡毛蒜皮的细节。前者捶胸顿足的逻辑推演，敌不过女人透过细节的一眼看穿。

尘世若存在所谓的神性，知识女性，庶几近之。

二十四

灵窍天成，上帝所捅。灵感后生，多属女性之吹拂。

好女人是引发艺术烈焰的火花。有多少艺术家，只待"金风玉露一相逢"。

二十五

"聪明"二字，介于"智慧"与"狡猾"之间。我们中国人，多将聪明变成了狡猾的转语，远远地脱离了智慧。"大智若愚"，与聪明之间也划出深深的鸿沟了。

二十六

因为深刻，哲学原理近于骷髅。

因为鲜活，男女情缘有如骨肉。

终生为文者，文字最难得处，是既鲜活又深刻。

二十七

哲学宁静、致远，世俗急功、近利；哲学家仰望星空，平常人埋首红尘。世俗教人忘掉天与地，这正是红尘那看不见的力量所致。

二十八

质朴有石性，击之方能生火，此火为大美。

"夜雨剪春韭"，常人爱杜甫之诚笃、质朴，却不理解其为天地间之至美。

二十九

善良之海上才能浮现个人幸运之浪花。总盼着他人倒霉的人，先将自己置于不幸之海洋，他又怎么能交着好运呢。善于成人之美者，福莫大焉。

三十

设法活出自己的风采，不要成天想着超越别人，赢过别人，胜于别人。人啊，度自己易觉其长，视他人易见其短；展望未来动辄光明灿烂，反顾前尘往往是寡淡黯然。

三十一

欲望耗精神，劳累磨气质。大红大紫，是剥离人的质朴与真诚的最灵验的药剂。埋头耕耘而且从来不羡慕别人（眼红他人）者，最有希望做好自己的事情，这是庄稼人最珍贵的品质。

三十二

太远情分淡，过近无挚友。亲戚、同事，相互间的距离尺度不好把握。处世之术，常困于此。夫妻离异，兄弟反目，同事翻脸，战友分手；误认朋友形成巨大的陷阱，误会婚姻致成焦心的纠纷，都在证明着人性、人情、人际关系是何等地复杂、微妙。

三十三

真天才有点疯劲，伪天才动辄发狂。稠人广众之中时刻像个天才者，伪天才也。大智若愚，乃真天才之本色。

三十四

男人女人化，女人小儿化；小儿宠物化，宠物贵族化；贵族痞子化，痞子市场化；市场欺瞒化，社会混沌化。

三十五

太阳隐没，蜀犬吠之。

太阳无声而经天，是因为大字将那"一点"藏掖于下；蜀犬狂吠而失态，是因为大字将那"一点"扛于肩头了。小小的"一点"，高低迥异，可为骄狂者戒。

三十六

人间夫妻，包括才子佳人、英雄美女这类被反复称道的爱情在内，一概跳不出"日久生厌"这一既定的格局。艺术家从长远的夫妻生活里，很难找得出多少闪光的爱情亮点。周立波有几句话，且抄录如下：

女人经不住老，男人经不住穷。

女人做情人让男人心疼，做妻子让男人头痛。

男人爱上女人后会作诗，女人爱上男人后常做梦。

看这意思，上帝所安排的男女之爱，真有点穷折腾的味儿。

三十七

古代美女用水照容颜。而今之水，浑且不静，欲整仪容则失据。

三十八

爱河里多的是爱得死去活来的男男女女。俯察爱河的全部流程，几乎很难找到几个总是游在上水头的成功者。爱河里信誓旦旦者，绝大多数是即兴之言，不可深究。

思想可用语言表述，而深挚的感情则只能见之于行为。

三十九

权力是春药，权力之大小决定其烈性之强度。对帝王倘是取消了三宫六院，佳丽三千，许多人的帝王梦大约会淡漠许多。官场若无潜在的渔色猎艳的特权，不少人的官瘾也会消沉许多。

四十

小聪明看不见大智慧，大智慧却是识透了小聪明。

心眼儿多，并不意味着比人聪明；相反，欲望过盛者，天蔽其明，心眼儿太多者，反而会流失了本有的智商。

四十一

常做好事、善事而从不张扬，且又生恐人知者，个人命运中必得神助。

四十二

史铁生留下了许多珍贵的文字，我最喜爱的一段是：

当我受伤坐在轮椅上时，我开始怀念我站着的时光。当我得了褥疮，我开始怀念先前安安稳稳坐轮椅的时光。当我后来得了尿毒症，我又开始怀念我的褥疮时光。

四十三

法律是手术刀，道德是中草药，西医中医，外科内科，彼此为用，扶持一个病态的社会往前挪动。

四十四

有人以经验自诩："从小卖蒸馍，啥事都经过。"问题是不读书、不思考，对于所经历的事情，未必有深至的理解。此为"凡事样样都经过，终局只是卖蒸馍"。

四十五

老女人是她的青春岁月在地面上的投影，对纯净、明丽、天真的青春做了过滤。而一切文字里勾留下来的形象，乃是她们青春时代留在历史长河中的倒影。倒影摇曳多姿，似乎比当年的现实更加美妙。

人会迅速变老，文字则万古长青。

四十六

小时常常听到"没灾没病就是福"的话，不大在乎，中年过后，行将退休，才渐渐体会到这是一句至理名言。

心地善良，气量宽宏者，自能长寿。疾病天然性地回避这样的人。

四十七

小说前加一"小"，为小小说；散文前加一"大"，成大散文。多年过去了，长篇小说越印越多，大散文则没甚情况。至于大手笔，大诗人，大画家，"大"字满天飞，人知其大名，却闹不清其人到底有什么作品。无论多么优秀的人才，如果太自私，对社会对人生没有感情，唯我独尊，只擅长炒作，其艺术价值会怎么样呢？

四十八

填海逐日，壮心不已，且又能长期甘于寂寞者，艺术上或有造就。巨大名声是事业行进途中的终止符。红火热闹，名列榜首，属于虚荣，与艺术缘浅。

四十九

一个艺术家的地位、金钱、名望彻底泯灭之后，他所创造的艺术品才开始渐渐地放射光芒。泯灭之前，要么虚光过盛，要么光芒隐匿。

五十

瞬间审美，很难存留，能将"美"暂且存留者为艺术家（在这个世界上，似乎唯有艺术是可能超越时空的精灵）。其实，"永恒"本身是不存在的，艺术理所当然也难于永恒。

文学创作中，作者用笔实现着对真善美的追求，把自己内心所珍爱的价值变成与人共享的对象——在灵魂之林里传递着美的火炬。当艺术家感到自己的劳作是一种神赐的、难得的享受时，其作品兴许是有些意思了。

五十一

看轻自身是一种境界。天使从不看重自己，故也能凌空翱翔，形成一种高格调的美韵。将自己看大之日（即骄傲之始），也就开始埋伏下蹉跌与倒霉的祸根。

五十二

人之追求幸福是正常的，无可厚非的，许多问题出在"人比人"上。由于大多数人总是在追求"要比他人幸福"，无形中便将追求幸福异化为痛苦的煎熬。这叫"人比人，气死人"。古往今来，谁知道气死了多少人？

五十三

有一联座右铭是："只如此已为过分，待怎么才是称心。"前一句询问你能否"知足常乐"，后一句在探试你是否明白自己欲壑之浅深。这两问实质上是一回事，因为人生在世，要做到此点极为不易。

仁人之所以多寿者，外无贪而内清静，心和平而持中正，正因为是做到了这一点，才能够摄取天地之大美以养其身也。

五十四

大苦难（大灾难）在世上敞开了大尺度，促使人们脱离一切琐碎纷争的狭隘、渺小与无谓的纠缠。汶川地震后，有人说："想这想那全无用，力争过好每一天。"我有同感，便写下这么几句："天地毁弃时，恚然灭古今；鸡肠小肚辈，试看汶川人。"

五十五

流水、光影、记忆，是虚无留下的三帧底片。失忆之人，同于寂灭。佛门之击钟敲磬，是在不断努力地打消现实与寂灭之间的界限。

五十六

人生途程中欢娱之事，在回忆中稍纵即逝，驻足短暂。倘要反顾往昔，检点前尘，苦味仿佛耐嚼一些。人老了喜食苦瓜，寓意深矣。

五十七

登山的乐趣，并不在于匆匆忙忙抵达山顶，而在于悠闲自在，从容地欣赏步移景换的天然景致。乘缆车上山者，有多少乐趣呢？相应的，海滩上专注于埋头拾贝，忽视了白云碧浪，意思也有限。

森林里不材及无用之木，庄子称曰"散木"。社会上无用之文，被人们冠之为"散文"。我在海边散步，常羡慕低头拾贝者，自己写的，就是没有用处的散文。而观海听涛者，似乎在默写着所谓的"大散文"。

（选自散文集《一束蒲公英》，线装书局 2017 年 4 月版）